RÚN
AN BHONNÁIN

Proinsias Mac a' Bhaird

Foras na Gaeilge

Tá Comhar faoi chomaoin ag Clár na Leabhar Gaeilge
(Foras na Gaeilge) as tacaíocht airgid a chur ar fáil le
haghaidh fhoilsiú an leabhair seo.

An chéad chló © 2010 Proinsias Mac a' Bhaird
ISBN 978-0-9557217-4-8
Foilsithe ag **Leabhair**COMHAR
(inphrionta de COMHAR Teoranta, 5 Rae Mhuirfean, Baile Átha Cliath 2)
www.leabhaircomhar.com

Eagarthóirí comhairleacha: Ríona Nic Congáil & Mairéad Ní Chinnéide
Eagarthóir cóipe: Máire Nic Mhaoláin
Leagan amach & dearadh clúdaigh: Graftrónaic
Clódóirí: Brunswick Press

Do Chiarán Ó Con Cheanainn

NÓTA

Scéal ficsin is ea *Rún an Bhonnáin*, cé go mbaintear úsáid as go leor carachtar agus eachtraí stairiúla ann. Rinne mé gach iarracht a bheith cruinn ó thaobh na staire de agus gan clú aon phearsan stairiúla a chur as a riocht nó a mhilleadh. Mar sin féin, d'athraigh mé roinnt mionsonraí ar mhaithe leis an scéal. Ormsa atá an locht as aon earráid eile a gheofar ar an leabhar ó thaobh na staire de.

Bhí Pádraig Ó Brádaigh agus Hugh de Lacy beirt ina sagairt i bparóiste Chill an Átha, An Blaic, Contae an Chabháin agus tá a n-uaigheanna i gclós an tséipéil. Cé go bhfuil an buneolas fúthu cruinn, is ficsean iomlán é an ról a ghlacann siad sa scéal. Tá an cur síos ar shéipéal Naomh Pádraig agus ar an stair a bhaineann leis an cheantar sin cruinn, gan ach roinnt athruithe beaga déanta agam ar leagan amach an tséipéil ar mhaithe leis an scéal.

Tá an cur síos a dhéantar ar Choláiste Naomh Pádraig, Maigh Nuad, oifigí Thaisce Cheol Dúchais na hÉireann, Coláiste na nGael i Lováin, oifigí Chonradh na Gaeilge, Óstán an Shelbourne agus na háiteanna eile atá luaite sa scéal cruinn, ach amháin cúpla mionathrú déanta agam thall is abhus nuair a mheas mé iad a bheith fóirsteanach don scéal.

Is cumann Caitliceach é *The Society of Saint Pius V*, cé nach bhfuil aon bhaint acu (go bhfios domh) le heolas ceilte.

Bhí sárshaothar scolártha Bhreandáin Uí Bhuachalla, *Cathal Buí – Amhráin*, ina chuidiú mór domh agus mé i mbun taighde. Ba mhór an chaill do lucht na litríochta Gaeilge é. Maidir le Cathal Buí Mac Giolla Gunna é féin, is beag eolas cinnte atá againn ar a shaolsan agus is ar leabhar Uí Bhuachalla a bhraith mé cuid mhór.

Tá mé fíorbhuíoch de mo bhean chéile Suzanne as a bheith sásta teacht liom ar shiúlóidí fada taighde i mBaile Átha Cliath, Co. an Chabháin, Fear Manach, Leitir Ceanainn agus Maigh Nuad. Tá go leor uaigheanna, cloch, lochanna, cnoc, séipéal agus leabharlann feicthe aici le bliain anuas, cé nach mór an gearán a rinne sí agus muid i mbun taighde i Meiriceá!

Tá mé buíoch d'Emer de Barra agus de Mháirín Ní Dhonnchadha ó Oireachtas na Gaeilge, de *The Leuven Institute for Ireland in Europe*, d'fhoireann oifigí Thaisce Cheol Dúchais na hÉireann, de Ríona Nic Congáil as mé a choinneáil ar mo bhonnaí, de Mháiréad Ní Chinnéide a léigh profa luath den leabhar agus de Mháire Nic Mhaoláin a rinne eagarthóireacht air agus d'achan duine eile a chuidigh liom ar bhealach ar bith.

Cé go bhfuil ceoltóirí sean-nóis mar charachtair sa leabhar seo agus beidh daoine ann a déarfas go bhfuil siad bunaithe ar fhíor-cheoltóirí, ní hamhlaidh. Más rud ar bith é rinne mé iarracht carachtair a chruthú a bheadh ionadaíoch ó thaobh aoise, inscne agus tíreolaíochta de. In ainneoin go bhfaigheann cuid mhór acu bás sa scéal seo, meas mór atá agam ar an tsean-nós agus guím saol fada buan orthu uilig. Smaoiním siar ar Oireachtas na Gaeilge 2002 a reáchtáladh i nGaoth Dobhair. Ghlac mé féin páirt sa chomórtas ceoil an bhliain sin agus cheol mé *An Bonnán Buí*. Níor bhain mé aon duais, ach d'ól mé sláinte bhard Bhréifne an oíche chéanna, an oíche ina dhiaidh agus leoga an oíche ina dhiaidh sin arís – an t-ómós is fearr a d'fhóirfeadh dó! Mar a déarfadh sé féin:

Nach bhfeiceann sibh éan an phíobáin réidh
a chuaigh in éag den tart ar ball;
is a chomharsain chléibh, fliuchaidh bhur mbéal
óir chan fhaigheann sibh braon i ndiaidh bhur mbáis.

Proinsias Mac a' Bhaird
Tráth na Samhna, 2010

INTREOIR

Bhí an tseanleabharlann ciúin, solas mall an tsamhraidh ag sileadh go bog tríd na fuinneogaí gotacha ag caitheamh scáilí ar an urlár. Bhog éanlaith Mheán an Fhómhair thart sa spéir ag canadh is ag spraoi, glór uaigneach uathu amhail is go raibh a fhios acu an geimhreadh a bheith ag teacht ar chosa in airde lena sheal seilbhe a ghlacadh ar an domhan. Ní raibh a nglórthaí le cluinstin istigh.

Shiúil daoine anonn is anall taobh amuigh d'fhuinneogaí na leabharlainne. Scairfeanna agus cótaí tarraingthe thart orthu, mar cé go raibh grian ann bhí fuacht beag san aer. Bhí aimsir mar seo fealltach. Shílfeadh duine a d'amharcfadh ar an lá gur dheas dó dul amach ag siúl sa ghrian ach ansin gan choinne rachadh gaoth fheannta go smior ann.

Beag beann ar chúrsaí an tsaoil amuigh a bhí an fear óg sa leabharlann. Dósan ní raibh ann sa tsaol ach na páipéir chianaosta a bhí leagtha ar thábla os a chomhair amach. Fada go leor a bhí sé ag cuartú an eolais seo a bhí roimhe. D'ardaigh sé cáipéis bhuí, chuir faoina ghaosán é ag baint lán an bholaidh isteach. Líon an boladh briosc a chloigeann agus a chorp uilig, á thógáil siar in am.

Leag sé an páipéar síos ar an tábla roimhe agus scrúdaigh sé an t-ainm a bhí scríofa air. Rófhada a d'fhan an t-ainm sin ceilte ar an tsaol, rófhada a ligeadh a chuid éachtaí i ndíchuimhne. Ní i bhfad eile a dhéanfaí neamhiontas agus dearmad de. Roimh i bhfad, bheadh a ainm ar bhéal gach críostaí in Éirinn. Leath miongháire ar bhéal an ógánaigh bháin. Eisean é féin a thabharfadh ar an domhan mór aird a thabhairt air.

Thóg sé peann a bhí lena thaobh gur scríobh trí litir in aice an ainm. Trí litir bheag a scríobh sé le grá agus le mórmheas.

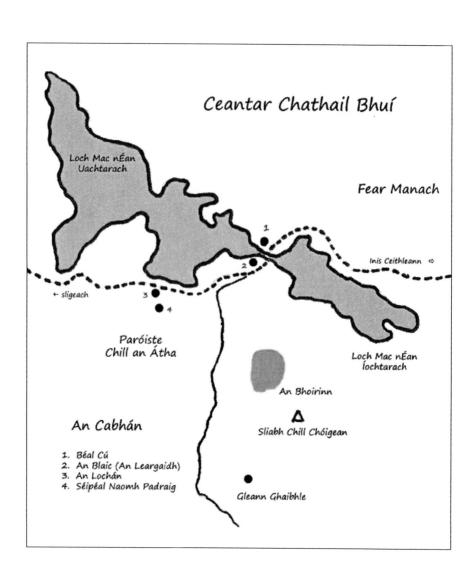

Ceantar Chathail Bhuí

Loch Mac nÉan
Uachtarach

Fear Manach

Inis Ceithleann ⇨

← sligeach

Paróiste
Chill an Átha

Loch Mac nÉan
Íochtarach

An Bhoirinn

An Cabhán

△
Sliabh Chill Chóigean

1. Béal Cú
2. An Blaic (An Leargaidh)
3. An Lochán
4. Séipéal Naomh Padraig

Gleann Ghaibhle

CAIBIDIL 1

Bréifne, 1756

Bhí sioc san aer, sioc a rith isteach fríd na seancheirteacha a bhí á gcaitheamh ag an fhear liath, fríd a chraiceann agus isteach go smior a chnámh. D'amharc sé ar an spéir a bhí ag dorchú os a chionn agus lig sé osna as. Bhí turas cúig mhíle roimhe agus bhí an oíche ag tarraingt air. Bhí na cosa ag éirí trom faoi agus mhothaigh sé pianta na spuaiceanna a bhí ag greadadh in éadan leathar garbh a bhuataisí. Dá bhféadfadh sé suí agus a scíste a dhéanamh. Ní ligfeadh an eagla dó. An fuacht agus an dorchadas, ba iad na naimhde ba mhó a bhí aige riamh ina shaol. Lean sé air ag spágáil fríd an chlábar de chosán a bhí ag síneadh amach roimhe.

Fá cheann tamaill, chonaic sé roimhe cineál de mharbhsholas ag lonrú fríd na crainn. Theann a chroí. Tharraing an solas a shúil. Thit a raibh thart air in éagruth sa dorchadas. Baineadh a aird ón uile rud a bhí ina thimpeall. Bhí an solas á tharraingt chuige. Níor thuig sé cad a bhí roimhe. Tine ghealáin? Scáil ar lochán? Taibhse? Stán sé ar an tsolas lag, caillte ina loinnir. Ar deireadh tháinig sé chuige. Solas tí a bhí ann. Teach. Bheadh tine sa teach, seans go mbeadh bia ann. Bheadh chuile shórt i gceart. Ní bhfaigheadh an fuacht agus an dorchadas an bua air, ní inniu cibé ar bith. Tháinig fuinneamh úr chuige agus rinne sé a bhealach i dtreo an tsolais.

B'éigean dó imeacht giota beag ón chosán le fáil a fhad leis an teach ach ní fada go raibh sé ina sheasamh roimhe. Seanbhothán a bhí ann. Bhí ballaí ísle cloiche air agus meall tuí ar an díon a bhí caite le haimsir. Bhí féar agus lustan ag fás air agus cuma air go raibh sé réidh le titim thart fá na ballaí. Rith sé leis nach bhfeicfeadh sé an teach beag seo ar chor ar bith dá mbeadh solas an lae aige agus a aird dírithe aige ar an bhealach roimhe. Dá

3

n-amharcfá díreach air, shílfeá nach raibh ann ach tulach bheag. Le sin, d'fhoscail na spéarthaí agus thoisigh an fhearthainn an doirteadh anuas ina bailceanna. Dheifrigh sé leis i dtreo an dorais agus bhuail cnag láidir air.

Ní rabhthas i bhfad ag foscailt an dorais roimhe. Tarraingíodh isteach as an fhearthainn é. Bean mheánaosta a bhí ansin roimhe. Ón tséal dubh a bhí crochta thart fána muineál ba léir dó gur baintreach a bhí inti. Mheas sé nach raibh mórán de dhifear aoise idir an bheirt acu ach ba í a bhí lúfar ar a cosa. Roimh i bhfad bhí sé ina shuí ag tine bheag, a chóta fliuch bainte de agus babhla brat ina lámha, é ag baint slogóg fhada as an anraith te.

Labhair an bhean leis. Rinne sé iarracht a cuid ceisteanna a fhreagairt, buíochas a ghabháil léi. Bhí a chuid súl ag éirí trom. Leath teas an anraith fríd a chorp. Ní raibh de dhíth air ach codladh. Dá bhféadfadh sé na súile a dhrud ar feadh tamaill bhig, d'fhreagródh sé gach aon cheist a bhí ag an bhean mhaith.

Mhúscail sé arís. Ní raibh a fhios aige cá fhad a bhí caite aige sa tsuan. Bhí sé dorcha amuigh agus ní raibh aon duine sa teach ach é féin. Bhí an tine beo ach bhí sí íseal. Ina luí ar an leaba sa chlúid a bhí sé, a chuid buataisí agus brístí bainte de. Cá háit a raibh an bhean? Chroith sé a chloigeann, ag iarraidh an ceo ina intinn a scaipeadh. Ní dhearna sin maith ar bith dó. Ní raibh ann ach gur éirigh pianta ann. Mhothaigh sé go raibh a inchinn mar a bheadh cloch ann ag bualadh thart taobh istigh de bhlaosc a chloiginn.

Rinne sé iarracht a chuimhne a chaitheamh siar. Ba chuimhin leis teacht chuig an doras, ba chuimhin leis an fhearthainn, ba chuimhin leis an bhean agus an t-anraith. Bhí imní uirthi fá rud inteacht. Dath a chraicinn, is dócha. A mhuintir agus a chairde, bhí siad uilig imníoch fá dhath a chraicinn. Bhí a bhean chéile ar an duine ba mheasa acu. Ag síorghabháil dó, ag maíomh go raibh dath an bháis air. Níor thuig sí, níor thuig aon duine.

Tháinig sé ar ais chuige, caint na mná. Bhí sí ag gabháil imeacht... imeacht fá choinne dochtúir, nó sagart b'fhéidir... sagart, sea, sin a dúirt sí, sagart. Caithfidh sé gur chreid sí go raibh an bás air, rud a bhí inleithscéil aici. Bhíothas ag rá faoi le fada an lá go raibh an bás air, ach ní bhfuair an rógaire greim sceadamáin air go fóill.

Sagart! Huh! Mór an mhaith a dhéanfadh sin! Bhí an lá ann go raibh creideamh na sagart aige. Lá agus go mbuailfeadh sé glúin faoin Mhaighdean, nuair nach rachadh sé seachtain gan sacraimint, ach ní raibh creideamh den chineál sin aige le fada an lá. Maighdeana de chineál eile a chleacht sé ó shin, maighdeana a bhí ní b'fheolaí. Chleacht sé sacraimint na colaíochta agus sacraimint an phléisiúir leo, sacraimintí a thug cothú dó nach bhfaighfeá choíche ó chreideamh na naomh. Bhí teach an leanna ina theampall aige. Ba ghnách leis a chuid faoiside a dhéanamh le scabhaitéirí is maistíní an drabhláis. Filíocht agus ceol a bhí mar shailm aige. Ghlac sé oird bheannaithe faoi lámha ógbhan drúisiúil, ba iad fíon a gcuid póg agus arán a gcorp an t-aon chomaoineach a bhí déanta aige le fada.

Rinne sé iarracht éirí amach as an leaba. Tháinig mearbhall air agus thit sé siar ar ais. Rinne sé iarracht an athuair, a lámha faoi mar thaca dó. D'éirigh sé ina shuí. Ní raibh de sholas sa tseanbhothán ach solas buí na n-aibhleog sa teallach. Mhothaigh sé arraing fríd a chliabh. Bhí teas an bhrat a bhí ólta ní ba luaithe aige ídithe agus bhí an fuacht ar ais ina ghéaga, é ag scabadh isteach, ag téaltú ó imill a choirp i dtreo a chroí. An fuacht agus an dorchadas arís. D'éirigh leis iad a ruaigeadh ón doras le fada go leor ach bhí a mhisneach ag trá. Tuirse is mó a mhothaigh sé anois.

Lig sé osna fhada as. Ní raibh maith dó á shéanadh feasta. Bhí an bás ag bualadh ar a chuid fuinneog, ag scairteadh air. Shíl sé i gcónaí, nuair a thiocfadh an lá seo, go mbeadh faitíos air, go rachadh sé i mbun margála leis an Dia nár chreid sé ann, nach ligfeadh an eagla dó gan aithreachas a dhéanamh. Bhí iontas air. Ní mar sin a mhothaigh sé ar chor ar bith. Ó tharla go raibh, den chéad uair riamh, aghaidh tugtha aige ar a bhás féin agus go raibh glactha aige gur beag am a bhí fágtha aige, tháinig misneach aisteach chuige. Bhí rudaí le déanamh aige agus ní raibh mórán faille aige iad a chur i gcrích. Rith fuinneamh úr fríd a sheancholainn. Chuir sé a bhonnaí faoi agus d'éirigh sé ina sheasamh ag cuartú a chóta.

Fuair sé ag crochadh in aice an dorais é, áit ar chuir an bhean ar tuar é. Chuardaigh sé na pócaí agus tharraing sé amach leabhar beag a raibh duilleoga buí páipéir ann. Bhí cuma sheanchaite ar an leabhar faoina chlúdach leathair a bhí dubh leis an aois. Tharraing sé chuige a mhála beag, mála a bhí á iompar aige leis na blianta. Tobac, breochloch bheag agus píopa chomh maith le loicéad beag airgid istigh ann. D'fhoscail sé an loicéad agus chaith súil ar an phictiúr a bhí greamaithe istigh. Bean aoibhiúil i mbláth iomlán na hóige. D'éalaigh osna bheag uaidh, leag sé a liobra ar a tsamhail agus chuir sé ar leataobh é, mar loicéad. Ní sin a bhí uaidh ag an bhomaite seo ach an buidéal beag dúigh agus a pheann.

Ní raibh tábla sa bhothán. Bhain sé an clár den chuinneog agus shuigh sé leis cois na tine, an clár leagtha ar a ghlúine. Chaith sé tamall beag ag smaoineamh, ag cuimhneamh siar ar an tsaol a bhí caite aige. Tháinig ceo ar a shúile seal ach tharraing tailm na fearthainne a thoisigh ag bualadh ar an fhuinneog sa bhothán ar ais ó dhomhan na gcuimhní é. Chrom sé ar scríobh faoi sholas báiteach na tine. Bhí sé tábhachtach an litir seo a scríobh, níos tábhachtaí, b'fhéidir, ná aon rud eile a bhí déanta aige riamh ina shaol agus bhí a chuid ama ag éirí gairid. Bhí sé le mothachtáil aige, an fuacht ag teannadh fána chroí.

Tamall ina dhiaidh sin, tháinig bean an tí isteach arís, fuadar agus flústar uirthi. Sna sála uirthi bhí fear ard. Déarfá gur fhear ghnaíúil a bhí ann, bhí a dhreach snoite, a ghruaig fhada dhubh cíortha go néata, luisne shláintiúil ina phluca. Ní raibh gnaoi ar bith sna súile aige, áfach. Bhí siad fuarliath.

Baineadh siar as an bhean nuair a chonaic sí a raibh roimpi. Lig sí screadóg bheag aisti agus choisric sí í féin. Ina luí os comhair an teallaigh, bhí corp an tseanduine a tháinig chuig a doras ní ba luaithe. Buíocht chraiceann a aghaidhe ag lonrú sa leathsholas. Bhí sé ina luí ansin fuar, a pheann fáiscthe ina lámh go fóill aige agus duilleoga fánacha páipéir ina luí ar an urlár in aice leis.

"Tá muid ró-mhall, a dhuine uasail," a dúirt sí. "Tá an duine bocht marbh."

Níor labhair an sagart. Shiúil sé anonn chuig an mharbhán, chuaigh sé síos ar a ghogaidí os a chomhair agus scrúdaigh sé aghaidh an fhir mhairbh. Ní raibh aon chuid den trua lena mbeifeá ag dréim leis ó shagart le feiceáil in eibhear a shúl. D'amharc sé ansin ar na píosaí páipéir a bhí ina luí thart agus thóg sé iad. Shuigh sé ansin á léamh, a dhreach chomh righin le cloch. Nuair a bhí siad léite, rinne sé iad a fhilleadh go cúramach agus chuir sé iad ina phóca ar an taobh istigh dá chóta. D'éirigh sé. Ar sheasamh in airde dó, thug sé faoi deara an loicéad beag airgid ag lonrú le taobh an teallaigh. Chrom sé lena thógáil agus d'fhoscail sé é. Níor aithin sé an bhean istigh. Dhruid sé arís é agus sháigh isteach ina phóca é i gcuideachta na bpáipéar.

"An aithníonn sibh é, a dhuine uasail?" Bean an tí a bhí ag caint arís, í ag caitheamh súil neirbhíseach ar an fhear fhuar.

"Aithním!"

Ní raibh sa fhreagra uaidh ach monabhar de chogar. Chrunnigh an sagart a scairf thart ar a mhuineál, shocraigh a hata ar a cheann agus thiontaigh sé le himeacht. Labhair an bhean arís, cineál d'eagla uirthi go mbeadh sí fágtha sa teach léi féin agus an fear marbh seo sínte trasna an urláir aici.

"A dhuine uasail, an é nach bhfuil sibh ag gabháil a rá paidir ar son an chréatúir bhoicht?"

"Ní dhéanfadh paidir maith ar bith don chreachadóir sin. Is fada an dúdhiabhal ag fanacht leis."

Choisric an tseanbhean í féin arís. Rinne an sagart ar an doras agus amach leis san oíche.

CAIBIDIL 2

Baile Átha Cliath, 2012

Bhí Eoghan Ó Laighin tuirseach. D'eitil sé isteach go haerfort Bhaile Átha Cliath an tráthnóna roimhe sin. Ba é seo an chéad uair dó bheith sa bhaile le sé mhí. Ag léachtóireacht in Ollscoil Harvard a bhí sé ar *Ethnomusical Comparative Studies.* Níor thuig sé féin cad ba bhrí leis an teideal. Sean-nós, a deireadh sé lena chairde agus lena mhuintir nuair a d'fhiafraíodh siad – rud nár tharla go minic. Déanaimid comparáid idir an ceol sean-nóis atá againn in Éirinn agus na cineálacha ceoil traidisiúnta a bhíonn acu i dtíortha eile.

"Agus díoltar thú ar son cacamas den chineál sin!" a deireadh Micí, ceann de na cairde ab fhearr a bhí aige. "*By Dad*, caithfidh mé Maggie Jimí Mhicí a thabhairt liom go Bostún an chéad uair eile a bheas mé ann, déanfaidh mé cúpla punt uirthi."

Rachadh Eoghan ag gáire air. Bhí an ceart ag Micí ar bhealach amháin, cé a shílfeadh go bhféadfadh airgead maith a dhéanamh ar cheol sean-nóis, ach sin a bhí déanta aige. B'iontach an dóigh a dtiocfadh leat rud taibhseach allúrach a dhéanamh de ghnáthrud ach ainm deas a chur air agus plé a dhéanamh air le daoine a bhfuil leabhair scríofa acu agus a chaitheann cultacha costasacha.

I mBaile Átha Cliath a bhí sé mar chuid den obair sin, cuireadh faighte aige léacht a thabhairt in Acadamh Ríoga na hÉireann an oíche sin, áit a dtabharfadh sé caint ar 'Voice modulation in traditional singing – an international perspective.' Mar a mhínigh sé do chomhleacaí dá chuid, conas do ghlór a athrú le nach dtitfeadh na héisteoirí ina gcodladh i ndiaidh an cúigiú véarsa is seasca!

Bhí cuid mhaith den oíche roimhe sin caite aige san íoslach i Sráid Fhearchair, áit ar casadh a sheanchairde air. Ba ghnách leis cuid mhór ama a chaitheamh sa chlub nuair a bhí sé ina mhac léinn agus ba ann a chruinníodh a chuid cairde go fóill ó am go chéile. Thaitin an áit leis, cé go raibh sé seanfhaiseanta agus lán daoine a bhí níos seanfhaiseanta ná na ballaí donna cloiche a bhí ag coinneáil an dín in airde, ar éigean! Ní raibh mórán seans aige a chuid Gaeilge a chleachtadh i Meiriceá agus bhain sé sult as bheith i measc na nGael anseo. Thuig sé gur cineál geiteo a bhí ann ach ba chuma leis, bhí an deoch saor go leor agus de ghnáth bhíodh craic de chineál inteacht aige ann. Bhí rud amháin fá Ghaeilgeoirí na cathrach, bhíodh siad i gcónaí ag lorg faill cibé conamar Gaeilge a bhí acu a chleachtadh. Ní bhíodh aon ghanntanas comhrá orthu ar scor ar bith.

Aréir roimhe sin, bhí scaifte ban óg istigh. Chuir sé féin agus Micí comhrá orthu agus chaith siad an oíche ina gcuideachta. Bhí cloigeann tinn air ar maidin. Ní raibh an cleachtadh aige ar bheith ag ól go dtí a ceathair ach sin mar a thit rudaí amach. Iarradh air amhrán a chasadh, rinne sé amhlaidh agus roimh i bhfad bhí achan bhómán san áit i mbun a chuid ceoil féin. Fear an bheáir, fiú, lig sé uaidh cúpla véarsa de 'Bean an Fhir Rua' a chuirfeadh creathanna uafáis fríd do chorp, ach ba chuma le hEoghan. Cuid den chraic a bhí ann.

In Óstán an Shelbourne a bhí sé ag stopadh. Níor mhúscail sé go dtí go raibh a dó a chlog tráthnóna ann, a chloigeann ag réabadh. Isteach leis sa chithfholcadh. Chaith sé fiche bomaite ag ligean don uisce rith thar a cholainn. Thriomaigh sé é féin, chaith sé air a chuid ceirteacha agus amach ar an tsráid ag cuartú áit le hithe. Chuir sé cúpla uair an chloig pléisiúrtha thart ag ithe agus ina dhiaidh sin ag spaisteoireacht thart fán chathair. Cé nárbh as Baile Átha Cliath dó ó dhúchas, bhí deich mbliana cónaí déanta aige i gcomharsanacht na cathrach idir na blianta a bhí caite aige ar an choláiste agus an chéad phost a bhí aige ag obair le Gael Linn. Bhraith sé compordach sa chathair.

Aimsir bhreá a bhí ann an lá áirithe seo agus mar a tharlaíonn go minic nuair a bhíonn aimsir mhaith ann, bíonn cuma níos sona ar na daoine agus ar an dúlra. Shuigh sé tamall sa pháirc i bhFaiche Stiabhna ag amharc ar na daoine ag teacht is ag imeacht, a gcuid cúraimí féin ar gach duine acu, iad ag deifriú anonn is anall. Dhruid sé a shúile agus tharraing sé anáil fhada isteach go bun a scamhán. Lig sé don aer éalú amach as polláirí a ghaosáin go mall. Sonas.

Thoisigh sé ag déanamh a mhacnaimh ar an chaint a bhí le tabhairt aige an oíche sin. Smaoinigh sé ar na daoine a bheadh ag an léacht ansin roimhe. Bhí roinnt ríomhphost faighte aige le cúpla seachtain anuas ó chairde agus ó chomhdhíograiseoirí. Bhí cuid acu ag iarraidh comhghairdeas a dhéanamh leis, cuid eile ag iarraidh a chuid tuairimí a fháil fá ghnéithe áirithe den tsean-nós, tuilleadh acu á cheistiú fá ábhar na léachta. Ba chuma leis fán chuid ba mhó de na teachtaireachtaí sin, níor chuir sé mórán suime iontu, ach bhí ceann amháin acu nár fhéad sé a chur amach as a chloigeann.

Teachtaireacht bheag a bhí ann ó Chlíodhna Ní Mhaoltuile. Ní raibh Clíodhna feicthe aige ón bhliain dheireanach a chaith siad le chéile ar an choláiste. Bhí siad sa rang Gaeilge chéanna in Ollscoil Mhaigh Nuad. Agus iad i mbliain na céime, roghnaigh siad beirt na hamhráin traidisiúnta mar ábhar tráchtais. Chloígh Eoghan le filí an deiscirt san ochtú haois déag agus roghnaigh Clíodhna cumadóirí Chúige Uladh sa tréimhse chéanna. D'fhág sin iad go minic i gcuideachta a chéile agus iad i mbun taighde.

D'éirigh an caidreamh eatarthu níos teasaí i dtreo dheireadh na bliana. Ag seisiún de chuid Sean-Nós Cois Life i dteach tábhairne Hughes i Margadh na Feirme, chaith siad beirt tráthnóna pléisiúrtha ag éisteacht le cuid de cheoltóirí Chonamara i mbun ceoil. Bhí an ceol binn agus an deoch á dháileadh go fras. D'ól an bheirt acu níos mó ná mar a d'ólfadh siad de ghnáth agus fá dheireadh na hoíche, bhí siad beirt súgach go maith. Thug Clíodhna cuireadh d'Eoghan teacht ar ais chuig a hárasán ar na dugaí léi. D'fhan sé an oíche sin agus mórán oícheanta eile ina dhiaidh sin.

I ndiaidh dóibh an chéim a bhaint amach, d'fhan siad i dteagmháil le chéile ar feadh tamaill, ach nuair a bhog Eoghan go Meiriceá, d'éirigh an teagmháil sin níos tanaí. Ní raibh ríomhphoist ná gutháin phóca leitheadach ag an am, agus cé go mbíodh siad ag scríobh chuig a chéile go measartha minic, i ndiaidh bliain nó dhó ní raibh ann ach corrlitir fhánach. Bliain ina dhiaidh sin, ní raibh an méid sin féin ann. Tháinig an ríomhphost uaithi gan coinne ar bith. Scéal cluinte aici go raibh Eoghan le bheith i mBaile Átha Cliath. D'éirigh léi a chuid sonraí a fháil ó shuíomh idirlín Harvard. D'iarr sí air bualadh léi dá mbeadh an t-am aige. Scríobh sé ar ais láithreach agus shocraigh an bheirt acu ar chasadh le chéile ag an léacht.

Ní raibh cuairt fhada pleanáilte aige ar dtús. Ceithre lá in Éirinn a bhí socraithe aige a chéaduair, ach tar éis do Chlíodhna teagmháil a dhéanamh leis chinn sé ar choicís a ghlacadh saor óna chuid oibre i Meiriceá. Cén fáth? Ceist a chuir sé air féin go minic le mí anuas. Ba thearc eolas a bhí faighte aige ina taobh le blianta, gan eolas dá laghad aige ar a raibh ag tarlú ina saol, seans nach mbeadh aon rud acu le rá le chéile, go mbeadh an caidreamh a bhí acu na blianta roimhe sin fuar folamh fán am seo.

Thug sé le fios do mhuintir Harvard go mbeadh féile bhliantúil an Oireachtais ar siúl an tseachtain i ndiaidh na léachta, go raibh deis thábhachtach taighde ann, seans le dul i dtaithí ar fhíorcheol traidisiúnta na hÉireann. Is beag tuigbheáil a bhí ag lucht na hOllscoile thall ar fhíornádúr an Oireachtais! Bhí súil aige anois go mbeadh an fonn céanna ar Chlíodhna dul chuig an Oireachtas leis. Bheadh le feiceáil.

Nuair a bhí sé ag tarraingt ar an am a bhí beartaithe don léacht, phill sé ar an óstán agus chruinnigh sé a chuid nótaí. Shiúil sé leis ar a chompord síos go Sráid Dawson agus chuig foirgneamh an Acadaimh Ríoga. Bhí sé luath. Cuireadh fáilte roimhe ag an doras agus treoraíodh isteach go seomra na léachta é. Shocraigh sé a chuid nótaí agus rinne sé cinnte de go raibh a ríomhaire glúine agus an teilgeoir ag obair mar ba chóir. Ní raibh seinnteoir dlúthdhiosca ann. Bhí sé i gceist aige ceol a sheinm i rith na léachta agus bhí ceann de dhíth air. Tháinig freastalaí isteach le buidéal uisce dó agus mhínigh Eoghan a dheacracht. D'imigh an fear óg le seinnteoir a fháil dó. Nuair a bhí gach rud socraithe, chuaigh sé isteach go seomra beag in aice halla na léachta. Bhí cuid de bhaill an Acadaimh ansin. Rinne sé mionchomhrá leo go dtí go raibh sé san am dó dul amach ag caint.

Bhí freastal maith ar an ócáid. Tuairim is ceithre scór a bhí i láthair.

Bhain a raibh i láthair sult as. Thuig Eoghan ó aghaidheanna a raibh i láthair nach raibh cleachtadh ag cuid mhór acu ar thaispeántas idirghníomhach ardteicniúil den chineál a raibh cleachtadh fairsing air in Harvard. Meascadh giotaí de scannáin, ceol, grianghraif, beocháin agus caint Eoghain féin le chéile go snasta le scéal an-suimiúil a insint.

Bomaite amháin bhí an lucht féachána i mbothán beag in iarthar na hÉireann ag éisteacht le seanóir agus é ag gabháil fhoinn, cúpla soicind ina dhiaidh sin, fuair siad iad féin i dtuaisceart na hAfraice ag éisteacht le ceol aoirí i Maracó, ansin tógadh go hIndia iad agus ar ais arís. Chuir Eoghan ar a súile don lucht éisteachta go raibh ceangail nach beag idir ceol traidisiúnta na hÉireann agus go háirithe ceol sean-nóis na hÉireann agus na cineálacha éagsúla ceoil a bhí forleathan in áiteanna eile fríd an domhan. Ba rud é nár smaoinigh daoine mórán air. Mhínigh sé go bhfuil sé de nádúr ag daoine bheith ag smaoineamh go mbaineann nósanna s'acu féin leo féin amháin agus nach mbeadh gnoithe ar bith ag dream ar bith eile leo. Áit ar bith sa domhan ar thug sé an léacht seo agus ar thaispeáin sé an seó ríomhaire a bhí aige, cuireadh iontas ar dhaoine chomh cosúil is a bhí na traidisiúin éagsúla. Bhí cuimhne aige ar an am an bhliain roimhe sin nuair a iarradh air labhairt ag Ollscoil Chaireo san Éigipt. Bhí iontas (agus uafás) ar roinnt de na hArabaigh a bhí i láthair go bhféadfadh ceangal cultúrtha bheith acu leis an Iarthar. Dar le hEoghan, bhí a chuid bheag féin á dhéanamh aige ar son na síochána domhanda agus na comhthuisceana idirnáisiúnta.

I rith na cainte uaidh bhí súile Eoghain ag bogadh de shíor ó thaobh amháin den tseomra go dtí an taobh eile ag cuartú Chlíodhna. Ní raibh sí le feiceáil in aon áit aige. Bhí na soilse íslithe don léacht. Seans gur tháinig sí isteach rud beag mall agus go raibh sí ina suí ag cúl an halla, áit nach mbeadh sé ábalta í a fheiceáil.

Chonaic sé mórán daoine eile, áfach, daoine a raibh aithne acu air na blianta fada roimhe sin agus fós daoine nach raibh aon aithne aige orthu ach amháin óna gcuid ceoil. Bhí Paidí Bhidí Jó ann as ceantar Ghleann Cholm Cille. Duine de na ceoltóirí sean-nóis ab fhearr a bhí in Éirinn. Cé nach raibh Corn Uí Riada bainte aige go fóill, bhíothas ag rá nach fada go dtabharfadh sé an duais mhór leis. Fear measartha óg a bhí ann, ach bhí leaganacha d'amhráin aige nach raibh cluinte ag aon duine eile le fada an lá. Eisíodh dlúthdhiosca dá chuid an bhliain roimhe sin agus cheannaigh Eoghan ar líne é. Bhain sé an-sult go deo as bheith ag éisteacht leis.

Bhí mórán eile ann. D'aithin sé cúpla duine ó Shean-Nós Cois Life ann. Chonaic sé cuid de na cailíní ó oifig an Oireachtais agus roinnt de mhuintir Chonamara a bhí ag cur fúthu san ardchathair. Bhí beirt bhan rialta agus sagart ina suí i gcoirnéal, lucht ollscoile agus lucht an Acadaimh féin scaipthe fríd an tslua, chomh maith le scaifte maith den ghnáthphobal, ach ar Chlíodhna ní raibh tásc ná tuairisc.

Tháinig deireadh leis an léacht. Tugadh bualadh bos groíúil d'Eoghan. Sheas sé ansin ar feadh tamaill bhig leis an mholadh uathu a admháil, a shúile ag cuartú thart fán tseomra. Chomh luath is a ardaíodh na soilse agus a thuirling Eoghan den ardán bhí daoine ag brú a mbealaigh ionsair. Mac léinn ag iarraidh é a cheistiú fá seo nó siúd, ollamh le cuireadh dó labhairt le rang Gaeilge, cairde ag iarraidh a lámh a chroitheadh ach ní raibh Clíodhna ann. Bhí díomá air.

Chaith sé leathuair eile i mbun comhrá agus ag ól fíona lena raibh i láthair ag an ócáid sular éirigh leis a chuid leithscéalta a dhéanamh agus a bhealach a dhéanamh amach as an áit. Cá raibh sí? Gheall sí dó go mbeadh sí ann. Bhí súil aige an oíche a chaitheamh ina cuideachta, labhairt fá na seanlaethanta, cúpla deoch a ól agus aithne a chur uirthi arís. Cad a dhéanfadh sé anois? Ar ais chuig an óstán, deoch a ól leis féin. Ní raibh sé ag tnúth leis.

Rinne sé a bhealach arís suas Sráid Dawson. Ní dheachaigh sé díreach isteach san óstán. Bhí geataí na páirce fós foscailte agus bheartaigh sé dul ar shiúlóid bheag isteach san Fhaiche. Shiúil sé i dtreo lár na páirce. Bhí loch beag ann. Shuífeadh sé tamall ansin. Cibé rud faoi, nuair a thiocfadh díomá, fearg nó imní ar Eoghan, chuardódh sé uisce i gcónaí. Tógadh é taobh na farraige agus ón am a bhí sé ina ghasúr, ba chuici i gcónaí a rachadh sé dá mbeadh buaireamh air. Bhí rud inteacht fá bhualadh síoraí na farraige, a trup agus a tormán, a labhair leis an éadóchas ina chroí agus a thug faoiseamh beag dó.

Ní raibh mórán de thrup nó de thormán ón loch bheag istigh i lár na páirce i bhFaiche Stiabhna, ach ar dhóigh éigin chuidigh sé leis na mothúcháin chorraithe a bhí istigh ann a cheansú. Ní raibh sé ann ach fiche bomaite nuair a tháinig maor thart ag rá go rabhthas leis an pháirc a dhrud don oíche. D'éirigh sé agus rinne sé a bhealach amach agus ar ais chuig an óstán.

Bhain sé a sheomra amach. Ní raibh ann ach go raibh a chuid nótaí agus a ríomhaire glúine curtha ar leataobh aige nuair a bhuail an guthán in aice na leapa. D'fhreagair sé é. Duine de na fáilteoirí a bhí ann ó dheasc thosaigh an óstáin.

"A Uasail Uí Laighin?"

"Sea!"

"A Uasail Uí Laighin, tá na gardaí anseo. Ba mhaith leo labhairt leat."

CAIBIDIL 3

Ní raibh a fhios ag Eoghan caidé a bheadh roimhe nuair a tháinig sé anuas an staighre sa Shelbourne. Cén fáth a mbeadh na gardaí ag iarraidh labhairt leis-sean? An raibh duine inteacht marbh? Dá mbeadh scéal ón bhaile, cinnte le Dia go gcuirfeadh a athair scairt air díreach agus nach mbeadh sé á chuartú fríd na gardaí. B'fhéidir gurbh é a athair féin a bhí caillte. Ní raibh aon duine eile sa bhaile. Cailleadh a mháthair cúig bliana roimhe sin agus bhí a dheirfiúr Katie ina cónaí san Astráil, ach cén dóigh a mbeadh a fhios ag na comharsana gur anseo a bheadh sé?

Anuas leis go dtí an deasc fáiltithe. Bhí garda óg ina sheasamh ansin, a bhearad bainte de agus é i mbun comhrá leis an fháilteoir. Chuaigh sé a fhad leo agus chuir sé é féin in aithne.

"Tá mé buartha as bheith ag cur isteach ort, a Uasail Uí Laighin, ach an bhféadfainn labhairt leat bomaite?"

"Cinnte."

Chuaigh siad ar leataobh agus shuigh an bheirt acu ar tholg beag san fhorhalla.

"Chuir muid glaoch ar an Acadamh agus thug siad le fios dúinn gur anseo a bhí tú ag fanacht."

Tar chuig an phointe, arsa Eoghan leis féin. Cad a tharla? Ní raibh am ar bith aige don mhionchomhrá seo. Bhí a chroí ag preabadh ina ucht.

"Tá aithne agat ar Chlíodhna Ní Mhaoltuile."

"Tá. Caidé atá contráilte? Caidé a tharla?"

"Dada. Tá Clíodhna i gceart."

"Cá bhfuil sí?"

"Tá sí thíos ag stáisiún na ngardaí ar Shráid an Phiarsaigh."

"Sráid an Phiarsaigh, cén fáth? Cad a tharla?"

"Fuair . . . bheul . . . maraíodh a páirtí níos luaithe tráthnóna."

"A páirtí?"

"A leannán, an fear lena raibh sí ag siúl amach."

"Ní raibh a fhios…"

"D'iarr sí orainn cur fá do choinne. Tá sí ag iarraidh tú a fheiceáil. Tá sí sa stáisiún ag fanacht leat."

Bhain seo siar go maith as Eoghan. Thoiligh sé imeacht leis an gharda. Chuaigh sé suas an staighre arís lena chóta a fháil agus d'imigh siad leo sa charr síos chuig Sráid an Phiarsaigh.

Páirtí ag Clíodhna? Ní raibh sé cinnte cén fáth ar chuir an t-eolas seo isteach chomh mór sin air. Nach mbeadh sé nádúrtha ag bean dóighiúil mar í sna luath-thríochaidí saol grá a bheith aici. Ba rud é nár tháinig isteach ina chloigeann go dtí sin, go dtiocfadh léi bheith pósta nó geallta le fear eile. Shamhail sé i gcónaí í mar a bhí sí an uair dheireanach a bhí siad le chéile. Iontais mhóra an tsaoil ag leathnú amach rompu, é ar a bhealach go Meiriceá, ise ag tabhairt fá obair thaighde in Albain. Chaith siad an oíche sin i gcuideachta a chéile. Gheall siad dá chéile go mbeadh siad dílis dá chéile i gcónaí, nach ndéanfadh siad dearmad dá chéile go brách. Ní mar sin a d'oibrigh cúrsaí amach. Amaidí a bhí ann i ndáiríre, ach chreid siad é ag an am, mar is dual don óige.

Ní raibh ann ach turas cúig bhomaite sa charr ach dar le hEoghan, ba thuras i bhfad ní b'fhaide a bhí ann, gan mórán de chomhrá idir é agus an garda óg sa charr. Ar lá inteacht eile bheadh sé ag iarraidh ceist a chur air fá dtaobh de shonraí an cháis, cad a tharla don fhear? Cérbh é? Cé tháinig ar a chorp? Ní ar aon cheann de na nithe sin a bhí a intinn, is ar Chlíodhna a bhí a chuid smaointí uilig dírithe. Ar dhóigh aisteach, a mhúscail náire ann, bhí lúcháir air bheith ag bualadh léi arís, bhí áthas air go raibh leithscéal maith aici gan bheith ag an léacht agus maidir lena páirtí a bhí marbh… bheul níor mhaith leis smaoineamh ar sin fiú.

Isteach leo go dtí an stáisiún agus treoraíodh go seomra beag é. Bhí Clíodhna ann agus bangharda in éineacht léi. Bhí sí ag ól caife amach as cupa plaisteach agus cuma chaillte uirthi. Nuair a thiontaigh sí agus nuair a chonaic sí Eoghan ag siúl isteach an doras, d'éirigh sí. Sheas Eoghan ansin ag amharc ar an bhean a bhí ansin roimhe. Bhí sí níos sine cinnte, ach ní raibh a háilleacht caillte aici, in aineoinn an chuma bhriste a bhí uirthi, an ghruaig aimhréidh agus rian na suóg ar a haghaidh. Bhog sí ina threo agus rug siad barróg ar a chéile.

"Eoghan, Eoghan." Sin uilig a bhí sí in ann a rá.

Shuigh an bheirt acu síos. Sméid an bangharda a ceann go truacánta i dtreo Eoghain agus d'fhág sí an seomra acu.

"Tá tú ag amharc go maith, a Eoghain, tá brón orm nach raibh mé ag an … ag an … léacht."

"Shush, shush. Tá tú i gceart."

"Ní raibh mé ag caint leis ó bhí inné ann . . . bhí mé ar shiúl as baile oíche aréir agus bhí sé le mé a phiocadh suas ag Busáras tráthnóna, ach níor tháinig sé . . . bhí . . ."

"Shush, shush."

Ní raibh a fhios ag Eoghan cad ba cheart dó a rá. Ní raibh sé ag dréim léi a bheith ag spalpadh mar seo fá fhear nach raibh aon aithne aige air. Bhí an oiread sin blianta imithe ó labhair sé le Clíodhna fiú gur mhothaigh sé mar strainséir ag éisteacht léi. Rinne sé rud beag míchompordach é ach choinnigh sé a lámh timpeall ar a gualainn.

"Ní raibh aon fhreagra óna ghuthán. Bhí a fhios agam go raibh rud inteacht contráilte, bhí a fhios agam. Ní bhíonn sé gan an fón sin a choíche. Th... tháinig mé air san árasán… bhí sé marbh."

"Fuist, fuist, a thaisce."

Lean an comhrá eatarthu mar sin ar feadh deich, fiche bomaite, ní raibh Eoghan cinnte. Tháinig an bangharda ar ais isteach le cupa caife dó féin. Ghlac sé an cupa uaithi ach níor ól sé an deoir féin as.

Ní raibh gnoithe ar bith eile ag na gardaí léi. Bhí cigirí ón Aonad Fiosruithe fós amuigh san árasán. Tógadh Clíodhna isteach chuig an stáisiún le go mbeadh sí ábalta a ráiteas a thabhairt agus le go mbeadh spás ag na saineolaithe a gcuid oibre a dhéanamh san árasán. Fuarthas comhairleoir le labhairt le Clíodhna ach níor shuim léi labhairt leis, ní raibh sí ag iarraidh dul chuig ospidéal an Mater le dochtúir nó síceolaí a fheiceáil, ní raibh rud ná duine ar bith uaithi ach Eoghan. D'ardaigh seo a chroí rud beag agus theann sé lámh Chlíodhna idir a dhá bhos. Ní seo mar a shamhail sé an bheirt acu ag teacht le chéile arís. Ní raibh neart ar an chinniúint.

Dheimhnigh an bhangharda a cuid sonraí teagmhála sular imigh siad. Chruinnigh sí a cóta agus a mála agus amach leo san oíche. Sheas Eoghan ar imeall an chosáin agus chuir sé a lámh in airde ag brath aird tiománaí tacsaí a tharraingt. Ní raibh sé i bhfad ag fanacht nuair a tháinig Toyoto Corolla corcra gur stad os a gcomhair. Léim siad isteach agus d'ordaigh Eoghan dó iad a thabhairt chuig an Shelbourne.

"Thig leat fanacht liomsa anocht."

"Ní thig…"

"Ag an am seo den bhliain beidh neart seomraí saor acu," a dúirt sé go gasta. Ba é an rud deireanach a bhí sé ag iarraidh a dhéanamh ná tuilleadh míshuaimhis a chur uirthi. Níor chuir sí ina éadan.

Bhí an ceart aige. Bhí seomra saor ar an urlár chéanna ar a raibh Eoghan ag fanacht. Shín sé a chárta creidmheasa chuig an ghiolla a bhí taobh thiar den deasc fáiltithe. Nuair a bhí na socruithe cuí déanta chuaigh siad isteach san ardaitheoir agus suas go hurlár a trí. Ní dheachaigh siad díreach chuig an tseomra a bhí faighte ag Clíodhna ach isteach i seomra Eoghain. Bhí sé ag iarraidh a dhéanamh cinnte de go raibh sí ceart go leor. Ní raibh a dhath ite aici ó mhaidin, d'ordaigh siad bia don tseomra, agus thit siad chun comhrá.

"Bhí sé uafásach, a Eoghain. Dá bhfeicfeá a aghaidh… an eagla."

"Raibh … an síleann na gardaí …"

Bhí sé an-deacair air an cheist a chur ach thuig Clíodhna cad a bhí ar a intinn.

"Sea, dúnmharú a bhí ann. Bhí scian fríd a chroí." Bhris na deora uirthi.

"Ach cé? An raibh sé i dtrioblóid éigin?"

"Ní raibh sé … ní raibh Ca…Caoimhín i dtrioblóid riamh ina shaol.

Leaid ciúin ón Spidéal a bhí ann. Ní raibh sé i bhfad i mBaile Átha Cliath. Ní raibh baint ar bith aige le maistíneacht de chineál ar bith riamh ina shaol, ní raibh baint ar bith aige le drugaí … le dada! Mhínigh mé sin uilig do na gardaí."

"Caoimhín … Caoimhín Ó Cadhla? An ceoltóir?"

"Sea!"

Bhí an t-ainm cluinte aige cheana. Ceoltóir óg sean-nóis a bhí ann a raibh roinnt comórtas bainte aige le blianta beaga. Ní raibh aon chomórtas mór bainte aige go fóill ach nuair a bhí sé ina ghasúr, bhain sé cuid mhór de na comórtais faoi aois ag an Oireachtas. Bhí sé cluinte aige ar an raidió.

"Ní raibh a fhios agam go raibh…"

"Tá sé ceart go leor, cén dóigh a mbeadh a fhios agat."

Tháinig béile agus cé gur ith Eoghan a chuidsean go fonnmhar, níor ith Clíodhna ach corrphioc de. Thuig sé di. Caithfidh sé nach raibh sé furasta d'intinn a dhíriú ar bhia ag am mar seo. Chaith siad tamall fada ina suí ansin ag comhrá go dtí gur thit ualach agus buaireamh an lae anuas orthu. Bhí na súile ag éirí trom ar Chlíodhna. Threoraigh Eoghan chuig a leaba í, luigh sí síos agus thit a codladh uirthi gan mhoill. Shocraigh Eoghan na braillíní thart uirthi agus tharraing sé blaincéad amach as an chófra, shoiprigh sé é féin ar an tolg. Níorbh fhada gur thit sé ina shámhchodladh.

Músclaíodh iad de phreab i dtrátha a ceathair a chlog ar maidin. Bhí dordán ag bualadh go tormánach thart orthu. Níor thuig Eoghain cad a bhí ann ar feadh cúpla soicind go dtí go bhfuair sé boladh aisteach ina pholláirí. Tine. Bhí an áit le thine. Léim sé ina sheasamh ag tarraingt chuige a bhróg. Bhí Clíodhna ina seasamh fán am seo láimh lena cóta. Bheir sé ar a sciathán agus amach an doras leo.

Bhí an pasáiste dubh le toit, daoine i bpitseámaithe agus cultacha oíche ar gach taobh díobh, iad uilig scanraithe ag iarraidh a mbealach a dhéanamh i dtreo an staighre. Bhrúigh Eoghan Clíodhna roimhe, a mhuinchillí ar a bhéal leis an toit a choinneáil amach. Bhí Clíodhna ag casachtach roimhe ach choinnigh sé í ag bogadh. Síos an staighre leo. Daoine ag teacht amach as gach aon doras ar an bhealach síos ag plódú an staighre, ag cur moille orthu.

Sa deireadh tháinig siad amach ar urlár an talaimh. Bhí rírá agus clampar ann. Daoine ina rith anonn is anall. Lucht óstáin ag iarraidh daoine a threorú amach ar an tsráid. Bhí geonaíl na mbriogáidí dóiteáin amuigh ar na sráideanna le cluinstin. Isteach leis na trodairí tine. Bhí bainisteoir an óstáin ansin rompu, cuma aimhréidh air, amhail is go raibh sé díreach i ndiaidh éirí dá leaba.

"An tríú hurlár," a scairt sé, "seomra 322 … taobh na sráide."

D'imigh na trodairí tine i dtreo an staighre. Rith duine acu amach agus d'ordaigh sé dá chomhleacaithe an dréimire a chur in airde chuig an tríú hurlár.

Thit Eoghan agus Clíodhna amach ar an tsráid. D'amharc Clíodhna ar Eoghan, scanradh ina súile.

"Tá a fhios agam. Do sheomra-sa a bhí ann. Goitse. Níl tú sábháilte anseo!"

CAIBIDIL 4

Gaoth Dobhair

Bhí Dónall Mac Giolla Easpaig i ndiaidh an oíche a chaitheamh ag ól Tigh Sheáin Óig. Bhí oíche chiúin go maith ann. Ní raibh ach dornán istigh ann ag ól. Bhí scaifte beag de naonar nó dheichniúr ann as baile isteach. Anuas as Béal Feirste nó áit inteacht sa Tuaisceart ar chúrsa Gaeilge a bhí siad. Bhí siad glórach go maith agus marbh amach ag iarraidh a gcuid Gaeilge a chleachtadh. Rinne sé gáire beag leis féin nuair a chuala sé bean díobh ag iarraidh 'pionta cláirsí' a ordú ó fhear an bheáir. Níor thuig an duine bocht caidé faoi Dhia a bhí de dhíobháil uirthi. D'iarr sé uirthi labhairt i mBéarla, rud a chuir as go mór di.

Thoisigh an ceol eatarthu. Bhí cuid acu measartha maith, a shíl Dónall. Bhí siad ábalta nóta a choinneáil ar scor ar bith. Ní raibh mórán measa aige ar rogha an cheoil acu, áfach. 'Báidín Fheidhlimí', 'Beidh Aonach Amárach', 'An bhfaca tú mo Shéamaisín?' Amhráin pháistí uilig a bhí acu. Ní raibh aon chuid de sheanamhráin na Gaeilge acu. Bhain duine acu triail as 'Tá mé i mo Shuí' ach ní thiocfadh leat ceol a thabhairt ar an lagiarracht a rinne sí. Gheofá ceol ní b'fhearr ó chearc caite beo in uisce te.

Tháinig cuid dá chomharsna isteach. Rinne sé a chomhrá leo. Ní raibh a dhath iontach le rá ag duine ar bith acu. Bhí móin na bliana bainte, gróigthe agus tugtha isteach (ag an fhíorbheagán a bhí ag gabháil don mhóin go fóill), bhí scéal amuigh go raibh Jeaic Neansaí Ó Gallchóir agus a bhean scartha. Níor chuir sin iontas ar bith ar Dhónall, níor mhaith leis féin bheith ina chónaí le Jeaic. Bhí scéal ag duine acu go mb'éigean do bhád tarrthála Árainn Mhór theacht i gcabhair ar bhád Jimí Mhóir Uí Dhónaill. Jimí bocht. Chuaigh a chuid eangach i bhfostó in inneall a bháid agus ní raibh sé ábalta é a chur ag obair arís. Bhí uair caite aige ag iarraidh é a scaoileadh ach níor éirigh leis. Bheadh an turas a rinne an bád tarrthála logáilte acu agus bheadh a fhios ag na húdaráis roimh i bhfad go raibh Jimí amuigh leis na heangacha *monofiliment*. Bheadh an t-ádh air gan an dlí a bheith sa mhullach air roimh dheireadh na seachtaine.

Ag tarraingt ar a haon a chlog san oíche a bhí sé nuair a d'éirigh Dónall le dul 'na bhaile. Ní raibh i bhfad le dul aige. Oíche bhreá réaltógach a bhí ann agus bhí iomlán gealaí roimhe ar an bhealach. Bhí an carr fágtha sa bhaile aige. Bhí sé róchontúirteach é a thabhairt amach na hoícheanta seo. Gardaí in achan áit ag faire ar an duine a bheadh amaideach go leor le dul ag tiomáint agus é ag teacht amach ólta as teach an leanna. Ba chuma leis. Thabharfadh fiche bomaite siúil abhaile é agus bhí oíche dheas ann le bheith amuigh ag spágáil.

Soir an bealach leis, é lasta go maith roimhe. Bhí soilse Chnoc Fola le feiceáil aige ag lonrú thuas uaidh. Amach ag a thaobh bhí na hoileáin ina luí san fharraige. Meallta móra dubha san uisce faoi sholas na gealaí. Ba chuimhin leis ina óige nuair a bhí soilse le feiceáil ar na hoileáin sin, ach d'imigh an lá sin. Chuir sé cumha air ag smaoineamh orthu agus ar an dóigh a raibh an saol ag athrú. Ní seanduine a bhí ann, ní raibh an leathchéad féin bainte amach aige ach mhothaigh sé go raibh an domhan ag bogadh níos gasta agus níos gasta an t-am ar fad. Thoisigh sé ag ceol go bog leis féin. 'Úirchill an Chreagáin'. Amhrán a fuair sé ó Aodh Ó Duibheannaigh na blianta roimhe sin. Dar leis, ní raibh sé ábalta é a cheol chomh maith is a bhí an Duibheannach ach bíodh sin mar atá, ní raibh caill ar bith ar a leagan féin. Bhí dúil aige san amhrán agus d'fhóir sé go maith don oíche chumhúil seo.

Bhí an ceol ag dul thart ina chluasa. Thóg sé ar shiúl ina intinn é go tír eile, 'tír dheas na meala', áit a bhfaighfeadh sé 'aoibhneas ar hallaibh dá dhúscadh le siansa ceoil'. Níor chuala sé an carr ag teacht ina dhiaidh. Leis an fhírinne a dhéanamh, ba bheag an seans go gcluinfeadh óir bhí an carr ag tiomáint go han-mhall agus bhí na soilse múchta air. Nuair a bhí an carr fá fhiche slat de Dhónall ba ansin a thoisigh sé ag bogadh ar lánluas. Go tobann, rinne sé go scréachach air, gur bhuail go díreach isteach ina chúl. Caitheadh Dónall san aer agus thit sé go talamh arís ar chúl a chinn. Bhí

Dónall marbh sular scoilt a mhuineál ina phíosaí ar dhromchla an bhóthair. D'imigh an carr faoi luas isteach sa dorchadas.

Dún Chaoin

Amuigh ar an fharraige a bhí Maidhc Séainín Ó Murchú. Bhí blianta caite i Meiriceá aige ag obair agus ag saothrú dá chlann. Tháinig sé abhaile tuairim is deich mbliana roimhe sin agus bhí sé anois ag baint súp as an tsaol.

Bhí a chlann tógtha aige, bail ó Dhia orthu, agus bhí saol achrannach go leor caite aige á dtógáil. Bhí sé féin anois sa chuid deireanach dá shaol agus ní raibh rud ar bith eile uaidh ach na blianta sin a chaitheamh go sona lena bhean chéile anseo san áit ar rugadh agus ar tógadh é.

Ní raibh mórán eile sa tsaol seo a thug ní ba mhó pléisiúir dó ná an iascaireacht. Cheannaigh sé bád beag ó Thomás Mharthbáin thiar i mBaile an Fheirtéaraigh trí bliana roimhe sin agus ba bheag seans a lig sé thairis ó shin dul amach ar an fharraige. Bhí a chroí amuigh le himní ag an bhean chéile Máirín ach níor ghá di é. Bhí aithne níos fearr ag Maidhc Séainín ar na farraigí thart timpeall Chorca Dhuibhne ná mar a bhí ag aon fhear eile beo. D'fhéadfá a rá gur ar an fharraige a tógadh é. A athair roimhe agus a chuid deartháireacha uilig chaith siad a seal ag saothrú na n-uiscí. Munab ag iascach a bheadh siad is ag rásaíocht naomhóg a bheadh. Dúradh riamh nach mbeadh comórtas ar bith bainte ag aon duine go dtí go mbeadh muintir Mhurchú cloíte.

Sna blianta déanacha seo, músclaíodh suim eile ann. Lena rá i gceart, athmhúsclaíodh a chuid suime san fhilíocht agus sa cheol. Seanchaí cruthanta ba ea a sheanathair. Bhí sé beo i rith óige Mhaidhc agus d'insíodh sé scéalta agus rannta do na páistí san oíche. Nárbh iontach na scéalta sin a bhí aige, gaiscígh agus arrachtaí, cailleachaí agus laochra. Bhí dearmad nach mór déanta aige de na scéalta nuair a bhí sé i Meiriceá ach anois agus é sa bhaile aris, tháinig siad ar ais chuige arís. Rinne sé iarracht cuid acu a scríobh síos. Chuir sé iontas air nuair a chuir lucht Gaolainne agus lucht foghlama suim iontu. Foilsíodh cuid acu.

An fharraige, scéalta agus ceol. Sin na trí rud a thug pléisiúr dó na laethanta seo. Bhí ceol ina dhaoine riamh anall. Ceol bocsa agus amhránaíocht. Ba í a mháthair thar dhuine ar bith eile, go ndéana Dia a mhaith ar na mairbh, a thug an amhránaíocht don chlann. Bhíodh na seanamhráin ar fad aici, 'Neansaí Mhíle Grá', 'Jimí mo Mhíle Stór' agus na céadta eile. Bhí glór cuíosach maith ag Maidhc agus ghlac sé páirt i gcomórtais an Oireachtais nuair a bhí siad á reáchtáil ar an Daingean. D'éirigh go maith leis agus lean sé air bliain i ndiaidh bliana ag tarraingt ar fhéile mhór an cheoil traidisiúnta. Bhí sé le bheith i Leitir Ceanainn i mbliana. Leitir Ceanainn. Turas fada ach bhí scaifte maith ag taisteal. Bhí caint ar eitleán speisialta a bheith curtha ar fáil ón Fhearann Fuar go Doire. Ba ghairid an turas é ó Dhoire go Leitir Ceanainn agus bheadh scoth na cuideachta leis. Ag súil go mór leis a bhí sé. Bhí amhrán nó dhó ag rothlú thart ina intinn le tamall anuas agus é ar a dhícheall ag iarraidh rogha a dhéanamh cé acu a déarfadh sé don chomórtas.

Ba chinneadh é sin le haghaidh lá éigin eile, áfach. D'airigh sé tarraingt ar a líne. Bhí iasc ar dhorú aige. Dhírigh sé a aird ar fad ar an tslat a bhí ina lámh. Iasc mór a bhí ann de réir dealraimh. Scaoil sé amach a líne píosa beag agus ansin tharraing sé ar ais í, ag iarraidh an t-iasc a thuirsiú. Rinne sé seo cúpla babhta agus d'oibrigh sé, bhí sé ag éirí níos éasca an líne a tharraingt isteach gach aon uair. Ní fada go mbeadh sé aige. Bradán a bheadh ann, siolpach de bhradán, bhí sé cinnte de. Bhí sé chomh tógtha sin leis an streachailt idir é féin agus an t-ainmhí fiáin a bhí ar líne aige nár thug sé faoi deara go raibh bád eile ag tarraingt aníos ar a chúl.

Chuala sé trup an innill nuair a bhí an bád eile fá dheich slata de. Thiontaigh sé a chloigeann d'fhonn beannú d'fhoireann an bháid. Duine de na comharsana a bheadh ann, a mheas sé. Níor aithin sé na daoine a bhí sa bhád eile. Beirt fhear a bhí ann, duine acu ard tanaí, éadaí troma dubha air agus caipín ar a cheann. Bhí fear níos sine a raibh gruaig liath air ar an stiúir, gan ceannbheart ar bith air. D'ardaigh sé a lámh mar bheannacht agus thiontaigh sé ar ais chuig a líne.

Tharraing an bád eile aníos in aice le bád Mhaidhc. Thiontaigh sé chucu arís díreach in am le maide rámha trom a fheiceáil ag luascadh fríd an aer chuige. Bhuail an maide ar thaobh an chloiginn é. Thit an tslat iascaigh dá lámh. Sheas sé ansin trí nó ceithre shoicind, a chorp ar crith, amharc lom folamh ina shúile, go dtí gur thit sé siar isteach san uisce.

Léim an fear óg isteach i mbád Mhaidhc agus anonn go dtí an taobh as ar thit sé amach. Bhí corp Mhaidhc ar snámh ansin ag taobh an bháid. Rug sé greim ar a chos. Cheangail sé rópa a bhí ina luí ar chúl an bháid leis an chos sin agus dheimhnigh sé go raibh an taobh eile ceangailte go daingean leis an bhád. Ar ais leis isteach ina bhád féin ansin agus thoisigh sé féin agus fear na gruaige léithe ag polladh an bháid le casúir a bhí tógtha acu leo don jab. Ní fada go raibh poll réasúnta mór déanta acu ar thaobh bhád Mhaidhc. Thoisigh sé ag dul faoi go mall ach ag éirí níos gasta agus níos gasta de réir mar a bhí sé ag líonadh le huisce. Fá dheireadh, d'imigh sé as radharc faoi na tonnta ag tarraingt corp Mhaidhc ina dhiaidh.

Na Déise

Bhí Rosanne Uí Mhaolchatha ag súil go mór leis an bhéile. Daichead bliain pósta. Ní raibh mórán lánúin ann a mhair chomh fada sin le chéile. Mar cheiliúradh bhí sí féin, a fear céile agus a cúigear iníonacha agus mac le dul isteach go Dún Garbháin agus dinnéar a chaitheamh le chéile.

Ócáid mhór a bhí ann agus shocraigh siad triail a bhaint as an *Tannery*, bialann ghalánta ag taobh na cé sa bhaile mhór. Bhí iomrá amuigh ar an bhialann fríd an cheantar ar fad agus b'fhada iad ag rá le chéile go raibh rud mar seo tuillte acu.

Ar ndóigh chuir an chlann leis an ócáid. Nuair a bhí sé socraithe ag a dtuismitheoirí dul amach, d'eagraigh siad limisín le hiad a bhailiú óna dteach i Rinn Ó gCuanach Shocraigh siad go mbeadh seomra príobháideach acu agus go mbeadh ceoltóirí i láthair le siamsaíocht a chur ar fáil dóibh. Tugadh cuireadh fosta do dhearthair agus do dheirfiúr Rosanne teacht in éineacht lena gcéilí. Bhí Pádraic, a dearthair, ina chónaí i Leeds Shasana agus bhí Síle agus a clann ag cur fúthu i Nua-Eabhrac. Ní minic a thagadh siad abhaile agus chuirfeadh sé go mór leis an cheiliúradh iad a bheith ann. Bhí siad ag súil le geit mhór iontais a bhaint as a máthair.

Chuaigh gach rud de réir mar a bhí leagtha amach acu. Tháinig an *limo* in am trátha, bhí an ceol sa bhialann go seoigh agus ba bheag nár imigh cosa Rosanne fúithi nuair a shiúil Pádraic agus Síle isteach. Bhí an-oíche rompu. Thoisigh an comhrá agus an chraic eatarthu. Chaith siad uair an chloig go pléisiúrtha ag tochailt cuimhní, ag insint scéalta agus ag caint fá charachtair éagsúla óna n-óige, cuid acu a bhí fós beo agus cuid a bhí le fada ar shlua na marbh. Ba bheag aird a bhí acu ar a raibh á ithe acu, rud tánaisteach a bhí ann le taobh na cuideachta agus an chomhluadair. Fosclaíodh buidéil fíona, itheadh an cúrsa tosaigh agus an príomhchúrsa. Bhí an chlann ar fad ar a sáimhín só agus rith sé deacair ar dhuine ar bith acu oíche ní b'fhearr a shamhlú.

Cuireadh isteach beagainín ar an chomhrá agus ar an chuideachta nuair a bhí an príomhbhéile beagnach caite acu. Réab dordán géar bonnáin fríd an tigh. Tháinig duine de na freastalaithe isteach fá dheifir agus d'iarr sé ar gach duine bogadh amach ar feadh tamaill bhig. Bhí tine bheag sa chistin, níorbh aon rud mór é ach ar mhaithe le sábháilteacht bhí bainistíocht na bialainne ag iarraidh ar gach duine bogadh amach go dtí go mbeadh an tine faoi smacht acu.

Ar ndóigh, mar a tharlaíonn go minic i gcásanna den tsórt, chuir seo go mór leis an chraic. Iad ina seasamh taobh amuigh, breá meidhreach, ag breathnú amach ar an fharraige, thoisigh cuid de na fir ag canadh amhráin ghairsiúla. Thóg sin spiorad na clainne uile. Níor coinníodh taobh amuigh iad ach cúig bomaite agus ansin, le céad míle leithscéal, d'iarr na freastalaithe orthu a gcuid suíochán a ghlacadh aris. Ardaíodh meanma gach aon duine sa láthair arís nuair a bhí an mhilseog ite acu agus iarradh ar Rosanne amhrán a chasadh. B'éigean dóibh brú beag a chur uirthi. Lig sí uirthi go raibh sí cúthail, nár theastaigh uaithi ceol, ach níor éirigh léi dallamullóg a chur ar aon duine. Thuig siad nach raibh ann ach cuid den chraic. Sa deireadh chas sí 'Iníon an Fhaoit' ón nGleann' agus nuair a tháinig an t-amhrán chun deiridh tugadh bualadh bos mór di.

Tháinig an tae agus an caife. Caife faoi dhá spúnóg shiúcra a d'óladh Rosanne i gcónaí agus bhí sé de dhíth uirthi an oíche seo i ndiaidh di an t-amhrán úd a chasadh. Chas sí an dá spúnóg shiúcra sa chaife agus shlog sí siar bolgam. Duine de na páistí a bhí anois ag canadh, ba mhór an spórt a bhí sí a bhaint as an oíche. Bhí an t-amhrán nach mór críochnaithe ag a mac nuair a thoisigh sí ag éirí corrach. Ní raibh sí in ann í féin a fháil compordach ar an chathaoir. Bhog sí ó thaobh go taobh ach ní raibh maith ann di. Bhí sí á fáil deacair a hanáil a tharraingt. Mhothaigh sí go raibh an craiceann ar a haghaidh ag éirí teann. D'éirigh a craiceann chomh teann sin go raibh meangadh áiféiseach gáire ar a gnúis. Dá bhféachfá uirthi mheasfá nach raibh ann ach go raibh sí ag baint spraoi as an oíche, ach ní fada gur éirigh na daoine thart uirthi imníoch.

Thoisigh a géaga ag súisteáil thart. Brúdh a droim chun tosaigh. Thit sí den chathaoir. Dheifrigh gach duine thart uirthi ach ní raibh a fhios ag aon duine cad ba chóir a dhéanamh. Rith freanga i ndiaidh freanga fríd a corp. Ansin, bhí sí ciúin. Ina luí ansin. Bhí duine de na páistí ar an ghuthán ag caint le lucht 999. Bhí duine eile ag iarraidh cabhrú léi anáil a tharraingt.

"Tá tart orm," a dúirt sí, "…uisce."

Tugadh gloine uisce di agus bhain sí súimín as, ach ní raibh faoiseamh i ndán di. Bhuail taom eile freangaí í. Tháinig riastradh ar a haghaidh. Bhí an chuma air go raibh a súile le briseadh amach as logaill a cinn. Scread sí leis an phian ach níor tháinig aon fhuaim as a béal. Ní raibh sí in ann análú. Bhí sí á tachtadh. Ansin de phlab, thit sí ina cnap i lámha a fir chéile. Bhí sí marbh.

Fiche slat suas an bóthar bhí fear ard tanaí ina shuí ina charr. Bhí an chulaith freastalaí a bhí á chaitheamh aige ní ba luaithe craptha isteach i mála plaisteach ar shuíochán an phaisinéara. Chuirfeadh sé le thine níos moille é. Bhí radharc ar dhoras na bialainne aige. D'fhan sé ansin ag fanacht leis an otharcharr. Chonaic sé é ag teacht agus ag stopadh taobh amuigh den doras. D'fhan sé ansin go bhfaca sé an corp á thabhairt amach as an bhialann. Ní raibh masc oscaigine ná aon cheo eile ceangailte léi. Ní raibh deifir ar na paraimhíochaineoirí. Nuair a bhí sé sásta go raibh sí marbh, chas sé an eochair sa charr agus bhogadh chun siúil go mall. Agus é ag dul thart ar an ché, mhoilligh sé agus chaith buidéal beag folamh amach san fharraige. Buidéal a bhí lán stricnín leathuair a chloig roimhe sin. Thiomáin sé leis go mall le nach dtarraingeodh sé aird air féin agus as go brách leis.

CAIBIDIL 5

Ní raibh Micí Ó Gailín róshásta nuair a buaileadh tailm ar dhoras tosaigh a thí ag a ceathair a chlog ar maidin. Ní raibh sé i bhfad sa leaba, an oíche roimhe sin caite aige i mBarra an Teampaill. Chuaigh sé amach le beirt dá chairde i ndiaidh dóibh an lá oibre a chur díobh ag a cúig a chlog. Chaith siad an chuid ba mhó den oíche san *Oliver St John Gogarty*. Bhí scaifte ban ó dheisceart na tíre istigh, agus chaith sé féin agus an dá chara a bhí leis tamall ag comhrá agus ag déanamh craic leo.

De réir mar a chuaigh an oíche thart, d'éirigh an chraic ní b'fhearr. Bhris argóint amach fán dóigh cheart le 'St John' a rá. Duine de na mná ag maíomh gur 'Saint John' ba chóir a rá, agus Breandán, cara le Micí, cinnte dearfach gur 'Sin-Gin' ba chirte. Bhain na mná an-sult as sin.

"Sin-Gin" a dúirt duine acu. "Ba bhreá liom cuid de sin a fháil. 'Bhfuil sé ar díol anseo?"

"Cad é an sórt peaca a tharraingíonn sé?" a dúirt bean eile, agus achan scig léi.

Bhí sé ag tarraingt ar a dó a chlog sular bhain Micí a leaba amach. De ghnáth bheadh sé bailithe leis i bhfad roimhe sin, go háirithe i ndiaidh dó bheith ag ól ó bhí a cúig a chlog ann, ach bhí a shúil aige ar bhean de na mná óga. Rinne sé iarracht cúpla póg a mhealladh uaithi ag deireadh na hoíche ach ní raibh mórán suime aici ann – ní thiocfadh le duine ar bith locht a fháil uirthi óir is ar éigean a bhí Micí ábalta na cosa a choinneáil faoi fán am sin. Chuir a chuid cairde i dtacsaí é agus bhailigh sé leis abhaile go díomách.

Ní mó ná sásta a bhí sé, mar sin, nuair a músclaíodh é cúpla uair an chloig ina dhiaidh sin. Bhí an fón póca a bhí fágtha aige ar an tábla bheag ag taobh a leapa ag bualadh agus bhí tormán bocht ag teacht ón doras thíos staighre. Ba chosúil go raibh duine ag iarraidh an doras a bhriseadh isteach.

D'éirigh sé go drogallach. Stad an fón de bheith ag bualadh ach bhí an trup taobh amuigh fós. D'amharc sé ar a ghuthán. Sé *missed call* a bhí air. Ainm Eoghain a bhí leo. Eoghan? Cad chuige a mbeadh sé ag cur scairteanna air ag an am seo den oíche? Chroith sé a chloigeann. Ní raibh póit air go fóill, ach bhí a fhios aige nach raibh sé i bhfad uaidh. Mhothaigh sé tart millteanach. Bhí an bualadh thíos staighre ag réabadh fríd a chloigeann.

"Fan, fan, a bhastaird, tá mé ag teacht…"

Síos an staighre leis agus d'fhoscail sé an doras. Isteach le hEoghan agus Clíodhna de phlab.

"Haigh, caidé seo?"

Thiontaigh Eoghan go gasta agus dhruid sé an doras ina dhiaidh. Chuir sé glas ar an doras agus d'amharc amach an fhuinneog ag breathnú suas síos an bóthar. Ní fhaca sé a dhath ar bith.

"*Fuck sake*, Eoghan, caidé atá ag gabháil?"

"Haigh, Micí. Tá mé buartha. Tá áit de dhíth orainn don oíche."

"Huh?" Ansin, a thug Micí faoi deara an bhean a bhí leis. Ag an bhomaite sin fosta a chuimhnigh sé nach raibh á chaitheamh aige ach a bhrístí beaga.

"Gabhaigí isteach 'un cistine go gcuirfidh mé orm mo bhrístí. Déan caife domh."

Chuaigh sé suas an staighre arís agus tharraing air a chuid brístí. Fuair sé léine a bhí caite ar chathaoir sa choirnéal agus anuas leis arís. Bhí an citeal ar obair agus mugaí á dtarraingt amach as an chófra ag Eoghan nuair a tháinig sé anuas.

"Bheul," a dúirt Micí, 'bhfuil duine ar bith ag gabháil a insint domh caidé atá ag dul ar aghaidh."

"Seo Clíodhna!"

"Sé do bheatha!"

"Go raibh maith agat."

Bhí an chaint bhéasach seo cineál amaideach ach thug sé seans don triúr acu socrú síos agus anáil a tharraingt. Níor labhair Micí, bhí sé fós ag fanacht ar mhíniú. Seanaithne a bhí aige ar Eoghan. Ba as an cheantar chéanna iad agus chuaigh siad ar an mheánscoil le chéile. Mar ghasúraí, bhí siad iontach mór le chéile. Istigh in achan chineál diabhlaíochta agus trioblóide. Cibé áit a bhfeicfeá duine amháin acu, ní bheadh an fear eile i bhfad ina dhiaidh. Cé gur scoláire maith a bhí i Micí, ní dheachaigh sé chun na hollscoile. Bheadh sé breá ábalta dó ach ní raibh dúil dá laghad aige sna leabhair. B'fhearr i bhfad leis bheith ag obair lena lámha, agus ba san innealtóireacht ba mhó a bhí a dhúil. Rinne sé freastal ar an Institiúid Teicneolaíochta i Sligeach agus i ndiaidh dó críochnú ansin, chaith sé cúpla bliain ag obair fá Ghaillimh le comhlacht ríomhairí. Bhog sé go Baile Átha Cliath dhá bhliain roimhe sin, ach bhí Eoghan bailithe leis go Meiriceá fán am sin. Cé gur lean siad bealaí difriúla saoil, choinnigh siad teagmháil le chéile i rith an ama, agus ó fuair siad beirt eolas ar chumhachtaí an idirlín, *Facebook* agus *Skype*, ba mhinic iad ag caint le chéile.

"Tá muid i dtrioblóid, a Mhicí. Rinne duine inteacht iarracht Clíodhna anseo a mharú."

"Huh? Cén fáth?"

"Níl a fhios againn."

Thoisigh Eoghan ar an scéal uilig a mhíniú do Mhicí. Níor fhoscail Micí a bhéal ar chor ar bith a fhad is a bhí Eoghan ag caint ach amháin lena chuid caife a ól. Ba mhinic i rith an scéil a d'amharc sé go cúramach ar Chlíodhna. Cinnte, ba bhean dóighiúil í ach bhí an chuma ar an scéal go raibh buaireamh agus cúraimí an tsaoil á n-iompar aici ar a dhá gualainn. Chonaic sé rian na suóg ar a haghaidh. De réir mar a bhí an scéal á mhíniú ag Eoghan, is mó a thuig sé cúis a caointe.

"Ní dheachaigh sibh chuig na gardaí?" a dúirt Micí nuair a bhí an scéal uilig cluinte aige.

"Eh... ní dheachaigh... go fóill."

Níor dhúirt Eoghan aon rud faoi ag an am ach bhí rud éigin ag déanamh imní dó. Cén dóigh a raibh a fhios ag cibé duine a rinne ionsaí ar sheomra Chlíodhna go raibh sí le bheith ansin? Lucht óstáin, go háirithe in óstán ar nós an Shelbourne, bíonn siad drogallach eolas den chineál sin a thabhairt amach. Cé eile a raibh eolas acu fán áit a raibh Clíodhna ag stopadh ach na gardaí. Níor mhaith leis fiú an imní sin a léiriú os comhair Mhicí agus Chlíodhna. Smaoineamh amaideach é go mbeadh baint nó páirt ag na gardaí san ionsaí ach ar chúis éigin, ní raibh sé ábalta an t-amhras a dhíbirt óna intinn.

"Bheul, is beag a thig linn a dhéanamh anocht," a dúirt Micí ag amharc ar Chlíodhna agus ag smaoineamh ar an dóigh bhocht a bhí uirthi. "Thig linn é a shórtáil amach amárach."

Threoraigh sé Clíodhna chuig an tseomra spártha. Dhruid sí an doras ina diaidh. Ní raibh a fhios ag Eoghan ar chóir dó dul ina diaidh. An mbeadh sí i gceart léi féin? An mbeadh cuideachta de dhíth uirthi? Ina dhiaidh sin, bhí codladh de dhíth ar an bhean bhocht i ndiaidh achan rud a bhí gaibhte frid aici le lá anuas. Shocraigh sé ar í a fhágáil.

"Bheul, beidh mise ag buncáil leatsa anocht mar sin," a dúirt Eoghan go leithscéalach.

"Iontach!" arsa Micí.

Ní raibh ar an nuacht an mhaidin ina dhiaidh sin ach an tine mhór sa Shelbourne. Ba léir ó na tuairiscí go raibh na gardaí den tuairim gur coirloscadh a bhí i gceist. Dúirt ceannfort ar an raidió go raibh fiosrúchán ar bun ag na gardaí agus go raibh duine nó daoine á lorg acu a chuideodh leo lena gcuid fiosruithe. Rith sé le hEoghan, a bhí ina shuí go luath an mhaidin sin, go mbíodh an rud céanna le rá ag na gardaí gach aon uair a tharlaíodh tragóid nó eachtra den chineál seo. Ba léir go raibh siad ag iarraidh an pobal a chur ar a suaimhneas, iad a chur ag tuigbheáil go raibh gach rud faoi smacht acu agus go raibh dul chun cinn á dhéanamh acu na coirpigh a bhí ciontach sa tubaiste a ghabháil.

Bhí níos mó eolais de dhíth ar Eoghan. Cé go raibh sé luath fós, b'fhéidir go mbeadh scéal nó dhó sna nuachtáin. Beag an seans go mbeadh aon eolas breise acu nach raibh ar an raidió, ach bhí Eoghan ag iarraidh dul amach, an teach a fhágáil, aer úr a fháil. Bhí Clíodhna agus Micí ina

31

gcodladh go fóill. D'amharc sé isteach i seomra Chlíodhna sular fhág sé an teach. Chuala sé an tsrannfach bhog ag teacht ón leaba agus dhruid sé an doras arís go ciúin. Bhí an codladh de dhíth uirthi. Bhí imní ar Eoghan go mbeadh tuilleadh trioblóide agus anáis roimpi sula mbeadh deireadh leis an scéal áirithe seo.

Scrúdaigh sé an bóthar go cúramach sular imigh sé amach an doras. Bhí an chuma air go raibh gach rud ciúin agus mar ba chóir dó a bheith. Bhí máthair ag brú ál páistí isteach i gcarr seacht suíochán. Cuid acu ag iompar málaí scoile, duine óg nach raibh in aois scoile, de réir dealraimh, ag caoineadh agus ag cuartú a dódaí. Bhí fear amuigh ag siúl lena mhadadh, brocaire beag ar choniall, cluasáin air agus é ag éisteacht le *iPod* nó raidió de chineál inteacht. Níor léir d'Eoghan aon rud bheith as cosán. Shiúil sé amach an doras, d'amharc sé thart go gasta agus rinne sé a bhealach síos go dtí an coirnéal. Chonaic sé siopa beag uaidh trasna na sráide. Trasna leis go gasta. Ní raibh rún aige bheith ag deifriú ach bhí rud ann, imní éigin nár thuig sé i gceart, á bhrostú. Níor tháinig siúl mall leis go réidh.

Isteach leis sa tsiopa. Bhí na nuachtáin spréite amach ar an tseilf íochtair. Thóg sé leis cóip den *Herald AM*, an *Independent* agus an *Irish Times*. Shín sé nóta deich euro chuig an bhean a bhí taobh thiar den chuntar, thoisigh sí ag cuntas amach a chuid sóinseála ach níor fhan Eoghan leis. Thosaigh sé ag brabhsáil fríd na páipéir agus é ag siúl. Ní raibh a dhath ar an chéad leathanach den *Times* nó den *Independent*. Thrasnaigh sé an tsráid agus síos leis an ascaill ina raibh Micí ina chónaí. Bhí an scéal ar an *Herald* pictiúr den Shelbourne leis. Ba léir gur seancheann a bhí ann, óir ní raibh aon rian den tine nó de chlampar na hoíche roimhe sin le feiceáil ann. Thug alt beag faoin phictiúr na bunsonraí ach sin a raibh ann. Ní raibh iontas ar bith ar Eoghan, róluath i ndiaidh na tine a bhí sé le tuairisc chuimsitheach a bheith sna páipéir. Ní raibh súil aige le níos mó a bheith ann.

Fuair sé é féin taobh amuigh de dhoras Mhicí. Chuir sé a lámh lena phóca agus ba ansin a thug sé faoi deara nach raibh eochracha ar bith leis. Damnú air, a dúirt sé leis féin. Bheadh air duine a mhúscailt. Bhuail sé ar an doras. Ní raibh sé ag fanacht i bhfad nó gur fhoscail Micí an doras. Bhí a bhrístí air an t-am seo, buíochas le Dia.

"Shílfeá go raibh tú ag brath nós a dhéanamh de seo."

"Shíl mé go bhfaighfinn radharc ar na cipíní sin de chosa atá agat arís."

"*Yeah, yeah!* Cá raibh tú?" a dúirt Micí ag foscladh an dorais roimhe.

"Bhí mé ag iarraidh na páipéir a fháil. 'Bhfuil Clíodhna ina suí go fóill?"

"Chuala mé bogadh óna seomra. Creidim nach mbeidh sí i bhfad eile."

Bhog siad isteach i dtreo na cistine. Bhí pota caife déanta ag Micí agus dhoirt sé amach cupa an duine dóibh. Shuigh an bheirt acu. Thaispeáin Eoghan an *Herald* dó. Léigh sé go gasta é.

"Cé a dhéanfadh a leithéid de rud?

"Níl a fhios agam."

Thost Eoghan. Bhain sé slogóg as an chupa caife, é ag smaoineamh dó féin.

"Tá rud faoi, rud aisteach nach dtig liom a chur amach as mo chloigeann."

"Caidé sin?"

"Ní raibh a fhios ag aon duine go raibh Clíodhna ag fanacht san óstán sin aréir ach ag lucht an óstáin féin… agus…"

"Na gardaí?" a d'fhreagair Micí, crith bheag imní le brath ar a ghlór.

"Sea, 'bhfuil mé ag smaoineamh i gceart ar chor ar bith? Ní thiocfadh leis tarlú go raibh baint ag na gardaí leis an tine sin aréir."

"Bheadh sé doiligh a chreidbheáil."

"Bheadh."

Rinne Eoghan iarracht smaoineamh siar ar gach rud a tharla an oíche roimhe sin. An léacht, an scairt ó na gardaí, an t-ionsaí ar pháirtí Chlíodhna, an comhrá sa Shelbourne agus an tine. Cad a bhí déanta acu ina dhiaidh sin? Fuair rud inteacht ainmhíoch greim air agus iad ag éalú ón óstán. Thuig sé go raibh contúirt ann. Ní raibh a fhios aige cad as a raibh an chontúirt ag teacht ach mar a bheadh cat i sáinn ann, sheas an ghruaig ar chúl a mhuineáil agus bhí a fhios aige go raibh air imeacht. Bhí a fhios aige go raibh air áit sábháilte a aimsiú, dul i bhfolach.

Tharraing sé Clíodhna leis ina dhiaidh síos i dtreo Shráid Grafton. Bhí an oiread sin flústair thart fán chearnóg, ba bheag aird a thug daoine orthu. Bhí cuimhne aige ar dhordán na n-inneall dóiteáin a bhí ag screadaíl thart ar gach taobh díobh. Rith siad síos Sráid Grafton. Bhí slua beag fós ann, daoine ag teacht amach as *Burgerking*, cuma ólta ar chuid acu. Ba chuimhin leis lánúin a fheiceáil taobh amuigh de *Lillie's*, d'ardaigh an fear a shúile bomaite le hamharc ar an bheirt a bhí ina lánrith síos an tsráid. D'fhéach sé suas an tsráid ag súil le duine éigin a fheiceáil sa tóir orthu, ach nuair nach raibh, dhírigh sé a aird ar ais ar an bhean óg a bhí lena thaobh.

Bhrostaigh siad ar aghaidh thart an coirnéal ag Sráid Nassau, síos thart ar dhealbh Molly Malone. Bhí sé ag cur iontais air chomh glé cruinn is a bhí sé ábalta cuimhneamh siar ar shonraí na hoíche. An t-aidréanailín a bhí ag cúrsáil fríd a chorp ag an am a mhúscail a chuid céadfaí, is dócha. Ba chuimhin leis go raibh solas amháin lasta i gColáiste na Tríonóide, díreach os cionn na háirse. Ba chuimhin leis an bacach a bhí ina luí taobh amuigh de shiopa tobac *Pattersons*. Ba chuimhin leis an *Nitelink* ag tiontú thart an coirnéal. Ba chuimhin leis gur rith sé féin agus Clíodhna trasna na sráide chuig seanfhoirgneamh Bhanc na hÉireann agus chuig na tacsaithe a bhí ag fanacht ansin. Léim siad isteach i gceann acu agus d'iarr sé ar an tiománaí imeacht leis go gasta. Fiche bomaite ina dhiaidh sin, bhí siad i gCill Droichid ag bualadh ar dhoras Mhicí.

Tháinig Clíodhna isteach sa chistin. Sheas Micí lena chathaoir a thabhairt di. Shuigh sí síos go mall. Bhí cuma thraochta uirthi. Sméid sí a ceann i dtreo Mhicí ag gabháil buíochais leis. Doirteadh amach cupa caife di agus d'fhan siad ansin ina dtost ar feadh tamaill.

"'Bhfuil a dhath fán tine sa pháipéar?" a d'fhiafraigh Clíodhna.

"Níl mórán", a dúirt Eoghan, "giota beag go díreach."

Thóg Clíodhna an páipéar agus d'amharc sí ar leathanach tosaigh an *Herald*. Nuair a bhí an t-alt beag léite aici, leag sí ar ais ar an tábla é.

"Caidé fá Chaoimhín? 'Bhfuil a dhath in aon cheann de na páipéir fá Chaoimhín?"

Bhí dearmad glan déanta ag Eoghan de Chaoimhín. Bhí sé chomh tógtha le scéal an Shelbourne go ndearna sé dearmad de scéal an cheoltóra óig. Thóg sé an *Irish Times* agus thoisigh sé ag dul fríd. Thóg Micí an *Independent* agus rinne sé mar an gcéanna. D'aimsigh Micí an scéal ar dtús. Ní raibh ainm ar bith luaite sa phíosa ar an pháipéar ach tugadh cnámha an scéil.

Corp fir... tríocha bliain d'aois... Dumhach Thrá... sádh... fiosrúchán dúnmharaithe... bean ag cuidiú leis na gardaí lena gcuid fiosrúchán... paiteolaí stáit... achainí ar an phobal aon eolas atá acu a chur faoi bhráid na ngardaí i Sráid an Phiarsaigh...

Bhí pictiúr den teach ina raibh Clíodhna agus Caoimhín ina gcónaí, ribín bán agus gorm de chuid na ngardaí thart ar an ghairdín tosaigh agus roinnt daoine agus cultacha bána orthu ar an bhealach isteach chun an tí le feiceáil sa chúlra. Bhí pictiúr den chineál feicthe acu go minic roimhe sin ar an teilifís agus ar na nuachtáin ach chuir fuarchúis na tuairisce agus an phictiúir isteach go mór orthu ansin ag an tábla. Thug suíomh imscrúdaithe na ngardaí achan rud ar ais ina rabharta mothúchán. Thoisigh deora beag ag sileadh síos ar ghrua Chlíodhna.

Tháinig Eoghan ar an scéal sa *Times*. Ní raibh mórán eolais sa bhreis acu, ach bhí rud éigin eile a tharraing a shúil, ní ar an leathanach chéanna ach ag bun an leathanaigh in aice leis. Alt ómóis a bhí ann do bhean ar chóir aithne a bheith aige uirthi. Scrúdaigh sé an pictiúr agus an t-alt go dtí go bhfuair sé amach gur Rosanne Uí Mhaolchatha a bhí ann.

"Bhí mé ag déanamh gur aithin mé an bhean sin," a dúirt sé os íseal. "'Raibh a fhios agaibhse go raibh Rosanne Uí Mhaolchatha marbh?"

"Cé sin?" Micí a bhí ag fiafraí.

"Ceoltóir. Ceoltóir sean-nóis ó Rinn Ó gCuanach."

"Chuala mé sin," a dúirt Clíodhna. "Bhí sé ar an nuacht an tseachtain seo caite. Bhí sé uafásach. Is cosúil gur dúnmharaíodh í. Nimhiú."

"Ach cad chuige?"

"Níl a fhios agam," arsa Eoghan. "Ní thugann siad amach mórán eolais ar an raidió. Níor dhúirt siad ach gur 'bás amhrasach' a bhí ann. An méid eile a chuala mé, níl ann ach ráflaí. Tá sin aisteach, nach bhfuil? Beirt acu ag fáil bháis go 'hamhrasach'."

"Beirt acu?" a dúirt Micí, nár thuig i gceart cad a bhí á rá aige.

"Beirt cheoltóirí sean-nóis. Bhí clú ar Rosanne Chití Bhríd i saol an tsean-nóis. Bhain sí Corn Uí Riada trí, ceithre bliana ó shin. Tá neart comórtas bainte ag Caoimhín Ó Cadhla fosta."

"Níl tú ag rá go bhfuil ceangal idir an dá bhás…" Clíodhna a dúirt, idir imní agus iontas le brath ina glór.

"Níl… níl a fhios agam… tá neart rudaí aisteacha ag tarlú."

"Rudaí?"

"Níl a fhios agam, a Chlíodhna. Gach rud… achan rud atá i ndiaidh tarlú, is beag ciall atá leo."

D'fhan Clíodhna ina tost. Rith a cuid smaointí ar ais chuig Caoimhín, ina luí ansin ina chnap ar urlár an tseomra suite, dearg ina chuid fola. A chuid súl foscailte ach iad folamh, na súile galánta gorma sin nach bhfeicfeadh a dhath ar bith eile choíche arís. Mhothaigh sí an tocht ag éirí aníos inti mar a bheadh dó croí ann ag pléascadh amach fríd a hucht. Bhí an ceart ag Eoghan, ní raibh ciall ar bith leis.

D'éirigh Micí agus chuir sé an raidió ar siúl agus thoisigh sé ag méarú a bhealaigh fríd na stáisiúin ag cuartú scéal fán tine. Bhí mír ghairid fán tine ar Raidió na Gaeltachta. Thiontaigh an triúr acu ag éisteacht.

… Tá na gardaí ag fiosrú tine a bhris amach in Óstán an Shelbourne i mBaile Átha Cliath aréir. Bhris an tine amach i dtrátha a ceathair a chlog ar maidin agus d'fhreastail cúig aonad den bhriogáid dóiteáin uirthi. Tógadh fiche duine chuig Ospidéal an Mater de bharr ionanálú deataigh ach creidtear nach bhfuil aon duine gortaithe go dona. I ráiteas a d'eisigh an Garda Síochána, thug siad le fios go gcreidtear gur thoisigh an tine ar an dara hurlár ach go mbeidh sé tamall beag eile sula mbeidh eolas cinnte acu faoin chúis a bhí leis an tine. Beidh Óstán an Shelbourne druidte go ceann tamaill a fhad is a bheidh na gardaí i mbun fiosrúcháin. Anois nuacht na Gaeltachta ag toiseacht san Iarthar…

"Níl mórán eolais sa bhreis ansin!" a dúirt Micí.

"Níl."

"Ba chóir dúinn dul chuig na gardaí." Clíodhna a bhí ag caint. "Má tá ceangal ar bith idir Rosanne Chití Bhríd agus Caoimhín, caithfidh muid insint dóibh."

D'éirigh sí ina seasamh agus cuma an-chorraithe uirthi, amhail is go raibh rud éigin i ndiaidh éirí an-soiléir agus an-phráinneach ina hintinn.

"Ba chóir dúinn dul díreach chucu aréir i ndiaidh na tine. Níl a fhios agam cad chuige nach ndeachaigh. Cuirfidh muid scairt orthu díreach anois. Cá bhfuil an fón?"

"Fan anois, a Chlíodhna!"

"Ní thuigeann tú, a Eoghain, tá daoine marbh, rinneadh iarracht mise a mharú aréir. Caithfidh muid dul chuig na gardaí."

"Ní thig linn bheith cinnte go ndearnadh iarracht tusa…"

"Á, stad, a Eoghain. Tú féin a dúirt. Caithfidh muid dul chuig na gardaí."

"Ní thig linn."

"Caithfidh an t-eolas a bheith acu…" Stad sí ag rámhaille ar feadh bomaite ansin, "Ní thig linn? Cad chuige nach dtig linn?"

"Ní thig linn."

"Ní thuigim. Labhair liom, a Eoghain, inis dom…"

Bhí sí ag toiseacht ag rámhaille aris. Rug Eoghain greim ar a guaillí. Rith sé léi ar feadh soicind go raibh sé i riocht í a chroitheadh ach ní dhearna, tharraing sé chuige í ina bharróg dhlúth. Bhí deora ag rith go fras ar a leicne. Chuir sé ina suí arís go bog ar an chathaoir í. Chuir sí a cloigeann ina camas agus thoisigh ag caoineadh arís.

"Ní thig linn dul chuig na gardaí mar… bheul, ní raibh a fhios ag aon duine go raibh tusa ag fanacht san óstán sin aréir."

"Bhí…" a dúirt sí fríd an smeacharnach. "Bhí a fhios agatsa, bhí a fhios ag lucht an óstáin…"

"Agus bhí a fhios ag na gardaí, ní raibh a fhios ag aon duine eile."

"Ach lucht an óstáin?"

"B'fhéidir é, ach ní fheicim óstán den chineál sin ag tabhairt amach sonraí a gcuid lóistéirí chuig duine ar bith."

"An bhfuil tú ag rá go raibh baint ag na gardaí lenar tharla?"

"Níl a fhios agam. Níl a fhios agam. Sin an fhadhb."

Tost eile.

"Tá bundún ort, a Eoghain. Ní raibh a fhios ag na gardaí cén seomra ina raibh mé. Íosa Críost, a Eoghain, níl a fhios againn go raibh ionsaí ar bith déanta ar an óstán. Níor dhúirt sé a dhath ar an nuacht. Timpiste a bhí ann… seans."

"A Chlíodhna, tá súil le Dia agam go bhfuil an ceart agat agus nach bhfuil aon duine i do dhiaidhse, ach… bheul, ní thig liom bheith cinnte. Tá barraíocht amhrais ann. Caithfidh muid fanacht tamall beag eile."

Ní raibh de fhreagra uaithi ach tuilleadh smeacharnaí. Thit ciúnas orthu. Chuir Eoghan a lámh ar a sciathán agus chuimil sé go bog é.

… Na fógraí báis. Fuair Eadbhard Ó Gallchóir, nó Ned Frainc mar ab fhearr aithne air, as Mín Lárach, bás in otharlann Leitir Ceanainn ar maidin. Ba é an duine deireanach den chlann é. Níl socruithe tórraimh déanta go fóill.

Cuirfear Dónall Mac Giolla Easpaig, Dónall Winnie, i ndiaidh aifreann a haon déag i dTeach Pobail na nDoirí Beaga inniu. Fágann sé a bhean Máire, triúr mac agus iníon amháin ina dhiaidh. Ba cheoltóir maith é Dónall a bhain clú amach dó féin sna hochtóidí. Maraíodh Dónall Dé Céadaoin seo chuaigh thart de bharr tionóisc buille is teitheadh. Tá na gardaí ag leanstan dá bhfiosrúcháin…

Stán an triúr acu ar an raidió. Níor labhair ceachtar acu focal le chéile. Ní raibh focal ar bith de dhíobháil. Rith an smaoineamh céanna fríd chloigeann gach duine acu. Bhí sé ag éirí níos deacra agus níos deacra an fhírinne a shéanadh. Bhí duine inteacht amuigh ansin ag marú ceoltóirí sean-nóis!

CAIBIDIL 6

Bréifne, 1756

Shuigh an sagart os comhair na tine. Bhí an oíche fuar agus ní raibh ach lagthine aige. Rinne sé í a fhadú agus chaith cúpla fód móna eile uirthi. Ba chuma, ní raibh sé ábalta teas mar is ceart a bhaint amach aisti. Bhí cóta trom á chaitheamh aige agus chruinnigh sé thart fána mhuineál é.

Bhí dornán beag páipéar ina lámh aige. Bhí sé á scrúdú go géar. Chuir na focail a bhí scríofa ar na páipéir samhnas air. Focail bhrocacha shuaracha, focail an Diabhail féin.

Thuig sé féin, thar dhuine ar bith eile sa cheantar, an tábhacht a bhain le focail. An chuid is mó de na créatúir a bhí ina gcónaí sa chomharsanacht, is ar éigean a bhí siad ábalta a gcuid ainmneacha a scríobh agus is beag tuigbheáil a bhí acu ar an chumhacht a bhí ag an fhocal scríofa, ach thuig seisean, ó nár thuig!

Ní raibh sé furasta bheith i do shagart san am i láthair. Mhair sé mar dhuine de na gnáthdaoine, chónaigh sé ina measc, d'oibrigh sé lena dtaobh, roinn sé teach le clann – an scéal amuigh gur uncail dá gcuid a bhí ann. Ní raibh aon bhaol ann go sceithfeadh duine ar bith dá phobal féin air, bhí sé sábháilte ar an dóigh sin, ach b'éigean dó bheith i gcónaí san airdeall. Bhí spiairí thart. Bhí daoine ann a rachadh a fhad le hoifigeach na gcótaí dearga le scéala dá saothródh siad na cúpla scilling a chuirfeadh greim i mbéal a gcuid páistí go ceann seachtaine.

Ar an Domhnach ba mhó a bhí baol ann, nuair a bhíodh an tAifreann á léamh aige. Bhí carraigeacha agus scáthláin go leor thart le go dtiocfadh leis na sacraimintí a cheiliúradh ar dhóigh nach dtarraingeodh slua mór barraíocht airde in aon áit amháin, ach bhí a fhios ag na saighdiúirí dubha gurbh é sin an t-am ab fhearr le breith air. B'éigean dó bheith ar a fhaichill i dtólamh.

Smaoinigh sé ar na blianta a chaith sé ag streachailt leis an tsaol. Agus é fós ina fhear óg, b'éigean dó Éire a fhágáil agus a bhealach a dhéanamh go Santiago de Compostela, turas nach raibh furasta san am. B'éigean dó a ainm a cheilt agus taisteal faoi ainm bréige fríd Shasana agus ó sin go Flóndras. Eagla a bháis air i gcónaí go n-aimseofaí rún a thurais. Bhí na Seacaibítigh i mbun ealaíne ag an am agus baol láidir ann go dtiocfadh fórsaí ón Fhrainc ag ionramh na Breataine leis na Stíobhardaigh Chaitliceacha a chur ar ais sa rí-chathaoir. B'olc an t-am é le bheith i do Chaitliceach, ba mheasa ná sin bheith i do Chaitliceach a raibh rún aige dul 'na mór-roinne le léann sagairt a fháil.

Fiú nuair a shroich sé mór-roinn na hEorpa, ní raibh deireadh lena chuid trioblóidí. Bhí Cogadh Chomharbas na hOstaire faoi lánseol, saighdiúirí den uile chineál ag slógadh. Ba deacair dó bheith ina strainséir ó thír go tír. Níos mó ná uair amháin, caitheadh amhras air mar spiaire, agus gan a sháith den teanga aige le míniú mar is ceart a thabhairt ar a thuras. Manaigh Phroinsiasacha de bhunadh na hÉireann a thug tearmann dó agus a chuir faoi cheilt é. Iadsan a d'eagraigh pasáiste chun na Spáinne dó.

Chaith sé dhá bhliain in Santiago de Compostela i mbun traenála ar an fhealsúnacht, agus nuair a shocraigh na sagairt ansin go raibh mianach maith ann, sheol siad ar aghaidh chuig Salamanca é lena chuid staidéir ar an diagacht a chríochnú. Blianta crua uaigneacha a bhí aige ann. Ní raibh aon chleachtadh aige ar an ghrian agus ar an teas mharfach. Thráigh siad a chuid fuinnimh uilig, é lag de shíor ag an teas. Ardaíodh ceisteanna níos mó ná uair amháin sa chliarscoil fána shláinte, an mbeadh sé láidir go leor d'obair na sagart.

Ba é an buille ba mhó a d'fhulaing sé agus é ar deoraíocht ná an scéal a tháinig chuige, le sagart a bhí díreach i ndiaidh teacht go Salamanca as Éirinn, go raibh a thuismitheoirí marbh. Fuair na húdaráis in Éirinn scéal fána imeacht. Caitheadh go dona lena mhuintir ina dhiaidh sin. Bhí an uile chineál pápaire le cáineadh, ach pápairí a sheolfadh a gcuid mac chun na hEorpa le go ndéanfaí sagairt díobh, ba iad siúd na pápairí ba mheasa.

Rinneadh céasadh ar a athair agus ar a dheartháir. Ainmneacha, áiteanna, eolas a bhí uathu. Níor ghéill a athair focal ach is cosúil gur bhris a dheartháir faoin anró agus faoin drochíde. Tugadh litir a scríobh sé chuig a dheartháir ar láimh do na húdaráis. Scaoileadh saor an deartháir, ach bhí corp agus croí an athar briste. Ba ghairid ina dhiaidh sin go bhfuair sé bás. Cailleadh a mháthair go luath ina dhiaidh.

Níl léamh ná insint scéil ar an chrá agus ciapadh a d'fhulaing sé tar éis dó scéal a mhuintire a fháil. Chaith sé laethanta agus seachtainí ag caoineadh agus ag mairgnigh. Oícheanta fada nuair a shíl sé achan rud a chaitheamh in aer agus pilleadh ar Éirinn le díoltas a imirt orthu siúd ba chúis lena mbás, oícheanta dorcha nuair nach raibh ach an nimh agus an fuath i réim ina chroí. Caidé mar a thiocfadh leis a bheith ina shagart ag fógairt shoiscéal Dé agus an ghráin ag dó ar a anam.

Sa deireadh ba sna sacraimintí agus sa tsoiscéal chéanna a fuair sé sólás agus uchtach. Iad sin a chuir ar bhealach a leasa arís é, agus nuair a bhí a sháith caointe aige, fuair sé misneach an fuath a chur ar leataobh. Ní raibh sé furasta á dheanamh, ach d'éirigh leis.

Nuair a bhí a chuid blianta staidéir déanta aige, phill sé ar Éirinn. Ba rud an-deacair é sin. Bhí a ainm agus a ghnó ar eolas ag na húdaráis. Nach é a bhí amaideach a scríobh an litir sin abhaile. Nach é a bhí amaideach a d'fhoscail a chroí dá dheartháir ag tabhairt eolais ar an turas, na Proinsiasaigh a chuidigh leis, an áit a raibh sé. Thabharfadh sé a lámh dheas ar an litir sin gan a bheith scríofa aige. Rómhall a bhí sé anois. Bhí an dochar déanta.

Tugadh ainm bréige dó. Socraíodh pasáiste dó agus fuair sé é féin ar ais in Éirinn. Cuireadh go dtí an Cabhán é, áit choimhthíoch a bhí i bhfad ar shiúl óna cheantar dúchais i dTiobraid Árann. Socraíodh dream daoine lena bhféadfadh sé fanacht, socraíodh scéal agus saol úr dó.

Sé bliana a bhí caite aige sa bhaile anois. Sé bliana den tsíorairdeall, sé bliana den imní agus den bhuairt, gan a fhios aige cén lá a thiocfadh na saighdiúirí dubha á lorg. Is maith a thuig seisean an phian agus an fhulaingt a bhain leis an chreideamh. Is maith a thuig sé na híobairtí a bhí déanta ag na mairtírigh ar son an chreidimh agus thar rud ar bith eile, is maith a thuig sé an chumhacht, an chumhacht uafásach a bhain leis an fhocal scríofa.

Thiontaigh sé an dornán páipéar a bhí ina lámh thart arís. Scinn sé fríd na focail ar na leathanaigh. Ba chinnte gur obair an dúdhiabhail a bhí ann. Ní haon iontas dó é, nach ó lámha an deamhain ba mhó i measc pheacaigh ifrinn a thóg sé iad, mar pháipéir. Ba chóir dó iad a scrios, ba chóir dó iad a chaitheamh leis an tine, sin an rud ab fhusa dó a dhéanamh. Thóg sé ceann de na duilleoga ina lámh os comhair na tine. Sheas na focail dubha amach ar an pháipéar, solas na tine taobh thiar díobh á n-aibhsiú.

Nach bhféadfadh sé an bua a fháil ar an Diabhal lena chluiche suarach féin, nach bhféadfadh sé an obair mhallaithe seo a thiontú agus a úsáid ar son Dé, ar son na maithe? D'fhan sé ansin tamall fada cois teallaigh ag amharc isteach ar na bladhairí laga ag lí ar na fóid mhóna. Chonaic sé sna bladhairí sin íomhánna dá shaol féin, de na híobairtí a bhí déanta aige ar son an chreidimh, chonaic sé aghaidh a athar agus a mháthar, shamhail sé an céasadh a d'fhulaing a dheartháir...

Músclaíodh óna bhrionglóidí é go tobann. Bhí cinneadh déanta aige. Bhí cumhacht ag focail. B'fhéidir nach raibh a dhath ní ba chumhachtaí ná iad. Tharraing sé chuige leathanach bán. Chuardaigh sé an drisiúr go bhfuair sé cleite agus buidéal beag dúigh. Ghearr sé barr ar an chleite le scian bheag a choinníodh sé ina phóca, thum sé sa dúch é, d'amharc sé ar ais ar an tine ar feadh bomaite ag smaoineamh agus chrom sé ar scríobh.

CAIBIDIL 7

Shuigh an triúr acu thart ar an tábla agus coscairt orthu. Bhí sé dochreidte. Ní fhéadfadh sé bheith fíor. Rosanne Chití Bhríd, Dónal Winnie, Caoimhín Ó Cadhla – uilig marbh. An dtiocfadh leis a bheith ina chomhtharlúint?

"Ach cinnte, bheadh an ceangal sin déanta ag na gardaí?" a dúirt Micí, nach raibh ag iarraidh géilleadh do scéal den chineál.

"Cén fáth a mbeadh?" a d'fhreagair Eoghan. "Ba as Tír Chonaill do Dhónall Winnie, ba as Port Láirge do Rosanne agus ba as an Spidéal do Chaoimhín. Trí chás ar leith. Ní hé go bhfuil an sean-nós chomh mór sin i mbéal phobal na tíre seo go ndéanfaí ceangal eatarthu."

"Ach…"

"Cuir mar seo é, dá bhfaighfeadh triúr bás i dtrí áit éagsúla sa tír, ar dhóigheanna a bhí iomlán difriúil, gan de cheangal eatarthu ach go raibh dúil acu uilig i gceol Bob Dylan agus gur fhreastail siad ar fad ar cheolchoirm dá chuid ina n-óige… an ndéarfá go raibh ceangal idir na básanna?"

"Bheul…"

"Tá an ceangal sóiléir dúinne, mar tá muid bainteach a bheag nó a mhór le saol an cheoil. Tá a fhios againn na daoine atá i gceist, ach le fírinne, seans nach raibh aithne rómhaith ag an triúr sin ar a chéile. Bean mheánaosta a bhí i Rosanne, ní raibh Caoimhín ach… fiche…."

"Tríocha a haon!" a dúirt Clíodhna.

"Tríocha a haon. Agus níl mé ag déanamh gur fhreastail Dónall Winnie ar chomórtas sean-nóis le, níl a fhios agam… cúig bliana déag ar a laghad. Bhí sé maith ina am, ach níor cheol sé le fada."

"Níl a fhios agam," arsa Micí. "Ní féidir leat… tá an fhianaise róthanaí."

"Agus ansin, rinneadh iarracht Clíodhna a mharú."

"Ní thig linn bheith cinnte de sin."

"Duine de na saineolaithe is mó sa tír i dtaobh shean-nós Chúige Uladh."

"Tá scéal mór a dhéanamh de bharúil agat," a dúirt Micí ag éirí rud beag mífhoighneach. "Níl mórán cur amach agam ar an tsean-nós, ach tá sé iontach doiligh orm a chreidbheáil go bhfuil duine nó daoine amuigh ansin ag dul thart ag márú ceoltóirí sean-nóis. Cén fáth? Cén chúis a bheadh acu?"

Ní raibh freagra ar bith ag Eoghan do sin. Bhí Clíodhna ciúin i rith na díospóireachta seo ag na fir. Ní raibh sí ag iarraidh é a chreidbheáil, ní raibh sí ábalta a hintinn a dhíriú ar an fhéidearthacht. Bhí a ceann ina roithleán. Bhí sé aisteach, an-aisteach go deo go bhfaigheadh triúr de na ceoltóirí is fearr sa tír bás ag an am chéanna – básanna amhrasacha, dúnmharuithe. Bhí sé aisteach agus scáfar fosta go bhféadfadh sí féin bheith i mbaol.

Sin an rud a ghríosaigh í sa deireadh, an seans go raibh a beatha féin i mbaol. Bhí muinín aici as Eoghan, agus cé nach dtiocfadh léi bheith céad fán chéad cinnte go fóill fána chuid tuairimí i dtaobh na mbásanna, mhothaigh sí ní ba shábháilte leis. Bheadh uirthi bheith láidir. Cinnte, bheadh gach rud ciúnaithe i gceann lá nó dhó agus bheadh sí ábalta leanstan ar aghaidh lena saol féin, am mar is ceart a chaitheamh i mbun méala do Chaoimhín.

"Bheul," a dúirt sí os íseal, "ní mór dúinn tús a chur le ciall a bhaint amach as an phrácás seo uilig."

"Huh?"

"Níl a fhios agam an bhfuil ceangal ar bith idir na hionsuithe seo, ach b'fhearr dúinn toiseacht ag obair go bhfeicfimid an bhfuil aon cheangal eatarthu."

"Tá mise ag déanamh gurbh fhearr seo a fhágáil ag na gardaí," arsa Micí.

"B'fhéidir go bhfuil an ceart agat, a Mhicí," arsa Eoghan, amhras air fós fán bhaint a d'féadfadh a bheith ag na gardaí lena raibh ag tarlú. "Ach ní dhéanfadh sé aon dochar dúinne rud beag taighde dár gcuid féin a dhéanamh. Má fhaighimid a dhath ar bith amach, thig linn é a chur os comhair na ngardaí. Tá an scéal mar atá sé dochreidte go maith. Níl a fhios agam an mbeadh glacadh leis ag na gardaí. Caidé do bharúil?"

"Bheul… b'fhéidir…"

"Tá sé socraithe mar sin."

"Cén áit ar chóir dúinn toiseacht?" arsa Clíodhna.

"Bheul, dá mbeinnse ag iarraidh taighde a dhéanamh ar na cosúlachtaí agus ceangail idir ceoltóirí, rachainn chuig oifigí Thaisce Cheol Dúchais na hÉireann."

"Cá háit?" a d'fhiafraigh Micí.

"Lár na cathrach. Goitse, a Mhicí, thig leatsa tiomáint!"

Leathuair an chloig ina dhiaidh sin, bhí an triúr acu ina seasamh taobh amuigh de fhoirgneamh seoirseach i gCearnóg Mhuirfean. Bhí deacrachtaí ag Micí áit pháirceála a fháil, ach sa deireadh d'aimsigh sé áit sa charrchlós ag Plás Setanta in aice le Sráid Nassau. Dheifrigh an triúr acu síos go Cearnóg Mhuirfean agus ba ghairid go bhfuair siad iad féin os comhair doras leathan dubh – uimhir 73.

Bhí na hoifigí foscailte. Bhrúigh Eoghan cnaipe le taobh an dorais agus labhair bean óg leis fríd an ghléas leictreonach. Fosclaíodh an doras rompu agus rinne siad a mbealach suas chuig an chéad urlar. Bhí eolas maith ag Clíodhna ar leagan amach na háite. Thuig sí cá raibh sí ag dul agus cad a bhí á lorg aici.

Bhí an bhean óg a labhair leo ag an doras istigh san oifig ar an chéad urlár i bhfolach taobh thiar dá ríomhaire. Oifig a bhí ann a raibh idir nua agus sean ann. Seanchófraí adhmaid thart ar na ballaí, seilfeanna a raibh leabhair faoi chlúdaigh leathair ina suí orthu agus urlár a bhí dúdhonn leis an aois. Bhí corrphictiúr de cheoltóir cáiliúil a bhí marbh le fada ar crochadh ar na ballaí, ach fosta bhí ríomhaire agus gléasanna ard-teicneolaíochta leagtha amach ar thábla mór i lár an tseomra, áit a bhféadfadh scoláirí taighde a dhéanamh. Cúigear a bhí ina suí thart ar an tábla mór. Beirt bhan agus cluasáin orthu agus triúr eile a bhí gafa leis na ríomhairí.

"An féidir liom cabhrú libh?"

"Ba mhaith linn taighde a dhéanamh ar roinnt ceoltóirí sean-nóis," a d'fhreagair Eoghan.

"Tá sibh san áit cheart," a dúirt an fáilteoir. "Ach…" Chaith sí a súile thart ar an oifig.

Thuig Eoghan go raibh barraíocht daoine san oifig aici agus go raibh sí ag smaoineamh nach mbeadh spás go leor ann dóibh taighde mar is ceart a dhéanamh.

"Tá mé buartha, a bhean uasal," a dúirt Eoghan. "Tá muid anseo gan choinne. Ní bheidh ag fanacht anseo le taighde a dhéanamh ach mé féin."

Rinne Clíodhna iarracht rud inteacht a rá, ach chiúnaigh Eoghan lena shúile í.

"Níl an triúr againn de dhíth anseo. Tá taithí mhaith agam ar obair den chineál seo agus beidh mé gasta."

"Ach…"

"Tá rud atá mé a iarraidh oraibh a dhéanamh."

"Cad é?"

"Sílim gur chóir daoibh dul amach chuig UCD."

"UCD? Tuige?"

"Caithfidh sé go bhfuil ceangal idir na ceoltóirí seo, seans nach raibh a fhios acu féin go raibh aon cheangal eatarthu, ach cibé duine atá i mbun na n-ionsuithe seo, tá ceangal éigin eatarthu ina intinn. Ní shílim gur maruithe randamacha atá i gceist. Déarfainn gur roghnaíodh na ceoltóirí áirithe seo go cúramach."

"Cén fáth a ndeir tú sin?" arsa Clíodhna.

"Amharc, tá an oiread sin daoine a bhíonn ag ceol as Gaeilge, na mílte, ach tá an chuma air gur roghnaíodh an triúr seo go speisialta. Duine ón Tuaisceart, ón Deisceart, ón Iarthar agus …"

"Mise ó Chúige Laighin," a chríochnaigh Clíodhna.

"Go díreach. Chuaigh pleanáil isteach sna maruithe seo. Tá gach píosa eolais de dhíth orainn fá na ceoltóirí iad féin is fá na hamhráin a bhíodh á gceol acu."

"Ach, UCD…?" Micí a bhí ag caint.

"Coimisiún Béaloideasa Éireann," a d'fhreagair Clíodhna. "Tá cartlann acu ansin. Ach a Eoghain, scéalta agus seanchas is mó atá acu, an mbeidh…"

"Cuirfidh mé scairt oraibh, má fhaighim aon rud amach anseo."

Le fírinne, níor shíl Eoghan go mbeadh a dhath fiúntach le haimsiú i gcartlanna an Choimisiúin, ach ní raibh sé ag iarraidh Clíodhna a bheith ag crochadh thart i lár na cathrach fá scread asail den Shelbourne agus … de ghardaí Stáisiún an Phiarsaigh. Ba dheacair dó go fóill na gardaí a cheangal ina intinn leis an uafás a bhí i ndiaidh tarlú, ach bhí an oiread sin amhrais ann go raibh sé ag iarraidh bheith an-chúramach. Ar a laghad, bheadh sí sábháilte le Micí.

Cé nach raibh sí go hiomlán ar a suaimhneas faoi, thoiligh Clíodhna ar imeacht le Micí. Lig Eoghan osna as agus chrom sé ar an obair a bhí roimhe. D'iarr sé ar an bhean san oifig gach a raibh aici fá Rosanne Chití Bhríd, Dónall Winnie agus Caoimhín Ó Cadhla a thabhairt dó.

D'fhág sí é san oifig tamall a fhad is a bhí sí ag cuartú. Bhog sé i dtreo na fuinneoige. Bhí radharc breá aige ar Chearnóg Mhuirfean. Daoine ag siúl suas agus anuas an tsráid, deifir ar chuid acu, cuid eile ag siúl ar a suaimhneas. Carranna agus busanna ag deifriú leo, iad ag bogadh is ag stad de réir mar a bhí na soilse ag athrú. Bhí cuma hipneoiseach ar an radharc a bhí os a chomhair. Bhí sé ábalta cuid dá raibh ar siúl istigh sa pháirc féin a fheiceáil. Duine nó beirt amuigh lena gcuid madaí. Turasóir nó dhó le ceamairí, picnic ar siúl ag lánúin óg. Chuir sin iontas air, mar bhí sé fuar go leor taobh amuigh, cé go raibh grian an fhómhair ag soilsiú. Is doiligh an grá a chloí, a shíl sé!

Ba doiligh dó glacadh leis go raibh an saol ag dul ar aghaidh mar ba ghnách leis i ngan fhios do na deacrachtaí agus na trioblóidí a bhí á mbualadh. Thug sé na héanacha faoi deara. Scaifte préachán ag troid ar an chosán, ag léimneach thar a chéile ag iarraidh plaic a fháil de cheapaire nó bhorgaire a bhí caite ar an talamh ag duine inteacht. D'ardaigh Eoghan a shúile chuig na crainn a bhí ag timpeallú na cearnóige. Neadacha le feiceáil i gcuid acu. Duilliúr an tsamhraidh nach mór imithe agus cuma tharnocht ar na crainn, na géaga in uachtar ag luascadh go bog sa ghaoth lag agus na neadacha mar a bheadh cuileoga i leaba damháin alla ann. Is beag eolas a bhí ag Eoghain ar chúrsaí éan, is dócha go raibh an mhórchuid acu ar shiúl leo chuig na creasa teo.

Ach bhí tuilleadh nár imigh. Ar amharc dó in airde arís, chonaic sé faoileog, a shúile dírithe ar an talamh thíos fúithi, cuma chaillte uirthi. Thug Eoghan cúpla éan beag eile faoi deara ag eitilt go fuadrach ó chrann go crann agus ó fhoirgneamh go foirgneamh. Ní raibh dul aige iad a ainmniú. Spideoga, fuiseoga, fáinleoga... ní raibh sé cinnte. Ansin smaoinigh sé gur beag an seans gur fáinleoga a bhí iontu. Tháinig scéal 'Eoghainín na nÉan' ina chloigeann. Bhí dúil aige sa scéal ó chéadchuala sé é ar an bhunscoil, ní mar gheall ar an scéal é féin ach as siocair go raibh a ainm féin luaite ann. Eoghainín ba ghnách lena mháthair a thabhairt air nuair a bhí sé ag éirí aníos. Is cinnte go mbeadh na fáinleoga imithe fán am seo den bhliain.

Músclaíodh as a bhrionglóid é go tobann nuair a tháinig an bhean óg ar ais isteach sa tseomra. Bhí cúpla dlúthdhiosca agus fillteán tanaí ina lámh aici.

"Seo a bhfuil againn ar an triúr," ar sí ag síneadh an fhillteáin i dtreo Eoghain. "Ar an drochuair, níl mórán againn taobh amuigh de na dlúthdhioscaí a d'eisigh siad, cúpla taifead a rinneadh ag comórtais áirithe agus ar an raidió, agus roinnt bileog agus gearrthógaí nuachtáin."

"Go raibh míle maith agat, a bhean uasal..."

"Michaela! Ní bhímid rófhoirméalta thart fá na bólaí seo! Michaela Ní Mhaoldomhnaigh!" Leath miongháire beag ar a haghaidh.

"Go raibh maith agat, a Michaela."

"Thig leat na ríomhairí nó na cluasáin seo a úsáid, más maith leat," ar sí ag síneadh méire i dtreo an tábla mhóir i lár na hoifige.

"Bheadh sin iontach. Go raibh míle."

Thóg Eoghan an beart beag agus shocraigh sé é féin isteach ag an tábla ar chathaoir a bhí cóngarach don doras. Chuir Michaela a lámh ar an radaitheoir le cinntiú go raibh teas go leor uaidh.

"Tá leithreas amuigh ansin," arsa Michaela. "Leath bealaigh síos an staighre agus isteach ar dheis."

"Iontach, go raibh maith agat arís. Ní chóir go mbeinn rófhada."

48

"Cuir scairt orm má tá a dhath ar bith de dhíth ort."

Cailín breá cairdiúil a bhí inti, a smaoinigh Eoghan. Níor mhiste leis aithne níos fearr a chur uirthi, ach níorbh é seo an t-am. Bhí gnoithe eile a bhí i bhfad níos práinní ag brú air. D'fhoscail sé an filltéan agus thoisigh sé ag léamh.

Míle suas an bóthar, bhí Micí agus Clíodhna sáinnithe sa trácht. Bhí siad leath bealaigh idir Cearnóg Mhuirfean agus Domhnach Broc. Ní raibh Micí ag dréim leis an trácht a bheith chomh trom sin. Bhog siad leo go malltriallach, gan ach comhrá fánach eatarthu. Bhí Clíodhna caillte ina cuid smaointe féin. Bhí muinín aici as Eoghan agus thuig sí gur maith an rud duine mar é a bheith aici ach mhothaigh sí briste mar dhuine. Gach aon rud a bhí cinnte agus maith ina saol, ba chosúil go raibh siad ag titim as a chéile.

Mhúscail dordán a fóin óna cuid brionglóidí í. Chuardaigh sí póca a cóta agus tharraing sí amach an *iPhone* a thug Caoimhín di mar bhronntanas an Nollaig roimhe sin. Níor aithin sí an uimhir. Bhrúigh sí an cnaipe agus d'ardaigh sí chuig a cluas é go huathoibríoch.

"Sea."

"A Chlíodhna?"

"Sea."

"An Garda Ní Raghallaigh anseo. Sráid an Phiarsaigh."

Ní dheachaigh na focail i gcion ar Chlíodhna go ceann bomaite. Bhí a hintinn ar Chaoimhín go fóill.

"Clíodhna?"

"Ó, gabh mo leithscéal, a gharda. Bhí m'intinn ar strae." An bhangharda óg a shuigh léi san oifig an oíche roimhe sin a bhí ann. Bhí dearmad déanta aici ar a hainm, ach d'aithin sí a glór caoin.

"Tá tú i gceart, a Chlíodhna. Bhí chuile shórt iontach crua ort."

Níor thug Clíodhna aon fhreagra ar sin.

"Bhí mé ag iarraidh a chinntiú go raibh tú ócé."

"Tá mé go breá. Go raibh maith agat."

"Do chara… Eoghan… d'amharc sé i do dhiaidh…"

"D'amharc, d'amharc… d'fhan muid le cara leis i Leamhcán. Tá mé go breá."

Bhí tost beag ar an taobh eile den líne. Ní hé go raibh sé i gceist ag Clíodhna gan dada a rá fán Shelbourne ach le fírinne, bhí a hintinn chomh fríd a chéile sin go raibh sé deacair uirthi cuimhneamh go loighciúil ar gach a raibh i ndiaidh tarlú di.

"Eh... shíl mé gur sa Shelbourne a d'fhan tú aréir."

"An Shelbourne. Ó, sea... bheul... sea, bhí muid ann ar feadh tamaill ach..."

"An tine!"

"Sea, an tine. B'éigean dúinn lóistín eile a lorg. D'fhan muid le Micí... cara le hEoghan."

Thuig Clíodhna den chéad uair nach raibh sloinne Mhicí ar eolas aici. Seans gur insíodh di é ach ag an bhomaite sin ní raibh sí ábalta cuimhneamh air.

"Tchím, a Chlíodhna. A fhad is atá tú i gceart. 'Bhfuil tú fós thart fán chathair? Seans go mbeidh muid ag iarraidh labhairt leat arís fá... fá chás Chaoimhín."

"Caoimhín..."

"Dá mbeifeá in ann teacht isteach chugainn am éigin... inniu, más féidir..."

"Sea... sea... déanfaidh mé sin."

"'Bhfuil tú cinnte go bhfuil tú i gceart, a Chlíodhna?" Bhí an chosúlacht ar ghlór an gharda go raibh sí rud beag imníoch fá Chlíodhna.

"Tá. Tá mé go breá. Níl ann ach go bhfuil mé fós fríd a chéile."

"'Bhfuil duine leat? 'Bhfuil Eoghan leat?"

"Níl. Tá mise agus Micí ar ár mbealach amach go UCD. Tá Eoghan sa chathair."

"Ba mhaith linn labhairt leis freisin, am éigin... eh beidh ráiteas uainn fán méid a tharla sa Shelbourne."

"Inseoidh mé dó. Tá sé i gCearnóg Mhuirfean in oifig Thaisce Cheol Dúchais na hÉireann. Ní bheidh sé i bhfad eile...creidim... níl a fhios agam."

"Go breá. Éist, tá mé buartha as bheith ag cur isteach ort. An gcuirfidh tú glaoch orm níos moille, nó is féidir liomsa glaoch a chur ar ais ort tráthnóna."

"Go breá." Bhrúigh Clíodhna a méar ar an scáileán chun deireadh a chur leis an scairt agus lig síos an guthán ar a glúin.

"Cé a bhí ansin?" a d'fhiafraigh Micí. Ní raibh ach taobh amháin den chomhrá cluinte aige agus ní raibh sé soiléir dó cé leis a raibh sí ag caint.

"Garda. An bhean a shuigh liom sa stáisiún aréir."

"Garda?" Bhí imní le brath ar ghlór Mhicí, é ag smaoineamh ar an amhras a bhí caite ag Eoghan ar ról na ngardaí ar maidin.

"Sea, Ní Raghallaigh a thug sí uirthi féin, sílim. Bean dheas."

"Ach…"

Bhí Micí réidh leis an imní a léirigh Eoghan fá na gardaí a chur i gcuimhne di, ach thost sé. Smaoinigh sé nach ndéanfadh sé aon mhaith tuilleadh imní a chur ar an bhean bhocht. Ina dhiaidh sin is uile, bhí cuid mhór eolais tugtha aici don gharda. Bhí barúil aige nach mbeadh Eoghan sásta ar chor ar bith. D'amharc sé i scáthán an tiománaí go neirbhíseach, amhail is go raibh sé ag dréim le duine a bheith á leanstan. Ní fhaca sé rud ar bith as cosán agus lean sé ar aghaidh go mall ag déanamh a bhealaigh amach i dtreo Belfield.

Bhí cúig bhomaite is fiche caite ag Eoghan ag dul fríd an eolas uilig a bhí tugtha ag an bhean sa chartlann dó. Bhí sé tanaí go maith. Ní raibh sé ábalta teacht ar cheangal ar bith idir na ceoltóirí marbha. De réir an eolais a bhí sna cáipéisí a bhí aige, níor oibrigh siad le chéile riamh, níor ghlac siad páirt in aon chomórtas i gcuideachta a chéile riamh, ní raibh siad cóngarach dá chéile in aois ná ó thaobh tíreolaíochta de. Go deimhin, bhí na hamhráin a cheol siad éagsúil go maith le chéile. Chleacht an triúr acu stíleanna difriúla agus taobh amuigh de chuid de na móramhráin Ghaeltachta, ní raibh mórán cosúlachta eatarthu ina rogha ceoil. Mhothaigh sé frustrachas ag éirí ann. Caithfidh sé go raibh ceangal inteacht eatarthu, ach cad é? Stán sé ar na cáipéisí a bhí os a chomhair ar feadh deich mbomaite eile ach bhí sé mar a bheadh sé ag amharc ar bhalla stroighne. Níor tháinig rud ar bith chuige.

Sa deireadh, d'éirigh sé. D'iarr sé cead ar Michaela fótachóipeanna a dhéanamh den ábhar. Thóg sise uaidh an beart beag agus d'imigh leis na cóipeanna a dhéanamh. Sheas Eoghan ag an fhuinneog arís ag amharc amach ar Chearnóg Mhuirfean. Bhí cuma bhocht anróiteach ar an aimsir. Ní raibh sé chomh holc sin nuair a tháinig sé isteach, ba in olcas a bhí an lá ag dul. D'amharc sé arís ar na héanacha a bhí ag guairdeall thart sa spéir. Go fóill ní raibh dul aige aon cheann acu a ainmniú nó a aithint fiú. Ba bhocht an aimsir dóibh í…

Ansin, rith smaoineamh leis. Bhí rud amháin. Rud amháin i gcoiteann idir an triúr a bhí anois marbh. Cá raibh na cáipéisí sin? Bhí air iad a sheiceáil arís le bheith cinnte. D'amharc sé thart ag cuartú an chailín óig. Chuala sé fuaim an innill fótachóipeála sa tseomra bheag béal dorais. Bhog sé ina threo. Stad sé. Ní raibh uaidh ach rith isteach ansin ina diaidh, na doiciméid a bhaint amach as a lámh agus… Shocraigh sé é féin. Ní dhéanfadh sé a dhath maith rith isteach ansin agus an bhean óg a scanrú.

Sheas sé ansin ag smaoineamh. Má bhí an ceart aige, cad a chiallaigh sé? Ní fhéadfadh rud chomh simplí sin bheith ina chúis dúnmharaithe? B'fhéidir nach raibh an ceart aige? Níor luigh sé le ciall ná le réasún. Thoisigh sé ag bogadh ó chos amháin go cos eile, é ag crith leis an rabharta aidréanailín a bhí ag cúrsáil fríd a chorp. B'fhada leis gur tháinig Michaela ar ais ach sa deireadh tháinig sí isteach sa tseomra arís, dhá bheart ina lámh aici anois. Shín sí na fótachóipeanna chuig Eoghan, meangadh beag ar a haghaidh. Má thug sí an corraí a bhí ar Eoghan faoi deara, níor léir uirthi é.

"Go raibh maith agat," a dúirt sé go stadach, a shúile dírithe ar na fótachóipeanna, ní ar aghaidh na mná. Sháigh sé a lámh isteach ina phóca gur tharraing sé amach nóta €20.

"An leor sin… do na fótachóipeanna?"

"Is leor. Fan go bhfaighidh mé briseadh duit."

"Tá tú ceart go leor. Ná bac. Go raibh maith agat arís." Bhí sé ag déanamh ar an doras cheana féin agus na focail seo a rá aige. D'amharc Michaela air go neamhchinnte ach chuir sí an nóta isteach i ndrár beag sa deasc.

"'Bhfuil admháil uait?"

"Níl. Tá tú i gceart. Go raibh míle."

Le sin, bhí sé ar shiúl amach an doras agus síos an staighre, ag méarú fríd na leathanaigh. D'fhág sé Michaela ag stánadh ina dhiaidh, rud beag díomá uirthi. Shíl sí cairdeas agus aithne níos fearr a chur ar an fhear óg dhóighiúil. Ní raibh sí ag tnúth leis imeacht chomh gasta borb sin. Lig sí osna agus thiontaigh sí ar ais chuig a deasc.

Ag bun an staighre, ina sheasamh díreach taobh istigh den phríomhdhoras tháinig Eoghan ar an rud a bhí de dhíth air. Ansin os comhair a dhá shúl, bhí an ceangal sin a bhí á lorg aige. Chruinnigh sé na páipéir le chéile agus sháigh sé isteach i bpóca taobh istigh dá sheaicéad iad agus bhrúigh sé an doras amach ar Chearnóg Mhuirfean. Bhuail an fuacht é. Chruinnigh sé bóna a chóta suas ar chúl a mhuiníl agus bhog sé leis i dtreo Fhaiche Stiabhna.

Bhí fiche slat siúlta síos an cosán aige nuair a chuala sé díoscán coscán taobh thiar de. D'amharc sé thar a ghualainn go bhfaca sé carr gardaí ag tarraingt aníos chuig uimhir 73, an áit a bhí díreach fágtha aige. Léim beirt ghardaí amach as an charr agus isteach leo san fhoirgneamh. Léim a chroí in ucht Eoghain. Thiontaigh sé arís ar a sháil agus dheifrigh sé leis ag diúltú don chathú imeacht ina lánrith. Chas sé ar chlé ar Shráid Mhuirfean, a shúile ar an talamh ar eagla go n-aithneodh an garda a bhí ar dualgas ag geataí Thithe an Rialtais é. Bhí paranóia ag teacht air. Nuair a chuaigh sé thart an coirnéal thoisigh sé ar an rith. Go tobann bhí sé ar Fhaiche Stiabhna agus bhí an Shelbourne os a chomhair amach. Bhí téip bhuí na ngardaí thart ar thosach an fhoirgnimh agus beirt ghardaí ina seasamh ag caint le chéile i bhfoscadh an dorais.

Gan smaoineamh bhog sé isteach ar thaobh an chosáin. In aice le Reilig na nÚgónach a bhí sé. Bhrúigh sé é féin isteach in aice na ráillí agus a anáil i mbarr a ghoib aige. Bhí a raibh ar siúl aige contúirteach. Ní raibh á dhéanamh aige ach aird a tharraingt air féin. D'fhan sé ansin bomaite nó dhó agus lig dá chroí agus dá anáil suaimhniú. Bhí air teagmháil a dhéanamh le Micí agus Clíodhna. Bhog sé amach ar an chosán arís, agus shiúil sé ar chlé ar thaobh thoir na faiche.

Nuair a bhí sé as radharc an Shelbourne, thóg sé amach an fón agus bhrúigh sé na cnaipí le glaoch a chur ar Mhicí.

"Bheul?" a dúirt Micí.

"Cá bhfuil sibh?"

"Sáinnithe sa trácht. Tá muid i nDomhnach Broc."

"Caithfidh sibh teacht ar ais. Caithfidh sibh mé a thógáil."

"Cá bhfuil tú?" Bhí imní le brath ar ghlór Mhicí.

"Tá mé ar Fhaiche Stiabhna. Sílim go bhfuil na gardaí ar mo thóir."

"Na gardaí?"

"Míneoidh mé an t-iomlán duit. Go díreach tar ar ais fá mo choinne."

"C'áit? C'áit a mbeidh tú?"

Smaoinigh Eoghan.

"Bun Shráid Fhearchair. Beidh mé taobh amuigh d'Óstán Fhaiche Stiabhna. Agus Micí…"

"Aidhe?"

"Ná bí i bhfad."

Chuir glór neirbhíseach Eoghan imní ar Mhicí. Thiontaigh sé an carr thart agus rinne sé a bhealach isteach go lár na cathrach.

"Cá bhfuil muid ag dul?" a d'fhiafraigh Clíodhna.

"Ar ais. Tá Eoghan i dtrioblóid."

"Cad… cad a tharla?"

"Níl a fhios agam. Deir sé go bhfuil na gardaí ina dhiaidh."

"Na gardaí? Ach cén dóigh a mbeadh a fhios acu…"

Stad Clíodhna ag caint agus thit ciúnas eatarthu sa charr. Bhí a fhios aici. Bhí an t-iomlán inste aici don gharda ar an ghuthán.

Bhí an trácht ag bogadh i bhfad ní ba ghasta ar an bhealach isteach go lár na cathrach agus níor ghlac sé ach deich mbomaite ar Mhicí Faiche Stiabhna a bhaint amach. Bhog sé i dtreo an óstáin. Chonaic sé Eoghan ina sheasamh taobh amuigh de. Tharraing Micí an carr isteach agus léim Eoghan isteach ar chúl. Bhí siad ar shiúl arís gan mhoill.

"Tiomáin leat, a Mhicí. Bain na bonnaí as."

"C'áit a bhfuil muid ag dul?"

"Leamhcán. Ar ais chuig an teach. Thig linn caint ansin agus plean a chur le chéile."

"Plean?" Clíodhna a bhí ag caint.

"Tá sé níos measa ná mar a shíl mé. Bhí na gardaí ann. Cén dóigh a mbeadh a fhios acu go raibh mé ann, san oifig. Caithfidh muid áit chiúin a fháil…"

"D'inis mise do na gardaí."

"Heh?"

D'inis Clíodhna an t-iomlán dó, fán chomhrá a bhí aici leis an gharda ar an ghuthán, fán dóigh ar lig sí eolas uaithi fá Eoghan a bheith in oifigí Thaisce Cheol Dúchais na hÉireann. Bhí náire uirthi, conas a d'fhéadfadh sí bheith chomh hamaideach sin, bhí achan rud a bhí i ndiaidh tarlú di sa mhullach uirthi, mhothaigh sí go raibh an domhan á plúchadh, nach raibh sí ábalta éalú ón uafás agus ón uaigneas. Caoimhín… Caoimhín bocht. Ní raibh sí ábalta an radharc sin a chonaic sí, é ina luí marbh ina chuid fola féin, an fhuil donn crua ar a léine agus ar an urlár thart air. An raibh iontas ar bith ann í a bheith chomh neamhbhraiteach ar a raibh ag titim amach thart uirthi.

Bheadh uirthi bheith níos cúramaí. Bhí sí ag brath ar Eoghan. Bhí a saolsa ag titim as a chéile agus ní raibh a fhios aici cé a bhí le trust. Eoghan, a bhí ina chrann taca di na blianta roimhe sin agus iad ina mic léinn coláiste. Eisean a bhí i gcónaí ansin le cuidiú agus tacaíocht a thabhairt di nuair a bhí rudaí ag dul go holc. Eisean a thug grá di. Thug sí féin grá ar ais dó fosta. Cad a bhí i ndiaidh tarlú don ghrá sin? Ar imigh sé le sruth mar a d'imigh na blianta, caillte mar a bhí an oiread sin rudaí eile caillte aici in imeacht ama is aimsire. Nó an raibh rian de beo go fóill, an raibh cuid den chion agus den tsearc sin a bhí acu dá chéile tráth fós ann. Mhothaigh sí go dona gur lig sí Eoghan síos agus scéal a thabhairt do na gardaí fá dtaobh de.

Nuair a bhí a scéal inste aici, thit ciúnas ar an triúr sa charr.

"Ar chuir tú scairt ar aon duine eile?" a dúirt Eoghan go ciúin. "Ar chuir aon duine scairt ortsa?"

"Bhí mé ag caint le deirfiúr Chaoimhín ar maidin. Tá sí féin agus a hathair ar a mbealach go Baile Átha Cliath. Bhí cúpla cara liom a chuir glaoch orm."

"Tuigim. Bhfuil scéal ar bith fá cén uair a mbeidh siad leis an… le Caoimhín a scaoileadh?"

"Ní raibh a fhios acu," arsa Clíodhna go tur. "Tá scrúdú iarbháis le déanamh."

Thuig Eoghan go raibh a croí ag briseadh agus na focail sin á rá aici, go raibh sí ag iarraidh bheith láidir ach taobh istigh go raibh tocht agus buaireamh á bá.

"Tá sé ceart go leor, a stór. Tá tú faoi strus. Beidh chuile shórt i gceart."

D'amharc Mící ar Eoghan nuair a bhí na focail sin ráite aige. Ní raibh cuma ar a aghaidh go raibh aon rud i gceart. Bhí pian bheag ina chloigeann ag Mící go fóill ón oíche a chaith sé ar na ribí aréir roimhe sin, ach bhí sé soiléir ina intinn. Rud amháin é contúirt a bheith ann do Chlíodhna agus b'fhéidir d'Eoghan, ach bheith ag rith ó na gardaí, sin rud eile. Bhí súil aige go raibh a fhios ag Eoghan cad a bhí ar siúl aige. Chomharthaigh Eoghan dó leanstan ar aghaidh ag tiomáint ag síneadh méire i dtreo an iarthair.

D'amharc Clíodhna amach an fhuinneog, í caillte arís ina cuid smaointe. Bhí ceobhrán éadrom ann. Coisithe ag deifriú leo ar na cosáin, gach duine acu tógtha lena gcuid fadhbanna beaga féin, iad ag iarraidh a mbealach a dhéanamh chuig an obair, chuig siopaí, chuig an bhaile agus gan de bhuairt orthu ach fanacht tirim. Nár mhéanar dóibh. Shleamhnaigh a cuid smaointe ar ais chuig Eoghan. 'A stór', a thug sé uirthi. Cad a bhí i gceist le sin? An é go raibh cuid den ghrá sin a bhí eatarthu blianta ó shin fós beo ina chroí. Bhí scéal a dhéanamh de bharúil aici. Ní raibh sa nath sin 'a stór' ach nath a bheadh in úsáid ag na mílte, na céadta mílte duine le duine ar bith dá lucht aitheantais, níor chiallaigh sé dada.

Ní raibh de chaint sa charr ach a raibh ar siúl ar an raidió. Polaiteoir inteacht a bhí faoi agallamh. Bhí caint ar siúl aige fá Iarnród an Iarthair, chomh tábhachtach is a bhí sé do phobal agus mhuintir an Iarthair ceangal traenach a bheith acu le chéile. Gnáthchaint pholaiteora a bhí ann, mar a bheifeá ag dréim leis. Bhí béarlagar dá gcuid féin acu mar pholaiteoirí, iad ar a ndícheall ag iarraidh a thaispeáint go raibh leas an phobail ar an chloch is mó ar an phaidrín acu, ag iarraidh a chur ina luí ar an phobal chéanna chomh crua is a bhí siad ag obair ar a son. Bhí sé cluinte na mílte uair ag an triúr a bhí sa charr, ach ba chuma leo. Thug an bhaothchaint uaidh suaimhneas éigin dóibh. An ghnáthraiméis sin, chomh coitianta, chomh normálta go raibh sé ina cuidiú dóibh éalú ó bhómántacht an cháis ina raibh siad.

Bhog siad leo, fríd Chill Mhaighneann ag déanamh ar Bhaile Phámar. Thrasnaigh siad an M50 agus thóg Micí an tslí amach i dtreo Leamhcáin. Thiomáin Micí leis fríd an bhaile agus ansin ar chlé isteach in eastát tithíochta darbh ainm Ard Laighin, áit a raibh cónaí air. Thug na rampaí a bhí ann leis an trácht a cheansú air moilliú agus é ag tiomáint fríd an eastát. Mhoilligh sé a tuilleadh a fhad is a bhí siad ag tarraingt ar an teach. Bhí sé réidh le tiontú isteach ina ascaill féin nuair a bhroid Eoghan é.

"Tiomáin ar aghaidh. Ná gabh isteach."

"Huh?"

"Gabh ar aghaidh."

Thiomáin Micí an carr ar aghaidh. Bhí a shúile dírithe ag Eoghan ar an teach.

"Tarraing isteach ansin," arsa Eoghan ag síneadh a mhéire i dtreo carrchlós a bhí taobh amuigh de theach tábhairne. Tharraing.

"Caidé atá contráilte, a Eoghain?"

"Shush." Bhí Eoghan ag amharc go grinn ar an teach, agus chonaic sé arís é. Fríd an fhuinneog thuas staighre. Bhí na dallóga ar leathfhoscailt. Bhí duine inteacht ag bogadh thart taobh istigh den teach. Chonaic Clíodhna é fosta. Lig sí gíog bheag aisti.

"An bhfaca tú sin?" a d'fhiafraigh Eoghan.

"Ní fhaca."

"Chonaic mise é. Tá duine sa teach," arsa Clíodhna.

"Imigh leat, a Mhicí. Go beo. Fág seo."

Bhí cuma chroite ar Mhicí, ach bhog sé leis, amach ar an tsráid arís.

"Ca… cad a chonaic sibh?" a d'fhiafraigh an tiománaí.

"Bhí duine thuas staighre. Bhí sé ag bogadh thart. Bhfuil eochair do thí-se ag aon duine eile?"

"Níl. Tá, ag mo dheirfiúr i Lusca."

"Bheul, bhí cuairteoir agat. Shíl mé nuair a bhí muid ag tarraingt isteach go bhfaca mé na cuirtíní ag bogadh, ach ní thiocfadh liom bheith cinnte. An mbeadh sí istigh sa teach agat inniu?"

"Ní bheadh. Oibríonn sí go dtí a cúig gach lá."

"Seans gur gadaí a bhí ann?" a dúirt Clíodhna go neamhchinnte.

"Seans…" a dúirt Micí, chomh neamhchinnte céanna.

"Cuir scairt ar do dheirfiúr. Abair léi go bhfuil tú as baile. Iarr uirthi seiceáil a dhéanamh ar an teach duit."

"As baile?"

"Sin an áit a mbeidh muid go ceann tamaill bhig. A Mhicí, ní shílim gur gadaí a bhí sa teach agat thiar ansin."

"Ach cé?"

Níor thug Eoghan aon fhreagra air.

"Cá bhfuil muid ag dul?" a d'fhiafraigh Micí.

Bhí siad taobh thiar de Leamhcán ag tiomáint siar. D'amharc Eoghan thar a ghualainn amach an chúlfhuinneog ag scrúdú an tráchta a bhí ag teacht ina ndiaidh.

"Tarraingeoidh muid isteach, áit éigin. Imigh leat ar aghaidh go Maigh Nuad agus gheobhaidh muid rud inteacht le hithe. Tá rudaí le hinsint agam daoibh."

Idir rud amháin agus rud eile, bhí dearmad déanta ag an bheirt eile go raibh ceangal déanta ag Eoghan idir na básanna.

"Dúirt tú go raibh ceangal faighte agat idir na ceoltóirí…" arsa Clíodhna.

"Níl a fhios agam. Sílim go bhfuil rud éigin…"

"Céard?"

"Cathal Buí."

"Eh?" a dúirt Micí.

"Cathal Buí Mac Giolla Gunna. Gach ceann de na ceoltóirí a fuair bás, ba ghnách leo ceann éigin dá chuid amhrán a chanadh. 'Caitlín Tirial', 'Aithreachas Chathail Bhuí', 'Mollaí Mhómhar'. Bhí taifead déanta ag gach duine acu ar albam aonair nó ar chnuas-albam d'amhráin Chathail Bhuí."

Bhí Clíodhna ag stánadh ar Eoghan, iontas uirthi.

"Tá cóipeanna agam de na fillteáin a bhí san oifig. Taispeánfaidh mé daoibh nuair a stopfaimid. Bhfuil óstán i Maigh Nuad? Tá sé tamall ó bhí mé sa bhaile."

58

"Tá, tá cúpla ceann ann. An Leinster Arms, An Glenroyal…"

"An L.A., bhí dearmad déanta agam de. An ndéanann siad bia go fóill?"

"Déanann, sílim."

"Déanfaidh sin gnoithe, mar sin."

Ar theacht isteach go baile Mhaigh Nuad dóibh, tháinig Nuacht a hAon ar an raidió. I ndiaidh na bpríomhscéalta náisiúnta agus idirnáisiúnta …

…Nuacht an Deiscirt á léamh aige Jackie Mac Gearailt. Tá na gardaí tar éis a dheimhniú gurbh é corp Mhaidhc Séainín Uí Mhurchú a fuarthas san fharraige amach ó Dhún Chaoin maidin inné. Bhí an tUasal Ó Murchú ar iarraidh óna bhaile le breis agus seachtain. Maireann a bhean chéile, Máirín agus triúr clainne, chomh maith le deirfiúr agus beirt deartháireacha. Bhí aithne mhaith ag lucht na Gaolainne agus ag lucht amhránaíochta ar Mhaidhc Séainín. Bhíodh sé páirteach san iliomad imeachtaí Gaelacha sa nGaeltacht agus sa chontae agus b'amhránaí den chéad scoth é. Bhíodh sé páirteach i gComórtais an Oireachtais nach mór chaon bhliain, agus bhuaigh sé duais Chomórtas na bhFear ag Oireachtas na Bliana 2008 leis an amhrán 'An Bonnán Buí'. Beidh sé á thórramh i dteach a mhuintire agus cuirfear é Dé Domhnaigh tar éis aifreann a haon dhéag. Iarrtar ar dhaoine gan bláthanna a thabhairt ach síntiús, más maith leo, a thabhairt do Chumann Naomh Uinseann de Pól…

Bhí tost iomlán sa charr agus iad ag tarraingt isteach ar phríomhshráid Mhaigh Nuad.

CAIBIDIL 8

Chodail an printíseach mall. Thaispeáin na huimhreacha digiteacha dearga ar an chlog bheag leictreach a bhí ar thábla in aice a leapa go raibh a hocht a chlog ann. Bhí sé de nós aige éirí ag a sé ach níor bhain sé an leaba amach go dtí a trí a chlog an oíche roimhe sin. Obair thábhachtach a bhí ar siúl aige, obair Dé. Thuigfeadh an Tiarna dó tamall beag breise a chaitheamh sa leaba go háirithe leis an lá a bhí roimhe. Bhí sé tábhachtach dó a intinn a bheith fócasáilte ar an tsaothar mhór a bhí roimhe.

D'éirigh sé. Sheas sé ansin ina chraiceann. Níor ghnách leis éadaí ar bith a chaitheamh sa leaba. Plúid gharbh a bhí mar bhraillín aige, thochais sé a chraiceann agus é ina luí. D'fháiltigh sé roimh an tochas. Bhí an saol róbhog na laethanta seo, ró-chompordach. Bhí daoine róbhog. Ní raibh tuigbheáil acu ar an phian fhisiciúil a thuilleadh. Níor thuig siad an luach a bhain le fulaingt an choirp le sláinte na hintinne a chinntiú. Bhí piollairí ann anois d'achan sórt péine, fisiciúil agus meabhrach. Bhí daoine i gcónaí ag iarraidh í a sheachaint mar phian. Níorbh amhlaidh dósan. Chuireadh sé fáilte roimpi.

Shín sé a chorp. Corp aclaí láidir a bhí forbartha aige. Ní tairge halla gleacaíochta a bhí ann ach corp a bhí cumtha agus snoite ag an obair chrua agus ag bia simplí. Lúb sé a ghéaga, ag iarraidh an tuirse a shíneadh amach astu. Thit sé ar a cheithre boinn ar an urlár agus rinne sé caoga "brú aníos" i ndiaidh a chéile. Gan fanacht le hanáil a tharraingt thiontaigh sé ar a dhroim agus rinne sé caoga "suí aniar" gan stad.

Nuair a bhí a chuid traenála déanta aige, d'fhan sé socair tamall ar a dhroim. Cé gur chuir sé dua air féin leis na cleasa aclaíochta, is ar éigean a bhí a chroí ag bualadh níos gasta ná mar a bhí nuair a bhí sé ina luí sa leaba tamall beag roimhe sin. Rolláil sé thart, á ardú féin ar a ghlúine agus chaith sé leathuair droimdhíreach i mbun urnaithe. Ní raibh de bhogadh uaidh ach a chliabhrach ag éirí agus an ísliú le hachan anáil, é sin agus a chuid liobar as a raibh paidreacha ciúine ag titim go tréan. A chuid aithrí déanta aige, choisric sé é féin agus rinne sé a bhealach isteach sa tseomra folctha.

Seomra lom a bhí ann. Tuáille ag crochadh ar chrúca ar chúl an dorais, scáthán beag le haghaidh bearradh os cionn doirtil ghlan, sópa, scuab fiacla, taos agus rásúr ina luí ar chlár beag faoin scáthán. Bhí leithreas sa choirnéal agus ar an bhalla in aice leis bhí cithfholcadh. Sheas an printíseach isteach faoin chith agus lig sé d'uisce fuar scairdeadh anuas air. Duine ard a bhí ann, os cionn sé troithe, é nach mór ar aon airde le ceann an cheatha. D'ardaigh sé a aghaidh díreach sa dóigh is gur scaird an t-uisce fuar díreach isteach ina aghaidh. Sheas sé ansin ar feadh trí bhomaite glan gan bogadh, go díreach ag ligean don uisce a chorp a ghlanadh agus a athnuachan, gach rian den pheaca agus den smál a sciúradh ar shiúl.

Nigh sé a chuid gruaige le sópa. Gruaig ghairid fhionnbhán a bhí aige go nádúrtha ach an mhaidin seo bhí dath dorcha sa ghruaig aige. Sheas an ghruaig gheal bhán amach, choinníodh daoine cuimhne air. Fear óg, ard, dea-chumtha, fionn... tugadh faoi deara é. Cé nach gcuirfeadh rud mar sin isteach ar an ghnáthdhuine, níorbh aon ghnáthdhuine é an printíseach. Ba dhuine é a bhí éagsúil le nach mór gach aon duine eile. Ba dhuine roghnaithe é, duine a raibh sé sa chinniúint aige obair an Tiarna a dhéanamh, obair nach dtuigfeadh an domhan peacach, ach obair a bhí riachtanach.

Chuimil sé an sópa isteach fríd a ghruaig, leis an dath donn inti a ghlanadh amach. D'fhóir an dath don obair a bhí le déanamh aige le seachtain nó dhó anuas, ach níor fhóir sé ar chor ar bith do ghnoithe an lae inniu. Bhí cruinniú aige tráthnóna leis an Mhaighistir. Rachadh sé os comhair an Mhaighistir mar a rachadh sé os comhair Dia na Glóire é féin. Glan. Neamhthruaillithe.

Dílleachta a bhí ann. A mháthair marbh ar leaba a bhreithe, a athair curtha os comhair chathaoir bhreithiúnas Dé go gairid ina dhiaidh sin, é as a mheabhair le cumha agus briseadh croí i ndiaidh bhás a mhná. Sin a dúirt an Maighistir leis ar scor ar bith. Níor cheistigh sé an scéal riamh. Cén fáth a gceisteodh? Níor chuir an Maighistir contráilte riamh ina shaol é. Ní dhearna sé ach a chúram agus a leas a chinntiú riamh. Thóg an Maighistir é, chuir sé scolaíocht den chéad scoth ar fáil dó, thug sé achan sórt traenála agus ullmhúcháin dó, thug sé creideamh agus clann dó, d'amharc sé ina dhiaidh mar a bheadh mac ann. Ní raibh a dhath nach ndéanfadh an Maighistir dó agus ní raibh aon rud nach ndéanfadh an printíseach dó ach é a iarraidh.

Níor iarr an Maighistir aon rud riamh ar an phrintíseach. Ní raibh uaidh ach a shonas, sa tsaol seo agus sa tsaol eile. Ba chuma leis an phrintíseach fán tsaol seo. Dar leis nach raibh ann ach piolóid agus brocamas. Ba bheag dúil a bhí aige ann.

Ní raibh ach an t-aon uair amháin riamh ar léirigh an Maighistir míshástacht ann. Ní thiocfadh leat a rá fiú gur míshástacht mar is ceart a bhí ann, díomá b'fhéidir. An t-am udaí nuair a bhí sé cúig bliana déag d'aois, nuair a chuaigh sé féin agus an gasúr eile sin, an gasúr ciúin faiteach sin, nuair a chuaigh siad ar strae. Ní raibh tuigbheáil ag an phrintíseach ar na mothúcháin aisteacha a bhí air ag an am. An dúil fhíochmhar shantach a tháinig trasna ar a nádúr agus ar a intleacht, a rinne striapach de.

É féin agus an gasúr ciúin, ní hé go raibh siad mór le chéile, ní hé gur cairde a bhí iontu ná go dtiocfadh leat a rá go raibh cion acu ar a chéile. Ní raibh ann ach gur tharla i gcuideachta a chéile go minic iad. Beirt leaids chiúine. Beirt nach raibh dúil acu i ngnáth-amaidí déagóirí, beirt a bhí scoite amach giota beag ón tréad sa scoil chónaithe.

Tharla iad ag snámh lá. Chuaigh an gasúr ciúin amach rud beag rófhada agus tháinig lagmhisneach air. Thoisigh sé ag scairteadh. Ó tharla an printíseach cóngarach dó agus ó tharla buillí maithe snámha aige, chuaigh sé i dtarrtháil air. Tharraing sé isteach chuig an trá é. Bhí lámha an ghasúir ag flapáil thart air i rith an ama, ag iarraidh greim a fháil air, á láimhsiú. Nuair a bhí siad slán sábháilte ar an trá is ann a thug an printíseach faoi deara an éifeacht a bhí ag an láimhseáil seo air. Músclaíodh dúil aindiaga ann. D'amharc an gasúr ciúin isteach ina shúile, bhí buíochas ann cinnte ach bhí rud inteacht eile ann nach bhfaca an printíseach riamh ina shaol, rud nár thuig sé, amhail is go raibh an gasúr ag breathnú ar laoch dá chuid agus go raibh cion, meas, grá, dáimh agus paisean uilig buailte le chéile san amharc a thug sé air.

Chruinnigh gasúraí eile thart agus ní raibh an múinteoir i bhfad ina ndiaidh, flústar air ag iarraidh a fháil amach an raibh achan duine ceart go leor. Nuair a bhí sé sásta nach raibh aon duine marbh nó nach raibh cúram dochtúra de dhíth, d'iarr sé ar na buachaillí iad féin a shocrú agus a mbealach a dhéanamh ar ais chuig an choláiste, a bhí fá thrí chéad méadar siúil ón trá. Chruinnigh an printíseach tuáille fána ghuaillí agus rinne sé a bhealach suas an cosán gainimh, fríd na méilte agus suas 'na scoile. Chuaigh sé caol díreach chuig na citheanna gur ghlan sé an sáile agus an salachar dá chorp agus dá intinn faoin uisce fhuar.

An oíche sin, tháinig an gasúr ciúin chuige. Am inteacht idir meán oíche agus a haon a chlog. Bhí na soilse múchta sa choláiste le breis agus dhá uair an chloig agus ní raibh de thormán le cluinstin ach srannfach na ngasúr ina gcubhachailí. Ní raibh an printíseach ina chodladh. Bhí eachtra an lae á choinneáil ó shuan. Chuala sé na coiscéimeanna boga ar an urlár shnasta, iad ag teacht ina threo go stadach. Lig an gasúr ciúin é féin isteach i gcubhachail an phrintísigh. Ní raibh focal uaidh. Shoiprigh sé é féin isteach sa leaba in aice leis an phrintíseach. Bhog an printíseach le rud inteacht a rá ach d'ardaigh an gasúr méar chuig a bhéal. Bhrúigh sé a bhéal i dtreo an phrintísigh agus theagmhaigh beola na beirte le chéile. Bhí sé mar a bheadh splanc thintrí a rith idir an bheirt agus a mhúscail gach féith ina gcoirp óga.

Láimhsigh siad a chéile. Chuartaigh a dteangacha a chéile. D'fhreagair a gcoirp dá chéile ag bualadh agus ag titim thar a chéile go dtí gur bhrúcht an bheirt acu, iad fáiscthe go domhain i mbarróg a chéile. Thit siad siar ar an leaba, spíonta. Ansin, gan focal uaidh, leag an gasúr ciúin póg bhog mhilis ar liobair an phrintísigh, d'éirigh sé, shocraigh sé a chuig éadaigh oíche agus d'imigh leis go ciúin.

Níor chodail an phrintísigh néal an oíche sin. D'ísligh an ragús a bhí i ndiaidh seilbh a ghlacadh ar a chorp agus tháinig rabharta náire agus samhnais sa mhullach air. Mhothaigh sé ciontacht uafásach, gan é a bheith cinnte cad ba chúis léi. Fríd a chéile a bhí a intinn. Bhí a cholainn agus a intinn in adharca a chéile ag iarraidh ciall a dhéanamh de mheascán an phléisiúir agus na ciontachta. Mhothaigh sé salach, ach sásta.

Chuaigh sé chuig an Mhaighistir an mhaidin dár gcionn agus d'admhaigh sé an t-iomlán dó. D'éist an Maighistir gan siolla a rá. Níor cheistigh sé é fán ghasúr eile, rud a chuir an printíseach ar a shuaimhneas. Cé go raibh sé ag iarraidh caint fána mhothúcháin chorraithe féin, ní raibh sé ag iarraidh an gasúr ciúin a dhamnú. Níor labhair an Maighistir ar chor ar bith a fhad is a bhí an printíseach ag insint a scéil. Ach go bé an díomá a chonaic an printíseach óg ina shúile, ní shílfeadh sé choíche go raibh an scéal ag cur isteach nó amach air.

Nuair a bhí an t-iomlán inste ag an phrintíseach, bhí ciúnas sa tseomra. D'amharc an Maighistir isteach i súile an phrintísigh, á ghrinniú. Rinne an fear óg iarracht a shúile a choinneáil dírithe ar aghaidh an Mhaighistir. Bhí sé deacair.

"Ar tharla a dhath mar seo roimhe?" a dúirt an Maighistir fá dheireadh.

"Níor tharla, a Mhaighistir."

"Conas a mhothaíonn tú anois?"

Smaoinigh an printíseach tamall ag iarraidh a chuid mothúchán a mheas. Chuir sé rud beag iontais air nuair a thuig sé nár mhothaigh sé fríd a chéile níos mó. Ní raibh a choinsias á bhuaireamh mar a bhí. Bhí aiféala air, ní mar gheall ar an rud a bhí déanta aige ach mar gheall ar an díomá a d'airigh sé i súile an Mhaighistir. Ba é an rud ba mhó a mhothaigh sé ná faoiseamh. Ní raibh na focail aige le sin a mhíniú don Mhaighistir ach ar dhóigh éigin, thuig an sagart cad a bhí ag dul ar aghaidh in intinn an diúlaigh óig.

"Gabh síos ar do ghlúine romham."

Chuaigh. Thoisigh an Maighistir ag monabhar leis féin i Laidin. Rinne sé comhartha na croise os cionn an bhuachalla.

"Ego te absolvo a peccatis tuis in nomine Patris, et Filii, et Spiritus Sancti. Amen."

D'éirigh an printíseach.

"Tá an cholainn daonna lag, a mhic. Is gá í a smachtú mar a dhéanfá le madadh drochmhúinte. An dtuigeann tú?"

"Ach conas?"

"Cad a dhéanfá le madadh crosta?"

"Bhuailfinn é, a Mhaighistir. Bhuailfinn é go dtí go mbeadh é umhal."

"Ní bhaineann ár dTiarna ná a Mháthair Bheannaithe aon phléisiúr as pian an duine, a mhic. Is rud naofa é an corp a bhronn Dia ort, ach má tharraingíonn an corp sin peaca, is gá é a smachtú. Is gá aithrí a dhéanamh."

"Tuigim, a Mhaighistir," a dúirt an printíseach, a shúile ar an talamh.

Thriomaigh an printíseach é féin. Bhearr sé é féin agus chíor sé a ghruaig fhionn. Ghléas sé é féin i gculaith dhubh. Thóg sé leis an guthán póca a cheannaigh sé an lá roimhe sin sa *Carphone Warehouse. Nokia 1208* a bhí ann. Ceann de na gutháin is saoire a bhí acu ach fón arbh fhéidir brath air. Bhí cúig ghuthán den chineál chéanna ceannaithe aige le coicís anuas. Gach ceann acu briste agus na píosaí caite ar shiúl aige darna achan lá. Chuir sé an guthán isteach i bpóca a sheaicéid in éineacht le sparán beag donn ina raibh cúig chéad euro in airgead tirim. Ní raibh a dhath eile sa sparán. Níor iompair an printíseach cárda de chineál ar bith, rud ar bith a thabharfadh leid don strainséir cé a bhí ann.

D'amharc sé thart ar an tseomra. Ní bheadh sé ag pilleadh ar an áit seo. Sheiceáil sé go raibh achan rud a bhí de dhíth air aige agus bhog sé chuig an doras agus amach i ngrian an fhómhair.

CAIBIDIL 9

Tháinig an freastalaí chuig an tábla sa chlúid i gcoirnéal den tsólann sa Leinster Arms. Girseach óg, fiche, bliain is fiche ar a mhéad. Í ina mac léinn coláiste, jab páirtaimseartha aici sa bhialann le cúpla euro a chruinniú don chíos, nó do na táillí, b'fhéidir. Ní raibh fonn ithe ar an triúr a bhí cruinnithe thart ar an tábla, ach d'ordaigh siad ceapaire an duine.

"Ní óstán é seo," a dúirt Micí. Ba rud saoithiúil é le rá, ach bhí gá le rud éigin a rá. Bhí cuma chroite ar Chlíodhna agus ar Eoghan.

"Heh?" arsa Eoghan. "Sea, is dócha go bhfuil an ceart agat."

D'amharc sé thart air ag tógáil isteach an bheáir thíos staighre den chéad uair.

"Óstán a thug mise i gcónaí air. Nach aisteach sin. An dóigh a dtéann rud inteacht isteach i do chloigeann."

An mionchomhrá seafóideach sin curtha díobh, thit siad chun ciúnais arís.

"Níl aon dabht faoi mar sin." Clíodhna a bhris an tost. "Bhí mé fós ag ceapadh, b'fhéidir… b'fhéidir… níl a fhios agam… gur tromluí a bhí ann."

"Níl aon dabht faoi," arsa Eoghan.

"Rinne tú ceangal idir na ceoltóirí mar sin," arsa Micí.

"Rinne. Bhí baint acu uilig le Cathal Buí Mac Giolla Gunna."

"Aidhe, dúirt tú sin, ach… bheul… cé sin?"

Rinne Eoghan gáire nach raibh fonn air a dhéanamh.

"Déanaim dearmad, a Mhicí. Tá muidne chomh tógtha suas le saol an cheoil ghaelaigh… ach, ná bac liomsa. Cathal Buí, bheul, fan go bhfeicimid. Ceoltóir a bhí ann. Leis an fhírinne a dhéanamh, níl mórán eolais chinnte againn fá dtaobh de. Rugadh é thart fá dhá chéad go leith bliain ó shin, sa

66

Chabhán sílim, nó i bhFear Manach, níl mé cinnte. Bhí sé tugtha don ólachán agus ba spailpín é ag bogadh ó áit go háit. Ceoltóir… file a bhí ann. Chum sé roinnt amhrán a bhí cáiliúil go maith… 'An Bonnán Buí', 'Caitlín Tirial'…"

"Agus gach duine a fuair bás le tamall anuas, bhí baint acu leis?"

"Thaifead siad uilig ceann éigin dá amhráin."

"Níor thaifead!" D'amharc an bheirt fhear ar Chlíodhna. "Níor thaifead Caoimhín aon cheann acu riamh ina shaol."

Thost na fir. Bhí cuma an-mhíchompordach ar Eoghan. Bhí sé cruálach é a rá agus an riocht ina raibh Clíodhna ach ní raibh aon dul as.

"A Chlíodhna…"

"Tá a fhios agam. Tá a fhios agam caidé atá tú ag gabháil a rá. Ní Caoimhín, mise. Mise a bhí á lorg ag an dúnmharfóir, ní Caoimhín…"

"Ach c'tuige?" a d'fhiafraigh Micí. "Cén bhaint atá agatsa leis?"

"Mo thráchtas PhD," ar sise go ciúin. "Rinne mé tráchtas ar cheol Dheisceart Uladh. Bhí Cathal Buí agus a chuid amhrán agus na ceoltóirí a chan iad mar chuid thábhachtach den staidéar agam."

Rug Eoghan ar a lámh. D'amharc Micí ar an urlár. Ní raibh ceachtar acu ábalta smaoineamh ar cad ba chóir a rá. Ar feadh tamaill fhada, níor labhair aon duine acu.

Tháinig na ceapairí agus pota caife.

"Bheul, céard a dhéanfaimid anois?" arsa Micí agus an caife á dhoirteadh amach aige.

"Bheul, tuigimid go bhfuil baint ag seo uilig le Cathal Buí Mac Giolla Gunna. Caithfimid a fháil amach anois, cad é an ceangal idir na básanna seo agus an ceol," a dúirt Eoghan.

"Nach saoithiúil go mbeadh ceangal ar bith idir amhráin a scríobhadh dhá chéad caoga bliain ó shin agus rudaí atá ag tarlú sa lá atá inniu ann," arsa Micí. "Inis domh níos mó fá Chathal Buí seo."

D'amharc Eoghan ar Chlíodhna. Cibé eolas a bhí aige féin fán cheoltóir, is cinnte go raibh níos mó eolais aicisean. Thoisigh Clíodhna ag insint bhunchnámha a scéil dóibh.

"Is é an rud fá Chathal, nó – mar a dúirt Eoghan – nach bhfuil mórán eolais cinnte againn fá dtaobh de. Tá tuairimí difriúla ann fán áit ar rugadh é. Creideann roinnt saineolaithe gur i dTeallach Eachach i gContae an Chabháin a rugadh é, deir daoine eile gur i bhFear Manach a tháinig sé ar an tsaol, daone eile tá siad den bharúil gur i nGleann Ghaibhle, nó i nGleann Fearna nó i nDroim Caorthainn a rugadh é.

"Ceann de na deacrachtaí atá ann, nach raibh a leithéid de rud ann agus contaetha san am sin – ní mar a thuigimidne iad ar scor ar bith. Bréifne a thug muintir na háite ar an cheantar agus cuimsíonn sin cuid de Liatroim, Fear Manach agus an Cabhán mar atá siad inniu. Níor tháinig ainmneacha na contaetha i ngnáthúsáid go dtí gur thoisigh Cumann Lúthchleas Gael. Cé go bhfuil na foinsí uilig aontaithe gur i mBréifne a rugadh é, ní thig linn bheith cinnte cén áit sa cheantar inar rugadh é.

"Bhí cainteoirí dúchais Gaeilge beo sa dúiche ag tús na haoise seo caite agus a dtuairimí féin acu, ach tá mé den bharúil go raibh cuid acu ag iarraidh clú a mbailte féin a chinntiú agus gur fhág sin iad ag lua Chathal Bhuí le ceantair s'acu féin. Ar ndóigh, bhí na péindlíthe i réim ag an am sin agus ní raibh aon taifead mar is ceart déanta den phobal Chaitliceach. Níl aon taifead baiste againn do Chathal, níl taifead eaglasta ar bith againn.

"Mar sin féin, tá muid cóir a bheith cinnte go ndeachaigh sé leis an tsagartacht. Arís, níl aon fhianaise chinnte de sin ach tá an scéal sin láidir sa bhéaloideas. Is cinnte go raibh oideachas measartha maith air agus tá tagairtí do sheanscéalta na Gréige i gcuid dá amhráin. An ndeachaigh sé thar lear lena chuid oideachais a fháil nó an bhfuair sé traenáil sa bhaile? Níl a fhios againn. Cibé rud de, is cosúil nár oirníodh riamh é, nó má oirníodh gur fhág sé an tsagartacht.

"Ina dhiaidh sin deirtear gur phós sé, sin nó go raibh cónaí aige le bean. Seans go raibh níos mó ná bean amháin aige. Níl a fhios againn ar mhair an caidreamh eatarthu. Is cosúil go mbíodh sé ag taisteal thart cuid mhór den am. Spailpín de chineál inteacht a bhí ann ag bogadh ó áit go háit ag díol agus ag ceannach. Is dócha nár thaistil sé mórán taobh amuigh de dheisceart Uladh.

"Aontaíonn na foinsí uilig fá rud amháin, áfach, go raibh sé tugtha don ól agus go mbíodh sé ar an drabhlás de shíor. Creidtear go raibh na buíocháin air agus go raibh dath buí ar a chraiceann. Is mar gheall ar sin a tugadh Cathal Buí air. Níl a fhios ag éinne an é an galar sin a thug a bhás, agus níltear cinnte cá bhfuil sé curtha ach an oiread. Tá daoine ann a mhaíonn gur i gceantar Oirialla a fuair sé bás agus go bhfuil sé curtha i nDomhnach Maighean sa cheantar sin, ach arís níl aon duine cinnte de sin.

"Cad is féidir a rá. *Enigma* atá ann. Mhair scéalta fá dtaobh de, agus ar ndóigh mhair a chuid amhrán i mbéal na ndaoine ach tuigeann sibh féin mar a thig cosa faoi scéalta, thar am. Tá fíorbheagán gur féidir linn bheith cinnte de."

"Agus cad fá na hamhráin a bhí aige?" a d'fhiafraigh Eoghan. "Cad é an t-eolas atá againn fá na hamhráin?"

"Na hamhráin! Bheul, sin rud eile. Tá cuid de na hamhráin a scríobh sé fíormhaith. Aithnítear mar chlasaicigh iad. Ach ar an lámh eile, tá cuid de na hamhráin atá curtha síos dó… caidé mar a déarfaidh mé é… níl siad rómhaith.

"An t-amhrán is mó clú a luaitear leis 'An Bonnán Buí'. Áirítear i measc móramhráin na Gaeilge é."

"Bonnán???" a cheistigh Micí.

"Bonnán. Éan a bhí ann," a d'fhreagair Clíodhna. "Ní shílim go bhfuil sé beo in Éirinn níos mó. Creidim go maireann sé i Sasana go fóill agus i roinnt áiteanna san Eoraip, ach tá sé díothaithe as an tír seo le fada. Is cosúil go bhfaca Cathal bonnán marbh agus é ag siúl thart fá Loch Mac nÉan i mBréifne maidin gheimhridh. Ba chosúil go bhfuair an bonnán bás den tart. Bhí sioc ar an loch agus ní raibh sé ábalta deoch a fháil. Sin mar a bhí an scéal ag Cathal ar scor ar bith. Chonaic an file cosúlachtaí idir é féin agus an bonnán marbh, ach chas sé scéal an bhonnáin ar a cheann, ag maíomh gurbh é an easpa óil ba chúis lena bhás. Leithscéal a bhí ann dósan coinneáil leis ag ól. Amhrán greannmhar lán *pathos* agus greann dubh atá ann. Is dócha gurbh é sin an fáth ar mhair sé chomh fada sin i mbéal na ndaoine.

"San iomlán, níl ach ceithre, cúig cinn déag dá chuid amhrán a mhaireann go dtí an lá atá inniu ann, agus tá an-éagsúlacht caighdeáin iontu. Tá roinnt saineolaithe den bharúil nach é Cathal Buí a chum ar chor ar bith iad."

"Bheadh sin intuigthe," arsa Eoghan. "Ar ndóigh, níl a dhath againn i scríbhinn ó lámh Chathail é féin."

"Níl. Is dócha go raibh sé measartha coitianta ag filí san am úd, má bhí siad ag iarraidh stádas éigin a thabhairt dá gcuid véarsaíochta, iad a lua le scríbhneoir nó le pearsa a bhí aitheanta go mór sa phobal. Ní thig linn bheith cinnte de gur scríobh Cathal Buí níos mó ná 3 nó 4 cinn de na hamhráin atá luaite leis. Tá seans ann gur chum sé go leor, ach ar an drochuair, tá siad caillte orainn inniu.

"Ansin, tá na téamaí. Tá cuid de na dánta agus na hamhráin a bhí aige, baineann siad leis an drabhlás, suirí, drúis agus an peaca. Téamaí a luíonn go maith leis an eolas atá againn fá dtaobh de ón bhéaloideas, gur réice a bhí ann a bhí sáite san uile chineál oilc. Ach ansin, tá sraith dánta dá chuid – más é a scríobh ar chor ar bith iad – a bhaineann leis an aithrí, an fhaoiside. Cáineann sé é féin, déanann sé aithreachas as an drochbheatha atá caite aige agus agraíonn sé maithiúnas ar an chléir agus ar Dhia.

"Tá daoine ann a deir go raibh an nós sin coitianta ag file agus iad i ndeireadh a saoil. Seans go raibh, ach dar le go leor eile, ní luíonn an dá chineál dán atá luaite leis go maith le chéile."

"Chuala mise sin go minic, a Chlíodhna, go mbíodh an nós sin láidir i measc fhilí an Tuaiscirt, iad féin a cháineadh agus aithrí a dhéanamh as cibé peacaí a bhí déanta acu," a dúirt Eoghan. "Cén fáth nach mbeadh sé fíor i gcás Chathail Bhuí?"

"Thiocfainn leat, a Eoghain. Ach tá an oiread sin éagsúlachtaí ann ó thaobh stíle, téama, chaighdéan na Gaeilge agus na filíochta go bhfuil amhras láidir ann i measc na saineolaithe."

Bhí tost ann ag an tábla ar feadh tamaill bhig. Bhí an caife ag éirí fuar agus ní raibh ite de na ceapairí ach an méid a bhí os comhair Mhicí. Eisean a bhris an ciúnas sa deireadh.

"Agus más fíor an méid a dúirt tú, nár scríobh Cathal Buí a chuid amhrán, nó cuid díobh ar a laghad, cén bhaint atá aige sin lena bhfuil ag titim amach anseo inniu."

"Dá mbeadh a fhios agam!" a d'fhreagair Eoghain go smaointeach.

Le sin, léim Clíodhna. Thoisigh bonnán a fóin ag preabadh istigh ina póca. D'amharc an bheirt fhear uirthi. Thóg sí an guthán amach as a póca agus d'amharc sí ar an uimhir a bhí nochta ar an scáileán. Níor aithin Clíodhna an uimhir. Thaispeáin sí d'Eoghan agus Micí é.

"Ná freagair é!" arsa Eoghan go gasta.

D'amharc an triúr ar an ghuthán go dtí gur stad sé de bheith ag bualadh. Cúpla soicind i ndiaidh don ghuthán ciúnú, chuala siad an bíog bheag a thug le fios go raibh teachtaireacht fágtha.

Dhiailigh Clíodhna 171 ar a guthán agus chuir sí an fón ar callaire. Guth fir a bhí le cluinstin ar an líne, guth nár aithin sí.

"A Iníon Ní Mhaoltuile, seo an Bleachtaire-Sháirsint Ó Ceallaigh ó Shráid an Phiarsaigh. Bhí muid ag iarraidh labhairt leat fán rud a tharla do do chéile, Caoimhín Ó Cadhla agus fán tine sa Shelbourne aréir. Ar mhiste leat scairt a chur orm ag an uimhir 085-2318698. Go raibh maith agat."

"Caidé do bharúil?" a dúirt Eoghan ag amharc ar Mhicí.

"Is aisteach nár iarr sé ort scairt a chur air ag an stáisiún, más cuid den fhiosrúchán oifigiúil é."

"Ach bíonn gutháin phóca oibre ag cuid mhór gardaí na laethanta seo."

"Guthán oibre… A Chlíodhna, an bangharda sin a bhí ag tabhairt aire duit, an oíche sin nuair a… an oíche a bhí tú sa stáisiún. Chuir sí scairt ort tamall beag ó shin, bhfuil a huimhir agat?"

Chuaigh Clíodhna tríd liosta na nglaonna a fuair sí agus bhí sé ansin.

"Tá sé agam. Ní uimhir an stáisiúin atá ann, uimhir phearsanta."

"Nó uimhir ghutháin oibre. Scríobh amach domh é, le do thoil."

Thug Eoghan peann di a tharraing sé amach as taobh istigh dá sheaicéid agus scríobh sí an uimhir ar chiarsúr a bhí ar an tábla.

"Fanaigí anseo."

Chuaigh Eoghan suas chuig an chuntar agus d'fhiafraigh sé den fhear óg a bhí ag obair taobh thiar den bheár an raibh fón poiblí san áit. Threoraigh sé thart an coirnéal é agus isteach chuig pluais bheag dhorcha.

Dhiailigh sé uimhir an bhangharda. Freagraíodh an guthán cóir a bheith láithreach.

"Haileo!"

"Eh… gabh mo leithscéal," arsa Eoghan agus neamhchinnteacht ina ghlór, é ag ligean air go raibh iontas air bean a bheith ag freagairt. "B'fhéidir go bhfuil an uimhir chontráilte agam. An Bleachtaire-Sháirsint Ó Ceallaigh a bhí á lorg agam."

"Tá. An dtig liomsa cuidiú leat?"

"Gnoithe pearsanta a bhí ann. Gabh mo leithscéal as cur isteach ort. Níl uimhir agat dó?"

"Ní thig liom eolas mar sin a thabhairt amach. Cé atá ag glaoch?"

"Maitiú Ó Murchú. Cara leis ón choláiste. Ná bí buartha. Bhfuil uimhir an stáisiúin féin agat? B'fhéidir go mbeidh siad ábalta mé a chur fríd chuige."

"01-666900. Ach b'fhearr duit fanacht go dtí an tseachtain seo chugainn. Tá an Bleachtaire-Sháirsint Ó Ceallaigh ar saoire san am i láthair."

"Go raibh maith agat, a gharda."

Chroch Eoghan an guthán ar an ghlacadóir agus lig osna fhada as.

CAIBIDIL 10

Phill Eoghan ar an tábla. Bhí Clíodhna agus Micí ag fanacht leis, a n-aghaidheanna á cheistiú. D'inis sé dóibh fán scairt a chuir sé ar an bhangharda.

"Agus tá an bleachtaire sin ar saoire. C'tuige a bhfuil sé ag cur scairte ar Chlíodhna mar sin?"

"Sin an cheist. Cibé rud atá ar siúl, idir an briseadh isteach i dteach Mhicí agus an scairt seo ó gharda atá in ainm is a bheith ar saoire, is cinnte go bhfuil cibé rud atá ag tarlú níos mó mar a shíl muid… agus… bheul, nach bhfuil na gardaí le trust."

"A luaithe is a oibríonn muid amach cén ceangal atá idir na básanna sin, is é is fearr é. Go dtí go dtuigimid sin, ní bheidh a fhios againn cé atá le trust," arsa Clíodhna.

"A Eoghain, bhfuil Ó Doinnshléibhe fós i mbun oibre?"

"Ó Doinnshléibhe?" a cheistigh Micí.

"Tomás Ó Doinnshléibhe. Bhí sé ina léachtóir sa choláiste anseo nauir a bhí mé féin agus Clíodhna inár mic léinn. Níl a fhios agam, a Chlíodhna. Seans go bhfuil, ní shílim go bhfuil aois scoir aige go fóill."

"Cén dóigh a dtig leis-sean cuidiú linn?"

"Is duine de shaineolaithe móra na Gaeilge san ochtú haois déag é. Chuidigh sé go mór linn nuair a bhí muid i mbun taighde ar an choláiste. Níl mórán daoine eile sa tír a bhfuil oiread cur amach acu ar cheol agus ar fhilíocht na tréimhse úd is atá aigesean. Má tá sé ag obair anseo go fóill, b'fhéidir go mbeidh sé in ann solas éigin a chaitheamh ar a bhfuil ag tarlú."

"An bhfuil sé le trust?" arsa Micí.

D'amharc Eoghan agus Clíodhna ar a chéile.

"Muna bhfuil, níl éinne le trust," a dúirt Clíodhna go ciúin, ag smaoineamh ar a seanollamh, an fear a chomhairligh agus a treoraigh í agus í i mbun taighde. Ba ghnách léi amharc air mar athair agus í ar an choláiste. "Tagaim le Clíodhna, ach ní inseoidh muid an t-iomlán dó. Níl uainn ach eolas fá Chathal Buí."

"Bainimid triail as, mar sin," arsa Micí go húdarásach. "Seo linn."

D'fhág Eoghan €20 ar an tábla leis an dola a íoc. D'fhág siad an carr páirceáilte san áit a raibh sé agus bhog siad suas i dtreo gheataí an choláiste. Ní raibh Micí istigh i gcampas an choláiste roimhe agus d'amharc sé thart air ag tabhairt achan rud isteach. Bhí creatlach caisleáin ina seasamh ar thaobh an bhealaigh. Bhí crainn mhóra ag fás thart air. Chuir sé cuma ársa ar an áit. Bhog siad isteach na geataí. Díreach taobh istigh den ráille bhí séipéal beag, séipéal protastúnach de réir cosúlachta. Cén fáth a mbeadh teampall gallda buailte le Coláiste Mhaigh Nuad, ar seisean ina intinn féin. Thuig sé gur coláiste stáit a bhí ann anois, ach go raibh cliarscoil ann go fóill. Bhí a fhios aige go mbíodh an coláiste faoi smacht ag an Eaglais le fada an lá. Ní raibh sé cinnte cén socrú a bhí ann anois. Chaithfeadh sé ceist a chur ar Chlíodhna nó ar Eoghan níos moille.

Bhí trí chosán rompu nuair a tháinig siad isteach an geata. Bhí gairdíní breátha leagtha amach agus crainn aosta ag fás iontu. Bhí bothán beag ar thaobh na láimhe deise, an bothán slándála agus lasc-chlár an choláiste. Bhog Eoghan suas chuige agus d'fhoscail sé an doras. Bhí fear meánaosta ina shuí ag deasc ansin ag ól cupa tae agus in oifig bheag ar chúl bhí beirt bhan agus cluasáin fóin orthu.

"Gabh mo leithscéal. Bhí mé ag cuartú an Dr Uí Dhoinnshléibhe."

D'ardaigh duine de na mná a súile ar feadh leathshoicind, agus sula raibh faill ag Eoghan aon rud eile a rá, bhí uimhir inteacht buailte isteach aici ar a ríomhaire agus í ag fanacht le freagra. Nuair a fuair sí freagra, d'iarr sí ar an duine ar an taobh eile den líne fanacht bomaite ar scairt, agus sméid sí a ceann i dtreo gutháin ar thábla beag sa halla. D'ardaigh Eoghan an glacadóir.

"Haileo?"

"Haileo!"

"A Dhochtúir, seo Eoghan Ó Laighin…"

"A Eoghain, a chara, cén chaoi a bhfuil tú?"

"Tá mé go breá, a Dhochtúir. Tá mé i Maigh Nuad, mé féin is Clíodhna Ní Mhaoltuile."

"Bheul, nach lá de na laethanta é. Buailigí suas chugam. Tá cuimhne agat cá bhfuil mé?"

"Tá, a Dhochtúir. Beidh muid ansin gan mhoill."

Ghabh Eoghan a bhuíochas leis an bhean ar na cluasáin agus shiúil amach as an bhothán arís.

"Tá sé ann. Siúlfaimid linn."

Cé go bhfuil dhá champas ag Ollscoil Mhaigh Nuad, agus cé go bhfuil Roinn na Gaeilge suite ar an champas úr, nó an Campas Thuaidh mar a thug lucht údaráis air, bhí seomraí ag Tomás Ó Doinnshléibhe ar an tseanchampas. Ní hamháin go raibh sé ina ollamh le Gaeilge ach bhí baint nach beag aige le riaradh an choláiste. Níor chuimhin le hEoghan cén teideal oifigiúil a bhí air, agus ní bhíodh Ó Doinnshléibhe féin ag caint faoi go minic, ach d'fhág sin go raibh oifig aige ar an tseanchampas. B'fhearr leis go mór an seanchampas nó na foirgnimh úra a tógadh sna 1980í agus sna 1990í ar an champas úr. Ní raibh samhlaíocht ar bith ag baint leo mar fhoirgnimh, dar leis. Pugin, a dhear cuid mhór de na foirgnimh ar an tseanchampas, agus bhí siad maorga agus síoraí, dar leis. Ar an tseanchampas, mhothaigh tú go raibh tú ag siúl ar lorg na mílte scoláire, thiocfadh leat breis agus dhá chéad bliain de stair a mhothú thart ort; ní raibh an t-atmaisféar céanna le brath san áit úr.

Nuair a bhí faill aige, mar sin, roghnaigh sé oifig ar an tseanchampas. D'fhág sin siúlóid air gach lá nuair a bhí léachtaí le tabhairt aige ar an taobh eile den choláiste ach ba chuma leis.

Bhí oifigí aige ag amharc amach ar Chearnóg Phádraig. Faiche mhór mhaisithe i lár an tseanchampais, seanfhoirgnimh thart ar cheithre thaobh na cearnóige. Bhí an t-am ann nuair ba ghnách le cliarscoláirí cónaí sna foirgnimh seo ach ó bhí titim ar líon na ngairmeacha chuig an tsagartacht, bogadh na cliarscoláirí isteach i bhfoirgneamh amháin ar chúl an choláiste, foirgneamh Naomh Muire. De réir mar a bhog na cliarscoláirí amach, bhog Ollscoil na hÉireann isteach. Bhí seomraí ag Tomás Ó Doinnshléibhe i dTeach Naomh Pádraig mar a tugadh air, ag amharc amach ar an chearnóg. Bhí cúis eile ag an Dochtúir Ó Doinnshléibhe le bheith ag iarraidh seomra ar an taobh seo den choláiste a bheith aige. Bhí se féin ina chliarscoláire tráth. Chuaigh sé le sagartacht nuair a bhí sé óg – ró-óg is dócha. Ní raibh ach seacht mbliana déag slánaithe aige nuair a shiúil sé isteach doirse an choláiste den chéad uair. Aníos as Corcaigh, éirim aigne agus ardteist mhaith curtha de; shíl a chuid tuismitheoirí easpag a dhéanamh de. Chreid sé féin sa bhrionglóid ar feadh tamaill fosta.

Bhí sé i gcónaí sásta sa choláiste. D'oibrigh sé go crua agus fuair sé marcanna maithe. Bhí na húdarás an-sásta go deo lena dhul chun cinn. Duine ciúin staidéarach a bhí ann, ceartchreidmheach go beacht agus díograiseach carthanach séimh. Bhíothas ag rá go mbeadh todhchaí gheal roimhe san Eaglais.

Bhí sin amhlaidh go dtí lár na seascaidí nuair a tháinig na chéad scamaill anoir ón Róimh ag fógairt athruithe. Bhain Comhairle Vatacáin II preab as an chléireach óg. Thoisigh a shaol compordach so-aitheanta ag titim as a chéile thart air. Ní raibh sé ábalta déileáil leis an tsaoirse, leis an nuaíocht, leis na hathruithe. Bhuail gruaim é. Níor mhothaigh sé sásta ní ba mhó sa chliarscoil, bhí gach a raibh sábháilte compordach thart air ag imeacht. Labhair sé fá na fadhbanna seo lena chomhairleoir spioradálta.

D'éist an sagart leis go foighneach. Thuig sé crá an fhir óig. Chaith sé féin agus an cléireach óg neart ama i mbun comhrá fá staid na hEaglaise agus fá ghairm Thomáis féin. Sa deireadh chomhairligh sé do Thomás am a ghlacadh saor ón staidéar. Bliain, dhá bhliain b'fhéidir, a chaitheamh amuigh i measc na ndaoine. Jab a fháil, aithne a chur ar an tsaol taobh amuigh de bhallaí arda an choláiste. Dá mba rud é go raibh an tsagartacht i ndán dó, bheadh leis. Thiocfadh sé ar ais agus chríochnódh sé a chuid staidéir, bheadh sé fós ina shagart, dá mba mhian leis an Tiarna é. D'aontaigh Tomás leis. Dar leis, bheadh sé ina theist ar láidreacht a ghairme agus ar neart a ghrá do Chríost.

Shiúil sé amach na geataí bána sin agus thug sé aghaidh ar an domhan mhór, ach i ndáiríre níor fhág sé riamh. Chaith sé an samhradh ag obair ar fheirm a athar sa bhaile, ach fá theacht an Fhómhair, bhí sé ar ais i Maigh Nuad i mbun staidéir iarchéime. Bhain sé máistreacht amach dó féin sa Ghaeilge, agus cúpla bliain ina dhiaidh sin, rinneadh dochtúir de. Tugadh post dó sa choláiste agus is ann a d'fhan sé. Bhí sé ina chuidiú dó staidéar a bheith déanta aige don tsagartacht ar ndóigh. Sna blianta sin sna luath-seachtóidí, bhí Coláiste Mhaigh Nuad ag foscailt suas don domhan. Bhí mic léinn tuata ag clárú go tréan agus bhí athruithe ag teacht. Bhí smacht mór ag an Eaglais ar an choláiste i rith an ama, ach de réir a chéile agus de réir mar a bhí an coláiste ag fás, ba i líonmhaire go mór a chuaigh méid na dtuataí a bhí ag obair san áit. Nuair a tugadh post do Thomás, bhí údarás an choláiste den bharúil gur duine díobh féin a bhí ann, duine a dtiocfadh leo brath air.

Níor phill Tomás ar an tsagartacht riamh. Bhí na hathruithe ar an Eaglais ar thug sé grá a chroí agus a anama di rómhór. Mhothaigh sé coimhthíos ina taobh mar Eaglais ach ag an am chéanna mar a bheadh mac ann a thuigeann nach duine foirfe é a athair, a thugann a chuid laigí faoi deara le díomá, ach a bhfuil grá aige fós dó – ní grá neamhcheisteach páiste ach grá agus cion an mhic fhásta – ba mhian le Tomás fanacht cóngarach di in aineoinn na ndeacrachtaí a bhí aige léi.

Rinne Eoghan, Micí agus Clíodhna a mbealach fríd Chearnóg Phádraig. Bhí eidhneán ag fás ar bhallaí na bhfoirgneamh thart ar an chearnóg agus bhí ceapóga na mbláthanna lom, duilliúr deireanach an tsamhraidh glanta ar shiúl ag an ghaoth agus ag na garraíodóirí. Shiúil siad suas an cabhsa láir agus isteach doras mór adhmaid a raibh cuma ghotach air - Áirse Phádraig. Bhí clabhstra mór rompu. Bhog siad isteach, bhain a mbróga trup as an urlár marmair. Threoraigh Eoghain iad ar chlé agus síos an pasáiste. Ar bhalla amháin bhí rangphictiúirí móra faoi fhrámaí troma ar crochadh. Pictiúirí de shagairt óga a bhí díreach oirnithe a d'amharc anuas ar an triúr agus iad ag siúl thart orthu. Pictiúirí de shagairt úra, a n-aghaidheanna óga lán dóchais – réidh le tabhairt fá obair an Tiarna. Ar an bhalla eile, bhí portráidí móra d'ardeaspaig agus chairdinéil na hÉireann. Cuma stuama chrosta ar a n-aghaidheanna.

Thiontaigh siad coirnéal. Bhí doras na bialainne ar thaobh na láimhe clé thart fá fhiche slat síos an pasáiste. In aice leis, bhí doras eile. Bhrúigh Eoghan an doras foscailte agus siúd rompu bhí staighre leathan. Bhí seomraí an Dr Uí Dhoinnshléibhe ar an dara hurlár. Chnag Eoghan ar an doras agus osclaíodh é láithreach. Leath miongháire mór ar bhéal an Dr Uí Dhoinnshléibhe nuair a chonaic sé cé a bhí ansin roimhe. Chroith sé lámh Eoghain go croíúil agus rug sé barróg ar Chlíodhna.

"Tá míle fáilte romhaibh, a chairde. Eoghan. Clíodhna. Conas tánn sibh?" a dúirt sé, lúcháir dhílis ina ghlór.

"Dia duit." Bhí Micí tugtha faoi deara aige. "Tá cara libh!"

"Seo Micí Ó Gailín, a Thomáis. Cara de mo chuid."

"Tá míle fáilte romhat, a Mhicí," arsa Tomás ag breith ar a lámh agus á croitheadh. "Bígí istigh!"

Shocraigh an Dochtúir Ó Doinnshléibhe iad isteach i gcathaoireacha uilleann compordacha san oifig agus chuir sé citeal ar gail. Bhí trí leabhragán mhóra sa tseomra, gach ceann acu lán leabhar, cuma amscaí orthu. Níor léir aon ord a bheith ar na leabhair, seanleabhair faoi chlúdaigh leathair buailte le chéile le leabhair nua-aimseartha, réimse leathan topaicí idir litríocht, ailtireacht, miotaseolaíocht, teangeolaíocht agus eile. Litreacha agus cáipéisí sáite isteach anseo is ansiúd idir leabhair.

Bhí deasc throm adhmaid san oifig, ríomhaire glúine foscailte agus leabhar nó dhó agus dornán páipéir caite anuas air. Bhí radharc amach an fhuinneog ag an duine a bheadh ina shuí taobh thiar de, radharc díreach trasna na cearnóige a bhí thíos faoi. Ina shuí ar an deasc bhí dhá ghrianghraf, ceann dubh agus bán de thuismitheoirí Thomáis, agus ceann eile dá bhean chéile le beirt chailíní óg, a iníonacha Cara agus Máiréad. Ní raibh aon phictiúr eile sa tseomra ach amháin portráid bheag amháin den Chroí Rónaofa a bhí ag crochadh ar an bhalla bheag in aice an dorais. Labhair an Dochtúir agus an tae á réiteach aige.

"Agus cad a thugann anseo sibh? Glacaim leis nach cuairt shóisialta é seo. Shíl mé gur in Harvard a bhí tusa, a Eoghain."

"Tá, a Thomáis. Tá mé sa bhaile tamall… i mbun oibre, mar dhea!"

"Ó, cinnte, cinnte. Mo dhearmad. Bhí tú san Acadamh. Aréir? Arú aréir? Bhí sé i gceist agam a bheith ann, ach… bheul…"

"Sea, bhí sé go breá. Bhí scaifte measartha ann."

"Caithfidh tú a insint dom. An fíor go bhfuil ceangal déanta agat le ceol na tíre seo agus ceol an Mheán-Oirthir."

"Tá go leor cosúlachtaí idir an dá chineál ceoil."

Dhoirt an Dochtúir cupa tae an duine dóibh agus chuir sé bainne agus siúcra ar thráidire os a gcomhair sular suigh sé ina chathaoir leathair.

"Nach fíorspéisiúil é sin? Go háirithe i bhfianaise scéalta na miotaseolaíochta. Nach ón Mheán-Oirthear do na Gaeil ó thús de réir an tseanchais?"

"Tá sin amhlaidh. Is cineál de mheascán idir an antraipeolaíocht agus an léann ceilteach atá ar siúl agam thall."

"An-suimiúil. An-suimiúil go deo! Agus an é sin an rud a thugann anseo… sibh?"

"Ní hé, a Thomáis, ní hé go baileach. Taighde de chineál inteacht eile atá ar siúl againn san am i láthair."

"Ó!"

"Tá súil againn go mbeidh tú in ann cuidiú linn."

"Más féidir."

"Tá muid ar thóir Chathail Bhuí."

"Cathal Buí… Mac Giolla Gunna."

"Sea."

D'amharc Tomás ar Chlíodhna, miongháire caoin ar a bhéal.

"Ach nach bhfuil duine de na saineolaithe is oilte sa tír ar fhilíocht Chúige Uladh anseo inár measc?"

"Ní dhéarfainn sin, a Thomáis," ar sí ag deargadh rud beag.

"Bheul, inis dom. Conas is féidir liom cuidiú libh?"

"Eolas fá Chathal Buí agus a chuid filíochta atá uainn?" a d'fhreagair Clíodhna.

"Tá Ó Buachalla léite agaibh?"

"Tá. Tuigim nach bhfuil mórán eolais chinnte againn fá Chathal Buí, ach ba mhaith linn a fháil amach an bhfuil taighde breise ar bith ar siúl san am i láthair, taighde nach bhfuil foilsithe b'fhéidir, aon rud a thabharfadh pictiúr níos iomláine dúinn den fhear agus den fhilíocht."

Shuigh Tomás siar ina chathaoir, dearmad déanta aige den tae a bhí ag fuarú lena thaobh. Chaith sé tamall ag smaoineamh. Shuigh an triúr eile sa tseomra go ciúin ag stánadh air, ag fanacht go dtoiseodh sé ag caint. Sa deireadh labhair sé.

"Mar a tharlaíonn, ní sibhse na chéad daoine a bhí ag cur suime i gCathal Buí le tamall anuas."

Bhain an dóigh ar dhúirt Tomás é sin léim bheag as Eoghan agus Clíodhna. Cinnte le Dia, bheadh scoláirí thall is abhus ag cur suime ann, le haghaidh tráchtais nó aistí nó taighde. Duine de mhórchumadóirí amhráin na hochtú haoise déag a bhí ann, bhí a chuid filíochta ar shiollabais na n-ollscoileanna, cinnte bheadh méid áirithe suime ann go fóill. Bhí rud inteacht fán dóigh ar labhair an t-ollamh, áfach, a chuir ar a n-aire iad.

"Bhí scoláire anseo sa choláiste, mí nó dhó ó shin. Chuir sé suim as cuimse ann. Tháinig sé chugam uair nó dhó ag lorg comhairle."

"Scoláire?"

"Aidhe, ach ní gnáthscoláire a bhí ann. Ní raibh sé cláraithe fá choinne cúrsa céime, ná cúrsa iarchéime. Ní raibh sé cláraithe fá choinne cúrsa ar bith. Bhí sé rud beag ait. Taighde príobháideach a bhí ar siúl aige, is cosúil. Bhí cead speisialta aige ó Uachtarán na hOllscoile agus tugadh rith an choláiste dó. An-tógtha le scéal Chathail Bhuí a bhí sé."

"Agus cérbh é?" a d'fhiosraigh Eoghan.

"Colm, an t-ainm a bhí air. Colm Mac Giolla Dé. Sin an t-ainm a d'úsáid sé cibé ar bith."

"Tá tú ag déanamh gur ainm bréige a bhí in úsáid aige?"

"Níl a fhios agam, a Eoghain. Mar a dúras, bhí rud éigin ait faoi. Ní rabhas ábalta mo mhéar a leagan air, ach bhí an chuma air go raibh rud éigin eile ar bun aige a fhad is a bhí sé i mbun taighde anseo."

"Agus bhí suim aige i gCathal Buí?"

"Bhí. Is airsean a chaith sé a chuid ama uilig. Níor chaith sé ach seachtain nó dhó anseo, agus níor chualamar a dhath uaidh nó faoi ó shin. Ní shílim i ndáiríre gur scoláire a bhí ann, scoláire ollscoile atá i gceist agam."

"Ach cad chuige an coláiste seo?" a d'fhiafraigh Clíodhna. "Ón méid a bhfuil cuimhne agam air, tá cibé eolas nó lámhscríbhinní atá ann i dtaobh Chathail Bhuí scaipthe fríd choláistí agus institiúidí ar fud na tíre."

"Níl a fhios agam, a Chlíodhna. Níl a fhios agam. Ó na comhráití a bhí agam leis, is é an t-aon rud a bhíos ábalta a fháil amach uaidh, go raibh sé den tuairim nach bhfuair Cathal Buí bás in Oirialla mar a creideadh roimhe seo.

"De réir an bhéaloidis, ba i nDomhnach Maighean, i gceantar Fhearnmhaí i ndeisceart Chontae Mhuineacháin a fuair sé bás, ach tá mé ag déanamh go raibh Colm seo den bharúil go ndeachaidh sé abhaile agus gur sa bhaile a fuair sé bás."

"Ar ais go Bréifne?"

"Is cosúil. Tá ciall bheag ag baint leis an tuairim nach i nDomhnach Maighean atá sé curtha. Níl rian ar bith dá uaigh sa tseanreilig ansin. Duine a thuill an oiread sin clú dó féin sa cheantar agus a bhfuil a iomrá beo go fóill sa bhéaloideas, shílfeá go mbeadh leac de chineál inteacht ann. Tá cuimhne go fóill ar na filí atá curtha i reilig an Chreagáin agus níl sin ach cúpla míle suas an bóthar."

"Ach, a Thomáis, níl aon uaigh dó i mBréifne ach an oiread."

"Tá a fhios agamsa, a Eoghain. Tá a fhios agat seo uilig tú féin. Níl a fhios ag aon duine cá bhfuil Cathal Buí curtha. Níl ann ach go raibh sé ina intinn ag an bhfear seo, Colm, go ndeachaidh sé abhaile sula bhfuair sé bás. Tá an oiread céanna ar eolas agatsa is atá ar eolas agam féin faoin scéal."

"Ach cá bhfaighfeadh sé tuairim den chineál sin? Caithfidh sé go raibh bunús éigin leis. A Thomáis, bhfuil a fhios agat, cad air a mbíodh sé ag féachaint? Cár chaith sé a chuid ama?"

"Mar a dúras, ní raibh mórán baint agam leis, ach ba ghnách leis cuid mhaith ama a chaitheamh i Leabharlann an Ruiséalaigh."

"Agus caidé atá istigh ansin?" arsa Micí ag cur a ladair isteach sa chomhrá den chéad uair.

"Seanleabharlann an Choláiste," a d'fhreagair fear an léinn. "Bhíodh sé i ngnáthúsáid ag na scoláirí go dtí na seachtóidí, go dtí gur thoisigh líon na scoláirí ag fás go mór. Tógadh leabharlann eile – Leabharlann Eoin Pól II – le freastal ar na gnáthscoláirí. Sean-lámhscríbhinní, leabhair agus rudaí ársa eile is mó a choinnítear i Leabharlann an Ruiséalaigh anois. Ní bhíonn sé i ngnáthúsáid ag na mic léinn níos mó.

"Bhí rud inteacht istigh ansin, mar sin, a bhí á lorg aige," arsa Eoghan.

"Cén sórt ruda a choinnítear istigh ann?" a d'fhiafraigh Micí.

"Bheul, tá mórán rudaí ann. Tá cartlann an choláiste seo ann, tá bailiúchán mór lámhscríbhinní ann, cuid acu i Laidin, cuid i mBéarla agus i bhFraincis. Tá cartlann mhór lámhscríbhinní Gaeilge ann chomh maith. Tá cartlann Choláiste Salamanca ann agus an iliomad rudaí eile, idir sheanleabhair, pleananna ailtireachta agus…"

"Coláiste Salamanca!" a dúirt Clíodhna de ghíog. "Salamanca!" D'amharc gach duine uirthi.

"Rinne Cathal Buí staidéar le bheith ina shagart. Nach i Salamanca a bhí sé?"

"Nuair a luann tú é, a Chlíodhna, bhí sé sa bhéaloideas i dTír Chonaill gur in Salamanca a bhí sé," arsa Tomás. "Tá mé nach mór cinnte de gur sin a bhí le rá ag Seosamh Mac Grianna."

D'éirigh sé dá chathaoir agus chuaigh ionsar an leabhragán. Chaith sé bomaite ag cuartú agus ansin tharraing sé leabhar anuas den tseilf. *Pádraig Ó Conaire agus Aistí eile.* D'fhoscail sé an leabhar agus fuair sé an t-alt a bhí scríofa ag an Ghriannach ar Chathal Buí.

"Sea, sin a chreid sé, gur in Salamanca a fuair sé oideachas an tsagairt."

"Ach, níl ansin ach tuairim amháin," a dúirt Eoghan go mífhoighneach. "Céard fán rann sin a bhí ag Cathal é féin:

'Nuair a bheinn sa Róimh im eaglaiseach óg, faraoir,
sul fá deachaidh mé ar seoid is mé cóirithe in
aibíd na gcliar.'

Ní saineolaí mé ach sílim gur cuimhin liom é a bheith sa bhéaloideas in Ó Méith gur sa Róimh a rinne sé a chuid staidéir."

"Tá an ceart ag Eoghan," arsa Tomás fá dheireadh. "Cosúil le gach aon rud eile a bhaineann le saol Chathail Bhuí, ní féidir le héinne bheith cinnte faoi cad is ceart agus cad is mícheart ann."

"Ach, tá liosta na bhfear a rinne traenáil in Salamanca anseo sa choláiste," a dúirt Clíodhna. "Thiocfadh linn an liosta a sheiceáil go bhfeicimid."

"Thiocfadh cinnte," arsa Tomás ag amharc ar an chlog ar an bhalla. "Más maith libh is féidir liom coinne a dhéanamh daoibh."

D'éirigh sé dá chathaoir arís agus thóg sé an guthán a bhí ar a dheasc. Bhrúigh sé cúpla cnaipe agus labhair sé le duine ar an taobh eile den líne.

"Tá cead agaibh an leabharlann a úsáid, ach beidh sé dúnta ag a cúig."

D'amharc Eoghan ar a uaireadóir. Bhí sé ag tarraingt ar a trí a chlog. Dhá uair a bheadh acu. Ar leor dhá uair le rud a nochtú a thóg sé coicís ar an scoláire mhistéireach a aimsiú? Ní raibh bomaite le cur amú.

Cúig bhomaite i ndiaidh dóibh slán a fhágáil ag Tomás Ó Doinnshléibhe, fuair siad iad féin istigh i Leabharlann an Ruiséalaigh. Seomra ollmhór a bhí rompu, seilfeanna arda lán seanleabhar ann, cúpla leabhar thall is abhus ar taispeáint faoi chásanna gloine. Bhíodh an leabharlann foscailte go tráthrialta do chuairteoirí. Bhí tarraiceáin mhiotail agus trealamh ríomhaireachta buailte suas le balla ann. Tháispeáin siad nóta a scríobh Tomás dóibh don fhear a d'fhoscail an doras.

"An bhfuil aon chabhair uaibh?" a d'fhiafraigh sé go pléisiúrtha.

"Ba mhaith linn scrúdú a dhéanamh ar chartlann Salamanca, le do thoil."

"Cinnte," a dúirt an fear. "Is cartlann mhór í. Aon tréimhse faoi leith?"

Smaoinigh Clíodhna ar feadh cúpla soicind. Fosclaíodh an coláiste sa séú haois déag agus níor dúnadh é go dtí an fichiú haois. Ní raibh ciall ar bith an t-ábhar uilig a fháil.

"Rud ar bith atá agat idir 1650 ags 1750. Tá suim ach go háirithe againn sna mic léinn a rinne freastal ar an choláiste idir na blianta sin."

"Maith go leor." D'imigh sé chun na bocsaí cearta a aimsiú dóibh.

"Níl maith ar bith an triúr againn bheith ag amharc fríd an chartlann chéanna," a dúirt Clíodhna, nuair a bhí an fear imithe. "Ní dhéanfadh sé dochar amharc fríd chuid de na lámhscríbhinní eile. I ndeireadh na dála, níl a fhios againn cad a bhí á lorg ag 'Colm Mac Giolla Dé' seo."

"Ach caithfidh sé go bhfuil na céadta lámhscríbhinn anseo. Cá háit a dtoiseoimid? Cad atá á lorg againn?"

"Bheul, déarfainn nach ndéanfadh sé aon dochar amharc ar aon rud a bailíodh ó cheantar Bhréifne nó ó dheisceart Chúige Uladh san ochtó haois déag."

Lig Eoghan osna as. Thuig sé gur beag an seans a bhí aige aon rud fiúntach a aimsiú, ach tharraing sé Micí leis.

"Gabh i leith, thig leatsa cuidiú liom," ar sé, ag lorg innéacs nó treoirleabhar.

Breis agus uair an chloig ina dhiaidh sin, lig Clíodhna osna fhada uaithi. Bhí sí i ndiaidh dul fríd na doiciméid uilig a bhí sna bocsaí a bhain le Coláiste Salamanca. Bhí cuid mhór den eolas iontu scríofa i Laidin ach bhí cuid de na doiciméid ann i nGaeilge fosta. Bhí eolas réasúnta maith ag Clíodhna ar an Laidin. Níorbh aon saineolaí í ach páipéarachas measartha caighdeánach a bhí ann agus lean cuid mhór de na doiciméid an fhoirmle agus patrún céanna. Ní raibh sí in ann tagairt do Chathal Buí Mac Giolla Gunna a aimsiú in áit ar bith.

Scríobh sí liosta amach de na leaganacha éagsúla dá ainm: Cathal, Cahal, Cál, Charles, Searlás... McDunn, Gillgon, Gillgun, Mac Giolla Dhoinn, Mac Elgunn, Gunn, Kilgunn... Ní raibh aon taifead in aon áit do dhuine ar bith den ainm a bheith i gColáiste Salamanca ag an am.

Ní raibh ach aon rud amháin ar chuir sí suim ann. Bhí iontráil amháin ann do mhac léinn óg as Contae Thiobraid Árann, Doiminic Ó Míocháin. Tháinig sé go Salamanca sa bhliain 1747 i ndiaidh dó dhá bhliain a chaitheamh i mbun staidéir in Santiago de Compostela. Chaith sé trí bliana i gColáiste Phádraig in Salamanca sular oirníodh é agus sula ndeachaigh sé ar ais go hÉirinn.

Ní raibh a dhath ar bith iontach fán eolas a bhí sa chartlann fá dtaobh de. Bhí sé cosúil le taifead ar bith eile. Cur síos gairid ar mar a d'éirigh leis agus é ar an choláiste. Rud beag imní léirithe ag na húdarais fána shláinte, ach ní raibh aon rud éagsúil fán eolas a bhí tugtha ina thaobh. Ní raibh ach rud amháin ann a tharraing aird Chlíodhna. Bhí na litreacha "R.I.E." scríofa isteach in aice lena ainm i ndúch gorm, amháil is gur le badhró a scríobhadh iad. D'amharc Clíodhna go cúramach ar na litreacha sin. Bhí siad as áit ar fad. Ní raibh siad le feiceáil in aice ainm ar bith eile sa chartlann. Scrúdaigh sí an dúch go cúramach. Chuir sí a méar thar na litreacha agus chuimil sí iad. Rinneadh smáileog ar an leathanach amhail is gur scríobhadh na litreacha sin le gairid.

Bhí sé ag tarraingt ar a ceathrú go dtí a cúig nuair a tháinig na fir ar ais chuig an deasc ag a raibh Clíodhna ag obair. Ní raibh a dhath faighte acu sna lámhscríbhinní. Ní raibh mórán cur amach ag Micí ar obair den chineál agus is ar éigean a bhí sé ábalta an scríbhneoireacht a bhí ann a léamh, gan a bheith ag iarraidh teacht ar thagairtí do Chathal Buí Mac Giolla Gunna.

Níorbh fhearr mar a d'éirigh le hEoghan. Dá mbeadh cúpla mí aige le dul fríd achan rud, b'fhéidir go mbeadh seans aige rud inteacht a aimsiú ach ní raibh faill aige níos mó ná ainmneacha na scríbhneoirí a bhreacadh síos, na blianta a scríobhadh na lámhscríbhinní agus an áit a bhfuarthas iad. Fuair sé an t-eolas sin ó innéacs a thug duine de na freastalaithe dó. Bhí thart fá 50 lámhscríbhinn a bhain leis an tréimhse sin agus le Cúige Uladh, ach níor sheas ainm aon scríbhneoir amach. D'amharc sé fríd chúig cinn de na lámhscríbhinní go gasta ach ní raibh faill aige scrúdú mar is ceart a dhéanamh orthu.

"Aon rud?" a d'fhiafraigh sé de Chlíodhna nuair a tháinig sé ar ais chuici.

"Dada. Dada beo. Sibhse?"

"A dhath ar bith!"

"Is cosúil nach ndearna Cathal Buí freastal ar Choláiste Salamanca riamh. Níl aon taifead de ar scor ar bith."

"An bhféadfadh sé bheith ann faoi ainm bréige?"

"D'fhéadfadh, is dócha. Bhí gairm na sagartachta ceilte go maith ag an am. Bhí sé contúirteach go leor bheith ag gabháil do thraenáil na sagart ag an am sin. Ach… bheul, thuigfinn dó ainm cleite a bheith in úsáid ag sagart sa bhaile, ach i measc a chairde sa chliarscoil… cén gá a bheadh le hainm bréige?"

"Ní bhfuair muidne a dhath ach an oiread. Dada!"

"Ní raibh ach aon rud amháin," a dúirt Clíodhna. "Amharcaigí ar an duine seo." Thaispeáin sé an t-eolas a bhí ann fá Dhoiminic Ó Míocháin.

"Cad faoi?" a dúirt Eoghan.

"Amharc ar na litreacha seo," ar sí ag taispeáint an "R.I.E." dóibh. " Níl sé i bhfad ó shin ó scríobhadh na litreacha sin."

Chuir Micí a shúile síos chuig an doiciméad á scrúdú go géar.

"By Dad, tá an ceart agat. Shílfeá gur le gairid a scríobhadh sin. Cinnte níl sé ann le trí chéad bliain."

"Bhí an dúch fós fliuch go leor le smáileog a dhéanamh," arsa Clíodhna.

"'Bhfuil seans ann go raibh baint ag an scoláire mhistéireach seo leis, gurbh eisean a scríobh na litreacha sin?"

"Níl a fhios agam cé scríobh é. Níl mé ach ag rá gur scríobhadh ar na mallaibh é."

Bhí Eoghan ciúin i rith an chomhrá seo idir Micí agus Clíodhna, é ag amharc fríd na nótaí a bhí breactha síos aige ón innéacs agus ó na lámhscríbhinní. Tháinig sé ar an ainm a bhí á lorg aige.

"Tá a fhios agam an t-ainm sin," a dúirt sé go ciúin.

"Cén t-ainm?"

"Doiminic Ó Míocháin. Údar ceann de na lámhscríbhinní atá ann," ar sé ag taispeáint a liosta dóibh. "Lámhscríbhinn a fuair an coláiste sa bhliain 1896, a bhfuil ábhar ann ag dul siar go dtí na 1770í, is cosúil. An fear sin, Doiminic Ó Míocháin, sagart a bhí ann. Eisean a scríobh ceann de na lámhscríbhinní atá sa bhailiúchán anseo."

D'amharc an triúr acu ar a chéile. Fá dheireadh, bhí ceangal beag déanta acu. Bhí seans acu fuascailt a fháil ar an mhistéir a bhí tar éis greim a fháil orthu.

"Cá bhfuil sé? Caithfimid é a fheiceáil," arsa Clíodhna ag amharc ar a huaireadóir. Bhí sé deich go dtí a cúig. Bheadh an leabharlann ag drud gan mhoill.

Sheiceáil Eoghan an t-innéacs arís agus d'aimsigh uimhir na lámhscríbhinne. D'iarr sé ar an fhreastalaí an lámhscríbhinn a aimsiú dóibh. Fuair sí é, ach mhínigh sí dóibh go raibh an leabharlann le drud agus nach mbeadh ach cúpla bomaite acu chun amharc ar an lámhscríbhinn. Bheadh siad ag foscailt arís ag a deich maidin amárach agus dá mba mhaith leo teacht ar ais ansin, bheadh seans ní b'fhearr acu scrúdú ceart a dhéanamh ar an lámhscríbhinn.

Ghabh Eoghan a bhuíochas léi agus dúirt nach mbeadh ach cúpla bomaite de dhíth orthu – rud nach raibh sé cinnte de ar chor ar bith. Seans gur cúpla uair, nó cúpla lá a bheadh de dhíth orthu, ach ní thiocfadh leo fágáil gan í a fheiceáil, mar lámhscríbhinn.

D'fhoscail siad é ar an tábla bheag ar a raibh Clíodhna ag obair roimhe sin. Bhí na leathanaigh briosc buí. Thiontaigh Clíodh go faichilleach iad. Thiontaigh sí na duilleoga ceann i ndiaidh an chinn eile. Paidreacha is mó a bhí ann, aistí agus tráchtais ar an chreideamh, seanmóir nó dó. Ansin, agus iad ceathracha leathanach isteach sa lámhscríbhinn, bhí bearna. Stad sí. Mhéaraigh sí lár an leabhráin. Bhí mar a bheadh ceannógaí páipéir ag gobadh aníos ón lár. Bhí duine inteacht i ndiaidh leathanaigh a stróiceadh amach as an lámhscríbhinn. Scrúdaigh an triúr acu é. Ní raibh aon dabht fá dtaobh de. Bhí thart fá cúig leathanach déag ar iarraidh!

CAIBIDIL 11

An Leargaidh, 1788

Ba é an chéad rud a thug an bhean faoi deara agus í ag dul isteach sa bhothán ná an boladh. Bhí an teach beag chomh sciúrtha glan is a d'fhéadfá bheith ag dréim leis. Bhí an t-urlár créafóige caite ach choinnigh an cochán a bhí scaipthe thart air tirim agus saor ó láib é. Bhí drisiúr íseal cuachta suas ar thaobh an bhalla bhig agus idir bocsaí stáin agus bearta beaga páipéir ina luí air. Bhí breacsholas fríd an tseomra ón tine bheag agus isteach an fhuinneog a d'fhág dath tláith ar a raibh istigh, ag caitheamh scáilí trasna an urláir.

Ina luí ar an leaba sa chlúid, bhí an seansagart agus é ag saothrú an bháis. Ba uaidhsean agus ón ghalar tíofóideach a bhí ag cúrsáil fríd a chorp a bhí an boladh ag teacht. Bhí a shúile druidte agus dath bán caite ar a aghaidh. Ní raibh de chomhartha na beatha uaidh ach a bhrollach a bheith ag ardú agus ag ísliú go tuisleach. Bhog an bhean go dtí a thaobh. Chuir sí a lámh ar chlár a éadain agus ghlan sí cuid de na pislíní ó imeall a bhéil le ceirt.

Chorraigh sé agus d'fhoscail a shúile, cuma bhricliath orthu sa tsolas lag. D'aithin sé an bhean ag a thaobh agus rinne sé iarracht a lámh a ardú chuici.

"Seo, seo, a dhuine uasail. Ná corraígí. Tá bhur fuinneamh de dhíth oraibh."

Dheifrigh an bhean chuig an tine. Rinne sí í a fadú gur éirigh beochán beag inti. Bhí babhla léi agus dhoirt sí a raibh istigh ann sa phota a bhí ag crochadh os cionn na tine. Nuair a bhí an brachán te, bhain sí den tine é agus dhoirt isteach sa bhabhla arís é. Thug sé anonn chuig an tsagart é. Chuidigh sí leis éirí rud beag sa leaba agus shocraigh sí í féin ar cholbha na leapa agus spúnóg ina lámh aici. Bheathaigh sí an sagart, ag cuidiú leis an brachán a shlogadh siar agus ag glanadh ar shiúl na giotaí beaga de a shleamhnaigh síos ar a smigead.

Mhothaigh sé níos láidre mar dhuine i ndiaidh dó an babhla bracháin a bheith ite aige.

"Go raibh maith agat, a Chaitlín."

"Tá fáilte romhaibh, a dhuine uasal."

"Creidim nach mbeidh an dualgas seo ort mórán níos faide, a Chaitlín."

"Fuistigí anois, a dhuine uasal, agus ná cluintear an cineál sin cainte uaibh."

"Huh! Tá mé ag déanamh nach fada mo sheal ar an domhan bheag seo feasta."

Rinne an sagart casachtach. Thug Caitlín ciarsúr dó agus chruinnigh sé thart fána bhéal é. Thit sé siar sa leaba arís, cuma air go raibh a chuid fuinnimh tráite ag an racht casachtaí. Sheas Caitlín ansin tamall á bhreathnú. Shíl sí go raibh an codladh ag titim ar ais air. Go díreach ansin, d'fhoscail sé a shúile arís agus bhog a lámhsan á cuartú.

"A Chaitlín, a Chaitlín…"

Rug sí greim ar lámh an tsagairt.

"Tá mé anseo…"

"Do mhacsa, a Chaitlín, Séimí. Ba mhaith liom á fheiceáil."

"Beidh sé istigh ar ball, a dhuine uasal, tá sé amuigh ar an chaorán lena athair. Creidim nach mbeidh siad i bhfad eile."

"Cén aois anois é, a Chaitlín?"

"Beidh ceithre bliana déag aige teacht na Samhna."

"Gasúr maith. Gasúr déirceach. Ba mhaith liom á fheiceáil."

"Cuirfidh mé isteach chugat é, nuair a thiocfas sé 'na bhaile."

"Go raibh maith agat, a Chaitlín."

Dhruid sé a shúile arís agus níorbh fhada gur thit a chodladh míshocair air.

Uair an chloig ina dhiaidh sin, bhuail an gasúr óg cnag ar an doras. Ní raibh freagra ar bith ón taobh istigh agus d'ardaigh sé an laiste ar an doras agus isteach leis sa dorchadas. Bhí an tráthnóna ag tarraingt agus bhí an solas ag éirí lag. Chuaigh sé suas chuig an tine agus chaith cúpla fód móna uirthi. Chuardaigh sé sa bhac go bhfuair sé coinneal agus las sé ó bhladhairí na tine í.

"Séimí? An sin tú, a Shéimí?" Tháinig an guth lag ón leaba sa chlúid.

"Mise atá ann, a dhuine uasail. Dúirt mo mháthair go raibh sibh de mo chuartú."

"Maith mo ghasúr thú. Gabh anseo aníos."

Bhog an gasúr go colbha na leapa. Chuir sé an choinneal ina seasamh ar sheilf bheag a bhí le taobh na leapa.

"Maith mo ghasúr thú. Séimí, tá an bás orm." Níor labhair an gasúr. "Tá an bás orm agus is gairid go bhfeicfidh mé gnúis Dé. Tá súil…"

Bhog an buachaill óg ó chos go cos go míchompordach leis an chaint seo, ach níor labhair sé. Stán an sagart air, a shúile bricliatha á ghrinniú.

"Níl scolaíocht ar bith ort, a Shéimí."

"Níl, a dhuine uasail. Bhí mé ag an mháistir siúil tamall nuair a bhí sé thart…"

"Breast iad. Lucht drabhláis agus ainíde an chuid is mó acu."

Ní raibh aon fhreagra ag an ghasúr ar sin. Rinne an tAthair Ó Míocháin ainm dó féin sa phobal mar dhuine a dhamnódh gan eisceacht lucht óil agus ragairne. "Cén dóigh gur féidir aitheanta Dé a chomhlíonadh agus tú as do chiall?" a deireadh sé, "Nach maith an sampla do Dhia agus don Mhaighdean sibh i bhur meisce, níl iontas an tír faoi chrann smola ag Sasana agus a clann chomh tógtha leis an bhiotáilte," a deireadh sé ag amanna eile.

"Gabh anseo go bhfeicfidh mé thú."

Chrom an gasúr os cionn an tsagairt, solas na coinnle ag soilsiú a aghaidhe. D'amharc an sagart isteach ina shúile. Bhí doimhneacht neamhghnách i súile an ghasúir seo. Ní duine é a bhí tugtha don amaidí mar a bhí cuid mhór den aos óg. Duine staidéarach a bhí ann, duine machnamhach a rinne a dhícheall i gcónaí, a bhí faichilleach i dtaobh a thuismitheoirí. Bhí éirim agus carthanacht ann.

"Tá an bás orm, a Shéimí. Ach tá rud amháin ba mhaith liom a dhéanamh sula n-imeoidh mé. Tá gráinnín beag airgid cruinnithe agam, a Shéimí. Ba mhaith liom é a fhágáil agatsa."

Tharraing an gasúr a anáil isteach go gasta. Ní raibh sé ag dréim le seo.

"Tá mé le hé a thabhairt duitse le go gcuirfidh tú scolaíocht ort féin. Tá go leor ann le bliain coláiste a thabhairt duit. Ina dhiaidh sin, bheul, is fútsa sin."

"A…" Ní raibh a fhios ag an ghasúr cad ba chóir a rá.

"'Shéimí, 'bhfeiceann tú an bocsa stáin ar an drisiúr sin thall."

Thiontaigh an fear óg thart.

"Feicim."

"Tabhair anseo chugam é. Agus, a Shéimí, ar an tseilf uachtair, taobh thiar den Bhíobla, tá beart beag páipéir. Tabhair chugam é."

Fuair Séimí a raibh de dhíth ar an tsagart agus tháinig sé ar ais go taobh na leapa.

"Maith mo ghasúr thú," arsa an sagart ag breith greim ar an bhocsa agus an beart beag páipéir a bhí ceangailte le corda agus iad faoi chlúdach leathair. D'fhoscail sé an bocsa beag stáin le deacracht. Istigh bhí cnap beag bonn airgid. Sháigh sé an bocsa i dtreo an ghasúir.

"Tá corradh le seacht nginí ann, a Shéimí." Bhí súile an bhuachalla óig ar leathadh roimh an airgead. "Ní mórán uilig é, ach tabharfaidh sé pasáiste agus bliain choláiste duit."

"Faoin airgead, gheobhaidh tú dhá litir faoi chlúdach. 'Bhfuil léamh agat, a Shéimí."

"Ní… níl mórán."

"Cá bhfios nach fearr i bhfad thú gan é. 'Bhfeiceann tú? Ceann de na litreacha sin, an ceann seo," ar sé ag taispeáint na litreach don leaid óg. "Tabhair an ceann sin don easpag, socróidh sé pasáiste duit chun an choláiste. Tá gach rud mínithe agam inti agus tá tú molta agam don scolaíocht.

"An ceann eile, ná taispeáin d'aon duine í. Is duitse an litir sin, agus is duit féin amháin í. Tiocfaidh an lá nuair a bheas tú ábalta í a léamh agus tuigfidh tú ansin cén fáth nár chóir duit é a thaispeáint d'éinne beo."

Bhuail taom casachtaí an sagart. Nuair a tháinig sé chuige féin arís, shínigh sé méar ar an bheart páipéir a bhí faoi chlúdach leathair.

"Na duilleoga páipéir sin…" arsa an sagart. "Ba chóir domh iad a chur leis an tine i bhfad roimhe seo. Ag Dia atá a fhios cad chuige nach ndearna. Mearbhall a chuir siad orm. Obair an diabhail atá iontu. Ní raibh sé de mhisneach agam aitheanta Dé a chomhlíonadh mar ba chóir. Mheall siad mé, na focail dhamánta sin. Chuir siad m'anam agus mo chuid staidéir ó mhaith."

Chuir an sagart racht eile casachtaí de. Thit sé siar ar an leaba agus dhruid sé a shúile. Shíl an gasúr bocht gur ina chodladh a bhí an seanduine, go dtí gur fhoscail sé a shúile an athuair.

"A Shéimí, a ghasúir. 'Bhfuil grá agat do do Mháthair Bheannaithe, máthair ár dTiarna?"

"Tá, a dhuine uasail, tá."

"Bíodh. Bíodh muinín agat aisti. Bhí an t-am ann gur shíl mise obair agus plean Dé a chomhlíonadh mé féin. Bhí mé óg agus postúil. Ní raibh cuidiú de dhíth orm. Shíl mé mairtíreach a dhéanamh díom féin, sílim. Níl… níl a fhios agam. Níl ann ach ceo anois, a Shéimí…"

Thit an sagart chun ciúnais arís. Is mar sin a d'fhan sé ar feadh trí nó ceithre de bhomaití. Bhí Séimí réidh le himeacht, agus an bocsa agus na litreacha ina ghlaic, nuair a fuair an tseanchrág de lámh greim air arís.

"A Shéimí… Séimí…"

"A dhuine uasail…"

"Cosain í a mhic… tá sí lag, ach beidh sí mór arís… cosain í… clann na Maighdine…"

Níor dhúirt an sagart a dhath ar bith ina dhiaidh sin.

CAIBIDIL 12

Sheas an printíseach go humhal os comhair an Mhaighistir. Bhí cuntas iomlán tugtha aige ar a raibh bainte amach go dtí seo. Bhí gach rud, nach mór, ag dul de réir an phlean a bhí leagtha amach. Ní raibh ann ach an ghirseach sin a d'éalaigh. Botún a bhí ann. Thuig an printíseach go raibh teipthe air, nár chomhlíon sé a chuid dualgas mar ba chóir. D'admhaigh sé sin don Mhaighistir. Sheas sé anois ag fanacht lena bhreithiúnas.

Bhí an t-eolas sin ag an Mhaighistir cheana féin. Ní raibh a dhath úr sa mhéid a dúirt an printíseach. Bhí an obair seo róthábhachtach le fágáil i lámha duine amháin agus bhí daoine eile ann i gcónaí sa chúlra a raibh sé de dhualgas naofa acu súil a choinneáil ar an phrintíseach agus cuidiú leis plean Dé a thabhairt chun críche.

Theip air cinnte an bhean óg a chur os comhair chathaoir bhreithiúnais Dé. Ba bhotún é sin. Bhí deacrachtaí lena gcuid pleananna agus lena gcuid eolais. Thuig an Maighistir nach ar an phrintíseach amháin a bhí an locht. Ní rabhthas ag súil leis an fhear sin, cén t-ainm a bhí air, Caoimhín rud éigin, a bheith san árasán. Ise a bhí le bheith ann léi féin. Ba chóir fios níos fearr a bheith acu, ba chóir go dtuigfeadh siad go mbeadh sí beo faoi pheaca, ina cónaí le fear nach céile pósta é. Mar a tharla, d'oibrigh sé amach maith go leor. Ionadaí maith a bhí ann, é chomh tumtha céanna in obair an Diabhail is a bhí an bhean óg. Fuair an t-ógánach a raibh ag dul dó. Ní raibh a bhás mar chuid de phlean Dé ach ní raibh roimhe sa tsíoraíocht ach pian agus piolóid. Ní dhearna siad ach an lá sin a bhrostú dó.

Bhí an bhean óg beo go fóill. Rinne na Deagánaigh iarracht eile í a mharú, an oíche sin sa Shelbourne, ach arís níor éirigh leo. Bhí cuidiú aici.

Duine a bhí sa Mhaighistir ar mhaith leis gach aon rud a bheith socraithe mar is ceart, gach aon phíosa den phlean a bheith comhlíonta mar ba chóir. Ba cheart di bheith marbh. Níor chuidigh sé leo í a bheith beo go fóill. Na cairde seo a bhí aici, sin rud eile nach raibh súil acu leis. Bhí siad á cosaint, iad cliste, acmhainneach. Ach ní mhairfeadh siad i bhfad eile. Dhéanfadh na Deagánaigh cinnte de sin. Bhí obair níos tábhachtaí le déanamh ag an phrintíseach anois. Ní fhéadfadh sé bheith gafa le tóraíocht eile.

D'amharc an Maighistir go grámhar ar an fhear óg a bhí os a chomhair amach. Bhí aithne aige air ó bhí sé ina ghasúr óg. D'uchtaigh sé an dílleachta beag, chaith sé leis mar a chaithfeadh sé lena mhac féin. Thug sé treoir agus comhairle dó, scolaíocht agus creideamh.

"An bhfuil tú ullamh, a mhic?"

"Tá, a Mhaighistir!"

Ní raibh a dhath eile de dhíth air. Thuig an Maighistir ó shúile an fhir óig go raibh sé réidh lena bheatha a ligean uaidh ar son na cúise glórmhaire. B'fhéidir go mbeadh air sin a dhéanamh go fóill.

"Tuigeann tú na contúirtí atá romhat?"

"Tuigim, a Mhaighistir!"

"Is é an Diabhal a chuireann na contúirtí seo romhat."

"Tuigim, a Mhaighistir."

Bhí an Maighistir sásta. Bhí giolla maith aige. Sméid sé a cheann ar an fhear óg agus threoraigh sé ar a ghlúine roimhe é. Chrom an printíseach roimhe agus bheannaigh an sean-Mhaighistir é, ag monabhar as Laidin agus ag gearradh chomhartha na croise os a cheann.

"Go raibh Mac glórmhar Dé agus a Mháthair Bheannaithe romhat."

"Go raibh maith agat, a Mhaighistir," a d'fhreagair an fear óg, ag éirí agus á choisreacan féin.

Bhog an printíseach amach ar an tsráid ghnoitheach. Bhí daoine ag teacht agus ag imeacht, fuadar agus flústar faoi gach aon duine acu, shílfeá. Bhog an printíseach go mall smaointeach, mar a bheadh sé ag tomhas achan choiscéim roimhe. Fiche slat síos an bóthar ar choirnéal bhí *Carphone Warehouse*. Ba ón chomhlacht sin a cheannaigh sé a ghuthán inné. Smaoinigh sé gur chóir dó comhlacht eile a lorg, ach guthán an lae inné ceannaíodh é i gcathair ar an taobh eile den tír. Ní raibh a ainm ar cháipéis ar bith. Ba bheag seans go ndéanfaí ceangal idir an dá ghuthán.

Chuaigh an printíseach isteach. Cheannaigh sé guthán eile, an *Nokia 2323*. Guthán saor a bhí ann ach bhí gach rud a bhí de dhíth air ag an ghuthán bheag dhubh. Ní raibh ach 78g meáchain ann, bhí creathóir ann a chuir an fón ag crith nuair a bhí scairt ag teacht isteach agus mhairfeadh an ceallra isteach is amach ar thrí seachtainí gan luchtú ar mhód fuireachais. D'íoc sé le hairgead tirim agus d'fhág sé an siopa. Bhí €10 creidmheas saor in aisce ag dul leis an ghuthán. Bheadh go leor ansin don ghnoithe a bhí roimhe. Neamhchosúil le gach uair eile a cheannaigh sé fón úr, níor chaith sé a sheancheann ar shiúl. Bhí an *Nokia 1208* a cheannaigh sé an lá roimhe sin fós ina phóca. Bhí cúpla lá oibre fós le déanamh aige.

I siopa *Argos*, cheannaigh sé seit uirlisí siúinéireachta. Tháinig sé i gcás beag miotail; bhí casúr, sábh miotail, scriúirí agus réimse eile uirlisí ann. Fuair sé tóirse beag sa tsiopa chéanna, ceann de na tóirsí sin a cheanglaítear thart ar do éadan. Arís, d'íoc sé le hairgead tirim. Bhí cúpla rud eile de dhíth air, rudaí a fuair sé i siopa leictreora.

Nuair a bhí sé sásta go raibh gach a raibh de dhíth air faighte aige, léim sé ar bhus agus isteach leis go lár chathair Bhaile Átha Cliath. D'fhág an bus é fá shiúl gairid de Shráid Uí Chonaill. Bhí sé luath. Shiúil sé síos agus thiontaigh sé ar chlé isteach i Sráid na hArdeaglaise. Thar Lána Thomáis agus ar aghaidh chuig Sráid Marlborough. Sheas sé os comhair na hArdeaglaise. Ní ardeaglais a bhí ann ar ndóigh, leas-ardeaglais a bhí ann, tógtha in onóir Naomh Mhuire. Níor thuig sé riamh cén fáth nach ndearna ardeaglais cheart di riamh. Príomhchathair tíre a bhí in ainm is a bheith Caitliceach, is gan ardeaglais Chaitliceach ar bith inti. Léiriú eile ar laigeachtaí na hEaglaise san am i láthair.

Isteach leis fríd na doirse adhmaid a bhí ar leathanfhoscailt agus bhrúigh sé isteach na taobhdhoirse taobh istigh den phríomhdhoras. Bhí cúl an teampaill dorcha agus fionnuar. Líon boladh túise a pholláirí. Thart fán tsanctóir, bhí solas ag sileadh isteach fríd na fuinneogaí a las an altóir agus an léachtán a bhí déanta i gcruth iolair. Ní raibh mórán daoine istigh ann. Cúpla seanbhean, málaí plaisteacha leo, cuid acu ag urnaí, duine acu ag lasadh coinnle, bean eile ag déanamh a bealaigh thart ar Thuras na Croise.

Chuaigh sé isteach ar cheann de na binsí ag cúl an tséipéil agus síos ar a ghlúine droimdhíreach, a mhála beag uirlisí ag a thaobh dála na mban aosta agus thoisigh sé ag guí. Bhí a thuras croise féin nach mór thart, bhí an céasadh agus an phian a d'fhulaing sé cóir a bheith críochnaithe. An íobairt a bhí déanta aige cheana agus an íobairt a bhí fós le déanamh, dála Íosa ar an chros, thabharfadh sé slánú don chine daonna.

Leathuair ina dhiaidh sin, d'éirigh an fear óg. Amach leis ar an tsráid arís agus síos leis go Sráid na Mainistreach. Chonaic sé Óstán Wynns trasna an bhealaigh uaidh. Thrasnaigh sé an tsráid san áit a raibh ardán an tram agus isteach leis san óstán. Sheas sé san fhorhalla, bhí an deasc fáiltithe cuachta isteach ar chlé. Bhog sé chuige agus chuir ceist ar an fháilteoir ag an deasc an raibh pacáiste ar bith fágtha ann dó. D'iarr sí a ainm.

"Mac Giolla Dé. Colm."

Thug sí dó pacáiste beag a bhí faoi chlúdach trom cairtchláir. Níor fhoscail sé é. Bhí a fhios aige cad a bhí istigh ann. Bocsa beag miotail a bhí ann agus bealach an tslánaithe istigh. Sháigh sé a lámh isteach i bpóca a bhríste gur mhéaraigh sé eochair bheag an bhocsa. Bhí sé réidh.

CAIBIDIL 13

"R.I.E. – cad dó a sheasann na litreacha sin?" arsa Eoghan. Bhí an triúr acu ar ais i seomraí an Dochtúir Uí Dhoinnshléibhe.

"'Bhfuil tú cinnte nach R.I.P. a bhí ann? Is beag idir E agus P, go háirithe más lámhscríofa a bhí na litreacha?"

"Tá mé cinnte gur E a bhí ann," arsa Clíodhna.

"Níl a fhios agam go baileach," arsa Tomás go smaointeach. "Ní cuimhin liom iad a fheiceáil roimhe seo, go háirithe ar aon rud a bhaineann le lámhscríbhinní na Gaeilge. Deir tú gur scríobhadh le gairid iad?"

"Dúch gorm a bhí ann," arsa Clíodhna. "Ní thiocfadh leis a bheith scríofa i bhfad, cinnte níor bhain siad leis na doiciméid iad féin."

"Agus iad scríofa in aice le hainm Dhoiminic Uí Mhíocháin."

"Sea."

"An duine a chuir ceann de na lámhscríbhinní le chéile," a dúirt Eoghan.

"Lig dom seo a fháil i gceart i mo cheann," arsa an dochtúir. "Tá sé uilig ag tarlú an-tapa. Bhí na litreacha seo, R. I. E., scríofa in aice le taifead Uí Mhíocháin agus é in Salamanca."

"Bhí."

"Agus, chuir sin sibh ag lorg an bhailiúcháin a luaitear leis."

"Tá cur amach agat ar an lámhscríbhinn," a dúirt Eoghan go dóchasach.

"Ní thig leat bheith i do léachtóir Gaeilge sa choláiste seo chomh fada is a bhí mise gan cur amach agat ar na lámhscríbhinní. Níl aon mhórstaidéar déanta agam air. Creidim go bhfuil scór bliain ann ó d'amharc mé air, agus ansin, ní raibh ann ach sracfhéachaint. De réir mo chuimhne, ní raibh mórán suntasach ann. Ní bailiúchán an-tábhachtach a bhí ann. Paidreacha, seanmóirí leamha. Ní raibh a dhath tábhachtach ann nach raibh ar fáil in áiteanna eile. Más cuimhin liom i gceart, agus thig leat mé a cheartú anseo, ní raibh bail mhaith ar an lámhscríbhinn, í caite go maith ag am agus aimsir."

"Is fíor duit," arsa Eoghan ag cuimhniú ar chomh buí briosc is a bhí an lámhscríbhinn. Ní raibh grinnscrúdú déanta aige air, ach bhí sé tugtha faoi deara aige go raibh an scríbhinn doiléir in áiteanna agus go raibh an pár féin caite. "Ach, cinnte, tá staidéar déanta ag duine inteacht ar an lámhscríbhinn. Shíl mé go raibh catalógú déanta acu ar fad agus go raibh cuntas tugtha ar a raibh istigh iontu."

"Tá sin déanta. Is é an rud atá mé a rá ná go bhfuil go leor lámhscríbhinní ann a mheastar a bheith ar bheagthábhacht. Níl an méid sin scoláirí ann a chuireann suim sna lámhscríbhinní agus tá an oiread sin lámhscríbhinní ann. Níl sé neamhhiontach gan mórthaighde bheith déanta air, go háirithe má measadh an t-ábhar a bheith ar bheagán tábhachta."

"Tá duine inteacht ann, Mac Giolla Dé. Is léir go gcreideann seisean go bhfuil tábhacht leis… le cuid de cibé ar bith. Tá cúig leathanach déag stróicthe amach as an lár." Bhí frustrachas le brath ar ghlór Eoghain.

"Anois, tá sin spéisiúil. Uafásach go ndéanfadh duine a leithéid, ach spéisiúil."

"Spéisiúil, cén dóigh?"

"Níl tú ag smaoineamh go loighciúil, a Eoghain."

Sula raibh seans ag Eoghan aon fhreagra a thabhairt air, bhog Tomás i dtreo an leabhragáin. Chaith sé bomaite ag cuartú sula tharraing sé leabhrán beag caol anuas den tseilf. Catalóg de na lámhscríbhinní a bhí i seilbh an choláiste a bhí ann. Mhéaraigh sé a bhealach fríd go dtí gur tháinig sé chuig an iontráil a bhí de dhíth air.

"Seo, seo é. Lámhscríbhinn R324… Doimnic Ó Míocháin luaite leis… Faighte ag an choláiste sa bhliain 1896. Ní raibh sé mar chuid de na mórbhailiúcháin. Bronntanas don choláiste ó Phádraig Ó Brádaigh, sagart paróiste i gCill an Átha, Co an Chabháin."

"Sin an dara huair a dúirt tú sin, go raibh Ó Míocháin 'luaite' leis. Cad tá i gceist agat?"

"Bheul, go minic, ní hionann ainm ar chlúdach agus fianaise chinnte gurbh é sin an duine a scríobh. Gach seans gurbh é, ach b'fhéidir freisin gur duine eile a scríobh síos eolas a fuair sé ó Ó Míocháin. Seans, b'fhéidir, gur Ó Míocháin a chur tús leis ach gur chuir daoine eile leis an lámhscríbhinn. Bhí pár gann agus costasach ag an am agus ní chuirfí amú é. Ní thig linn bheith cinnte gan scrúdú mion a dhéanamh ar an pheannaireacht agus ar an stíl scríbhneoireachta."

Thit ciúnas sa tseomra ar feadh bomaite. Níor chuir Clíodhna agus Micí isteach mórán ar an chomhrá a bhí idir Tomás agus Eoghan, ach bhí siad ag éisteacht go cúramach leis an chur agus cúiteamh.

"Cad tá á rá agat, a Thomáis?" arsa Micí ag cur a ladair isteach sa chomhrá go neamhchinnte. "An lámhscríbhinn bréagach é?"

"Ní sin atá á rá agam ar chor ar bith, a Mhicí. Is léir go bhfuil baint éigin ag Ó Míocháin leis an lámhscríbhinn seo ach ní féidir bheith cinnte cén bhaint go díreach a bhí aige leis."

"Cad faoi na litreacha sin, R.I.E.?" a d'fhiafraigh Clíodhna.

Níor thug Tomás aon fhreagra uirthi. Ina áit sin, shocraigh sé é féin ar ais ina chathaoir uilleann. D'amharc sé ar Chlíodhna agus ar Eoghan go staidéarach.

"Nach gceapann sibh go bhfuil sé in am dóibh insint dom cad go díreach atá ar siúl?"

"Huh?"

"Tá sé iontach deas sibh a fheiceáil ag am ar bith, tuigeann sibh sin, ach tá níos mó i gceist leis an chuairt seo ná suim fhánach i lámhscríbhinn."

D'amharc Clíodhna agus Eoghan ar a chéile. Bhí a fhios acu beirt nach mbeadh aon mhaith an dubh a chur ina gheal ar Thomás. Bhí sé róghasta agus bhí barraíocht aithne aige orthu. Ach an raibh sé le trust? Sin an cheist. Cé a bhí le trust? Bhí ciúnas ciotach sa tseomra ar feadh bomaite iomláin ach sa deireadh chinn Clíodhna ar ghabháil sa tseans leis.

"Sílimid… eh… sílimid go bhfuil seans ann go bhfuil baint ag cibé rud a bhí sa lámhscríbhinn sin le cúpla bás a tharla ar na mallaibh."

Leath súile Thomáis ach níor dhúirt sé a dhath ar bith.

"Maraíodh mo chéile, maraíodh cúpla ceoltóir sean-nóis eile thart timpeall na tíre le gairid. Rinneadh ionsaí ormsa! Tá a fhios agam go bhfuil sé deacair a chreidbheáil, ach measaimid go bhfuil baint éigin ag na hionsaithe seo le Cathal Buí Mac Giolla Gunna agus le cibé rud a bhí sa lámhscríbhinn sin."

Scrúdaigh Eoghan aghaidh Thomáis go géar agus Clíodhna ag insint an méid sin dó. Ba léir go raibh an méid a bhí le rá aici ag cur iontais air, ach nuair a d'inis sí dó go ndearna ionsaí uirthi féin, ba bheag dabht ach gur bhain an scéala preab as. Bhí sé le feiceáil ar a aghaidh gur chuir sé isteach go mór air Clíodhna a bheith i gcontúirt. Shocraigh Eoghan ansin go raibh sé ceart go leor an t-iomlán a insint dó. D'inis sé dó fán amhras a bhí orthu i dtaobh na ngardaí, an t-ionsaí ar an Shelbourne, an briseadh isteach i dteach Mhicí.

Bhí cuma ar Thomás i ndiaidh dó an scéal iomlán a chluinstin go raibh duine inteacht tar éis sonc faoina heasnacha a bhuaileadh air. D'éirigh sé bán san aghaidh.

"Ach cén fáth?" a dúirt sé ar deireadh. "Cén fáth a mbeadh aon duine ag iarraidh ionsaí a dhéanamh ar cheoltóirí sean-nóis? Ní luíonn sé le ciall."

"Tá a fhios agam nach luíonn," a d'fhreagair Eoghan. "De réir mar a thuigimid, bhí baint éigin ag na ceoltóirí uilig le hamhráin de chuid Chathail Bhuí Mhic Giolla Gunna. Níl muid in ann aon cheangal eile a dhéanamh eatarthu."

"Agus ní dheachaigh sibh chuig na gardaí?"

"Ní dheachaigh. Mar a dúirt mé, tá eagla orm go bhfuil ceangal éigin ag na gardaí lena bhfuil ar siúl."

"Tá seo dochreidte. Dochreidte." Bhí tost sa tseomra arís.

"Is léir," arsa Eoghan, "go bhfuil baint ag an fhear seo… Mac Giolla Dé… le cibé rud atá ar siúl. Dá mbeimis ábalta greim a fháil air. Dúirt tú, a Thomáis, go bhfuair sé cead speisialta ó Uachtarán an Choláiste taighde a dhéanamh anseo."

"Dúirt. Fuair sé cead a chinn nuair a bhí sé anseo."

"Bheul, b'fhéidir go dtiocfadh leis an Uachtarán muid a chur ar an eolas?"

"B'fhéidir, a Eoghain," arsa Tomás go smaointeach. "Fiosróidh mé an scéal leis."

Le sin d'éirigh Tomás dá chathaoir agus chuaigh chuig an ríomhaire glúine a bhí ina luí ar a dheasc. Seanríomhaire de chuid *Apple* a bhí ann. Bhrúigh sé cúpla cnaipe go dtí go bhfuair sé suíomh idirlín Leabharlann an Choláiste aníos ar an scáileán. Bhrúigh sé cnaipe eile a thug isteach ar shuíomh Leabharlann an Ruiséalaigh é.

"De réir a chéile," a mhínigh sé, "tá cuid de na seanlámhscríbhinní seo a chur ar mhicreascannán. Tosaíodh leis na mórbhailiúcháin. Tá seans ann go bhfuil cóip den lámhscríbhinn seo ar fáil go fóill sa leabharlann nua."

Chuaigh sé fríd an tsuíomh idirlín go dtí gur aimsigh sé liosta na lámhscríbhinní a raibh cóipeanna micreascannáin déanta díobh. R342, bhí sé ann.

"Bheul, sin scéal maith amháin. Rinneadh cóip de. Beidh sé ar fáil sa leabharlann thall."

"Iontach. 'Bhfuil an leabharlann foscailte go fóill."

D'amharc Tomás ar an chlog.

"Beidh sé ar oscailt go dtí a deich, ach ní mór daoibh bheith istigh roimh leathuair i ndiaidh a naoi. Druideann an deasc ag an am sin."

"Agus an mbeidh cead againn é a úsáid? Níl muid cláraithe mar mhic léinn a thuilleadh."

"Rachaidh mise libh. Ní bheidh aon fhadhb."

D'éirigh siad uilig. Tharraing Tomás cóta chuige agus amach leo, síos na staighrí agus thart ar an chlabhstra arís. Bhuail dorchacht agus fuacht na hoíche iad agus iad ag siúl amach Áirse Phádraig. Thiontaigh siad ar chlé agus bhog amach i dtreo an Aula Maxima. Bhí soilse lasta istigh ann a ghealaigh an cosán rompu. Thart ar an tseanotharlann agus ar aghaidh leo go Leabharlann Eoin Pól II. Bhí an leabharlann suite ar bhruach na canála a rith fríd an choláiste agus bhí toim agus crainn deasa ag fás thart uirthi. Dealbh den sean-Phápa os a comhair, é cromtha i mbarróg le beirt pháistí ina ucht.

Siúd leo isteach i dteas sócúlach na leabharlainne agus suas le Tomás a fhad leis an deasc. D'iarr sé micreascannán R342, agus chuaigh an cailín óg á chuartú.

"A fhad is atá muid anseo, thiocfadh linn taighde a dhéanamh ar chúpla rud eile," a dúirt Tomás. "Pádraig Ó Brádaigh, sagart paróiste i gCill an Átha. D'fhéad muid iarracht a dhéanamh níos mó eolais a aimsiú air."

Thóg Micí a ghuthán póca amach as a phóca.

"Tá an t-idirlíon agam ar an fón seo. Níl a fhios agam cén fáth nár smaoinigh mé air roimhe. Thiocfadh liom é a *google*áil." Thoisigh sé ag brú cnaipí.

"Agus R.I.E.?" arsa Clíodhna.

"Tá rud éigin faoi na litreacha sin," arsa Tomás. "Cuireann siad rud éigin a chonaic mé roimhe i gcuimhne dom ach ar m'anam níl mé ábalta cuimhneamh air."

"Níl mé ábalta é a aimsiú," a dúirt Micí. "Thriail mé a ainm i nGaeilge agus i mBéarla. Dada. Tá scéal anseo fá Pat Brady as an Chabhán. Nimhíodh é."

D'amharc an triúr eile air, á cheistiú.

"Ach ní shílim gur sagart a bhí ann… ach, fan, 1849 a fuair sé bás. Tá sin ró-luath, nach bhfuil?"

"Tá," arsa Eoghan. "Amharc, a Mhicí, níl tú a dhul a fháil a dhath ar an rud bheag sin. Tá ríomhairí cearta thall anseo."

Bhog an bheirt acu i dtreo na ríomhairí. Bhí dhá cheann saor, agus tharraing siad suíochán eile aníos agus shuigh an bheirt acu ag an ríomhaire chéanna. D'fhan Clíodhna agus Tomás cóngarach don deasc ag fanacht leis an bhean a bhí ar lorg an mhicreascannáin.

"Thig le ríomhairí bheith ina chuidiú iontach, ach thig leo thú a chur ar strae fosta," arsa Eoghan go ciúin. "Uaireanta is fearr rudaí a chuartú ar bhealach indíreach…"

Bhuail Eoghan na focail "Clochar Diocese" isteach san inneall cuardaigh.

"Clochar?"

"Tá mé ag déanamh go gclúdaíonn an deoise sin Bréifne."

"Huh?"

"Sagart atá á lorg againn. Is mó seans go bhfaighimid eolas faoi anseo ná má dhéanaimid cuardach randamach."

Dada. Ní raibh a dhath ar bith ar an tsuíomh fá dtaobh de. Smaoinigh Eoghan ar feadh bomaite agus ansin d'fhoscail sé táb nua agus d'fhoscail sé 'logainm.ie'. Scríobh sé an logainm "Killinagh" isteach san inneall cuardaigh. Tháinig cúig fhreagra ar ais, ceann acu i gContae an Chabháin. Bhí mapa ag gabháil leis. Scrúdaigh Eoghan an léarscáil go cúramach.

"Dúiche Chathail Bhuí, ceart go leor. Tá mé cóir a bheith cinnte gurb é sin Loch Mac nÉan," ar sé ag síneadh méire ar an scáileán. Chonaic Micí loch beag ina luí ar an teorainn idir Contae an Chabháin agus Contae Fhear Manach.

"Loch Mac nÉan?"

"Sin é. Loch Mac nÉan. Creidtear gur sa cheantar sin thart fán loch a tháinig Cathal Buí ar an tsaol."

D'amharc Eoghan go cúramach ar an léarscáil ag caitheamh a shúile ar na bailte éagsúla a bhí thart fán pharóiste. Fuair sé an rud a bhí uaidh. Chuaigh sé ar ais chuig an leathanach a d'fhoscail sé a chéaduair, an t-am seo ba é "Kilmore Diocese" a chuir sé isteach san inneall cuardaigh.

Tháinig leathanach breá daite aníos ar an scáileán. Chliceáil sé ar chnaipe a raibh "parishes" scríofa air, tháinig léarscáil mhór den deoise aníos. Chuartaigh sé an léarscáil go dtí go bhfuair sé paróiste Chill an Átha agus Gleann Ghaibhle. Tháinig eolas aníos faoi cheithre shéipéal sa pharóiste. Rinne sé neamhhiontas de shéipéal Phríosún Theach Locháin a bhí lonnaithe sa pharóiste. Ba bheag seans baint a bheith ag an tseansagart leis an phríosún. Roghnaigh sé 'St. Patrick's Killinagh', tugadh eolas breá fá stair na hEaglaise sa pharóiste ón chéad phobal Críostaithe sa cheantar thart fán bhliain 500 AD, séipéal a tógadh sna meánaoiseanna agus a bhí in úsáid go dtí 1612. Ansin aimsir na bpéindlíthe nuair ab éigean don phobal an tAifreann a éisteacht i ngleann iargúlta sa cheantar, go dtí an tAthair Hugh de Lacy a fuair talamh agus a thóg an séipéal a bhí ann anois sa bhliain 1846.

"Hmm," a smaoinigh Eoghan leis féin. "Gorta mór ag bagairt ach am ag an chléir séipéal a thógáil."

Ní raibh rud ar bith fá Phádraig Ó Brádaigh, Patrick Brady, Pat Brady nó leagan ar bith eile dá ainm. Lig Eoghan osna as.

Bhí an bhean a bhí ag obair taobh thiar de dheasc na leabharlainne i ndiaidh pilleadh. D'fhág Eoghan an ríomhaire agus shiúil sé suas arís chuig Clíodhna agus Tomás.

"Tá mé iontach buartha faoin mhoill, a Ollaimh," arsa an bhean óg. "Bhí deacracht agam é a aimsiú. Bhí sé san áit mhícheart, ach bheul, seo chugat é."

"Go raibh maith agat, a Jessica," arsa Tomás go cineálta ag tógáil uaithi an bhocsa ina raibh an scannán agus ag bogadh chuig an inneall léitheoireachta.

Shocraigh Tomás an scannán san inneall, agus thoisigh sé ag spóláil fríd. Bhí ábhar trí lámhscríbhinní ar an scannán. Bhí an ceann a bhí uathu ag an deireadh. Mhoilligh Tomás an meaisín le go mbeadh siad in ann na leathanaigh a léamh.

Ar an chéad leathanach den lámhscríbhinn, lámhscríofa sa chló ghaelach bhí na focail:

Saidheacht Crábhaidh Éireann
arna chur i ccló ag
Doiminic Ó Míocháin
Searbhónta bodhcht Mhuire
a mBréifne Uí Raghallaigh damh
Ad Majorem Dei Gloriam

Léigh siad leo. Paidreacha, Teagasc Críostaí agus seanmóirí is mó a bhí ann. Rud beag anseo is ansiúd fá bheatha na naomh agus na mairtíreach. Bhog siad leo. Ní raibh a dhath ann a mhúscail a gcuid suime.

"Thart fá leathanach a daichead…" arsa Eoghan go ciúin.

Bhog Tomás an scannán ar aghaidh. Go tobann dhorchaigh an scáileán. Ní raibh aon rud le feiceáil air. Sheiceáil Tomás an meaisín. Bhí an chuma air go raibh sé ag obair mar ba chóir, bhí an solas a shoilsigh faoin scannán fós ar siúl ach ní raibh íomhá ar bith ag teacht fríd. Tharraing sé amach an scannán. D'ardaigh sé chuig an tsolas é. Bhí duine inteacht tar éis an scríbhneoireacht a bhí ar an scannán a scriosadh, le marcóir trom dubh. Thiontaigh Tomás an scannán thart. Bhí sé mar an gcéanna ar an taobh cúil. Dúch trom a chealaigh gach a raibh scríofa faoi.

"Cibé rud atá ann, is cinnte go bhfuil duine éigin ag iarraidh é a choinneáil faoi cheilt," arsa Tomás.

"An dtig é a ghlanadh?"

"I ndáiríre, níl a fhios agam. Seans go bhfuil dóigh ann, ach jab do shaineolaí caomhnaithe é sin. Ní thiocfadh liom a rá."

"Cé mhéad leathanach atá ar iarraidh?" a d'fhiafraigh Clíodhna.

"Cúig déag, sílim."

"Na leathanaigh chéanna a bhí ar iarraidh sa lámhscríbhinn féin," arsa Eoghan go díomách. "Damnú agus fíorscrios Dé air! Tá muid chomh fada siar is a bhí riamh! Bhfuil cóip ar bith eile ann?"

"Ba chóir go mbeadh cóip ag an Leabharlann Náisiúnta," arsa Tomás. "Ach déarfainn, ón fhianaise atá feicthe againn, go mbeadh an chóip sin scriosta aige fosta."

"Ach cén fáth an peann dubh?" arsa Micí. "Nach mbeadh sé ní b'fhusa dó an scannán a scriosadh?"

"Bheul, dá mba rud é go raibh scannán ar iarraidh nó scriosta, thabharfaí faoi deara láithreach é. An dóigh seo, scrios sé an t-eolas ach ní an scannán agus níor tharraing sin aon amhras."

"Ach thabharfaí faoi deara é am éigin."

"Thabharfaí. Ach ní go ceann tamaill fhada. Blianta, b'fhéidir. Ní go rachadh duine éigin á lorg."

D'fhan an ceathrar acu ansin ag amharc ar a chéile ag fanacht go ndéarfadh duine acu rud éigin. Sa deireadh ba é Eoghan a bhris an ciúnas.

"Déanfaimid cóip den lámhscríbhinn. Ba mhaith liom é a scrúdú i gceart. Seans go bhfuil rud inteacht ann a chuideos linn."

Sháigh Tomás an scannán isteach sa mheaisín arís agus spóláil sé ar ais chuig an chéad leathanach den lámhscríbhinn. Bhrúigh sé cnaipe agus tháinig fotachóip den leathanach amach.

"Tógfaidh seo tamall beag."

"Déanfaidh mise duit é," arsa Micí, buíoch go raibh sé ábalta rud éigin a dhéanamh a chuideodh.

"Céard anois?" a d'fhiafraigh Clíodhna. "Ar cheart dúinn an chóip sa Leabharlann Náisiúnta a sheiceáil?"

"D'fhéadfaimis, ach aontaím le Tomás. Déarfainn, má bhí an maistín cúramach go leor leis na cóipeanna anseo a scriosadh, is beag seans go bhfágfadh sé cóip sa Leabharlann Náisiúnta."

"Is fiú é a sheiceáil ar aon nós."

"Is fiú! Cén lá atá ann amárach... an Déardaoin... Déanfaimid amárach é."

D'amharc sé ar an triúr eile. Bhí cuma thuirseach thraochta ar Mhicí agus ar Chlíodhna. Ní raibh mórán codlata faighte ag ceachtar acu le lá nó dhó anuas. Bhí sos agus codladh de dhíth orthu. Bhí scíste de dhíth air féin.

"Gheobhaidh muid leaba don oíche, tá codladh de dhíobháil orainn uilig. A Thomáis, bhfuil uimhir agat don óstán?"

"Ní bheidh sé ródheacair í a fháil."

D'iarr sé eolaí fóin ar Jessica a bhí taobh thiar den deasc. D'aimsigh sé uimhir an Glenroyal agus thug sé do Eoghan í.

"Fan nóiméad," arsa Tomás ag smaoineamh. "Más sagart a bhí i bPádraig Ó Brádaigh seo, caithfidh sé go bhfuil taifead de sa choláiste. Go háirithe más sagart a fuair a chuid oiliúna sa choláiste seo a bhí ann."

D'amharc sé ar Mhicí agus ar an obair a bhí ar siúl aige. Bhí cóip déanta aige de thart fá leath den lámhscríbhinn.

"Beidh Micí tamall beag eile ag an obair sin ar aon nós. Cuir glaoch ar an óstán. Beidh mé ar ais agaibh i gceann nóiméid."

D'imigh sé. Tharraing Eoghan amach a ghuthán agus dhiailigh sé an uimhir a thug Tomás dó. Chuir sé dhá sheomra in áirithe san óstán.

Tháinig Tomás ar ais agus beart leabhar leis.

"An *Calendarium*," a mhínigh sé. "Tá taifead ann de gach cléireach, ábhar sagairt, léachtóir agus mar sin de a bhí sa choláiste anseo. Tá leabhar ar leith ann d'achan bhliain."

"Ach níl a fhios againn cén bhliain?"

"Bheul, má bhronn sé an lámhscríbhinn ar an gcoláiste sa bhliain 1896 agus é ina shagart paróiste, thig linn glacadh leis go raibh sé anonn go maith in aois. Ní hamhlaidh is an lá inniu, bhí neart sagart ann an t-am úd agus ní dhéanfaí sagart paróiste d'fhear go dtí go mbeadh sé sna caogaidí ar a laghad. De ghnáth, d'éireodh sé as an obair ghníomhach ag aois a seachtó, cinnte faoi aois seachtó a cúig. Déarfainn go dtig linn glacadh leis go raibh sé idir, abair seasca agus seachtó bliain d'aois ag an am."

"Luíonn sin le réasún," arsa Clíodhna.

"Agus bheadh sé idir 17 agus 20 nuair a thosaigh sé ar a chuid staidéir sa choláiste. Má fhéachaimid ar na hiontrálacha a rinneadh idir 1850 agus 1860 mar sin, tá seans maith ann go bhfaighimid é."

Bhí an loighic rud beag scaoilte, dar le hEoghan. Ní thiocfadh leo a bheith cinnte cén aois a bhí aige nuair a thoisigh sé ar an choláiste nó nuair a sheol sé an lámhscríbhinn isteach. B'fhéidir nár fhreastal sé ar an choláiste seo ar chor ar bith. Ach b'fhiú triail a bhaint as. Thoisigh an triúr acu ag dul fríd na leabhair. I Laidin a bhí siad scríofa, ach bhí sé furasta go leor an t-eolas ceart a aimsiú, ní raibh de dhíth orthu ach liosta na mac léinn a thoisigh sa choláiste gach bliain.

Tomás a tháinig air. I gCalendarium 1855 bhí iontráil ann dó:

Patricius Brady, Dioecesis Kilmorensis.

"Sin é, déarfainn!" a dúirt Tomás ag taispeáint an leabhair don bheirt eile. "Más in 1855 a thosaigh sé ar a chuid staidéir, bíodh geall gur oirníodh é in 1861 nó 1862. Beidh sé furasta sin a sheiceáil."

"Na rangphictiúirí!" arsa Clíodhna, ag smaoineamh ar na pictiúirí a bhí crochta ar bhallaí an chlabhstra.

"Sin é, a stór! Déanfaimid bleachtaire díot go fóill."

Bhí Micí nach mór críochnaithe leis an chóipeáil. Bhailigh sé na leathanaigh le chéile agus chuntas sé iad. Bhí nocha cúig leathanach ann san iomlán. Thug sé d'Eoghan iad.

"Cuir sin ar mo chuntas, a Jessica," a scairt sé agus iad ag bogadh amach an doras agus ar ais i dtreo Chearnóg Phádraig. Isteach leo fríd an áirse agus síos an clabhstra. Bhrostaigh siad síos an pasáiste ag amharc ar na rangphictiúirí, iad ag éirí níos sine de réir mar a bhog siad thart ar an chlabhstra. Chuaigh siad siar chomh fada le 1921.

"Tá na cinn is sine istigh sna seomraí."

Bhí seanseomraí léachta thíos ag bun fhoirgneamh Mhuire. Sa chéad seomra bhí rangphictiúirí ann ó 1870 go 1895. Isteach leo chuig an chéad seomra eile agus tháinig siad orthu. 1861 agus 1862. Stán siad go géar orthu ag scrúdú na n-aghaidheanna óga agus na n-ainmneacha a bhí scríofa fúthu go cúramach. Clíodhna a chonaic ar dtús é, sa dara sraith pictiúirí, ar rangphictiúr 1862. Patricius Brady, Kilmorensis. D'amharc aghaidh shoineanta an chléirigh óig anuas orthu go ceanúil, cuma air go raibh a bhóna rómhánach á thachtadh, a ghruaig slíoctha siar aige. Cén bhaint a bhí ag an fhear óg seo le rún Chathail Bhuí, a mheabhraigh sí. Ó bheith ag breathnú ar aghaidh ramhar thuaithe an diúlaigh, ní chreidfeá ar feadh soicind go raibh a dhath a cheilt aige. Sin an chéad chéim eile a bhí le sárú acu.

Chuaigh Tomás Ó Doinnshléibhe ar shiúlóid bheag tar éis don triúr ógánach imeacht. Ar chúl an choláiste, bhí páirceanna móra agus cabhsaí fada ann. An Graf a tugadh air. Chuala sé scéal uair gur ainmníodh an tsiúlóíd i ndiaidh Shráid Grafton i mBaile Átha Cliath. Áit shuaimhneach a bhí ann. Bhí an oíche ann agus dhruid na crainn a bhí ag fás ar dhá thaobh an chosáin an dorchadas isteach. Shiúil sé leis, ag smaoineamh. Ag barr an Ghraf, chuaigh traein thart. Bhí ballaí an choláiste buailte leis an iarnród. Bhain an traein croitheadh beag as an talamh agus í ag dul thar bráid. Shiúil sé ar ais i dtreo an choláiste, thar an tseanreilig agus isteach sna gairdíní a bhí le taobh Halla Loftus. Stad sé ansin tamall. Cé go raibh an dubhfhómhar ann, bhí boladh pléisiúrtha fós ó na crainn san úllord.

Rinne sé cinneadh. Bhog sé leis thar Theach na Loighce. D'amharc sé in airde ar an tseomra a bhí aige féin nuair a bhí sé ina mhac léinn. Oifig a bhí ann anois. Lig sé osna bheag as agus isteach leis go Teach Dhún Búinne, teach fada a bhí buailte le taobh Chearnóg Phádraig, é báite faoi eidhneán aosta Bhog sé síos an pasáiste agus bhuail sé cnag ar an cheathrú doras isteach. Chuala sé an glór istigh agus d'fhoscail sé doras an tseansagairt. Dhruid sé an doras ina dhiaidh.

"A Athair, tá faoistín le déanamh agam."

Chuaigh sé ar a ghlúine gur inis sé iomlán a chuid peacaí don tseanduine.

CAIBIDIL 14

Níor tugadh faoi deara go raibh aon rud contráilte in Uimhir 6, Sráid Fhearchair go dtí am lóin. Foirgneamh measartha stairiúil a bhí in Uimhir a 6. Baint aige leis an Chairdnéal Newman agus an Ollscoil Chaitliceach. Níos faide anonn baint mhór aige le Sinn Féin agus Cogadh na Saoirse. Bhí sé anois ina cheannáras ag Conradh na Gaeilge. Bhain roinnt eagras a raibh baint acu leis an Ghaeilge úsáid as an fhoirgneamh. Bhí seomraí ag Ógras, an tOireachtas, Club Chonradh na Gaeilge agus Seachtain na Gaeilge san fhoirgneamh. Bhí an Siopa Leabhar suite ar an chéad urlár ar leibhéal na sráide agus ba mhinic daoine ag bualadh isteach ag amharc fríd an bhailiúchán leabhar. Níorbh é an siopa ba ghnoithí i mBaile Átha Cliath é, agus dá thairbhe sin bhí atmaisféar suaimhneach pléisiúrtha ann. Ní mhothódh an duine a bhí istigh ar cuairt go raibh aon duine á dheifriú.

Bhí flústar beag ar siúl thuas staighre. Bhí féile Oireachtas na Samhna ag toiseacht go hoifigiúil ar an Chéadaoin agus bhí na hoibrithe san oifig sin ag déanamh réidh le bogadh go Leitir Ceanainn, áit a mbeadh an fhéile ar siúl. Bhí leoraí ansin ó mhaidin, agus daoine gnoitheach ag cartadh cathaoireacha, bocsaí, clúdaigh, seastáin agus míle rud eile a bhí de dhíth leis an fhéile a reachtáil isteach ann. Bhí gach uile rud déanta fá mheán lae agus d'imigh an leoraí leis ag tarraingt ar Dhún na nGall. Na cailíní a bhí fágtha san oifig, rinne siad cinnte de nach raibh a dhath fágtha ina ndiaidh acu. Bhí siadsan le taisteal i gcarr le chéile nuair a bheadh an lón caite acu.

D'fhág siad slán ag bunadh an tí. D'fheicfeadh siad an chuid ba mhó acu ní ba mhoille i rith na seachtaine i Leitir Ceanainn. Ba bheag duine san áras nach ndeachaigh chuig an Oireachtas gach aon bhliain - ba chineál saoire bheag dóibh é. Bhainfeadh siad sult as éalú ón chathair, na cosa a chur i dtruaill agus spraoi a bhaint as an chúpla lá.

Chuaigh na cáilíní a bhí ag obair in Oifig an Oireachtais fá choinne lóin. Bhí bialann bheag Iodálach, *Il Primo*, thart an coirnéal ar Shráid Montague. Bhí an bia deas agus na praghsanna réasúnta fosta. Ní achan lá a rachadh siad amach le haghaidh lóin, ach bheul, ba lá speisialta é seo. Nuair a bhí a gcuid déanta acu, bhailigh duine de na cailíní a carr ón charrchlós a bhí ar chúl Uimhir a 6 agus d'imigh an bheirt leo.

Peigí, a bhí ag obair i bpríomhoifig Chonradh na Gaeilge a thug faoi deara an leoithne fhuar ghaoithe fríd an teach, an chosúlacht uirthi gur ag séideadh anuas an staighre a bhí sí. B'aisteach an rud é gaoth a bheith ann. Sheiceáil sí na fuinneogaí sna hoifigí. Ní raibh aon cheann acu foscailte. Ní bheifeá ag dréim leo a bheith foscailte ag an am seo bliana. Cad as a raibh an ghaoth ag teacht? Sa deireadh thug sí faoi deara an doras beag ar an tsíleáil, an doras a d'fhoscail amach ar an díon. Ní raibh sé druidte i gceart. Bhí sí ábalta spéir liath a fheiceáil thart ar na taobhanna.

Cé a d'fhág foscailte í? Cé a bheadh thuas ansin ar scor ar bith? Ní raibh gnoithe ar bith ag aon duine thuas ar an díon. Bealach éalaithe a bhí ann. Bhí dréimire adhmaid feistithe leis an bhalla le go mbeadh daoine in ann éalú amach ar an díon i gcás tine. Ní shílfeadh Peigí a dhath de ach amháin go raibh briseadh isteach sa teach an bhliain roimhe sin. An t-am sin briseadh isteach sa teach tríd Teach Mobhí. Ar a bealach síos an staighre arís d'amharc sí amach an fhuinneog. Bhí díon Theach Moibhí thíos fúithi. Seomra a bhíodh in úsáid fá choinne cruinnithe agus ranganna Gaeilge a bhí ann ar chúl an fhoirgnimh, buailte leis an bhalla cúil os cionn Lána Montague. D'inis Peigí an scéal dá bainisteoir agus i ndiaidh dó scrúdú a dhéanamh ar an haiste chuir seisean scairt ar na gardaí.

Uair go leith a ghlac sé ar na gardaí teacht. Scrúdaigh siad an haiste agus an balla. Bhí an chuma ar an scéal ceart go leor go raibh duine inteacht i ndiaidh teacht anuas fríd le déanaí, seans gur san oíche a tharla sé nó bhí marcanna beaga fágtha ar an bhalla, na marcanna a bhfaighfeá ó bhróg ag bualadh in éadan dromchla ghil. Chuaigh na gardaí in airde ar an díon agus d'amharc siad thart. D'aimsigh siad rian bróige i gclábar a bhí cruinnithe i ngar don doras dín ach taobh amuigh de sin ní raibh aon rud amhrasach eile le feiceáil, rud ar bith a thabharfadh leid dóibh faoi cé a bhris isteach nó cén uair. D'iarr duine de na gardaí ar fheidhmeannach a bhí ag obair sa teach an geata cúil a fhoscailt dó. D'fhoscail. Amuigh ar Lána Montague leis. Scrúdaigh sé an balla agus an talamh ar chúl an tí. Bhí cúpla rian sa chlábar ag bun an bhalla. Marcanna beaga dronuilleogacha a bhí fágtha ann ag dréimire, shílfeá. Seans gurbh ó sin a fuair an gadaí a bhealach in airde. Ní raibh fearthainn ar bith ann thar an deireadh seachtaine ach bhí roimhe sin. Le gairid a rinneadh na marcanna sin, is dócha. Ní raibh marcanna ná scríoba ar bith ar an bhalla féin. D'amharc sé thart. Bhí greillí ar na fuinneogaí ach dá mbeadh duine in airde ar dhíon Theach Mobhí agus dréimire leis, d'fhéadfadh sé a bhealach a dhéanamh suas ar dhíon an phríomhfhoirgnimh.

Bhí bloc árasán taobh thiar de. D'fhéadfaí fiosrúchán a dhéanamh ansin. Ach arís, de réir thaithí an gharda, bhí sé doiligh scéal ar bith a fáil ó mhuintir na *flats*, mar a tugadh orthu go coitianta. Ní raibh sé i ndáil nó i ndúchas acu sceitheadh ar a gcairde agus bhí leisce ar an mhórchuid acu comhoibriú leis na gardaí. B'fhiú é a thriail ach ba bheag an dóchas a bheadh ann.

Bhí an garda eile, garda óg nach raibh thar chúig bliana amach as Coláiste an Teampaill Mhóir, istigh san fhoirgneamh ag glacadh ráiteas ó na hoibrithe ansin. Bhí Gaeilge ag an gharda óg, agus ba mhór le muintir an tí sin. I ndiaidh tamaill, áfach, stad sé de bheith ag scríobh ina leabhar beag dubh. Ní raibh aon eolas fiúntach le fáil ó na hoibrithe. Bhí an scéal ceannann céanna ag gach duine acu. Níor thug aon duine faoi deara go raibh an doras dín briste go dtí anois, ní raibh aon rud ar iarraidh as a gcuid oifigí, ach dhéanfadh siad seiceáil arís. Ní raibh aon chruinniú ar siúl le oíche nó dhó anuas agus ní raibh ach corrdhuine fánach san áit i ndiaidh an sé a chlog. Bhíodh an Siopa Leabhar foscailte don phobal gach lá go dtí a cúig agus bhíodh an Club foscailte gach oíche go dtí meán oíche ar a laghad.

Bhí ionad caite tobac ag an Chlub taobh amuigh in aice le Teach Moibhí. Ní raibh ceamairí faireachais dírithe ar an áit, ach cinnte dá mbeadh duine ar an díon le dréimire, thabharfaí faoi deara é. Rinne an fhoireann cuartú arís ó bhun go barr an tí ach ní raibh rud ar bith as áit, níor léir d'éinne go raibh aon ní ar iarraidh nó goidte. Dheimhnigh siad uilig nach raibh aon rud tábhachtach coinnithe acu ar an ríomhairí. Doiciméid, cuntais agus cáipéisíocht inmheánach a bhí ann; cinnte ní raibh luach airgid ag baint le haon eolas a bhí ar na ríomhairí. Bhí cosaint pasfhocail ar gach aon ríomhaire agus arís, níor léir d'aon duine go raibh duine ar bith i ndiaidh a bheith ina n-oifigí nó i gcóngar a gcuid ríomhairí.

Chuaigh na gardaí i mbun comhrá le chéile. Cibé duine a bhris isteach san fhoirgneamh, bhí cur amach aige ar chúrsaí oibre agus ar chúrsaí ama an fhoirgnimh agus níor fhág sé mórán leideanna ina dhiaidh. Shílfeá gur duine proifisiúnta a bhí ann, ach ansin, níor tógadh aon rud. Ní raibh a dhath ar bith ar iarraidh.

Ba iad foireann Oifig an Oireachtais an t-aon dream nach raibh i láthair, ach mar a mhínigh an tArd-Rúnaí, bhí siad i ndiaidh gach rud a bhí de dhíth orthu a bhreith leo go Leitir Ceanainn. Bhí liosta fada acu de na rudaí a bhí de dhíth do na comórtais agus don fhéile agus seiceáladh an liosta sin go minic. Ní raibh scéal uathu go raibh aon ní as cosán nó caillte. Cuireadh glaoch ar fheidhmeannaigh an Oireachtais agus dheimhnigh siad go raibh gach rud acu agus nach raibh aon rud ar iarraidh. Thug an tArd-Rúnaí agus na gardaí sracfhéachaint ar an oifig féin agus ní raibh aon rud amhrasach le feiceáil in áit ar bith.

Cás aisteach a bhí ann. Bhí cuma ar an scéal nach amháin áitiúla a bhí i mbun oibre, gur duine measartha ábalta a bhris isteach, ach taobh amuigh den bhriseadh isteach ní raibh aon rud eile cearr. Bhí drogall ar na gardaí dul rófhada leis an chás agus d'inis siad sin don Ard-Rúnaí. D'aontaigh an tArd-Rúnaí leo. Ní raibh aon damáiste déanta – taobh amuigh de scríoba ar an bhalla agus laiste an dorais dín – agus níorbh fhiú fiosrúchán iomlán a dhéanamh. Dá bhfaigheadh lucht árachais amach chomh furasta is a bhí sé briseadh isteach ní mó ná sásta a bheadh siad. B'fhearr leis an Ard-Rúnaí an scéal a choinneáil ciúin agus an doras féin a chóiriú gan scéal mór a dhéanamh de. Fágadh an scéal mar sin. D'imigh na gardaí agus chuaigh gach aon duine ar ais ag obair.

CAIBIDIL 15

Bhí sé i ndiaidh a hocht agus é dubh dorcha nuair a bhain Eoghan, Clíodhna agus Micí an t-óstán amach, an triúr acu marbh tuirseach. Dhá sheomra a bhí curtha in áirithe acu, seomra dhá leaba do na fir agus seomra singil do Chlíodhna. D'ordaigh siad ceapairí agus tae don tseomra, gan fonn ar éinne acu ithe sa bheár nó sa bhialann.

Tháinig an bia chuig seomra na bhfear agus d'ith siad triúr go cíocrach gan labhairt. Nuair a bhí a gcuid déanta acu, thoisigh an comhrá. Caidé a bhí siad ag gabháil a dhéanamh?

"'Bhfuil muid leis an chóip sa Leabharlann Náisiúnta a sheiceáil?" arsa Clíodhna.

"Ba chóir dúinn, ach ní shílim go mbeidh aon mhaith dúinn ann," a thug Eoghan mar fhreagra uirthi. "Bhí an ceart ag Tomás. Duine chomh cúramach leis an fhear seo, Mac Giolla Dé, déarfainn go ndéanfadh sé cinnte gach cóip den lámhscríbhinn a scrios, más sin a bhí uaidh. Thig linn dul isteach amárach le bheith cinnte, ach nílim ródhócasach."

Bhuail guthán Chlíodhna. D'amharc na fir uirthi. D'amharc sí ar ais orthu, faitíos uirthi. Thóg sí an guthán amach agus sméid sí a ceann orthu. Uimhir Stáisiún Gardaí Shráid an Phiarsaigh a bhí ann.

"Ná freagair é," arsa Eoghan go ciúin.

Leag sí an fón ina luí ar an leaba eatarthu agus stán siad air go dtí gur stad sé de bheith ag bualadh. D'fhan siad bomaite eile go dtí gur chuala siad an bhíog bheag as a thug le fios go raibh teachtaireacht fágtha ar an ghlórphost. Thóg Eoghan é agus bhrúigh sé an cnaipe ag éisteacht leis an teachtaireacht.

A Chlíodhna, Úna Ní Raghallaigh anseo i Stáisiún an Phiarsaigh. Tá mé buartha as bheith ag glaoch ort ag an am seo den oíche, ach bhí mé ag iarraidh teagmháil a dhéanamh leat fá Chaoimhín. Tá an corp le scaoileadh ón mharbhlann. Bhí muid i dteagmháil lena mhuintir. Tá siad go mór fríd a chéile. Ba mhaith liom labhairt leat arís, a Chlíodhna. Tá cúpla ceist eile fá imeachtaí inné agus aréir gur mhaith linn a phlé leat. An bhféadfá glao a chur orm ag an stáisiún ag 01-660900 nó ar m'uimhir féin 085-1717987.

Chuir Eoghan an guthán ar callaire agus d'éist an triur acu leis an teachtaireacht arís.

"B'fhéidir gur chóir dom glaoch a chur uirthi," arsa Clíodhna go néirbhíseach.

"B'fhéidir," arsa Eoghan go smaointeach. "Ach ní go fóill. Thig leis fanacht go dtí an mhaidin ar scor ar bith. Tá mé ag iarraidh imníoch fá na gutháin seo. Tá dóigheanna ag na gardaí le daoine a aimsiú fríd na comharthaí leictreonacha a scaoileann na gléasanna seo amach. Ní shílim gur chóir iad a úsáid rómhinic."

"Íosa Mhuire, a Eoghain," arsa Micí ag iarraidh cuid den teannas a laghdú. "Shílfeá gur *Mission Impossible* nó rud inteacht a bhí ar siúl anseo. An chéad uair eile, beidh tú ag iarraidh orainn na ceallraí a bhaint amach astu."

"Ní drochsmaoineamh é."

D'amharc Clíodhna agus Micí ar Eoghan. An raibh sé i ndáiríre?

"Na cóipeanna seo," arsa Micí ag iarraidh an t-ábhar comhrá a athrú, é ag méarú na bhfótachóipeanna a bhí fós ina lámh aige. "An fiú dúinn dul fríothu?"

"Éist, fágfaidh muid go maidin iad. Níl a fhios agam fúibhse, ach tá mise traochta."

Le sin, d'fhág siad oíche mhaith ag a chéile. Chuaigh Clíodhna chuig seomra s'aici a bhí béal dorais le seomra na bhfear, ach roimh chúig bhomaite, thit codladh domhain orthu uilig.

An mhaidin ina dhiaidh sin, mhúscail Eoghan measartha luath. D'amharc sé ar a uaireadóir. Bhí sé ag tarraingt ar a seacht a chlog. Bhí Micí ag srannfach sa leaba taobh leis. Ligfeadh sé dó codladh leis. D'éirigh sé agus tharraing sé air a bhrístí. Bhí citeal ar thábla beag in aice leis an teilifís, agus

114

rogha caife agus tae ar fáil i málaí beaga páipéir. Chuir sé an citeal ar gail agus dhoirt sé dhá phaicéad caife isteach i gcupa. Chuardaigh sé go bhfuair sé an beart fotachóipeanna a rinne Micí aréir roimhe sin agus thoisigh sé ag breathnú fríothu.

Nuair a bhí an t-uisce réidh, líon sé a chupa agus bhain sé slogóg mhaith as. Chuir sé an cupa ar leataobh agus lean air ag léamh.

Ní raibh mórán iontu. Bhí staidéar déanta ag Eoghan ar an phaileaghrafaíocht nuair a bhí sé ar an choláiste agus tháinig léamh an tseanchló ghaelaigh go furasta leis. Inné, ní dhearna sé ach sracfhéachaint a thabhairt ar an lámhscríbhinn. Bhí sé anois ag iarraidh scrúdú níos cruinne a dhéanamh uirthi. Bhain sé slogóg eile as an chupa caife agus luigh sé isteach ar an chéad leathanach, achan fhocal á léamh go cúramach aige.

Mhúscail Micí i dtrátha a naoi. Fán am sin, bhí Eoghan nach mór trí cheathrú bealaigh fríd an lámhscríbhinn agus gan aon rud fiúntach aimsithe aige. Bhí frustrachas ag éirí ann. Bhí rud éigin fán lámhscríbhinn nach raibh i gceart, rud inteacht bréagach faoi, ach ar a anam ní raibh sé ábalta a mhéar a leagan air. Bhí sé róshimplí, ar dhóigh, ró-leamh. Ní raibh caighdeán na scríbhneoireachta go maith. Ní hé go raibh caighdeán litrithe agus gramadaí coitianta, ach ní raibh sé ach lagmheasartha ag an scríbhneoir seo. Chuir sin iontas air, bhí oideachas ar Dhoiminic Ó Míocháin. Bheifeá ag dréim le níos fearr uaidh – más é a scríobh, ar ndóigh.

Bhí an lámhscríbhinn í féin caite go maith ag aois agus aimsir agus ní raibh ag Eoghan ach fótachóip di. Idir an lagchaighdeán scríbhneoireachta agus an téacs tréigthe, bhí sé deacair go leor í a léamh. D'aithin sé sleachta cóirithe as *Scáthán Sacraiminte na hAithrí* agus cuid eile de scríbhneoirí Lováin. Bhí paidreacha ann agus seanmóirí, rud beag fá shaol na naomh, cuid mhaith de tógtha ó fhoinsí eile. In áiteanna bhí sleachta beaga ón Bhíobla, iad tógtha focal ar fhocal ó na soiscéalta. Ní raibh aon struchtúr ná loighic leis an tsaothar. Shílfeá gur saothar cumtha a bhí ann, nach fíor-iarracht seanchas agus eolas a choinneáil a bhí ann, go raibh cuspóir eile leis.

Shuigh sé siar ina chathaoir agus lig sé osna as. D'éirigh sé agus réitigh sé cupa eile caife dó féin. Cad ba chóir dó bheith a lorg? Thoisigh Micí ag bogadh sa leaba, bhí sé ag múscailt. Thóg Eoghan na leathanaigh a bhí spréite ar an deasc roimhe agus rinne sé iad a shoipriú le chéile. Leag sé síos ar an deasc arís iad agus ba ansin a chonaic sé é. An chéad fhocal ar an líne dheireanach.

Cat

Léigh sé an abairt iomlán go cúramach trí huaire. Thóg sé peann agus scríobh sé amach sa chló rómhánach é:

… *Do fhógur an Tighearna*
Cath ar pheacuighthe a bhíodh ar ccruadhudhadh san olc.

"Cath". Scrúdaigh sé an focal go mion sa lámhscríbhinn. Bhí ponc séimhithe ar bharr an 't' … nó … an ponc séimhithe a bhí ann? Bhí an 'c' ag tús an fhocail rud beag níos mó ná na litreacha eile, ach ní chomh mór sin go dtiocfadh leat a rá go raibh sé i gceist ag an scríbhneoir ceannlitir a dhéanamh de. Ghlac sé leis, agus é á léamh den chéad uair gur 'cath' – troid nó bruíon – a bhí i gceist, ach b'fhéidir nárbh é. An ponc séimhithe sin, ní raibh sé i gceart, bhí sé níos cosúla le stríoc ghiorrúcháin, an comhartha a d'úsáid scríobhaithe san am a chuaigh thart nuair a bhí litreacha á bhfágáil ar lár acu. Más ea, d'fhéadfaí é a léamh mar "Catal" nó "Cathal".

Mhothaigh sé a chroí ag bualadh níos gasta ina chliabh. Seans nach raibh ann ach a intinn ag iarraidh ceangal a dhéanamh san áit nach raibh ceangal ar bith ann, breith ar aon snáithe nó ribe a chuideodh leis an nasc a bhí idir an scríbhinn agus an ceoltóir a chinntiú. Scríobh sé an abairt amach arís, ag cur 'Cathal' isteach in áit 'Cath'.

… "*Do fhógur an Tighearna*
Cathal ar pheacuighthe a bhíodh ar ccruadhuadhadh san olc."

Ní dhearna an abairt aon chiall mar sin. Bhí ciall leis an fhocal 'cath', ní raibh le 'Cathal'. D'amharc sé arís ar an fhocal sa lámhscríbhinn. Cinnte bhí an marc os cionn an 't' rud beag fada ach caithfidh sé go raibh dul amú air. Bhí an lámhscríbhinn breac le botúin den chineál chéanna.

"Céard tá ar siúl agat?"

Thóg focail Mhicí a bhí anois ina shuí sa leaba ar ais óna mhachnamh é.

"Dada. Dada beo. Shíl mé go bhfaca mé rud éigin sa lámhscríbhinn."

"Huh?"

"Bhí mé mícheart. Níl a dhath ann. Goitse. Caith ort. Rachaidh muid fá choinne bricfeasta. Tá cíocras orm."

D'éirigh Micí. Chuimil sé a mhéara fríd a chuid ghruaige agus tharraing sé air a bhrístí, t-léine, stocaí agus bróga. D'imigh siad leo, síos an staighre i dtreo na bialainne.

"Ar chóir dúinn Clíodhna a mhúscailt?"

"Fág í. Tá an codladh de dhíth uirthi."

Mar a tharla, ba ghairid Clíodhna anuas ina ndiaidh. Ní raibh ach tae agus tósta ar an tábla nuair a nocht sí ag an doras. Chonaic sí na fir agus shiúil sí ionsorthu. Tharraing sí cathaoir amach agus bhuail fúithi. Bhí cuma i bhfad ní b'fhearr uirthi, cuma uirthi go raibh oíche mhaith chodlata faighte aici.

"Ar chodail tú go maith?" a d'fhiafraigh Micí.

"Mar a bheadh duine marbh ann…" Tháinig aiféala uirthi láithreach agus na focail sin ag sciorradh amach as a béal.

"'Bhfuil plean againn don lá inniu," arsa Micí i gceann tamaill, tósta ar a bhéal.

"Ní dhéanfadh sé dochar ar bith an chóip den lámhscríbhinn a sheiceáil sa Leabharlann Náisiúnta. Ina dhiaidh sin, sílim gur chóir dúinn dul ó thuaidh."

"Ó thuaidh?"

"Go dtí an Cabhán, go Bréifne," a mhínigh Eoghan. "Ba mhaith liom cuairt a thabhairt ar cheantar Chathail Bhuí, taighde a dhéanamh ar na sagairt seo, Ó Míocháin, Ó Brádaigh…"

Ón chuma a bhí ar a n-aghaidheanna ba léir nach raibh an bheirt eile iontach tógtha le plean chomh fánach sin.

"Ach cén áit? Cá bhfaighimis an t-eolas sin?" a cheistigh Clíodhna. "Nach mbeadh sé i bhfad ní b'fhearr an t-eolas uilig atá againn a chur faoi bhráid na ngardaí agus ligean dóibhsean an scéal a fhiosrú?"

Bhí an oíche mhaith chodlata agus an lá nua i ndiaidh spiorad úr a chur isteach i gClíodhna. Ní raibh cuma chomh contúirteach amhrasach ar an tsaol. Inné, bhí sí croite tuirseach, ghlac sí gan smaoineamh lena raibh le rá ag Eoghan. Inniu, ní raibh sí chomh cinnte. Bhí an domhan ag teacht chuige féin arís agus bhí na cinnteachtaí a bhíodh aici riamh anall, an muinín a bhí aici sa chóir agus sa cheart ag pilleadh.

"Tá a fhios agam, a Eoghain. Níl tú cinnte fá na gardaí, ach i ndáiríre, níl a fhios againn cén fáth a raibh na gardaí i gCearnóg Mhuirfean inné, seans gur gnoithe inteacht eile ar fad a bhí ann. Níl a fhios againn cé a bhí istigh i dteach Mhicí inné."

Tost. Bhí ciall leis an méid a dúirt Clíodhna. Ní thiocfadh leo bheith cinnte go raibh comhcheilg ar siúl ag na gardaí. Fiú ma bhí, is cinnte nach raibh baint ag an fhórsa uilig leis an chomhcheilg. Bheadh sin dochreidte amach is amach.

"B'fhéidir go bhfuil an ceart agat, a Chlíodhna," arsa Eoghan. "Tagaim leat sa méid a deir tú, agus d'aontóinn leat de ghnáth. Ach bheul, nuair a thógann tú gach rud le chéile, an tine sa Shelbourne – ní raibh a fhios ag éinne ach ag lucht an óstáin agus ag na gardaí gur ann a bhí tú ag stopadh – an briseadh isteach, an scairt fóin ón Bhleachtaire-Sháirsint Ó Ceallaigh atá ar saoire, nuair a chuireann tú achan rud le chéile… níl a fhios agam. Caithfidh muid bheith cúramach. Sin uilig."

"Bhí mé ag caint lena mhuintir. Tá tórramh Chaoimhín le bheith ann Dé hAoine, amárach. Ba mhaith liomsa bheith ann."

"Cinnte, a stór," arsa Eoghan go grámhar. Ní thiocfadh leis smaoineamh ar aon rud eile a bheadh inráite aige.

Bhí Micí ciúin i rith an ama seo. Ní duine ciúin a bhí ann de ghnáth, ach le lá anuas, is ar éigean a chuir sé leis an chomhrá agus na díospóireachtaí a bhí ar siúl acu. Is beag tuigbheáil a bhí aige ar lámhscríbhinní, sean-nós, an Eaglais agus a leithéid, agus d'fhág sé sin ag an bheirt eile. Níor mhaith leis a aineolas a léiriú agus rud amaideach a rá. Bhí rud amháin, áfach, a bhí ar a intinn ó bhí an oíche roimhe sin ann.

"Bhur mbarúil," ar seisean. "Bhfuil muid ag amharc ar an scéal seo ón taobh chontráilte?"

"Caidé atá i gceist agat?"

"Níl mórán cur amach agam ar Chathal Buí seo, nó ar a dhath a bhaineann leis, ach… bheul, bhí mé ag smaoineamh ar Chlíodhna anseo. Más fíor go raibh duine inteacht ag iarraidh í a mharú, ar chuir muid an cheist orainn féin, cad chuige?"

"Tá cuid mhór oibre déanta ag Clíodhna ar fhilí an Tuaiscirt san ochtó haois déag, Cathal Buí ina measc. Bhí baint a bheag nó a mhór ag na ceoltóirí uilig a fuair bás le Cathal Buí."

"Sea, ach ní ceoltóir í Clíodhna. Scoláire atá inti. Cinnte le Dia go raibh, go bhfuil ceoltóirí eile amuigh ansin a bhí ag gabháil do cheol Chathail Bhuí, agus níor maraíodh iadsan. Nuair a bhí muid sa choláiste inné, luaigh tú duine inteacht le Tomás, Ó Brúdair… Ó B…"

"Ó Buachalla. Breandán Ó Buachalla. Scríobh sé leabhar traidhfil blianta ó shin ar Chathal Buí agus ar na hamhráin a bhí aige. C'tuige?"

"'Bhfuil sé beo?"

"Fuair sé bás go tobann cúpla bliain ó shin."

"Go tobann? An raibh…?"

"Ní raibh," arsa Eoghan go borb ag teacht trasna ar Mhicí. Bhí meas mór aige ar an Bhuachallach.

"Sin mo phointe. Ní dhearnadh aon ionsaí air. Cén fáth a mbeadh éinne ag iarraidh ionsaí a dhéanamh ar scoláire, ar Chlíodhna. Agus cén fáth anois?"

"Ní thuigim i gceart thú."

"Is é atá á rá agam ná go bhfuil go leor daoine ann a rinne taifead ar amhráin Chathail Bhuí, ach ní dhearnadh ionsaí orthu. Fosta, bhí go leor daoine san am a chuaigh thart a raibh baint níos mó acu le scéal agus ceol Chathail Bhuí ná mar a bhí ag na daoine a fuair bás le gairid. Ba chóir dúinn an cheist a chur, cén fáth a bhfuil na hionsaithe ag tarlú anois agus cén fáth na daoine áirithe seo?"

"Tá pointe aige," a dúirt Clíodhna os íseal.

I ndiaidh an bhricfeasta phill siad ar sheomra Eoghain agus Micí le socruithe an lae a phleanáil agus lena raibh ráite ag Micí a phlé. Chuir Clíodhna an teilifís ar siúl. Bhí sí ag iarraidh a fheiceáil an raibh scéal ar

119

bith ar an nuacht fá eachtraí an Shelbourne fá bhás Chaoimhín. D'amharc sí ar a huaireadóir. Leath i ndiaidh a naoi. Is dócha nach mbeadh aon nuacht ann go dtí a deich. D'fhág sí an teilifís ar siúl, clár bricfeasta éigin. Thiontaigh sí an fhuaim síos, ionas go dtiocfadh leo labhairt.

"'Bhfuil tú ábalta cuimhneamh ar aon rud, a Chlíodhna," arsa Eoghan. "Aon rud ar tháinig tú trasna air, nuair a bhí tú i mbun taighde ar Chathal Buí, rud ar bith a chuirfeadh olc ar an Eaglais, b'fhéidir, rud ar bith a chuideodh linn?"

"Bhí go leor fá shaol Chathail a chuir olc ar an Eaglais. Níl a fhios agam."

"Seans go bhfuil eolas éigin agatsa, nó go raibh eolas éigin nochta agat agus tú i mbun taighde. Rud a thugann ar dhaoine anois ionsaí a dhéanamh ort."

"Ní fá Chathal Buí go sonrach a bhí an tráchtas," arsa Clíodhna go míshocair. "Dánta grá fhilí an Tuaiscirt a bhí faoi chaibidil agam. Níl an oiread sin cur amach agam ar a shaol. D'inis mé an t-iomlán daoibh inné. Bhí sé le bheith ina shagart, ach de réir an tseanchais bhuail sé le girseach darbh ainm Caitlín Tirial agus d'athraigh sise a chuid pleananna. Níos moille ina shaol is cosúil gur phós sé bean darbh ainm Ceataí Bhán, Protastúnach ó Rúscaigh, sílim. Tá tuairiscí go leor ann go raibh níos mó ná bean amháin aige ina shaol, seans go raibh sé pósta go biogamach. Cibé rud é, níor fhan sé le duine ar bith acu agus chaith sé a shaol mar rógaire, mar dhruncaeir agus mar réice. Tá sé sa tseanchas gur chuir sagart áitiúil seacht mallacht ar éinne a thabharfadh loistín oíche dó."

"Thuigfeá gan mórán measa ag an Eaglais air," arsa Micí.

"Sea, ach ní thig liom smaoineamh ar aon rud go sonrach a thabharfadh cuidiú dúinn. Tá an t-eolas sin uilig ar fáil go coitianta. Ní shílim gur aimsigh mé aon rud fána chaidreamh leis an Eaglais nach raibh ar eolas go forleathan roimhe sin."

"Ó bheul," arsa Eoghan. "Tá muid chomh fada siar is a bhí riamh."

Shuigh sé siar ina chathaoir agus bhuail a uillinn in éadan na deisce. Thit an beart fótachóipeanna a bhí ina luí air ar an urlár.

"Scread mhaidine air!" ar sé ag cromadh le hiad a thógáil. Shocraigh sé na leathanaigh ar ais san ord cheart.

"Shíl mé ar maidin go raibh rud inteacht aimsithe agam sa lámhscríbhinn."

"I ndáiríre?"

"Ní raibh a dhath ar bith ann, shíl mé go bhfaca mé an focal 'Cathal', ní raibh ann ach 'cath'. Tá an pheannaireacht ann lochtach go maith."

"Taispeáin," arsa Clíodhna. Thug Eoghan an leathanach tosaigh di.

"Ag bun an leathanaigh, ar chlé."

Thóg Clíodhna an leathanach chuig an fhuinneog le solas níos fearr a chaitheamh air agus scrúdaigh sí an focal. Go huathoibríoch, d'amharc Eoghan ar an áit chéanna ar an dara leathanach a bhí anois foscailte os a chomhair amach.

"Aidhe, tuigim a ndeir tú. Tá an ponc séimhithe sin rud beag fada, ach ní dhéanfadh sé ciall 'Cathal' a bheith ansin…"

Níor thug Eoghan aon fhreagra uirthi. D'amharc Clíodhna air. Bhí a ghaosán sáinnithe isteach sa lámhscríbhinn, a shúile ar leathadh.

"Eoghan!!"

"Goitse go bhfeicfidh tú seo."

Chruinnigh Clíodhna agus Micí thart air. Leag sé an leathanach ar an deasc agus sháigh sé méar ar fhocail a bhí díreach san áit chéanna is a bhí an focal "cath" ar an chéad leathanach, ag bun an leathanaigh ar chlé.

buſo

"Ó, a Dhia!" a dúirt Clíodhna go ciúin. "An é sin…"

"Cad atá ann," arsa Micí, é go hiomlán caillte.

"An focal sin, san áit sin. Sin an ceangal."

"Céard… BUFO?? Ní thuigim é, cén focal é?"

Rinne Eoghan gáire beag nach raibh a fhonn air.

"Ní BUFO, a amadáin, BUIDE … BUÍ mar a bheadh sé againne inniu."

"Ní fheicimse ach F agus O…"

"Sin an tseanscríbhneoireacht duit a Mhicí. Bhí neart giorrúchán in úsáid. Caidé do bharúil, a Chlíodhna?"

"Tá an chuma air go bhfuil an ceart agat, a Eoghain. Ach arís," ar sí ag léamh na habairte iomláine. "Ní dhéanann an abairt aon chiall."

Buide ghnathach re Pattric a chud urnaighthe a radh…

"Sea, ach dá mbeifeá ag léamh fríd gasta, shílfeá gur 'badh' a bhí ann, dhéanfadh sin ciall."

"Dhéanfadh."

"Caidé a chiallaíonn sé?" a d'fhiafraigh Micí.

"Tá ainm Chathail Bhuí againn. Tá an dá fhocal san áit chéanna ar na réleathanaigh, iad curtha i bhfolach agus cóirithe sa dóigh is nach dtuigfí láithreach iad. Bhí a fhios agam. Bhí a fhios agam go raibh rud inteacht aisteach fán lámhscríbhinn. Na paidreacha, na sleachta ón Bhíobla agus ó leabhair eile. Ní raibh aon struchtúr leo. Cibé duine a chuir an scríbhinn seo le chéile, rinne sé é d'aon ghnoithe le go mbeadh na focail chearta sna háiteanna cearta…"

"Cad atá ar an chéad leathanach eile," arsa Clíodhna ag análú go gasta.

Thiontaigh Eoghan an leathanach. D'amharc siad ag bun an leathanaigh ar chlé agus d'aimsigh siad an focal 'mc' le stríoc ghiorrúcháin os cionn an 'c' - Mac. Ar an chéad leathanach eile bhí "gilgu" le stríoc os cionn an 'u'.

"Gilgunn, Mac Giolla Gunna atá ann," arsa Eoghan agus corraí ina ghlór. "Tá a ainm iomlán againn, scríofa i gcód."

Lean siad orthu ag dul fríd na leathanaigh. Bhí dhá leathanach den lámhscríbhinn ar gach aon duilleog fhótachóipeáilte agus siúd ag bun gach réleathanach ar chlé bhí focal a bhí rud beag as áit. Tharraing Eoghan píosa páipéir agus peann chuige agus thoisigh sé ag scríobh.

Cathal Buide Mac Giolla Gunna .i. searbhónta dighlis an diabhail annseo sgriobhtha fiadhnaise ogus tuarusg a chuid cogthach in aghaidh Dé:

D'amharc an triúr acu béalfhoscailte ar a raibh scríofa ag Eoghan. Bhí an teanga rud beag doiléir agus ní raibh poncaíocht ar bith ann ach ní raibh aon dabht fán teachtaireacht.

"Cogthach?" a cheistigh Micí.

"'Cogadh' a bheadh againne inniu," a d'fhreagair Clíodhna.

"Agus críochnaíonn an teachtaireacht san áit a bhfuil na leathanaigh ar lár," a dúirt Eoghan.

"'Bhfuil a dhath ann sa chuid eile den lámhscríbhinn, i ndiaidh na leathanach a roiseadh amach?" arsa Clíodhna.

Scrúdaigh Eoghan an chuid eile den lámhscríbhinn ar an bhealach chéanna, ag scríobh síos an focal is faide ar chlé ar an líne dheireanach de gach réleathanach.

Cecht do cágh isea seo in ifreã ata an peacuidhe sidhearaidheacht de philóid rõmh Jacobus Gille Degh CPV

Bhí an litriú rud beag neamhchaighdéanach. Scríobh Eoghan an t-iomlán amach arís i nGaeilge an lae inniu.

Cathal Buí Mac Giolla Gunna, ie searbhónta dílis an diabhail. Anseo, scríobhtar fianaise agus tuairisc a chuid cogaí in aghaidh Dé … Ceacht do chách is ea seo. In ifreann atá an peacaí. Síoraíocht de phiolóid <u>roimhe. Jacobus</u> Giolla Dé, CPV.

"Caidé do bharúil, a Chlíodhna," ar sé ag taispeáint di na bhfocal ar chuir sé líne fúthu.

"Sea, d'fhéadfaí é a léamh mar 'Síoraíocht de phiolóid roimh Jacobus. Giolla Dé CVP'"

"Nó fiú, '…Jacobus, giolla Dé. CPV'"

"Cén difear a dhéanann sin?" arsa Micí.

"Tá ainm ann ach gan an phoncaíocht cheart, ní thig linn bheith céad fán chéad cinnte cad atá i gceist."

"Tá sé an-suimiúil," arsa Clíodhna. "Cad do a sheasann an CPV?"

"Níl a fhios agam," a d'fhreagair Eoghan go smaointeach.

"Agus 'Giolla Dé' arís. Nach é sin an t-ainm a bhí ar an fhear sin a bhí i mbun taighde sa choláiste?"

"Is é. Colm Mac Giolla Dé."

"Tá sé cosúil leis na litreacha a chuirfeadh duine a bhfuil céim nó cáilíocht aige i ndiaidh a ainm, nach bhfuil?" arsa Micí, ag cur a ladair isteach sa chomhrá.

"By Dad, tá an ceart agat. Sin é, bíodh geall. Jacobus, ainm Laidine ar Séamas nó James, seans gur Laidin atá sna litreacha sin fosta."

"Níl mórán cur amach agam ar an Laidin, ach tá a fhios agam go seasann V don uimhir 5."

"Tá go leor focal i Laidin a thosaíonn le V, a Mhicí. Ní hamháin sin, ach ba mhinic V in úsáid chun U a chur in iúl," a dúirt Clíodhna.

"Tá sin fíor," arsa Eoghan. "Ach tá an ceart ag Micí fosta. Agus má tá baint ag seo uilig leis an Eaglais, d'fhéadfadh sé tagairt a dhéanamh do Phápa. PV… Pius V??"

"Pius V? Níl eolas ar bith agam fá dtaobh de."

"Ná mise, ach b'fhiú é a fhiosrú. A Mhicí, 'dtig leat é a ghoogleáil?"

Thóg Micí a ghuthán amach agus d'aimsigh sé inneall cuardaigh Google. Bhrúigh sé na cnaipí go dtí gur chuir sé ainm Pius V isteach. Tháinig alt ó Vicipéid aníos faoi. Chuaigh Micí frid an eolas ag scróláil síos an scáiléan beag. Stad sé go tobann.

"Hé, leaids. Ní chreidfidh sibh seo."

"Céard?" a dúirt Eoghan ag tógáil an ghutháin ó lámh Micí. "Bheul nach saoithiúil sin."

Thaispeáin sé an scáileán do Chlíodhna. Bhí litir phápúil scríofa ag Pius V sa séú haois déag, litir chuig Caitlicigh na hEorpa. Litir a cháin an bhanríon Eilís I agus a mhol do Chaitlicigh iarracht a dhéanamh fáil réidh léi, Regnans in Excelsis.

"R.I.E." a dúirt Clíodhna os íseal, ag tabhairt an ghutháin ar ais do Mhicí. Ansin, go tobann lig sí gíog aisti: "Ó, Micí…"

D'amharc an bheirt fhear uirthi. Bhí Clíodhna ag amharc thar ghualainn Mhicí ar an teilifís a bhí fós ar siúl. Thiontaigh na fir. Thit giall

Eoghain. D'imigh an dath de aghaidh Mhicí. Bhí pictiúr den aghaidh chéanna le feiceáil ar scáileán na teilifíse. Rug Eoghan ar an zaipire agus d'ardaigh sé an fhuaim. Níor chuala siad ach deireadh na tuairisce.

... *teachtaireacht phráinneach phearsanta. Creidtear go bhfuil sé ag taisteal in oirthear na tíre. Iarrtar ar an phobal dul i dteagmháil leis na gardaí ag Sráid an Phiarsaigh, Baile Átha Cliath, nó le haon stáisiún gardaí má fheictear é.*

CAIBIDIL 16

Ní raibh spion rómhaith ar an Bhleachtaire-Sháirsint Peadar Ó Ceallaigh. Bhí sé in ainm is a bheith ar laethanta saoire. Bhí seachtain i Nua-Eabharc pleanáilte aige lena bhean chéile. Cúig bliana fichead pósta a bhí siad agus in imeacht na mblianta sin ní raibh aon saoire cheart acu. Deirí seachtaine anseo is ansiúd in Éirinn den chuid ba mhó. Uair amháin nuair a bhí 20 bliain a bpósta á gceiliúradh acu, chuaigh siad go Londain. Anois, bhí na páistí nach mór tógtha agus bhí oideachas curtha acu orthu uilig. Ní raibh aon iníon amháin fágtha sa teach acu agus bhí saoirse acu ó thaobh ama agus ó thaobh airgid de.

Bhí siad le heitilt amach go luath maidin Dé Máirt. Bhí na málaí pacáilte acu, na ticéid agus na pasanna in ord ag a bhean chéile ó bhí Dé Sathairn ann. Bhí míle dollar ceannaithe aige agus treoirleabhar beag a thug eolas cuimsitheach ar na radharcanna móra a bhí le feiceáil sa chathair. Ag súil go mór leis an tsaoire a bhí sé. Níor thaitin an t-am seo den bhliain leis. Na laethanta ag éirí níos giorra agus níos léithe, fuacht san aer. Seans go mbeadh sé díreach chomh fuar i Nua-Eabhrac, níos fuaire b'fhéidir, ach ba chuma leis. Briseadh ón leadrán a bhain leis an fhómhar in Éirinn a bhí ann.

Bhí rún aige cuairt a thabhairt ar Oileán Ellis. Bhí seanuncail dá chuid a chuaigh chun an Oileáin Úir am inteacht sna 1910í. Níor phill sé riamh ar Éirinn, ach ba ghnách leis scríobh chuig a dhearthár, athair mór Pheadair. D'inis an t-athair mór na scéalta don ghasúr óg agus é ag éirí aníos, scéalta a chur idir iontas agus alltacht air. Bhí cumarsáid nach mór caillte leis an taobh sin den teaghlach anois, agus bhí sé de rún ag Peadar Ó Ceallaigh iniúchadh beag a dhéanamh a fhad is a bheadh sé sa chathair. Thuig sé ó scéalta a athar mhóir go ndeachaigh a sheanuncail fríd Oileán

Ellis agus ó sin go Bayonne, New Jersey. De réir an treoirleabhair, bhí taifid mhaithe coinnithe ar an oileán d'achan duine a chuaigh fríd, agus go dtiocfadh le duine an t-eolas sin a aimsiú go furasta.

Ar ndóigh, ba í an tsiopadóireacht a bhí chun tosaigh in intinn a mhná. Í sin agus Broadway. Ní raibh an oiread sin suime ag Peadar i gceoldrámaí, drámaí de chineál ar bith leis an fhírinne a dhéanamh, ach thoiligh sé dul lena bhean. Cheannaigh sí ticéid ar an idirlíon, rud inteacht de chuid Lloyd Webber, bhí dearmad déanta aige ar an ainm. Bhí rún aige féin cuairt a thabhairt ar an *Museum of the American Indian* i Battery Park, bheadh sé ina leithscéal maith dó éalú tamaill agus í féin i mbun siopadóireachta.

Bhí dúil aige óna óige sna hIndiaigh dhearga nó Dúchasaigh Mheiriceá mar a thugann daoine orthu inniu. John Wayne, Lee Van Cleef, Fonda, Duval, Eastwood. Líon na haisteoirí sin a óige lena gcuid eachtraí i scannáin na mbuachaillí bó. Iad ag streachailt leis an Sioux, an Apache, an Comanchee… Bhí tionchar nach beag ag na scannáin sin ar a rogha gairm bheatha. Ba ghnách leis é féin a shamhlú mar *Lone Ranger* ar chapall bán, Tonto lena thaobh ag iarraidh fadhbanna an domhain a réiteach.

Tháinig athrú tobann ar a chuid pleananna tráthnóna Dé Luain. Bhí a fhios aige, nuair a chonaic sé an uimhir ar an ghuthán nach dea-scéal a bheadh ann dó. Smaoinigh sé ar feadh tamaill gan an fón a fhreagairt, ach ní thiocfadh leis sin a dhéanamh. Ní fhéadfadh sé choíche neamhaird a thabhairt ar an uimhir áirithe sin.

Ní raibh neart aige air. B'éigean dó an tsaoire a chur ar ceal, bheul, ní ar ceal go díreach. Ní mó ná sásta a bhí Caitlín, a bhean. D'éirigh eatarthu agus ba é deireadh an scéil ná gur shocraigh sí féin ar imeacht go Meiriceá í féin. Thoiligh a deirfiúr dul léi, agus b'éigean do Pheadar dhá chéad fiche euro a íoc leis an ainm ar an ticéad a athrú agus uair eile a chaitheamh ar líne le sonraí na deirféar a chlárú le lucht inimirce na Stát. Bhí díomá air, ach b'fhearr an tsaoire a úsáid in áit an t-iomlán a chailleadh, luach €2500. Seans gurbh fhearr i bhfad dá bhean chéile bheith as an bhealach ar scor ar bith. Bhí a chroí istigh inti, agus bheadh sé an-deacair go deo bréag a insint di. Ní raibh aon dabht ina intinn ach go mbeadh bréaga de dhíobháil.

Deirtear go ndéanann gach aon bhréag damáiste, go leanann dochar iad i gcónaí agus gur fearr cloí leis an fhírinne is cuma cé chomh deacair agus míchomporadach is a bheadh sí. Níor tháinig Peadar Ó Ceallaigh leis an tuairim sin ar chor ar bith. Thuig sé go raibh bréaga riachtanach don tsaol, nach dtiocfadh le daoine nó leis an tsochaí gníomhú go héifeachtach dá n-uireasa. Ní hé go raibh dúil ag Peadar sna bréaga. Bhí fuath aige orthu. Bhí fhios aige, áfach, nach raibh daoine ábalta glacadh leis an fhírinne. Thuig sé sin. Bhí eagla ar dhaoine roimh an fhírinne. Nuair a tháinig daoine suas in éadan na fírinne is é an rud is gnách leo a dhéanamh ná rith uaithi. B'fhearr le daoine i bhfad an ficsean ná an fhírinne. Déarfadh siad nárbh amhlaidh. Déarfadh daoine áirithe go raibh dúil níos mó ná riamh ag daoine san fhírinne. Thabharfadh siad mar thacaíocht dá dtuairim an bhéim ar fhoscailteacht agus ar fhreagracht sa tsaol phoiblí, an dúil a bhí ag an phobal i dteilifís na réaltachta, an dúil chíocrach a bhí ag an chine daonna san eolas, an mian a bhí aige míniú a fháil ar mhórcheisteanna na heolaíochta agus na fealsúnachta.

Thuig Ó Ceallaigh an cur i gcéill. Bhí sé fíor go mbíodh daoine ag lorg freagraí, ach freagraí simplí a bhí uathu, freagraí a neartódh na tuairimí a bhí acu cheana féin, nach mbainfeadh croitheadh as an dearcadh saoil a bhí acu. An chuid is mó den 'fhoscailteacht' agus den chuartú eolais, bhain sé le fiosracht agus éad. Teilifís na réaltachta agus na sobalchláir, ba samplaí maithe iad. Bhí an-tóir orthu. Thaitin sé leis an ghnáthduine bheith a gcoimhéad. D'amharc sé ar dhaoine a raibh saolta aisteacha mífheidhmiúla acu, a gcuid caidreamh ag titim as a chéile, na roghanna amaideacha a rinne siad, na modhanna saoil difriúla a bhí acu. Nuair a d'amharc an gnáthduine ar dhaoine mar seo, mhothaigh sé níos fearr mar dhuine é féin. Ar a laghad, ní raibh saol s'aige féin chomh holc le saol na gcarachtar sna sobalchláir nó ar an teilifís. Gliúcaíocht a bhí ann, dóigh chun mothú níos fearr.

Bréaga uilig a bhí ann ar ndóigh, ach bréaga riachtanacha. Thuig Peadar seo uilig agus thuig sé conas bréaga a úsáid leis an fhírinne agus an mhaith a chosaint. Cineál de pharadacsa a bhí ansin, ach nárbh é sin bun agus barr an tsaoil, paradacsa?

Thug sé éisteacht mhaith do threoracha an Mhaighistir ar an ghuthán. Thuig sé láithreach chomh tábhachtach is a bhí an misean a bhí curtha os a chomhair ag an tseanduine.

Cúig bliana is tríocha ó shin a bhuail sé leis an Mhaighistir den chéad uair. É ina dhiúlach óg, an Ardteist díreach críochnaithe aige, a shaol imithe le sruth. Tháinig sé go Baile Átha Cliath ag aois a hocht déag. Cúrsa innealtóireachta a bhí idir lámha aige ar an ollscoil, ach ní raibh sé ábalta dó. Ní raibh dúil ar bith aige san innealtóireacht. Ní raibh ann ach go bhfuair sé na pointí agus gur thug an gairmthreoraí ar scoil le fios go mbeadh airgead measartha agus post maith aige ina dhiaidh. Ní raibh a fhios aige cad ba mhaith leis a dhéanamh. Ní raibh uaidh ach fáil ar shiúl ón bhaile, éalú ón údarás tíoránach, mar a dhéanadh na buachaillí bó. Bhí trioblóidí aige ón tús. Bunús a chuid ama caite aige ag ól agus ag ragairne. Shleamhnaigh sé i dtreo an drabhláis agus ba ar éigean a d'fhreastail sé ar léacht ar bith dá chuid.

Níor choinnigh sé teagmháil lena mhuintir sa bhaile sa Longfort. Scríobhadh a mháthair chuige gach aon seachtain. Ba ghnách léi cúpla punt a chur sa litir nuair a bhí faill aici, ach freagra níor thug sé uirthi riamh. Ba ghnách leis dul caol díreach chuig an teach tábhairne agus an t-airgead a chaitheamh. Oíche amháin agus é an-ólta go deo, rinne sé a bhealach isteach go lár na cathrach, go dtí an áit ar ghnách leis na striapacha cruinniú. D'íoc sé bean óg chun luí leis. Thug sí chuig árasán suarach é agus ansin bhuail sé a craiceann mar fhear mire. Bhí frustrachas, fulaingt agus pian i ngach aon sá boid uaidh, é ag iarraidh díoltas a bhaint amach ar an ghirseach seo as an drochdhóigh a bhí ar a shaol. Thoisigh sé á bualadh. Bhuail sé í mar a bhuaileadh a athair é. Bhí deora lena shúil ach ní raibh sé in ann é féin a stopadh. Chonaic sé aghaidh a athar inti roimhe agus bhuail sé leis.

Mhúscail a cuid screadanna daoine eile a bhí san árasán, briseadh isteach sa tseomra agus ba bheag cuimhne a bhí aige ar aon ní eile. Nuair a tháinig sé chuige féin arís, bhí sé ina luí ar an chosán taobh amuigh. Piantaí uafásacha ina bholg agus ina cheann, cúpla easna briste.

Fá dheireadh na bliana sin, bhí Peadar Ó Ceallaigh ina chónaí ar shráideanna Bhaile Átha Cliath é féin. Chuaigh sé i muinín déirce, corruair ag gadaíocht lena bheatha amscaí a thabhairt i dtír. Ba ansin a fuair an Maighistir é.

Thug an Maighistir isteach é. Bhí Peadar in amhras faoi ar dtús. Cad a bhí á lorg ag an fhear seo? An raibh sé ag gabháil á bhualadh agus míúsáid a bhaint as mar a dhéanadh a athair? Ba ghairid, áfach, gur thuig Peadar nach é sin a bhí ón tsagart ar chor ar bith. Ní raibh i ngnúis an Mhaighistir ach cineáltas agus foighne. Bhí tuirse ar Pheadar, é spíonta ag an tsíor-streachailt, cloíte ag an uaigneas agus ag an aiféala. Ní theastaigh ón leaid óg ach codladh agus suaimhneas. Sna seachtainí ina dhiaidh sin, d'fhás muinín idir an fear óg agus an Maighistir. Níor chuir an Maighistir aon bhrú air. Lig sé dó teacht agus imeacht mar ba mhian leis. Níor cheistigh sé é fána shaol nó fána chuid gníomhaíochtaí. Thiocfadh leis dul chuig an pub arís dá mba mhian leis. Ní raibh an fear seo ag iarraidh a shaol a stiúradh ar bhealach ar bith, ní raibh uaidh de réir cosúlachta ach sláinte agus síocháin an fhir óig a chinntiú.

Ba é an rud a thuig Peadar i ndiaidh tamaill, áfach, ná nach raibh saol an drabhláis uaidh ní ba mhó. Bhí cinnteacht agus seasmhacht de dhíth air. Sin a rud a bhí ag teastáil uaidh i gcónaí, rud nach raibh faighte sa bhaile aige. Chuidigh an Maighistir leis treo nua a aimsiú ina shaol. Bhí teagmhálacha ag an Mhaighistir sa Gharda Síochána agus d'éirigh leis áit a fháil do Pheadar ar an Teampall Mhór. D'éirigh thar barr leis. Bhí bealach níos fearr ann chun é féin agus an saol mór a chosaint ar mhacasamhail a athar. Tháinig cuimhní na seanscannán ar ais chuige. *An Lone Ranger*, aonarán gaisciúil ag tabhairt dhúshlán an tsaoil. Sin an misean a bhí roimhe anois.

Choinnigh sé teagmháil leis an Mhaighistir i rith na mblianta sin, ach de réir mar a bhog sé ar aghaidh lena shaol, ag pósadh, páistí agus mar sin de, d'éirigh an teagmháil agus an nasc eatarthu níos fánaí. Ba chuma faoi sin. Bhí nasc i bhfad níos buaine idir an seanduine agus an Bleachtaire-Shairsint. Chuir an Maighistir brí úr i saol Pheadair, thiontaigh sé a shaol thart agus chuir sé ar bhealach a leasa é. Ní raibh rud ar bith, rud ar bith ar domhan, nach ndéanfadh sé dó.

CAIBIDIL 17

"Teachtaireacht phráinneach phearsanta?" arsa Micí ag amharc ar a ghuthán. "Cén teachtaireacht?"

"Ní shílim go bhfuil teachtaireacht ar bith acu duit, a Mhicí," arsa Eoghan. "Is tusa, nó muidne atá á lorg acu. Seo an bealach atá acu le muid a aimsiú, an pobal mór a chur ar ár lorg."

"Tá seo ag dul ó smacht go hiomlán," arsa Clíodhna. "Cad atá déanta againne? Cén fáth a mbeadh na gardaí ag iarraidh labhairt linne?"

"Micí. An pictiúr sin a bhí ar an teilifís," arsa Eoghan go tobann. "C'áit a bhfuair siad é?"

Thuig Micí láithreach cad a bhí ar a intinn aige.

"*By Dad*, a Eoghain, tá an ceart agat. Níl an pictiúr sin ag aon duine eile. Sin pictiúr a tógadh go díreach cúpla seachtain ó shin do mo phas. Bhí cóip de san árasán ach ní bheadh sé ag aon duine eile."

"Rud a chiallaíonn…"

"Gurbh iad na gardaí a bhí istigh i m'árasán inné."

"Tá an chuma sin air."

"Ach ní thig… níl cead…"

Thit an triúr chun tosta arís. Sa deireadh ba í Clíodhna a bhris an ciúnas. Bhí neart agus fuinneamh úr inti ar maidin. Bhí an lá inné agus an lá roimhe sin caite aici mar dhuine a bhí i nduibheagáin an bhróin. Rinne codladh na hoíche maith mhór di.

"Maith go leor, leaids. Cibé rud atá ag dul ar aghaidh anseo, ní thig linne bheith ag suí thart ag ligean don domhan titim isteach orainn. Is gá dúinn ar bhealach amháin nó ar bhealach eile oibriú amach caidé atá ag tarlú. Is léir nach dtig linn muinín a chur sna gardaí, ach tá rudaí eile gur féidir a dhéanamh. Caithfidh muid an ceangal idir Pius V, a litir *Regnans in Excelsis* agus a bhfuil ag tarlú dúinne a aimsiú. Tá mise ag iarraidh seiceáil a dhéanamh ar an lámhscríbhinn sa Leabharlann Náisiúnta fosta."

"Ní maith liom tú ag dul isteach leat féin, seans go mbeidh siad i bhfuireachas leat."

"Agus cad a mholfá? Fanacht anseo mar choiníní i bpoll. Má tá muid leis an mhistéir seo a réireach, caithfidh muid dul amach agus an t-eolas a aimsiú."

"Rachaidh mise leat," arsa Eoghan.

"Thig leat teacht liom sa charr, a Eoghain, ach rachaidh mé isteach sa Leabharlann mé féin. Ní ghlacfaidh sé i bhfad orm féachaint ar cuireadh isteach ar an mhicreascannán nó nár cuireadh. Ní fiú tú féin a chur i mbaol fosta. A Mhicí, gheobhaimid ríomhaire duitse. Tá mé ag déanamh go bhfuil caifé idirlín síos an baile mór. Ba mhaith liom go ndéanfá taighde ar Phius V agus ar *Regnans in Excelsis*. Cuile rud atá tú ábalta a fháil air, priontáil amach é. Beidh muidne ar ais i gceann uaire, uair go leith."

Bhí sin socraithe. Chruinnigh siad na leathanaigh ón lámhscríbhinn, chuaigh siad síos staighre. D'íoc Eoghan an bille ag úsáid cárta creidmheasa Meiriceánach a bhí aige agus siúd leo amach chuig an charr. D'fhág siad Micí istigh sa bhaile ag an chaifé idirlín agus chuaigh Clíodhna agus Eoghan ar aghaidh isteach go Baile Átha Cliath arís.

Leathuair an chloig ina dhiaidh sin, bhí siad ar Shráid Chill Dara. Bhí agóid ar siúl taobh amuigh den Dáil. D'fhág Eoghan Clíodhna ansin ag geataí na Leabharlainne Náisiúnta agus chuaigh sé thart chuig Sráid Theach Laighean leis an charr a pháirceáil.

"Ní bheidh mé i bhfad," a scairt sí agus í ag rith isteach an geata.

Isteach le Clíodhna. Bhí cárta léitheoireachta aici agus ní raibh mórán moille uirthi fáil isteach. Ba mhinic í ag obair agus i mbun taighde sa Leabharlann agus bhí súilaithne ag na gardaí slándála uirthi. Suas staighre léi agus isteach sa tseomra léitheoireachta a bhí ar an dara hurlár.

An chéad rud a bhuailfeadh duine fán tseomra seo ná an ciúnas. Ansin, thabharfadh an cuairteoir an t-adhmad donn agus an dath bog glas a bhí ar na ballaí, na painéil agus ar na táblaí faoi deara, rud a chur go mór le atmaisféar na háite. Seomra mór taibhsiúil Seoirseach a bhí ann, táblaí leagtha amach ina lár, deichniúr nó cúigear déag ag obair acu. Bhí deasc eolais ar thaobh na láimhe deise agus tú ag teacht isteach sa tseomra. Chuaigh Clíodhna díreach suas chuig an deasc agus d'iarr sí cóip de lámhscríbhinn R342. Bhí an t-ádh uirthi. Ní raibh mórán daoine istigh agus bhí ceann de na meaisíní léite micreascannán saor. Níor smaoinigh Clíodhna ar mheaisín a chur in áirithe. Tháinig an freastalaí ar ais taobh istigh de trí bhomaite agus bocsa beag bán ina lámh aici.

"Tá a fhios agat conas an meaisín a úsáid?" a d'fhiafraigh sí.

"Tá. Go raibh maith agat," arsa Clíodhna.

Dheifrigh sí léi go cúl an halla mhóir agus isteach sa tseomra ina raibh na meaisíní micreascannán. Lódáil sí an scannán agus spóláil sí ar aghaidh go dtí gur tháinig sí chuig lámhscríbhinn Dhoiminic Uí Mhíocháin. Ar aghaidh léi chuig leathanach a daichead. Dubh. Spóláil sí ar aghaidh. Cúig leathanach déag dubh, scriosta mar a bhí sa leabharlann i Maigh Nuad. Thit a croí. Bhí an fear seo, Mac Giolla Dé seo, más sin an t-ainm ceart a bhí air, bhí sé críochnúil ina chuid oibre. Níor fhág sé aon leid ina dhiaidh.

Rith sé léi agus í ina suí ansin os comhair an scáileáin duibh go mb'fhéidir gurb eisean ba chúis le bás Chaoimhín. Mhothaigh sí racán feirge ag éirí aníos inti. Más rud é go raibh baint aige lena bhás, ní stadfadh sí choíche go mbeadh a cuid díoltais féin bainte amach aici air. Dhúisigh an smaoineamh sin í, bhain sí an scannán amach as an mheaisín, d'fhág ar ais ag an deasc é agus amach léi arís ar an tsráid. Chonaic sí an carr ag tarraingt aníos. Bhí sí feicthe ag Eoghan agus bhog seisean amach ar Shráid Chill Dara nuair a nocht sí ag an doras.

Fán am a bhí sí ag an gheata, bhí an carr ag tarraingt aníos ag an chosán agus isteach léi. Bhog siad leo fríd an trácht agus siar amach i dtreo Mhaigh Nuad. Ceithre bhomaite dhéag go díreach a chaith Clíodhna sa Leabharlann.

Ní fhaca ceachtar acu an fear a bhí ina sheasamh taobh amuigh den Mhúsaem Náisiúnta. Bhí an chuid is mó den mhaidin caite aige ina sheasamh ann. Bhí Clíodhna feicthe aige fosta. Ghlac sé nóta den am a chuaigh sí isteach sa Leabharlann agus den am a d'fhág sí. Chonaic sé an carr ag tarraingt aníos fána coinne. Chuimhnigh sé ar uimhir an phláta clárúcháin agus nuair a bhí sé as radharc scríobh sé sin síos i leabhar nótaí beag a bhí aige, móide dath, bliain agus déanamh an chairr. Nuair a d'imigh Eoghan agus Clíodhna, d'ardaigh sé a ghuthán, dhiailigh sé uimhir. Bhí freagra láithreach air agus rinne sé tuairisc ar gach a raibh feicthe aige.

CAIBIDIL 18

Leuven, 1794

Bhí mí déag caite ag Séamas Mac Aogáin i gColáiste San Antoine i Leuven. A bhuí don litir ón Athair Ó Míocháin agus na seacht nginí óir a d'fhág sé le huacht aige, thoiligh an tEaspag é a chur go dtí an Mhór-Roinn le staidéar a dhéanamh don tsagartacht.

Ba mhór an difear don leaid óg idir an chathair thaibhsiúil seo agus a cheantar dúchais i mBréifne. An chéad uair a leag sé súil ar an bhaile, ba bheag nár thit na súile céanna amach ar an bhealach mór roimhe le tréan iontais. Foirgnimh arda ag síneadh i dtreo na spéire, bóithre de dhéanamh duirleog faoina chosa, cabhsaí caola dorcha ag síneadh amach ón phríomhbhealach, iad lán siopaí beaga agus tithe leanna. Meascán de bholaithe ag teacht uathu, aoileach, allas, arán te. Bhí boladh cumhra láidir ó chuid acu, áit a mbíodh grúdlanna iontu, boladh milis an leannluis agus na heorna, iad á mbruith le beoir a dhéanamh.

Agus na daoine. Ní fhaca an fear óg scaifte den chineál cruinnithe le chéile in aon áit eile lena shaol. Istigh i lár na cearnóige móire, bhí siad ag deifriú siar is aniar. Iad ag titim amach as tábhairní agus tithe striapachais. Scoláirí, ollaimh, trádálaithe, fir ghnó, ceannaithe agus díoltóirí d'achan sórt, iad ag bualadh in éadan a chéile, ag beannú dá chéile ina dteangacha allúracha, bomaite amháin ag umhlú dá chéile, bomaite eile ag argóint agus ag díospóireacht. Níor sheas éinne i bhfad in áit amháin, ach iad ag siúl leo agus ag cur chúrsaí an tsaoil tharastu.

Mheall cuid éadaigh na scoláirí agus na n-ollamh an gasúr óg. Róbaí dubha faoi scothógaí, fallaingeacha galánta agus hataí boga a thiteadh go leataobh ar a gcloigne. Bhí cuid acu a raibh aghaidheanna críonna acu, cuid eile a raibh bláthú óige agus dóchas iontu, cuid a bhí confach agus nach labharfadh níos mó ná focal leis an strainséir nó leis an chara, cuid eile nach ligfeadh seans ar bith tharastu scéal grinn a insint nó gáire a bhaint de dhuine. Bhí achan chineál duine ann ó na buachaillí sráide ag iarraidh déirce go dtí an tiarna faoi chulaith shíoda le feiceáil sa chathair mhaisiúil ghnoitheach seo.

I gColáiste na nGaedheal i Janseniusstraat a bhí Séamas ag fanacht. Coláiste a bhunaigh na Proinsiasaigh faoi phátrúntacht Rí na Spáinne go luath sa seachtú haois déag. Ba ann a chuaigh mórscoláirí Caitliceacha na hÉireann i ndiaidh Imeacht na nIarlaí agus ba ón choláiste chéanna a chuir manaigh agus scoláirí seanmóirí agus litreacha cráifeacha abhaile go hÉirinn le cuidiú leis na sagairt ann troid in éadan an Reifirméisin. Bhí pobal beag de scór manach is sagart ann agus isteach is amach ar chaoga mac léinn ina gcónaí sa choláiste. Bhíodh cuid de na scoláirí céanna ann ar feadh tamaill ghairid, iad ag stopadh ann seal sula dtabharfadh siad faoin bhealach chun na Róimhe nó coláiste eile san Eoraip. Cuid eile dálta Shéamais, agus rún acu fanacht ann ar feadh cúpla bliain, a gcuid staidéir a dhéanamh ar an fhealsúnacht agus ar an diagacht san Ollscoil ar an bhaile agus ansin pilleadh ar Éirinn ina sagairt.

Ba dheas an áit é le bheith i do chónaí, dar le Séamas. Bhí séipéal beag deas ann, clabhstra buailte leis, proinnteach, garraí measartha mór ina mbíodh glasraí ag fás agus cearca agus lachain ag rith thart ann. Bhí leabharlann agus áiseanna stáidéir agus na cillíní. Tugadh cillíní orthu, ach i ndáiríre suanlios a bhí ann. Seomraí beaga ina gcónaíodh na mic léinn. Bhí dúil ag Séamas san áit.

Bhí Janseniusstraat giota beag ar shiúl ó lár an bhaile agus dá thairbhe sin bhí sé ciúin go leor. Agus tú ag siúl thart fán chlabhstra nó ag obair sa gharraí, is ar éigean a chluinfeá trup an bhaile mhóir. Ba ghnách le Séamas cuairt a thabhairt ar uaigheanna na seanmhanach a bhí curtha sa fhaiche bheag i lár an chlabhstra. Bhí manach amháin ar chuir sé suim mhór ann agus ar ghnách leis cuairt a thabhairt ar a uaigh go minic - Mícheál Ó Cléirigh. Tháinig Ó Cléirigh go Leuven go gairid i ndiaidh do na hIarlaí críocha na nGael a fhágáil. Bhí clú ar Ó Cléirigh riamh anall mar dhuine de na Ceithre Máistrí a thug faoi na hannála a scríobh i mainistir Dhún na nGall. Agus é i Leuven bhí sé chun tosaigh ag cur ábhair ar fáil do Chríostaithe na hÉireann ina dteanga féin le go mbeadh siad ábalta troid in aghaidh na n-eiriceach a bhí ag tachtadh na tíre. Bhí Ó Cléirigh ina laoch aige. Nach é an obair chéanna a bhí ar siúl ag Séamas nó a bheadh ar siúl aige cibé ar bith nuair a bheadh a chuid staidéir déanta aige.

Janseniusstraat! Nuair a tháinig Séamas go Leuven a chéaduair, bhí deacrachtaí móra aige leis an teanga. Ní raibh focal Ísiltírise aige. Bhí sé deacair air na focail a fhuaimniú. Bhí gráinnín beag Laidine aige sular tháinig sé, foghlamtha aige ón Athair Ó Míocháin agus ó mháistir siúil a raibh scoil scairte aige sa cheantar. Bhí go leor aige le tús a chur lena chuid staidéir san Ollscoil. Bhí na manaigh i gColáiste na nGaedheal ina gcuidiú mór dó fosta. Gach oíche bheadh ceachtanna eagraithe dóibh siúd a bhí i ndiaidh teacht anall as Éirinn ar bheagán Laidine. Gaeilge agus an Laidin féin a bhíodh in úsáid sa choláiste, beagán Béarla ó am go céile agus bhí Séamas compordach le sin, ach ba rud eile ar fad í an Ísiltíris, an teanga a bhí á labhairt ag an chosmhuintir.

Fuair sé amach ó dhuine de na scoláirí eile a bhí sa choláiste, duine a bhí ag toiseacht ar a thríú bliain san Ollscoil, gur ainmníodh an tsráid i ndiaidh Cornelius Jansen, ollamh le diagacht san Ollscoil a fuair bás corradh le 150 bliain roimhe sin. Eisean a chuir tús le gluaiseacht taobh istigh den Eaglais darbh ainm an Jansenachas, a chuir béim ar pheaca an tsinsir, grásta Dé agus ar an réamhhordú. Ba Chaitliceach maith dílis é Jansen agus é umhal don Phápa agus do thraidisiúin na hEaglaise, ach mheas roinnt san Eaglais, na hÍosánaigh ach go háirithe, go raibh an teagasc an-chóngarach don Chalvineachas agus cáineadh é i rith an Fhrithreifirméisin.

Cibé rud fá Jansen, ní raibh aon dabht ann ach gur Ollscoil mhaith Chaitliceach a bhí in Ollscoil Leuven féin. Ba í Ollscoil Leuven an chéad institiúid a rinne cáineadh ar théiseanna Liútair, cúpla mí sular cháin an Pápa féin iad. Mhothaigh Séamas ar a chompord anseo, rinne sé obair chrua agus agus bhí ag éirí go han-mhaith lena chuid staidéir.

Bhí rudaí ag athrú, áfach. An saol a bhí chomh hordúil cinnte sin, bhí sé ag sleamhnú i dtreo na héiginnteachta le bliain anuas. Bhí cogadh ar siúl. Cogaí le bheith cruinn. Bhí Réabhlóid na Fraince faoi lánseol agus chuir ríthe agus prionsaí eile na hEorpa cogadh ar an Fhrainc le srian a chur ar na smaointe contúirteacha poblachtacha a bhí ag teacht ón tír úd. Bhí cuid d'uaisle na Fraince ar a seachaint in Ísiltír na hOstaire, cuid acu i nDiúcacht Brabant ina raibh cathair Lueven suite, iad ag gríosú cogaidh in éadan na Réabhlóide. Bhí an toradh le feiceáil anois fá cheantar Leuven. Bhíodh saighdiúirí le feiceáil ag teacht is ag imeacht fríd an bhaile le tamall beag anuas. An cogadh leis an Fhrainc, sin a raibh as béal an duine mhóir agus an duine ísil. Tháinig scéal fá ionsaí a rinne trúpaí na Fraince ar an tír, go raibh siad fá scread asail de Leuven féin ach gur bhrúigh fórsaí na hOstaire amach arís iad. Bhí ráflaí agus scéalta in achan chearn agus bhí sé deacair ar aon duine bheith cinnte cad go díreach a bhí ag tarlú.

Bhí scéal amuigh gur mharaigh na réabhlóidithe Rí na Fraince, Louis, gur druideadh na hOllscoileanna sa Fhrainc, go rabhthas ag marú sagart agus easpag agus aon duine eile a labhair amach in éadan na Réabhlóide, go raibh stáblaí agus oifigí á ndéanamh de chlochair agus shéipéil. Bhí iomrá ann go rabhthas ag iarraidh fáil réidh le Dia é féin, go rabhthas le hadhradh págánach stáit a chur in áit adhradh Dé.

Cad a tharlódh dá dteipfeadh ar an Ostair na Francaigh a choinneáil amach as an chuid sin den Ísiltír a bhí fána smacht? Bhí an imní sin le brath fríd an chathair. Bhí sé le brath i gColáiste na nGaedheal. Bhí fórsaí an Diabhail arís eile ag cur cogaidh ar Chríostaithe agus ar an Eaglais. Smaoinigh Séamas ar an tseansagart a bhí mar phátrún aige Is iomaí oíche a d'éist sé leis an tseanduine agus é ag caint fán streachailt a chuir sé féin suas in éadan an Diabhail agus an iliomad foirm a ghlac sé. Bhí sé doiligh pobal Dé a chosaint. Bhí a chuid saighdiúirí féin de dhíth ar an Tiarna agus bhí Séamas cinnte de rud amháin, bheadh seisean chun tosaigh sa bhuíon a d'oibreodh chun Eaglais Dé a chosaint ar an namhaid.

Casadh saighdiúir ar Séamas lá agus é ag pilleadh ar Choláiste na nGaedheal. Ag siúl thart ar Halla an Línéadaigh, foirgneamh mór gotach le taobh na hOllscoile a bhí Séamas nuair a chonaic sé é. Scairt an saighdiúir air ó phóirse an Halla, áit a raibh sé ina shuí. Stad Séamas agus d'amharc sé i dtreo an ghlóir. Rinne an saighdiúir iarracht éirí in airde agus chonaic Séamas go raibh sé ar leathchos. Bréid shalach fhuilteach tarraingthe thart ar an stumpa a bhí fágtha dá chos dheas.

Bhog Séamas ina threo agus d'fhiafraigh in Ísiltíris bhacach an raibh aon ní go dtiocfadh leis a dhéanamh dó. Bhí boladh millteanach uaidh – feoil lofa – boladh an bháis.

"*Heb genade... genade,*" a scairt an bacach air de ghlór briste.

Rinne Séamas iarracht gan a aghaidh a thiontú ón bholadh agus sháigh sé a lámh ina phóca. Ní raibh ann ach dhá bhonn copair. Ba leor é le bonnóg bheag aráin a cheannach. Shín sé a lámh i dtreo an bhacaigh. Bhuail an saighdiúir a lámh anuas ar lámh an chléirigh óig agus thit na boinn ar an talamh.

Bhuail idir iontas agus fhearg Séamas agus sheas sé siar ón duine bhriste.

"*Heb genade mijn god...*"

Labhair sé le canúint tiubh agus níor thuig Séamas go furasta cad a bhí á rá aige. Ba léir go raibh níos mó ná créachtaí fisiciúla ar an duine bhocht seo, bhí sé ag rámhaille ina intinn fosta.

"*Heb genade mijn god. Luister ann me, mijn god.*"

D'aithin Séamas cuid de na focal... *genade*, bhí sé cóir a bheith cinnte gur 'trócaire' a bhí i gceist leis agus thuig sé an focal *god*, 'dia' a bhí i gceist. Thuig Séamas ansin nach raibh an saighdiúir ag caint leis-sean ar chor ar bith. Bhí sé ag amharc air ach ar dhóigh éigin bhí a chuid súl ag tolladh fríd, amhail is go raibh sé ag amharc ar rud inteacht taobh istigh de.

"Bíodh trócaire agat, a Dhia. Éist liom, a Dhia." Sin a bhí á rá ag an saighdiúir. Ní déirce a bhí uaidh. Paidir a bhí ar a bhéal aige. Ní le Séamas a bhí an duine bocht ag caint ach le Dia. Ar shlí inteacht chonaic sé fríd an chulaith chléirigh a bhí á caitheamh ag an Éireannach óg agus chonaic sé Dia.

Níor thuig Séamas an t-iomlán a bhí i ndiaidh tarlú dó ach chuaigh sé i bhfeidhm go mór air. Chuidigh sé leis an tsaighdiúir suí siar arís sa phóirse. Chuir sé paidir ina chluas agus d'fhág sé na boinn chopair lena thaobh. Dhruid súile an bhacaigh agus thit codladh míshuaimhneach air. D'fhág Séamas ansin é agus phill sé ar an choláiste.

B'iomaí oíche ina dhiaidh sin a chaith Séamas ina luí múscailte ina leaba ag smaoineamh ar an tsaighdiúir bhocht. Ba chorraithe na mothúcháin a bhí aige ina thaobh. An é gur Dia i ndáiríre a bhí feicthe ag an chréatúr bhocht ann. Den chéad uair riamh ina shaol thuig sé i ndáiríre tábhacht a ghairme, tábhacht na hoibre a bhí roimhe. Músclaíodh bród agus imní ann. An mbeadh sé in ann don obair? Thug an saighdiúir bocht sin a chos, a shaol is dócha, chun fórsaí an Diabhail a choinneáil ar shiúl. An bhféadfadh sé féin an íobairt chéanna a dhéanamh? An raibh sé sásta a bheatha a imirt ar mhaithe leis an Tiarna? Thug sampla an tsaighdiúra misneach dó. Roimhe seo, ba rud rómánsúil a bhí sa mhisean a bhí aige. Bhí an réaltacht feicthe anois aige. Fulaingt, anró agus b'fhéidir an bás a bhí roimhe dá leanfadh sé lena ghairm. Bhí ceacht tábhachtach foghlamtha aige. Ghabh sé buíochas le Dia as an tsaighdiúir a chur sa bhealach roimhe. Neartaíodh ina chreideamh é.

Tháinig scéal ó Éirinn go raibh an tEaspag ag iarraidh ar a chuid cléireach pilleadh ar Éirinn. Bhí nuacht faighte go raibh Sasana réidh le cead a thabhairt d'Easpaig na hÉireann coláiste dá gcuid féin a fhoscailt in Éirinn. Is cosúil gur ghéill an Rí Protastúnach Seoirse III, go drogallach, talamh a bhronnadh i Maigh Nuad le coláiste a bhunú. Dar le rialtas na Breataine go mbeadh sé ní b'fhearr na sagairt a oiliúint sa bhaile in áit iad a bheith ag iompar smaointí contúirteacha 'na bhaile leo ón Eoraip agus á scaipeadh i measc na ndaoine. Chuaigh a chuid airí i bhfeidhm ar an Rí, a raibh an dearg-ghráin aige ar Chaitlicigh, géilleadh ar an phointe. Bhí an scéal amuigh go raibh grúpaí antoisceacha sa bhaile a bhí báúil leis an Fhrainc agus le creideamh na bPoblachtánach.

Ba in aimsir seo na héiginnte agus an anoird a shocraigh Séamas agus roinnt scoláire eile i gColáiste San Antoine in Leuven ar chumann a bhunú, cumann de shaighdiúirí naofa a rachadh ar chrosáid in aghaidh naimhde an Tiarna. Bhí Séamas agus duine nó beirt dá chomrádaithe i ndiaidh tamall maith a chaitheamh i mbun plé agus díospóireachta fá staid an Chreidimh agus fá na bagairtí a bhí ann dó. Thuig siad go raibh amanna ann nuair a bhí an creideamh faoi dhianionsaí, amanna nuair a bhí an t-olc ag fáil an lámh in uachtar ar an cheart agus ag múchadh ghrásta Dé. Tharla sé roimhe, in aimsir na gCrosáidí Móra, in aimsir an Reifirméisin, in aimsir Dhoiminic Uí Mhíocháin, bhí sé ag tarlú arís anois, agus cé a bheadh ann le claíomh a bheartú ar son Chríost.

Triúr a bhailigh le chéile den chéad chrúinniú sin. Tháinig siad le chéile oíche amháin sa chlabhstra – faoi rún, mar is minic nach n-amharcann lucht an údaráis go fabhrach ar ghluaiseachtaí den tsaghas seo, go mbíonn siad á gceistiú. Rud ar bith nach mbíonn faoina smacht féin acu, bíonn amhras orthu ina dtaobh. Os cionn uaigh Mhíchíl Uí Chléirigh, thug siad móid don Mhaighdean agus gheall siad do Dhia go ndéanfadh siad gach aon rud a bhí ar a gcumas le creideamh na naomh a chosaint. Deagánaigh nó searbhóntaí naofa an Tiarna a bheadh iontu feasta.

Congregatio Pii V, a thug siad orthu féin. An Pápa Naofa Pius V roghnaithe mar phátrún acu, an laoch naofa a sheas in éadan an eiricigh Eilís I a rinne iarracht an Protastúnachas a scaipeadh in Éirinn agus a chuir cogadh ar thaoisigh uaisle Caitliceacha na nGael. Mar rosc catha ag an chumann nua: *Regnans in Excelsis*.

Mí go leith ina dhiaidh sin agus gan ach bliain amháin staidéir curtha i gcrích aige, bhordáil Séamas Mac Aogáin bád in Antuairp agus chuir sé chun farraige ag tarraingt ar Éirinn.

CAIBIDIL 19

Bhí tórramh Chaoimhín Uí Chadhla le bheith ar siúl i ndiaidh aifreann a haon déag ar an Spidéal. Bhí slua mór bailithe sa bhaile bheag don tsocraid. Thaistil Clíodhna, Micí agus Eoghan aniar an oíche roimhe sin. Theastaigh ó Chlíodhna freastal ar an fhaire agus ar an tórramh. Bhí imní ar Eoghan faoi sin ach ní raibh bealach ar bith le Clíodhna a chur dá mian. Shocraigh siad ansin go racadh siad uilig, bheadh sé ní ba shábháilte fanacht i gcuideachta a chéile.

Shroich siad an Spidéal tuairim ar a hocht a chlog san oíche. Stad siad tamall i gcathair na Gaillimhe le lóistín a shocrú dóibh féin don oíche agus le greim bia a fháil. Bhí lá fada taistil curtha isteach acu agus ba bheag seans a bhí acu a gcuid a dhéanamh ó d'fhág siad an Leabharlann Náisiúnta ní ba luaithe sa lá. Bhailigh siad Micí i Maigh Nuad sular thug siad an bóthar siar orthu féin.

Bhí go leor eolais aimsithe ag Micí fá Pius V agus an litir phápúil cháiliúil a scríobh sé. Bhí fótachóipeanna déanta aige de chuid mhór de na leathanaigh idirlín. Thaispeáin sé alt suimiúil fán "Congregation of St Pius V" do Chlíodhna agus Eoghan nuair a tháinig siad lena bhailiú. Grúpa Meiriceánach a bhí ann, sagairt agus mná rialta a bhí den tuairim go raibh an Eaglais Chaitliceach i ndiaidh imeacht ón fhíorchreideamh ó Dhara Comhairle na Vatacáine i leith. Chleacht siad an tAifreann a cheiliúradh i Laidin agus deasghnátha eile na hEaglaise mar a bhí siad roimh 1960. De réir an eolais ar an tsuíomh idirlín, níor aithin siad aon Phápa ó Eoin XXIII, ag maíomh go raibh na pápaí uilig a tháinig ina dhiaidh imithe ó fhíortheagasc Chríost. Dar leo, bhí an Eaglais gan Phápa san am i láthair. Bhí paróistí, easpaig agus cliarscoil dá gcuid féin acu sna Stáit Aontaithe agus bhí bráinsí i gcúpla áit eile timpeall an domhain.

Bhí an t-eolas suimiúil ach bhí sé deacair aon cheangal a dhéanamh idir an grúpa seo agus rudaí a bhí ag tarlú in Éirinn dhá chéad caoga bliain ó shin, nó inniu go díreach. Bunaíodh an cumann sna 1980í i Meiriceá agus ba ann a bhí formhór na mball a bhí aige.

Pápa an-dian agus ceartchreidmheach a bhí i bPius V. Ba bhall sinsearach den Chúistiúnacht é sular ceapadh ina Phápa é, ghníomhaigh sé i rith a shaoil in éadan eiriceach, chuir sé cuid mhór de na leasuithe a bhain leis an Fhrithreifirméisean chun tosaigh, ag cur coisc ar fhiníochas agus ar shíomóntacht agus a leithéid. Chuir sé leagan úr den Aifreann, an Ghnásaíocht Thriontach mar a tugadh air ina dhiaidh sin, chun tosaigh agus ar ndóigh, eisean a scríobh an litir a cháin an bhanríon Eilís I.

"Tuigim," arsa Eoghan, "an fáth a mbeadh dúil ag an ghrúpa cheartchreidmheach sin sna Stáit ann ach is beag baint a bhí aige leis an tír seo taobh amuigh de…"

"An Eaglais arís!" arsa Clíodhna ag gearradh isteach ar chaint Eoghain, "Nach saoithiúil go bhfuil an Eaglais nó Pápa nó coláiste nó sagart éigin thart ar chuile choirnéal?"

"Tá. Ach, ní shílim go bhfuil muid ag déileáil leis an Eaglais í féin anseo."

"Céard atá i gceist agat?"

"Bhí ceist seo na hEaglaise ag déanamh buartha domh le tamall anuas. Dearc na trioblóidí a bhí ag an Eaglais le blianta anuas, scanaill, peidifíligh agus mar sin de, cén fáth in ainm Dé a mbeadh an Eaglais mar institiúid buartha fá Chathal Buí Mac Giolla Gunna agus cibé rud a tharla nó nár tharla dhá chéad caoga bliain ó shin? Tchítear domhsa go mbeadh rudaí eile ag dó na geirbe ag na hEaspaig."

"Céard é mar sin? Cé atá taobh thiar de?"

"An grúpa seo as Meiriceá a chur i mo chloigeann é. Abair go bhfuil grúpa beag ann, ceangailte ar bhealach leis an Eaglais, taobh istigh den Eaglais, b'fhéidir, ach iad ag gníomhú neamhspleách ar an Eaglais oifigiúil."

D'amharc an bheirt eile air, neamhchinnteacht le feiceáil ar a n-aghaidheanna.

"Cén chaoi a n-oibríonn grúpaí a bhfuil tuairim mhionlaigh acu, nach bhfuil seans ar bith acu aon tacaíocht oifigiúil a fháil dá gcuid gníomhaíochtaí? Oibríonn siad taobh istigh den chóras lena gcuid aidhmeanna a bhaint amach. *Infiltration!* Nach bhfaca muid go minic sa tír seo é."

"Níl tú ag caint fán IRB anois, an bhfuil?" a cheistigh Clíodhna, dochreidteach ina glór.

"Níl, cinnte níl. Ach amharc ar an mhodh oibre a bhí acu. Féach ar an fhianaise atá againn. Tá duine nó daoine ann atá ag gníomhú fá láthair, grúpa atá tar éis daoine a mharú, atá i ndiaidh ionsaí a dhéanamh orainn. Tá an grúpa sin ar bhealach éigin bainteach leis an Eaglais, ach ag an am chéanna, tá baint acu leis na gardaí. Tá tionchar acu ar Choláiste Ollscoile agus tá siad ábalta fógraí a chur ar an teilifís. Tá muid ag déileáil le grúpa beag, déarfainn, ach is grúpa é a bhfuil baill, baill thábhachtacha aige i gcuid mhór eagras. Chuirfinn geall gur CPV an t-ainm atá orthu, Cumann Pius V nó Congregatio Pius V nó Comhairle Pius V, abair."

"Agus abair go bhfuil an ceart agat, cén fáth a bhfuil sin á dhéanamh acu?"

"Arís, amharc ar an ainm Pius V. Pápa a d'oibrigh agus a throid go fíochmhar leis an Eaglais a shábháil nuair a bhí sí i mbaol. Tá an Eaglais i mbaol arís. Ní chreidim go bhfaca muid am riamh i stair na hÉireann nuair a bhí bagairt chomh mór sin ann don Eaglais. Tá na mílte á treigean, cáintear í sna meáin agus i measc na cosmhuintire. Ní raibh am riamh ann a raibh an méid sin trioblóidí aici. Dá mbeadh grúpa ann taobh istigh nó taobh amuigh den Eaglais ag iarraidh troid ar ais, cé eile a bheadh mar phátrún acu ach Pius V?"

Chonaic Clíodhna an loighic a bhí ag baint lena raibh ráite ag Eoghan.

"Sea, a Eoghain. B'fhéidir go bhfuil an ceart agat leis an teoiric chomhcheilge sin, ach in ainm dílis Dé, cén bhaint atá ag sin le Cathal Buí Mac Giolla Gunna?"

Ní raibh freagra na ceiste sin ag Eoghan, ach smaoinigh sé ar rud a dhéanamh ba chóir a bheith déanta aige cúpla lá roimhe sin, cóip de leabhar Bhreandáin Uí Bhuachalla a fháil.

Sular fhág siad Maigh Nuad thug Eoghan cuairt ghasta ar shiopa leabhar an Choláiste. Bhí an t-ádh leis. Bhí cóip den leabhar acu. Seanchóip a bhí ann a bhí sa roinn athláimhe acu. €40, daor go maith. Cheannaigh sé é lena chárta creidmheasa agus bhailigh sé leis. Bhí sé i ndiaidh a trí a chlog sular thug siad an bóthar orthu féin.

Micí a rinne an tiomáint. Shuigh Clíodhna chun tosaigh go ciúin, í caillte ina cuid smaointí. Sa chúl a bhí Eoghan, é ag léamh fríd leabhar Uí Bhuachalla go cúramach. Bhí an leabhar léite aige na blianta roimhe sin nuair a bhí sé ina mhac léinn, agus bhí cóip de aige go fóill i mbocsa éigin in áit éigin. Bhain an chéad caoga leathanach nó mar sin le tuairimíocht fá Chathal Buí, an t-eolas fánach a bhí ann fána shaol agus fán staidéar scolártha a rinneadh air.

Sa dara roinn den leabhar, bhí na hamhráin iad féin. Léigh Eoghan fríothu. Nuair a bhí siad uilig léite aige, thoisigh sé arís, ag léamh gach aon amhrán go cúramach. Bhí cuid acu go holc mar phíosaí filíochta. Bhí sé deacair véarsa ar nós,

"Dá mbeinnse mo ollamh ealaíonta mar mhian liom,
is é Philip na gcumann Mac Giolla Gunna a chaoinfinn
ó b'é siúd an gleacaí a shladfadh na mílte,
a dhéanfadh creach is nach gcasfadh choíche í – is óm bó."

a shamhlú le húdar 'An Bonnán Buí'. Is cinnte nach aon 'ollamh ealaíonta' a bhí in údar an rainn sin. Ach ina dhiaidh sin is uile, bhí rud inteacht mealltach fána chuid véarsaí. Rud éigin fírinneach ag baint leo. An fear, an file ag streachailt le cúrsaí grá, fear a bhí ann a thuig a chuid laigeachtaí féin, más laigeachtaí a bhí ann ar chor ar bith. Is cinnte nach raibh aon rún aige bheith maoithneach nó tromchroíoch fána chuid peacaí. Ar ndóigh, tháinig an fhilíocht fríd ina rabhartaí sa dán is mó a thuil clú dó 'An Bonnán Buí'. Thug Ó Buachalla naoi véarsa dhéag den amhrán. Is cinnte nár chum Cathal Buí an méid sin véarsaí, ach ba léiriú é ar mar a chuaigh an t-amhrán i bhfeidhm ar an phobal gur cumadh véarsaí eile agus leaganacha eile den amhrán i gceantair éagsúla. Bhí Eoghan cinnte de go raibh véarsaí ann go fóill nach raibh cnuasaithe ag Ó Buachalla. Chuimhnigh sé ar an leagan a bhí ag Róise Rua Mhic Grianna – Róise na nAmhrán – as Árainn Mhór i dTír Chonaill. Ní raibh an leagan a bhí aici ar láimh aige ach bhí sé nach mór cinnte de go raibh véarsa iomlán éagsúil aicise.

Ansin, tháinig sé chuig na hamhráin dheireanacha, 'Aithreachas Chathail Bhuí' agus 'Marbhna Chathail Bhuí'. Bhí rud inteacht difriúil fá na hamhráin úd. Bhí siad géilliúil, umhal. Ní raibh aon chuid den uabhar, den diabhlaíocht, den spraoi ná den dúshlán iontu mar a bhí sa chuid eile. *"A Rí na ngrása, is dána dhomh amharc ort suas."* Naoi rann is fiche ag moladh Dé agus na Maighdine, ag agairt maithiúnais, ag caoineadh a chuid peacaí, ag déanamh faoiside os comhair an tsaoil. Níorbh é seo an Cathal céanna a bhí le feiceáil sna dánta eile. Shílfeá gur duine eile á scríobh…

Duine eile? Léim a chroí in ucht Eoghain. Nár nocht Clíodhna tuairim den chineál ní ba luaithe? Níor smaoinigh sé mórán de ag an am mar thuig sé go maith gur próiseas nadúrtha de chuid amhrán na 18ú agus na 19ú haois é an t-athrú thar am agus i mbéal ceoltóirí. Tharla sé trí thimpiste, trí dhearmad, trí mhíthuigbheáil ar an ábhar, trí chanúnachas. Ach dá mba rud é gur athraíodh iad d'aon ghnó…

Thoisigh rabharta smaointe agus féidearthachtaí ag pléascadh isteach ina intinn. Ní thiocfadh leis bheith cinnte, ach *By Dad*, dá mbeadh sé fíor. Dá mba rud é gur chuir duine eile focail i mbéal Chathail Bhuí d'aon turas. Léigh sé na véarsaí arís agus arís eile. Cinnte, níor luigh ábhar na n-amhrán deireanacha leis na hamhráin a chuaigh rompu. Thuig sé go raibh go leor filí a scríobh marbhnaí mar iad ag deireadh a saoil ach bhí níos mó ná sin i gceist. Bhí an stíl mhícheart. Bhí an friotal amscaí agus as áit, bhí cuid de nach raibh ag teacht i gceart go hiomlán leis an chanúint a chleacht Cathal Buí.

Ach cé a dhéanfadh é? Agus cad chuige? Lig Eoghan osna as. Thiontaigh sé an leathanach. Ag deireadh na n-amhrán bhí roinn bheag ag Ó Buachalla darbh ainm "Véarsaí Fáin". Trí rann beaga nár luigh go nádúrtha in aon cheann de na hamhráin. D'amharc sé ar an tríú ceann:

D'fhág tú seacht mallacht, a shagairt a chroí,
ar an té a bhéarfadh ceathrú do Chathal Bhuí;
tú féin a thug ceathrú do Chathal Bhuí
agus thit na seacht mallacht anuas ar do thigh.

Rann aisteach. Cérbh é an sagart a luaitear ann? Cén dóigh ar thug sé ceathrú do Chathal Bhuí? An dtiocfadh leis gur Doiminic Ó Míocháin a bhí i gceist ag Cathal? Barraíocht ceisteanna agus fíorbheagán freagraí. Fós féin, mhothaigh Eoghan go raibh sé ag éirí níos cóngaraí d'fhuascailt na mistéire. Bhí rud éigin eile de dhíth, áfach, rud éigin a tharraingeodh na snáithí uilig le chéile. Shuigh sé siar sa chathaoir agus dhruid sé a shúile ag smaoineamh.

D'amharc sé amach fuinneog an chairr, bhí sé ag éirí dorcha. D'amharc sé ar a uaireadóir agus chonaic sé go raibh sé ag tarraingt ar a cúig a chlog. Ní raibh siad i bhfad ar shiúl ó Ghaillimh. Leis an mhótarbhealach úr, rinneadh turas gairid den aistear ó Bhaile Átha Cliath go dtí an tIarthar. Fiche bomaite ina dhiaidh sin, bhí siad fá imeall na Gaillimhe. D'aimsigh Micí óstán beag sna bruachbhailte a d'fhóirfeadh go breá dóibh.

Músclaíodh Clíodhna a bhí i ndiaidh titim ina codladh sa charr agus chuaigh siad triúr isteach chuig an óstán, áit ar chuir siad dhá sheomra in áirithe. D'íoc Eoghan as na seomraí ag úsáid a chárta creidmheasa Mheiriceánaigh.

"Beidh éadaí de dhíth orainn," arsa Clíodhna. Bhí cúpla lá ann ó d'athraigh duine ar bith acu a gcuid éadaigh. Bhí faire agus tórramh rompu. Ní bheadh sé ach múinte béasach bheith cóirithe mar ba cheart. Bhí ionad siopadóireachta i ngar don óstán ba ann a cheannaigh siad a raibh de dhíth orthu. D'ith siad dinnéar i mbialann bheag a bhí le taobh na siopalainne sular phill siad ar an óstán.

Fá leath i ndiaidh a seacht, bhí siad beathaithe, glanta gléasta. Chruinnigh siad isteach sa charr arís agus rinne a mbealach amach go dtí an Spidéal. Bhí an chuid ba mheasa den trácht thart agus d'fhág sin iad ag tarraingt ar cheann scríbe i dtrátha a hocht.

Bhí sé furasta an teach i mBaile an tSagairt a aimsiú, óir bhí an oiread sin carranna ag teacht agus ag imeacht ón teach. Ní raibh fonn ar Mhicí agus Eoghan dul chuig an fhaire. Bhí sé i gceist ag Clíodhna tamall a chaitheamh ann, ó bhí aithne aici ar mhuintir an tí, neamhionann is na fir. D'fhág Eoghan agus Micí í ag an gheata agus shocraigh siad go gcuirfeadh Clíodhna scairt orthu nuair a bheadh sí réidh.

D'imigh na leaids síos an baile mór arís. Bhí sé ó sholas go maith fán am seo agus ní raibh a dhath le feiceáil i ndáiríre. Bhuail siad isteach Tigh Hughes agus d'ordaigh siad pionta an duine.

Bhí scaifte beag istigh sa teach leanna, ina suí thart ina mbeirteanna agus ina dtriúranna. Bhí an comhrá ciúin agus gan aon chuid den ghleo a mbeifeá ag súil leis le cluinstin. An tórramh, a mheas Eoghan. Cuireann rudaí mar sin drochspion ar phobal, go háirithe pobal tuaithe. Rachadh siad chuig an phub cinnte, ach bheadh an comhrá agus an chaint ciúin. Téann bás duine óig, bás anabaí gan choinne, bás tragóideach i bhfeidhm ar phobal. Shamhail Eoghan iad ag monabhar go ciúin, ag malartú ráflaí agus tuairimí. Bhí sé nádúrtha. Dúnmharú a thug bás Chaoimhín, bheadh scéalta go leor ag dul thart, bheadh díospóireacht agus plé ann fán chás go ceann i bhfad eile.

Shuigh Micí agus Eoghan síos i gcoirnéal ciúin. Ní raibh siad ag iarraidh aird a tharraingt orthu féin, ar Mhicí ach go háirithe. Bhain siad súimíní as a gcuid piontaí agus rinne siad comhrá ciúin fá gach a raibh i ndiaidh tarlú. D'inis Eoghan dó fá na smaointí a bhí aige sa charr ar an bhealach anoir.

"Síleann tú gur duine eile a scríobh cuid de véarsaí Chathail?"

"Tá an chuma sin air."

"Ach cad chuige? Agus cé?"

"Níl a fhios agam ach tá ciall éigin ag baint leis mar thuairim. Rud nádúrtha a tharla sa cheol fríd na blianta go gcuirfeadh daoine áirithe a gcuid véarsaí féin le hamhrán, go n-athródh an t-amhrán thar am i mbéal na ndaoine. Cuimhnigh nach raibh an chuid is mó den fhilíocht agus de na hamhráin atá againne inniu scríofa síos ar chor ar bith go dtí blianta maithe i ndiaidh bhás an údair. Tá naoi véarsa dhéag de 'An Bonnán Buí' tugtha sa leabhar, is beag seans gur Cathal a scríobh uilig iad."

"Ach nach dtiocfadh le sin a bheith fíor fosta i dtaobh 'Aithreachas Chathail Bhuí' agus an ceann eile, gur athraigh siad go nadúrtha i mbéal na ndaoine?"

"Thiocfadh, ach… bheul… tá rud éigin fá na véarsaí ar fad nach luíonn le stíl, pearsantacht nó meon Chathail Bhuí. Ní thig liom mo mhéar a leagan air cinnte, ach sílim nach é a scríobh."

"Agus cé a dhéanfadh a leithéid, focail a chur i mbéal an fhile d'aon ghnoithe?"

"B'fhéidir go bhfuil sé amaideach mar theoiric," a d'fhreagair Eoghan, "ach dá mba rud é go raibh sagart ann, sagart ar chuir Cathal Buí an-olc air i rith a shaoil..."

"Doiminic Ó Míocháin?"

"Níl a fhios agam, ach má bhí a leithéid de shagart nó eaglaiseach ann, bheadh ciall le go leor rudaí."

"Conas?"

"Bheul, tá fianaise ann gur chuir sagart éigin mallacht ar Chathal. Na hamhráin úd, 'An Marbhna' agus 'an tAithreachas', tá siad ró-naofa, ró... níl a fhios agam, shílfeá gur easpag a bhí i mbun a scríofa, ní luíonn siad le pearsantacht Chathail, tá rud éigin bréagach fúthu. Abair... abair go raibh rud inteacht scríofa nó cumtha ag Cathal, rud inteacht ba mhaith leis an Eaglais a choinneáil ceilte..."

"Níl a fhios agam," arsa Micí. "Tá tú ag léimneach ar fud na háite leis an teoiric seo."

"Bheul, cuir mar seo é. Réice agus fear drabhláis a bhí i gCathal, ócé?"

"Má deir tú liom é."

"Duine a bhí ina eaglaiseach uair agus ansin a d'iompaigh go hiomlán in éadan theagasc na hEaglaise, a chaith drochshaol, a rinne ceiliúradh den pheaca. Níos measa, duine a bhí ann a bhí i mbéal an phobail de thairbhe a chuid amhrán, duine a raibh gean an phobail air. Duine a chuaigh i bhfeidhm ar an phobal. Cén dóigh a dtiocfadh leis an Eaglais déileáil le duine mar sin?"

"Aithríoch a dhéanamh de," a dúirt Micí i ndiaidh bomaite smaoinimh."

"Go díreach. Bheadh an Eaglais ábalta a thaispeáint go ndearna sé aithreachas ag deireadh a shaoil, bheadh sé ina shampla ansin ag peacaigh eile."

"Tuigim."

"Na véarsaí cráifeacha sin, chuir siad a raibh luaite le Doiminic Ó Míocháin sa lámhscríbhinn i gcuimhne domh. Ró-lústrach, ró-áibhéileach ina chráifeacht agus ina umhlaíocht do Dhia agus do Mhuire."

"Síleann tú gur Doiminic Ó Míocháin a scríobh na hamhráin sin?"

"Cá bhfios? B'fhéidir gur Cathal Buí a scríobh an bunús agus gur athraíodh iad le teachtaireacht bhréagach a chur amach."

Thit ciúnas ar an bheirt, iad araon caillte ina gcuid smaointí. Rinne teoiric Eoghain ceangal éigin idir na fíricí stairiúla a bhí aimsithe acu, ach conas an ceangal sin a chruthú? Labhair Micí fá dheireadh.

"Agus cén bhaint atá ag seo uilig lena bhfuil ag tarlú inniu?"

"*Entia non sunt multiplicanda praeter necessitatem.*'"

"Á, *Jesus Christ* Eoghain, labhair i gceart liom."

Rinne Eoghan gáire.

"*Sorry* Micí. 'Occam's Razor' a thugtar air. An freagra is simplí, is iondúil gurb é an freagra ceart é!"

"Freagra simplí? Níl aon fhreagra simplí ann!" a dúirt Micí agus a ghlór ag ardú rud beag. D'amharc duine nó beirt anuas ón bheár orthu. Chuir Eoghan méar lena bhéal agus chiúnaigh Micí arís.

"Na leathanaigh atá ar iarraidh ón lámhscríbhinn, an cód sa lámhscríbhinn. Bhí rud éigin ann fá Chathal Buí nach raibh duine nó grúpa éigin ag iarraidh orainne a fháil amach. Mhair an grúpa seo i ndiaidh aimsir Chathail Bhuí agus Uí Mhíocháin. Is cosúil go bhfuil sé ag feidhmniú inniu. Tá baint ag an Eaglais agus grúpaí cumhachtacha eile leis an scéal. Tá siad sásta daoine a mharú agus a ionsaí leis an rud seo a cheilt. Inis thusa domhsa, cad é an freagra simplí?"

Smaoinigh Micí ar feadh tamaill. Ansin tháinig sé chuige.

"Scríobh Cathal Buí rud éigin, nocht sé rún a dhéanfadh damáiste mór don Eaglais. Cuireadh faoi cheilt é agus táthar fós ag iarraidh é a cheilt."

"Sin é, a dheartháir. Sin rún an Bhonnáin duit."

"An Bonnán?"

"Déanaim dearmad nach bhfuil an oiread sin cur amach agat ar na cúrsaí seo. An bonnán, sin Cathal Buí. Sa dán clúiteach uaidh, 'An Bonnán Buí', rinne sé comparáid idir é féin agus éan buí."

Bhí ceist bheag amháin eile ag Micí.

"Ach a Eoghain, cén fáth anois? Má tá na maruithe ag tarlú anois, caithfidh sé go bhfuil an rún i mbaol a scaoilte?"

"An ceart agat. Sin an fáth a bhfuil sé an-tábhachtach dúinne an rún sin a aimsiú sula bhfaigheann níos mó daoine bás."

Bhuail an guthán i bpóca Eoghain. Clíodhna a bhí ann. Bhí sí réidh le dul ar ais go dtí an t-óstán. Chaith an bheirt fhear an deoir dheireanach a bhí fágtha in íochtar gloine acu agus bhailigh siad leo amach an doras.

Bhí fear i gcoirnéal an bheáir Tigh Hughes. Fear bídeach a bhí ann. Chreidfeá aon duine beo nach raibh ar siúl aige ach blaisínteacht ar an phionta Guinness a bhí roimhe agus leathanaigh spóirt an *Mirror* a léamh. D'ardaigh sé a chloigeann nuair a bhí Micí agus Eoghan ag imeacht agus d'amharc sé ina ndiaidh agus iad ag gabháil an doras amach. I ndiaidh dóibh imeacht, thóg sé an fón póca a bhí ina luí ar an chuntar roimhe agus bhrúigh sé dhá chnaipe. Labhair sé go beag ar an ghuthán. Níor mhair an comhrá ach tríocha soicind. Chroch sé an fón, bhailigh sé leis a nuachtán agus a chóta, agus d'imigh leis amach san oíche.

An mhaidin ina dhiaidh sin, mhúscail Clíodhna, Micí agus Eoghan go luath. D'ith siad bricfeasta san óstán agus isteach leo sa charr arís ag tarraingt ar an Spidéal. Bhí siad ag dréim le scaifte mór bheith i láthair, agus bhí an chathair le trasnú acu ag tráth ardbhrú tráchta na maidine.

Bhain siad an Spidéal amach i dtrátha a deich. Bhí scuaine carranna chomh mór sin ar an bhealach chúng suas go Baile an tSagairt gur bheartaigh siad dul díreach chuig an tséipéal. Bhí slua measartha bailithe istigh rompu. Mhothaigh Eoghan aisteach ina shuí i dteach pobail d'Aifreann socráide fear nach raibh aithne dá laghad aige air. Smaoinigh sé ar an chaidreamh ba ghnách leis féin agus le Clíodhna a bheith acu le chéile. Cén fáth ar lig sé an caidreamh, an grá sin le sruth? Ní raibh aon leithscéal aige. Bhí an méid a tharla san aimsir chaite agus ní raibh aon dul siar.

I ndiaidh an Aifrinn, rinne an slua a bhealach chun na reilige. Dúirt an sagart na paidreacha agus choisric sé an uaigh. Íslíodh an chónra isteach sa pholl. D'éirigh uaill chaointe ó chuid de na mná a bhí ina seasamh ar bhéal na huaighe. Chonaic Eoghan go raibh deora le súile Clíodhna agus chuir sé a lámh thart ar a gualainn. Chroch ceoltóir sean-nóis marbhna uaigneach suas agus thit an slua chun tosta. Ní raibh le cluinstin ach smeacharnach na mban agus an siansa léanmhar. Bhí gaoth bhog fhuar a shéid aníos ón bhá a chuir le huaigneas phort an cheoltóra.

Mhothaigh Eoghan an fórsa á bhrú chun tosaigh ar an talamh roimhe sular chuala sé aon rud nó sular thoisigh an phian ag spré ina rabharta fríd a chorp. Bhí sé mar a bheadh dallóg bhán a thit anuas ar a shúile ar feadh cúpla soicind. Baineadh geit uafásach as a chorp, aidréanailín ag cúrsáil fríd gach féith agus néaróg ann. Thit sé ina chnap ag béal na huaighe. Rith sé doiligh air ciall a dhéanamh dá raibh ag tarlú. Luigh sé ansin ag análú go trom. Tháinig feidhm na gcluas ar ais chuige, chuala sé an screadaíl, tormán toll bróg, daoine ag titim agus ag rith. Bhí duine ag a thaobh, á láimhseáil. An phian… an phian dhamánta. Gach uair a bhogfadh sé, tháinig mar a bheadh arraing ghéar fríd a ucht.

"Fág mé… fág mé…" a dúirt sé de chogar, más cogar a bhí ann ar chor ar bith.

Tháinig radharc na súl ar ais chuige. Ní raibh sé ábalta a dhath a dhéanamh amach ach féar, clábar, bróga. Bhog duine inteacht a chloigeann.

"Tá sé beo… tá sé beo…" a chuala sé, mar a bheadh glór ag caint ón imigéin.

Cuireadh a chloigeann síos ar an talamh arís. Sádh adhairt, cóta nó geansaí faoi chúl a chinn. An é sin Clíodhna a chonaic sé roimhe? Aghaidheanna ag teacht is ag imeacht roimhe, iad ag bogadh gasta isteach is amach as a radharc. Thit a chloigeann ar a thaobh. Bhí duine eile ina luí ar an talamh dhá shlat uaidh. Fear cromtha thairis, a dhroim le hEoghan. Tháinig mearbhall ar Eoghan. Dhruid sé a shúile agus d'fhoscail arís iad, dhruid agus d'fhoscail. Bhí an fear a bhí cromtha thar an stócach ina luí i ndiaidh bogadh giota beag. Chonaic Eoghan an aghaidh, na súile druidte, an fhuil ag rith ina sruthanna síos an muineál ag leathadh amach ar an léine bhán. D'aithin sé an léine, an ghruaig, an aghaidh. D'aithin sé Micí. Lig sé uaill léanmhar amach as. Níl a fhios ar chuala éinne í.

Trí chéad slat ar shiúl ar chosán beag taobh thiar den tulach ónár scaoil sé, shuigh an gunnadóir isteach ina charr. Dhá urchar a bhí scaoilte aige. É cóir a bheith cinnte de gur bhuail sé an duine ceart. Bhí an oiread sin flústair agus daoine ag titim go talamh sa reilig i ndiaidh dó scaoileadh nach bhféadfadh sé bheith go hiomlán cinnte ach bhí barúil mhaith aige gur aimsigh sé an targaid.

Thiomáin sé go mall síos go dtí an príomhbhóthar go Gaillimh agus pháirceáil sé in aice na farraige. Bhí an raidhfil glanta aige. Ní raibh aon mhórghá dó mar gheall ar na lámhainní plaisteacha a chaith sé don obair. Chuir sé an raidhfil isteach i mála spóirt fada agus leag sé dhá chloch throma isteach i mbun an mhála. D'amharc sé suas síos an bóthar. Bhí otharcharr ag teacht aníos an bealach faoi lánluas, bonnán charr gardaí ag réabadh an bhealaigh roimhe. D'fhan sé go raibh siad imithe thairis agus chuaigh sé amach. Nuair a bhí sé cinnte nach raibh aon charr ag teacht nó aon duine á choimhéad, chaith sé an mála amach san fharraige.

Isteach sa charr leis arís agus thiomáin sé i dtreo an bhaile. Pháirceáil sé taobh amuigh de Cheardlann an Spidéil agus d'fhan sé. Chuaigh otharchairr siar agus aniar. Trí charr de chuid na ngardaí fosta, iad uilig faoi luas isteach sa bhaile agus i dtreo na reilige.

Breis agus deich mbomaite ina dhiaidh sin, shiúil fear a raibh cóta fada dubh air aníos chuig an charr. D'fhoscail sé an doras agus shuigh isteach.

"Fuair tú beirt acu. Níor gortaíodh an bhean. Tá an triúr acu ar shiúl chuig an ospidéal."

Níor thug sé freagra ar bith ar an gharda a bhí i ndiaidh suí isteach leis ach bhog sé leis. Bheadh cártaí aitheantais an gharda sin de dhíth dá mbeadh éinne amuigh ar na bóithre ag cuartú gunnadóra, ach b'fhearr imeacht go gasta sula mbeadh aon ghá le ceisteanna a fhreagairt. Ar scor ar bith, bheadh an Maighistir ag fanacht le tuairisc uathu, is níor mhaith leo é a choinneáil ag fanacht!

CAIBIDIL 20

Ina shuí ina oifig ag amharc amach ar Chearnóg Phádraig i Maigh Nuad a bhí Tomás Ó Doinnshléibhe. Bhí beart aistí ar an deasc roimhe ach ní raibh aon fhonn air féachaint orthu. Bhí go leor ar a intinn aige le lá nó dhó anuas. Lá nó dhó? Dá mba sin uilig a bhí ann! Bhí go leor ar a intinn aige le trí bliana is daichead anuas. Fríd na blianta, d'fhoghlaim sé cleasa le dearmad a dhéanamh de, chun déileáil leis ar shlí go bhféadfadh sé leanstan ar aghaidh lena shaol, ach níor imigh sé riamh óna intinn, an peaca mór.

Bhí cúis nach ndeachaigh Tomás ar ais chuig an tsagartacht i ndiaidh dó am a ghlacadh saor ón staidéar lena bhealach a aimsiú. Smaoinigh sé go minic air, ar an oíche amháin sin a chuir cor ina chinniúint.

Mac léinn as Contae an Chláir a bhí inti. Bhí dhá bhliain de chéim BA nach mór críochnaithe aici nuair a casadh Tomás uirthi den chéad uair. Bhí díospóireacht ar siúl i Halla Callan sa choláiste. Díospóireacht theasaí a bhí ann fá ról na mban san Eaglais. Foireann amháin ag iarraidh a chur ina luí ar an lucht éisteachta go raibh sé in am cead a thabhairt do mhná bheith ina sagairt agus ina n-easpaig, an fhoireann eile ag iarraidh a thaispeáint nach é sin an plean a bhí ag Dia dá Eaglais, nach ionann na róil a bhí leagtha amach do mhná agus d'fhir san Eaglais.

Maigh Nuad sna seachtóidí. Ní bheadh díospóireacht den chineál inshamhlaithe deich mbliana roimhe nó ina dhiaidh. Ní raibh coimeádachas Eoin Pól II tagtha i bhfeidhm go fóill a chuirfeadh deireadh le díospóireachtaí foscailte den tsórt. Bhí an tsaoirse agus an réabhlóideachas le brath sa choláiste. Bhí Estelle ag labhairt ar son an rúin, ag moladh fhuascailt na mban taobh istigh den Eaglais, thug Tomás argóint ar an taobh eile. Foireann Estelle a thug an lá leo.

Casadh ar a chéile arís iad ní ba mhoille an oíche sin i dteach tábhairne sa bhaile. Tháinig sí aníos chuige a lámh sínte amach roimpi. Chroith Tomás í agus rinne comhghairdeas léi. Cheannaigh sé deoch di agus thit siad chun comhrá. Ní raibh cleachtadh mór ag Tomás ar an ólachán agus ba ghairid go raibh sé ar tí bheith ólta.

Tá dhá chineál meisceoirí ann, iad siúd a éiríonn meidhreach súgach agus iad ag ól, a labhraíonn le cách agus gur pléisiúr é a gcuideachta. An meisceoir eile, éiríonn sé ciúin. Tosaíonn buaireamh agus aincheisteanna an tsaoil ag cur as dó. Ba dhuine acu sin é Tomás.

Chuaigh sé abhaile le hEstelle. Dá mbeadh a chiall agus a stuaim aige ní rachadh, ach bhí sé in áit dhorcha ina shaol agus bhuail mian an éalaithe é. Ba mhaith leis éalú tamall ón adhastar a chuir an chinniúint thart fána mhuineál. Bhí sí cineálta leis, neamhchosúil leis féin, níorbh é seo an chéad uair di bheith i mbun gnoithe den chineál.

Threoraigh sí é. Bhí sé amscaí ar dtús ach roimh i bhfad d'éirigh leis smacht a fháil ar chúrsaí. Thóg Estelle é ar thuras go domhan nach raibh samhlaithe aige riamh roimhe, bhrúcht mothúcháin ann nárbh eol dó a bheith ann. Bhlais sé suáilcí agus pléisiúr an chraicinn den chéad uair. Níor mhair sé i bhfad mar phléisiúr, lean a chomrádaí, an náire, é ar chosa in airde. Bhí saol suarach an Diabhail i ndiaidh an lámh in uachtar a fháil air, bhí sé i ndiaidh géilleadh don pheaca agus don drúis.

Níorbh é an cineál duine é a d'éireodh agus a d'imeodh leis mar mheatachán, áfach. Nuair a thuig sé go raibh an bhean seo, an bhean ainchríostúil seo, an deamhan seo tar éis é a mhealladh is a chur ó mhaith, bheartaigh sé ar throid ar ais. D'éirigh sé in airde uirthi, shín sé é féin isteach inti agus bhuail sé a craiceann mar nár bualadh riamh é. Bhí rún aige pionós a ghearradh uirthi, í a ghortú, í a smachtú lena fhearúlacht. Sháigh sé a shlat isteach inti arís agus arís eile ag iarraidh an ainsprid inti a cheansú, ag iarraidh í a ghortú. Bhain sé an bhrí chontráilte as a cuid screadaíola agus geonaíola agus choinnigh sé air. Sa deireadh thit sé siar spíonta. Mhúscail sé am inteacht i rith na hoíche agus rinne sé a bhealach abhaile.

Ní fhaca sé arís í go ceann míosa. Ise a tháinig á chuartú. Scéal aici go raibh sí ag iompar. Eisean an t-athair. Mhothaigh Tomás go raibh an tóin

155

ag titim as a shaol. Bréaga a bhí ann cinnte, ní thiocfadh leis bheith fíor. Ach fíor a bhí sé. Nuair a tháinig sé chuige féin arís, shocraigh sé nach dtiocfadh leis gan a chúram a dhéanamh. Bheadh air an coláiste a fhágáil, jab ceart a fháil le go mbeadh sé in ann soláthar don pháiste. Bheadh ar Estelle éirí as an staidéar fosta. Ní bheadh aon cheist faoi sin. Shamhail sé an náire agus an ciapadh croí a tharraingeodh an scéal seo sa bhaile. Ghlac a mháthair go mór é nuair a d'fhág sé a chuid staidéir don tsagartacht ar leataobh, bhrisfeadh seo a croí i gceart. Ní raibh neart aige air. Bhí an peaca déanta. Bheadh a luach a íoc.

Bhí cuimhne aige go fóill ar an chuairt a thug sé ar a shean-chomhairleoir spioradálta sa Choláiste. Ba go malltrialach tromchroíoch a chuaigh sé chuige. D'inis sé an t-iomlán dó, dúirt sé go raibh rún aige a chuid staidéir a fhágáil ar leataobh. D'éist an sagart leis gan focal a rá. I ndiaidh tamaill fhada labhair an sagart go cineálta ciúin.

"A Thomáis, a mhic, bhfuil grá agat dár Máthair Bheannaithe?"

"Tá, a Athair. Beidh go deo."

"Ghabh sise taobh amuigh de chuing an phósta."

Níor dhúirt sé a dhath eile, ach bhí éifeacht mhór ag na focail sin ar Thomás. D'ardaigh siad doilíos dá chroí. Thug an sagart aspalóid dó agus ansin réitigh sé cupa tae don bheirt acu.

"Suigh síos, a Thomáis."

Shuigh.

"Tá bealach amach as seo don duine a bhfuil dílseacht agus grá ina chroí aige do Íosa agus dá Mháthair."

Mhínigh an sagart a phlean dó. Thiocfadh le Tomás agus Estelle – i ndiaidh bhreith an linbh – leanstan ar aghaidh lena gcuid staidéir. Dá mba mhian leo, thabharfadh an sagart an páiste leis. Bhí dílleachtlann phríobhaideach ann, nach mbíodh ann ach líon beag páistí. Bhí airgead mór taobh thiar den dílleachtlann seo a chinntigh an t-oideachas agus an tógáil ab fhearr a dtiocfadh le páiste ar bith a fháil. Bhí baint aigesean léi. Thiocfadh leis áit a fháil don pháiste ann dá mba mhian leo é.

Ní raibh Tomás cinnte. Dílleachtlann. Bhí droch-cháil ar dhílleachtlanna. Ní raibh an ceann seo incurtha le ceann ar bith eile, a mhínigh an sagart. Ní chóir an t-ainm sin a chur air ar chor ar bith, níl ann ach gur páistí gan tuismitheoirí is mó a bhí ann. Chaith an sagart leathuair ag míniú do Thomás na buntáistí a bheadh ann don pháiste agus don bheirt tuismitheoirí óga. Thiocfadh leis an bheirt acu leanstan ar aghaidh lena gcuid staidéir, dhéanfadh an sagart cinnte de – bhí cluas an Uachtaráin aige – nach mbeadh Estelle faoi aon mhíbhuntáiste sa choláiste dá dtoileodh sí an páiste a chur ann.

Le scéal fada a dhéanamh gairid, i ndiaidh go leor cur agus cúiteamh, thoiligh Estelle agus Tomás ar an pháiste a thabhairt don tsagart. Thug siad cuairt ar an dílleachtlann agus de réir cosúlachta, b'fhíor don tsagart. Ba chosúil le teaghlach mór é, atmaisféar dearfach cairdiúil sa teach, páirceanna fairsinge agus áiseanna den chéad scoth. Bhí cuma ar na páistí ann go raibh siad sona sásta. Nuair a tháinig an t-am, agus nuair a saolaíodh gasúr beag dóibh, tugadh lá agus oíche dóibh ina chuideachta sular tógadh ar shiúl é. Ní hé nach raibh deora ann, ach lean an bheirt acu ar aghaidh lena saol agus de réir a chéile ligeadh cuimhne an pháiste i ndearmad.

D'éirigh thar barr le Tomás ina dhiaidh sin. Fear óg éirimiúil a bhí ann. Bhain sé dochtúireacht amach dó féin agus d'éirigh leis post a fháil sa choláiste. Léirigh sé scoláireacht den chéad scoth agus bhí scileanna ar leith aige le daoine, idir scoláirí agus chomhleacaithe. Bhí meas ag daoine air agus dúil acu ann mar dhuine. Ba ghairid gur tugadh ardú céime dó. Taobh istigh de dheich mbliana ceapadh ina ollamh é, an t-ollamh ollscoile ab óige in Éirinn ag an am.

Thuig Tomás go raibh cuid mhór den bhuíochas sin ag gabháil dá chomhairleoir spioradálta, a bhí fós sa choláiste. Séamas Ó Ríordáin an t-ainm a bhí air, ball de na hUinseannaigh. Bhí sé mar chuid de mhisean na nUinseannach freastal a dhéanamh ar chúram spioradálta a gcomhshagairt agus ba mhinic iad ag obair i gcliarscoileanna. Pearsantacht láidir tharraingteach a bhí ag Ó Ríordáin. Nuair a bhí tú ina chuideachta, shílfeá nach raibh sa domhan ach tú agus é. Bhí carasma ag baint leis a thugadh ort bheith ag iarraidh a shampla a leanstan, bheith dílis don chreideamh, cúram a dhéanamh de na boicht. Bhí ainm na naofachta air, ba dhuine é a dtiocfadh leat do chroí a fhoscailt dó, duine a thabharfadh ní ba chóngaraí do Chríost thú.

Ní cliarscoláirí amháin a théadh chuige, bhí iomrá chomh mór sin air go dtéadh gach aon sórt duine chuige, lucht ollscoile, scoláirí tuata, cuid de mhuintir an bhaile. Bhí easpag nó dhó a thug cuairt air go rialta agus dúradh go raibh breithimh, fir ghnó agus fiú polaiteoir nó dhó a d'amharc air mar athair spioradálta. Bhí leasainm air i measc a lucht aitheantais. Ní raibh aon duine cinnte go baileach cén uair a thoisigh sé nó cad as ar tháinig sé. 'An Maighistir' ba ghnách lena chairde a thabhairt air.

Ó am go céile i rith na mblianta, tháinig a mhac chun a chuimhne ag Tomás. Bheadh breis agus daichead bliain slánaithe aige fán am seo. An raibh sé pósta? An raibh páistí aige? An raibh sé ag obair? In Éirinn? Thar lear?

Uair amháin chuir sé ceist ar an Mhaighistir. D'fhreagair sé a cheisteanna go cúramach ach go tuisceanach. Ní raibh cead aige sonraí pearsanta a thabhairt do Thomás. Bhí sé mar chuid den chomhaontú a síníodh na blianta roimhe sin. Dá mba mhaith leis an ghasúr ag pointe éigin teagmháil a dhéanamh le Tomás, bheadh sin go breá, ach go dtí an lá sin, ní fhéadfadh leis mórán eolais a thabhairt dó. Thug sé le fios, áfach, go raibh an gasúr – an fear, mar a bheadh ann anois – go maith, go raibh a shláinte aige, gur Críostaí maith fiúntach a bhí ann agus go raibh sé in Éirinn. Taobh amuigh de sin, ní dhéarfadh sé aon cheo.

Le blianta ina dhiaidh sin, ba ghnách le Tomás agus é amuigh ag siúl bheith ag scrúdú aghaidheanna, i gcónaí ag cuartú rud éigin iontu a d'aithneodh sé, ag smaoineamh dó féin nuair a d'fheicfeadh sé fear a bhí ar dhóigh inteacht cosúil leis féin, an é sin mo mhac?

Phós Tomás é féin agus bhí beirt chlainne aige. Bhí sé sásta lena shaol, ach i gcónaí bhí an rud amháin sin ina leannán aige ar chúl a intinne. Rud nach dtiocfadh leis a dhíbirt óna smaointí. Ansin tháinig Colm Mac Giolla Dé isteach ina shaol.

Is cosúil go raibh an fear óg sa choláiste ag obair leis féin ar feadh seachtaine sular bhuail Tomás leis ar chor ar bith. Ní raibh a fhios aige go raibh cead speisialta faighte aige ón Uachtarán taighde a dhéanamh. Ní raibh aon aithne aige air, go dtí an oíche sin a fuair sé glaoch ón

Mhaighstir. Bhí an Maighistir anois ina chónaí áit éigin i mBaile Átha Cliath. Bhí an coláiste fágtha aige le breis agus tríocha bliain, agus cé go mbíodh teagmháil fhánach ag Tomás leis i gcónaí, ní raibh scéal ar bith cluinte aige uaidh le bliain nó dhó.

Comhrá cairdiúil a bhí ann go ceann ceithre nó cúig bhomaite nuair a luaigh an Maighistir Colm den chéad uair. Mac léinn a bhí ann, dar leis, cara leis a bhí i mbun taighde ar lámhscríbhinní an ochtú agus an naoú haois deag. Bhí deacrachtaí aige an t-eolas a bhí uaidh a aimsiú. An raibh aon bhealach a dtiocfadh le Tomás cuidiú leis. Ní bheadh i gceist ach é a threorú sa bhealach ceart agus cuidiú leis le cuid den lámhscríbhinn a léamh, dá mba ghá. Thoiligh Tomás láithreach agus dúirt sé go dtiocfadh leis an leaid óg teacht chuige am ar bith. Rinne an bheirt seanfhear comhrá eile ar feadh tamaill sular fhág siad slán ag a chéile.

"Go raibh míle maith agat as do chuidiú, a Thomáis," a dúirt an Maighistir. "Is scoláire maith é an fear óg seo, ach níl mórán cur amach aige ar chartlanna an choláiste."

Ba é ba ghann dó a dhéanamh a shíl Tomás. I ndiaidh an iomláin, bhí sé go mór faoi chomaoin ag an tseansagart.

Tháinig Colm Mac Giolla Dé chuig a oifig an lá ina dhiaidh sin. Fear óg díograiseach a bhí ann. Gan níos mó ná an tríocha bliain féin slánaithe aige, é ard fionn agus dóighiúil, cé gur cheil a dhreach dáiríre cuid den dathúlacht sin. Chonaic Tomás láithreach gur duine tiomanta a bhí ann. Rinne sé iarracht mionchomhrá a dhéanamh leis, tae a réiteach dó agus aithne de shórt éigin a chur air. Shuigh an leaid óg ceart go leor agus ghlac sé an tae ach níor éirigh go hiontach leis an mhionchomhrá. D'fhreagródh sé ceisteanna go beacht dea-mhúinte gan níos mó eolais a thabhairt ná mar a bhí ag teastáil. Thuig Tomás ó na freagraí gonta go raibh deifir air dul ar ais i mbun taighde agus gur cur amú ama a bhí ann bheith ag suí thart ag comhrá.

Mar sin féin, bhí sé sa nádúr i dTomás aithne a chur ar dhaoine. Phléigh sé le gach duine idir mhór agus íseal mar dhaoine, mar chairde. Bhí an nós ann leis na blianta, thuig gach duine é sin fá Thomás. Sin an fáth a raibh gean ag daoine air.

"Cad as duit, a Choilm? Ní aithním do thuin chainte go rómhaith."

"Droichead Átha."

"Níor thóg tú caint Lú leat, pé scéal é," arsa Tomás de gháire.

"Tógadh i ndílleachtlann mé. Bhí daoine as go leor áiteanna ann."

"Dílleachtlann…?"

Níor dhúirt Colm aon rud.

"Gabh mo leithscéal, a Choilm… ní raibh sé i gceist agam bheith fiosrach…"

Níor labhair Colm.

Shocraigh Tomás go raibh sé san am an comhrá a athrú agus tharraing sé an chaint ar fháth na cuairte agus ar an dóigh a dtiocfadh leis cuidiú a thabhairt dó. Bhí liosta ceisteanna déanta amach ag an fhear óg agus chuaigh siad fríd.

Ní raibh Tomás ábalta a intinn a dhíriú go hiomlán ar an ghnoithe a bhí roimhe. Bhí an fear seo agus an rud a dúirt sé fá bheith i ndílleachtlann chun tosaigh ina intinn. Scrúdaigh sé an aghaidh óg. Ní fhaca sé rud ar bith ann, rud ar bith a d'aithin sé. Bhí sé ró-óg, bheadh a mhacsan ar a laghad deich mbliana níos sine ná an leaid seo. An dílleachtlann i nDroichead Átha. Cinnte ní raibh níos mó ná ceann amháin sa bhaile. An raibh aithne aige ar a mhacsan? Tháinig sé chuig an bhéal aige ceist a chur air ach stad sé… ní raibh ainm a mhic ar eolas aige. Cad a déarfadh sé? An bhfuil aithne agat ar ghasúr atá deich mbliana níos sine ná tú, seans go bhfuil sé cosúil liomsa?

Ceisteanna fá lámhscríbhinní a bhain le Cathal Buí Mac Giolla Gunna a bhí ag an fhear óg. Mhínigh Tomás dó go raibh na lámhscríbhinní scaipthe. Bhí saothar Chathail Bhuí le fáil i gcartlanna i mBéal Feirste, i mBaile Átha Cliath agus fiú thar lear. Ní raibh aon bhailiúchán dá chuid i Maigh Nuad. Ní raibh an fear óg le cur ó dhoras. Chreid sé go raibh lámhscríbhinn éigin ann a bhain le Cathal Buí. Bheadh sé sásta a bhealach a dhéanamh fríd na lámhscríbhinní uilig a bhí sa leabharlann go dtiocfadh sé ar an cheann cheart. Lig Tomás osna. Ní raibh aon rud fá Chathal Buí sa chartlann, bhí sé cinnte de sin, ach d'iarr an Maighistir air cuidiú a thabhairt don leaid óg.

An Maighistir! An Maighistir céanna a rinne na socruithe gasúr Thomáis a chur i ndílleachtlann i nDroichead Átha, bhí sé ag cuidiú leis an scoláire seo a tógadh sa dílleachtlann chéanna. Caithfidh sé go raibh baint measartha mór aige leis an dílleachtlann, agus má bhí teagmháil fós ag an Mhaighistir le Colm seo, gach aon seans go raibh teagmháil aige go fóill le mac Thomáis.

Go tobann, rith crith fuachta le droim Thomáis. Mothúchán tréan nach raibh aon chleachtadh aige air, rith sé fríd a chorp ó bhun go barr – éad! Cén fáth nach mbeadh cead aigesean aithne a chur ar a mhac féin, ach go dtiocfadh leis an Mhaighistir aithne a bheith aige air, teagmháil agus caidreamh a bheith aige leis. Ní raibh sé ceart. Ghlac sé bomaite air an fhearg a bhí ag éirí ann a mhaolú. Bhí an fear óg ag caint fá lámhscríbhinní eaglasta a chuir sagairt le chéile.

"Em…. Eh… sea, cinnte. Tá tú san áit cheart más doiciméid eaglasta atá ag teastáil uait."

Thug Tomás cibé cabhair a bhí sé in ann a thabhairt don fhear óg agus lig chun bealaigh é. Ní dhearna sé aon obair eile an lá sin. Chaith sé an chuid ba mhó de ina luí ar tholg ina oifig ag smaoineamh.

An tráthnóna seo bhí Tomás ina shuí sa bhaile. Bhí sé i ndiaidh an dinnéar a chaitheamh agus bhí a bhean sa chistin ag réiteach cupa tae dó agus caife di féin. Ní raibh sa teach ach iad. Shoiprigh Tomás é féin isteach sa chathaoir uilleann sa tseomra suí agus chuardaigh sé an zaipire le nuacht a sé a chur ar siúl. Bhrúigh sé an cnaipe agus lion an seomra suas le bualadh toll Fháilte an Aingil. Tháinig a bhean chéile, Síle, isteach agus shuigh sí in aice leis.

Bhí an cupa lena bhéal nuair a fógraíodh príomhscéal na nuachta. Lámhach i reilig i mBaile an Spidéil. Bhí pictiúirí ag preabadh ar an teilifís os a chomhair. Aghaidheanna, cloigne, sciatháin agus cosa. Bhí béicíl agus caoineadh le cluinstin. Ba chosúil gur scannán a rinne duine éigin ar ghuthán póca agus é i lár an rachlais. Cinnte, níorbh aon scannánú proifisiúnta a bhí déanta. D'amharc sé orthu ag titim thar a chéile, a bhéal ar leathadh.

Ansin, tríd an tranglam chonaic sé í. Ní raibh sé in ann an screadaíl uaithi a chluinstin ach chonaic sé an scáth agus an t-uafás ina súile.

Clíodhna. Ba chosúil do Thomás gur tháinig stad leis an am. Sheas sí ansin os a chomhair ar an scáileán ag caoineadh. Bhí sí ag cromadh. Bhí duine ar an talamh in aice léi..

Ar ais chuig an láithreoir nuachta sa stiúideo. Ní raibh a fhios ag éinne cad ba chúis leis an tubaiste ach go raibh na gardaí den tuairim gur scaoileadh dhá urchar ar an tslua. Ní rabhthas ag dul i mbun tuairimíochta fá cé a bhí freagrach nó fán chuspóir a bheadh aige. Bhí fiosrúchán ar bun. Duine amháin a bhí gortaithe go dona agus faoi dhianchúram in Ospidéal Ollscoil na Gaillimhe, bhain mionghortuithe do roinnt daoine eile.

Thit Tomás siar ar a chathaoir, an tae ag fuarú lena thaobh. D'amharc a bhean air go hinmníoch.

"Chuile shórt i gceart, a stór?"

"Chonaic mé… Bhí aithne agam…" Ní thiocfadh na focail chuige i gceart.

"Beidh mé i gceart. Níl ann ach gur shíl mé go raibh aithne agam ar dhuine ar an teilifís."

Thug Síle súil ar an scáileán.

"A bhí sa reilig sin?"

"B'fhéidir go bhfuil dul amú orm. Bhí sé an-tapa."

Bhí sé tapa ach ní fhéadfadh Tomás an smaoineamh a chur as a chloigeann go raibh Clíodhna feicthe aige, corp lena taobh. D'éirigh sé. Bhí bealach amháin le bheith cinnte. Shiúil sé isteach sa tseomra bheag taobh leis an chistin a d'fhóin mar oifig aige. Bhí deasc, ríomhaire agus leabhragán beag ansin. Chuir sé an ríomhaire ar siúl agus cheangail sé an t-idirlíon. Logáil sé isteach i suíomh gréasáin RTÉ. Bhí an ghearrthóg ón nuacht ansin. Thriail sé an clár a chur ag obair. Bhí sé an-mhall go deo.

Smaoinigh sé soicind. Logáil sé amach as suíomh RTÉ. D'fhoscail sé suíomh *YouTube*. Ar an inneall cuardaigh scríobh sé isteach na focail 'shooting', 'Spiddal' agus 'graveyard'. Tháinig an scannán beag aníos ar an scáileán. Bhí sé níos faide ná an píosa a taispeánadh ar an nuacht. Choimhéad sé é. Thit an duine a bhí ag iompar an ghutháin nó an cheamara ag pointe amháin agus ar feadh soicind nó dhó ní raibh a dhath le feiceáil ach d'éirigh an ceamaradóir arís agus lean sé ar aghaidh leis an taifeadadh. Ba léir go raibh daoine ag bualadh isteach ann go minic mar ní raibh a lámh róshocair agus ba mhinic an pictiúr ag léim.

Tháinig Clíodhna aníos ar an scáileán arís. Bhrúigh Tomás an soschnaipe. Ise a bhí ann cinnte. Eagla le haithint ar a dreach. Lig sé don scannán dul ar aghaidh. Chonaic sé í ag cromadh thar dhuine a bhí ina luí ar an talamh, chonaic sé an fhuil. Ní raibh aon chuid eile de Chlíodhna le feiceáil ar an scannán agus d'amharc sé air go dtí an deireadh. Nuair a tháinig deireadh leis, bhrúigh sé an cnaipe le féachaint air arís. D'amharc sé ar an rud iomlán arís gan é a stopadh. D'amharc sé air den tríú huair.

Shuigh sé siar ar a chathaoir. Bhí an corraí agus an gheit a mhothaigh sé nuair a chonaic sé an scannán ar dtús ag trá. Bhí sé ag toiseacht ag smaoineamh mar is ceart arís. Cad a dúirt sé ar an nuacht? Ní raibh aon duine marbh. Daoine gortaithe san ospidéal. An fear sin ar an talamh ina measc is dócha. Bhí Clíodhna slán ach céard faoi Eoghan? Céard faoin fhear eile sin, Micí? Conas a tharla seo? Cén chúis a bhí leis? An raibh baint aige leis an taighde a bhí ar siúl acu sa choláiste, le Cathal Buí? Thoisigh na ceisteanna ag teacht go tiubh is go gasta.

Thóg sé a ghuthán póca. Cár fhág sé an uimhir a thug Clíodhna dó. Chuardaigh sé a sheaicéad oibre gur aimsigh sé an cárta ar a raibh an uimhir scríofa. Dhiailigh sé an uimhir. Freagra ar bith. Dhiailigh sé arís. Dada. Chuir sé an fón síos ar a dheasc.

Anois agus a chroí ag bualadh arís ar a ghnáthluas, thoisigh sé ag meabhrú ar a raibh feicthe agus cluinte aige le mí nó dhó anuas. Ar chaoi éigin, thuig sé go raibh sé féin páirteach sa chomhcheilg, más é sin an focal ceart le tabhairt air. Colm Mac Giolla Dé, an Maighistir, Eoghan, Clíodhna, Micí, Uachtarán an Choláiste, seans. Bhí aithne aige orthu uilig, ba eisean an ceangal eatarthu ar fad. Ach cad é go díreach a bhí ag tarlú? Labhair Clíodhna agus Eoghan faoi Chathal Buí Mac Giolla Gunna. Bhí suim ag Colm ann fosta. Na ceoltóirí sean-nóis a maraíodh. An t-ionsaí sa reilig. Na bagairtí ar Chlíodhna. An bhféadfadh sé i ndáiríre bheith fíor, go raibh comhcheilg ar siúl le rún éigin a choinneáil ceilte?

Bhí rud inteacht fán scannán ar *YouTube*. Chuir sé ar siúl arís é. Ní raibh a fhios aige cad a bhí ann, ach bhí rud inteacht faoi nár luigh i gceart ina intinn, fuaim éigin nó aghaidh éigin. Cad a bhí feicthe nó cluinte aige ann? Níorbh eol dó. D'amharc sé ar an scannán trí huaire eile, ach ní raibh sé ábalta aon rud a aimsiú. Seans go raibh an tsamhlaíocht ag breith greim ar a intinn. Lig sé osna as. D'éirigh sé agus chuaigh sé ar ais chuig an chistin, áit a raibh a bhean chéile ag ní na soithí.

"Táimse ag dul amach le haghaidh bleaist aeir."

"A Thomáis," ar sí go himníoch. "'Bhfuil chuile shórt ócé?"

"Tá, a rúin. Tá."

Leathuair a chaith Tomás ag spaisteoireacht thart fán cheantar. Bhí páirc mhór buailte leis an eastát ina raibh cónaí air agus is isteach inti a chuaigh sé. Bhí sé dorcha ach bhí lampa nó dhó sa pháirc a léirigh an cabhsa siúil. Níor chuir sé suim sna hioraí a bhí ag rith anonn is anall. Is gairid go mbeadh siad ag déanamh réidh do chodladh an gheimhridh. An fómhar nach mór reaite, bheadh an siocán is fuacht ar an bhealach gan mhoill. Na hainmhíthe, na crainn loma, crónán an tsrutháin bhig ag rith fríd an pháirc, níor thug Tomás aon cheann acu faoi deara. Bhí a intinn agus a chuid smaointí dírithe go huile is go hiomlán ar Chlíodhna, Eoghan agus an cruachás ina raibh siad. Cad a bhí feicthe aige ar an scannán? Cad é an ceangal a bhí ann idir na daoine seo ar fad.

Níor luaigh sé an Maighistir le Clíodhna nó le hEoghan nuair a tháinig siad ar cuairt chuige cúpla lá roimhe sin. Mhothaigh sé ciontach ar dhóigh nár inis sé iomlán na fírinne dóibh, ach dar leis ag an am, ní fhéadfadh aon cheangal bheith idir é agus a raibh ag tarlú. Sin an scéal a d'inis sé dó féin ar scor ar bith. Leis an fhírinne a dhéanamh sin an scéal a ba mhaith leis a bheith fíor. Ní fhéadfadh sé á shéanadh, áfach, gur chuir an Maighistir féin scairt air i dtaobh an ghasúir óig sin Mac Giolla Dé. Ní raibh sé ag iarraidh a chreidbheáil go mbeadh baint ag an tsagart chineálta sin a chuidigh leis ina óige, a bhí mar chara agus athair faoiside aige, a chuir comhairle air agus a thug tacaíocht dó nuair a bhí sé de dhíth go géar air, ní fhéadfadh sé glacadh leis go mbeadh baint aige lena raibh ag tarlú. Níor luigh sé le ciall ná le loighic.

Phill sé chun an bhaile i dtrátha ceathrú i ndiaidh a seacht. Thairg a bhean chéile cupa tae eile dó ach dhiúltaigh sé. Isteach leis chuig an oifig bheag arís agus chuir sé an ríomhaire ar siúl an athuair. Tharraing sé aníos an físeán arís agus chuir ar obair é. Na radharcanna céanna, an scaoll agus an líonrith céanna. Go tobann chonaic sé rud. Bhrúigh sé an soschnaipe. Scrúdaigh sé an scáileán. Cibé rud a bhí ann, bhí sé imithe. Chuir sé an téip siar cúpla soicind agus ar siúl arís, a mhéar ar an tsoschnaipe. Ansin! Reoigh an scáileán. Dhearc sé ar an aghaidh a bhí le feiceáil sa chúlrá. Ní raibh sé le feiceáil ach ar feadh leathsoicind. Ar imeall an tslua a bhí sé. Neamhchosúil le gach duine a bhí ag titim thart air, ní raibh scaoll ná imní ná eagla ar bith le sonrú ar an aghaidh sin. Bhí an chuma air go raibh an slua á scrúdú aige, é ag breathnú go fuarchúiseach ar a raibh ag titim amach os a chomhair. Stán Tomás ar an aghaidh sin – aghaidh a bhí feicithe aige roimhe, aghaidh a d'aithin sé go maith.

CAIBIDIL 21

Cill an Átha, 1896

Bhog Pádraig Ó Brádaigh ón chathaoir le taobh na tine agus shiúil i dtreo na fuinneoige. Bhí clapsholas ag cruinniú agus bhí an tírdhreach ag dul in éagruth. Ón teach a bhí aige ar an chnocán bheag taobh leis an tséipéal bhí sé ábalta scáilí a dhéanamh amach ar Loch Mac nÉan. Iascairí, is dócha, nó seans gur lucht déanta poitín a bhí iontu ag déanamh a mbealaigh amach chuig ceann de na hoileáin bheaga ar an taobh thuaidh den loch. Fadhb olc a bhí sa phoitín sa pharóiste seo. Bhíodh sé á dhéanamh sna sléibhte thart fá Bhoirinn, amuigh ar an chaorán agus fiú thuas in aice le sean-Charraig an Aifrinn. Chuir sin an-olc air. Rinne sé seanmóir air ag cáineadh na maistíní a dhéanfadh diamhasla den chineál san áit inar ofráladh an tAifreann Naofa in aimsir na bpéindlíthe, nuair a rachadh cléir agus tuath i gcontúirt a mbáis leis na sacraimintí a cheiliúradh, eagla a mbeatha orthu roimh na cótaí dearga agus dúspiairí an Rí.

Bhí an tír seo ar a glúine ag an bhiotáilte. É de nós ag na daoine an locht a chur ar thiarnaí talún agus ar an ainchíos, ach i ndáiríre bhí cuid mhór den locht orthu féin. Bhí na tiarnaí nach mór imithe, bhí cead ag tuath agus cléir an creideamh a chleachtadh go foscailte, bhí dlí Shasana ina leas dóibh – na hachtanna talaimh, Bord na gCeantar Cúng ag cur infrastruchtúr agus obair ar fáil. Ní raibh an saol chomh réidh ag an Éireannach le fada. Fós féin, bhí an bhochtaineacht ann, boladh bréan an ghanntanais fríd an pharóiste measctha le boladh an óil. An t-ól ba chúis leis. Chonaic sé é lá i ndiaidh lae, fir ag titim thart ar na bóithre nuair ba chóir dóibh bheith sna páirceanna ag saothrú dá dteaghlaigh.

Na fir óga ba mheasa! Bhí an saol rófhurasta acu. Níor mhair siad fríd an ghorta mar a mhair sé féin. Ní raibh tuigbheáil acu ar an ocras, an fíorocras, an t-ocras a thabharfadh do bhás. Bhí cuimhne aigesean air. Deich mbliana d'aois a bhí sé in 1847 nuair ba mheasa do na daoine é. Bhí an t-ádh air féin gur mac feirmeora a bhí ann a raibh giota maith talaimh aige. Ní hé go raibh siad saibhir, ach bhí go leor acu le hiad féin a bheathú agus rud beag sa bhreis fágtha acu le díol sna siopaí. Ní ar an phráta amháin a bhí siad ag brath ach an oiread. Bhí tréad beag caorach, trí dosaen cearc agus cúpla bó agus muc ag a athair. Bhíodh cruithneacht, tornapaí agus biatas aige fosta. Níorbh iad ba mheasa i rith an drochshaoil, ach chonaic sé fulaingt agus é ina ghasúr. Thugadh a thuismitheoirí cibé cúnamh a bhí siad in ann a thabhairt do na comharsana agus d'fhágadh sin é féin agus an chuid eile den chlann ocrach ó am go chéile. Míle altú le Mac Dé, ní raibh siad riamh in achar an bháis, ach bhí an bás thart orthu in achan áit.

Daoine óga inniu, ní raibh aon tuigbheáil acu ar sin. Chaitheadh siad cibé airgead a shaothraigh siad ar ól agus ar imirt. Nuair a d'éireodh rudaí crua, d'imeodh siad, go Sasana, go Baile Átha Cliath. Cuid acu tháinig siad ar ais le dornán beag airgid, a thuilleadh acu, ní fhaca a dtuismitheoirí nó a gclann pingin rua uathu ina dhiaidh sin. Is iomaí bean sa pharóiste a chaill fear ar an tslí sin, í fágtha le páistí le tógáil agus í i muinín na déirce.

Ní sin an rud a bhí ag coinneáil Pádraig Ó Brádaigh ó chompord na tine an tráthnóna seo, áfach. An fear a thóg an teach pobail thíos faoi a bhí dá chorraí. Bhí Hugh de Lacy marbh le trí bliana is fiche ach bhí sé fós ag ciapadh intinn an Bhrádaigh. Sagart cúnta óg a bhí i bPádraig sa bhliain 1867, an coláiste fágtha aige le cúig bliana agus é i mbun ministreachta i ndeisceart Fhear Manach. Chuir sé aithne ar an Athair de Lacy, a bhí mar shagart paróiste i gCill an Átha, agus d'éirigh siad cairdiúil. Rud neamhghnách a bhí ann ag an am cairdeas bheith idir seansagart paróiste agus sagart cúnta a bhí glas ón chliarscoil, ach sin mar a tharla. Bhí an tAthair de Lacy mar a bheadh athair ann dó, ag cur comhairle air agus ag iarraidh é a chur ar a bhonnaí.

Ba laoch sa cheantar é an tAthair de Lacy. Thóg sé teach pobail i gCill an Átha sa bhliain 1846 i gceartlár an ghorta. Míorúilt a bhí ann an t-airgead a chruinniú lena aghaidh. Bhí an scéal amuigh gur tháinig cuid mhór d'airgead tógála an tséipéil ó phóca an Athar de Lacy féin. Sagart déirceach a bhí ann agus bhí gean an phobail air.

Anonn in aois go maith a bhí sé nuair a casadh Pádraig Ó Brádaigh air, ag tarraingt ar na ceithre scór. Bhí dúil mhór ag an chléireach óg ann. Ba ghnách leis an tseanduine bheith ag insint scéalta fán am a bhí ann roimh an ghorta, fá Dhónall Ó Conaill agus an troid a chuir an pobal Caitliceach suas le cearta vótála agus mar sin de a fháil. Bhí rómánsachas ag baint leis an tréimhse sin, dar le hÓ Brádaigh. Ollchruinnithe, agóidí síochánta, brú morálta an phobail, an tír uilig ag tarraingt le chéile ar mhaithe le rud éigin a bhaint amach. Ní raibh sé chomh simplí sin, ar ndóigh, ach thaitin na scéalta leis an tsagart óg. Fear léannta a bhí i Hugh de Lacy. Ba mhinic é agus an sagart óg ag plé cúrsaí an tsaoil i Laidin, rud a chur iontas ar an ghnáthdhuine a chluineadh iad. Bhí sé de nós ag an fhear óg *Magister* a thabhairt ar an tseanduine, óir ba é an máistir é ag insint scéalta agus ag ríomh staire.

Ba sa bhliain 1870, trí bliana roimh a bhás, a scaoil an tAthair de Lacy a rún mór leis. Bhí comharba de dhíth air, duine leis an eolas a bhí caomhnaithe aige a thabhairt dó, le go gcoinneofaí sábháilte é, le go gcuirfidh sé ar aghaidh chuig an chéad ghlúin eile é. D'inis de Lacy an t-iomlán dó fá *Congregatio Pii V*, agus thug sé na doiciméid a bhain leis an chumann dó lena gcoinneáil sábháilte. Thug sé le fios go raibh an cumann ciúin le roinnt blianta roimhe sin. Mar a mhínigh an seanduine, bíonn tréimhsí ann agus áiteanna áirithe ann nuair nach mbíonn aon ghá le grúpa ar nós an CPV, ach bhí sé de dhualgas i gcónaí ar Chríostaithe maithe bheith san airdeall. Ní bheadh a fhios ag aon duine cén uair a bheadh gnoithe leo arís.

Bhí an cléireach óg chomh mór sin faoi dhraíocht agus faoi thionchar an tseanduine gur ghlac sé leis an fhreagracht gan cheist. Leis an fhírinne ghlan a dhéanamh, is beag a thuig sé na dualgais a bheadh air, ní raibh uaidh ach mianta an tseanduine a shásamh. Cé gur le Béarla a tógadh eisean bhí tuigbheáil réasúnta aige ar an Ghaeilge. Mar sin féin, ba bheag gá a bhí aige léi mar theanga. Béarla is mó a labhair na daoine sa cheantar, ní raibh ann ach an corrdhuine fánach a bhí anonn in aois agus cónaí air ar an iargúltacht a chloígh léi mar Ghaeilge. Is beag cur amach a bhí aige ar Chathal Buí Mac Giolla Gunna agus ar scor ar bith, cén baol a bheadh ann ó shean-amhráin Ghaeilge inniu?

Fuair an tAthair de Lacy bás, agus chuaigh na blianta thart. Rinneadh sagart paróiste de Phádraig Ó Brádaigh in am trátha agus cuireadh go Cill an Átha é. Bhí cuimhne aige ar an chruinniú a bhí aige leis an Easpag sular ceapadh ina shagart paróiste é. An tAthair de Lacy a d'iarr ar an Easpag go gceapfaí Pádraig i gCill an Átha de réir cosúlachta. Bhí an tEaspag toilteanach glacadh leis an mholadh.

Rith sé le Pádraig go minic ina dhiaidh sin go raibh níos mó i gceist leis an cheapachán ná meas an Easpaig ar an Athar de Lacy. Bhraith Pádraig i gcónaí go raibh níos mó ar eolas ag an Easpag faoi stair cheilte an cheantair ná mar a ba mhaith leis a admháil. Chuimhnigh Pádraig ar na scéalta a bhíodh ag Hugh de Lacy, scéalta faoi Dhoiminic Ó Míocháin agus faoi Shéamas Mac Aogáin ina dhiaidh. Bhí i gcónaí grúpa beag ann – ceannaire amháin – ach go leor daoine sa chúlra, na 'deagánaigh', a bhí réidh le cuidiú a thabhairt obair an Tiarna a chur i gcrích.

Ba bheag machnamh a rinne sé ar an ghealltanas a bhí tugtha aige don tseansagart sna blianta ina dhiaidh sin. Nuair a tháinig sé chun a chuimhne, smaoinigh sé ar stádas agus neart na hEaglaise sa tír. Díbhunú Eaglais na hÉireann, smacht ar na bunscoileanna, a cuid ospidéal agus meánscoileanna féin aici, gairmeacha chun na sagartachta agus na beatha rialta níos airde ná mar a bhí riamh, freastal sármhaith ar an Aifreann agus ar na sacraimintí, meas as cuimse ag an phobal ar an chléir agus tionchar dá réir ag an chléir ar pholasaithe an rialtais agus ar stiúir na tíre. Ní raibh an Eaglais in Éirinn chomh sláintiúil riamh. An raibh gá le grúpa ar nós an CPV a thuilleadh. Bhí an cath bainte!

Faigheann am agus aimsir greim ar achan duine. Bhí Pádraig Ó Brádaigh ag tarraingt ar thrí scór bliain agus ní raibh an tsláinte go maith aige. An geimhreadh roimhe sin, shíl sé cinnte dearfach go raibh an bás air.

Tháinig sé fríd an fhiabhras ach ní raibh sé mar ba chóir níos mó. D'airigh sé laigeacht ina chorp agus bhí a fhios aige, dá mhéad bliain eile a bhí an Tiarna sásta a dheonadh dó, nach fada eile a bhí fágtha aige ar an tsaol seo. Tháinig an gealltanas a bhí tugtha aige don Athair de Lacy ar ais chuige arís agus arís eile. Ní raibh an gealltanas briste aige. Ní raibh aon ghá leis an CPV agus bhí sé mínithe go soiléir ag an tseansagart nach mbeadh gá leis i gcónaí. Ba é an rud, áfach, a chuir imní ar Ó Brádaigh ná an chuid sin den gheallantas fán eolas agus na doiciméid a chur ar aghaidh chuig an chéad ghlúin eile, go mbeadh siad ar fáil dóibh in am an ghátair. Cé dó a dtabharfadh sé an t-eolas? Cé leis a scaoilfeadh sé an rún? Ní raibh aon duine ann. An raibh gá an rún a choinneáil níos mó? Is beag duine a chuimhnigh ar Chathal Buí Mac Giolla Gunna na laethanta seo. Bhí an Ghaeilge a labhair sé nach mór marbh agus gan tuigbheáil ag mórán ar na hamhráin a bhí aige. D'fhéadfadh sé ligean do rún an bhonnáin – mar a tugadh an tAthair de Lacy air – bás a fháil leis-sean.

Ansin smaoinigh sé ar an chion agus ar an chúram, an cairdeas a thaispeáin de Lacy dó. Bheadh sé tábhachtach dósan an t-eolas bheith curtha ar aghaidh. Ach conas? An ghlúin cléireach óg a bhí ann anois, bhí siad faoi thionchar mór an iar-Chairdineál Cullen agus an Ultramontánachas, fuath acu ar chumainn rúnda. Fiú is gur cumann rúnda Caitliceach a bhí ann, ní raibh a fhios ag Ó Brádaigh an mbeadh glacadh leis. Cibé rud faoin chumann féin, ba rud eile ar fad iad na páipéir agus doiciméid a bhí ina sheilbh aige. Conas iad a choinneáil sábháilte go rúnda ach iad a bheith ar fáil do na glúinte a bhí le teacht má bhí gá acu leo? Sin an rud a bhí ag déanamh imní dó an tráthnóna seo.

Uair an chloig a chaith sé ag smaoineamh ar áit shábháilte dóibh. Smaoinigh sé ar Bhoirinn, na tuamaí meigiliteacha fá Ghort na Liag. Chuir sé as a chloigeann ansin é, bhí an aimsir róchrua thuas ar an tsliabh, gach seans nach mairfeadh na doiciméid. Chuimhnigh sé ar áiteanna éagsúla sa bhaile, ar an cheantar máguaird, ar Loch Mac nÉan. Huh, má bhí daoine ábalta poitín a dhéanamh go ciúin thart ar an loch agus gan teacht ag na póilíní orthu, seans gurb é an áit is fearr.

D'amharc sé amach ar an loch go smaointeach. Bhí greim ag an chlapsholas air, é cóir a bheith chomh dorcha céanna is a bhí an talamh thart air, gan ach scáilí laga an tsolais fágtha ar an dromchla. Bhí cuma uaigneach air mar loch, cuma dhorcha amhail is go raibh na mílte rún coinnithe aige faoi scáthán a chláir.

Ba ansin a tháinig sé chuige. Mar a bhíonn gach aon phlean maith, bhí sé an-simplí go deo. Ní smaoineodh duine ar bith air, bheadh na doiciméid slán ón aimsir agus ceilte ón tsúil, ach an duine a raibh a fhios aige cad a bhí á lorg aige, ní bheadh mórán de dheacracht aige iad a aimsiú.

Chuir an plean croí mór ann. Bheadh an gealltanas comhlíonta aige, thiocfadh leis bás a fháil go síochánta gan taibhse an Athar de Lacy a bheith dá chrá. Bhí obair roimhe chun rath an phlean a chinntiú. Ní raibh bomaite le cur amú.

CAIBIDIL 22

Ospidéal na hOllscoile, Gaillimh
Dé hAoine, 9.30 pm

Bhí cuma dhuairc ar aghaidh na banaltra. Ní raibh a fhios aici an mairfeadh an t-othar a bhí fúithi nó nach mairfeadh. Bhí an t-ádh dearg air nach raibh sé i bhfad ar shiúl ón ospidéal agus gur cuireadh faoi scian é leathuair i ndiaidh don urchar a bheith scaoilte. Isteach ina chliabhrach a chuaigh an t-urchar, an t-artaire caratach coiteann clé buailte aige – orlaí ón chroí, rud – dá bpollfaí é – a thabharfadh a bhás cinnte, ach fós iontach contúirteach. Bhí cuid mhór fola caillte aige, bhí a chuisle an-lag go deo agus bhí sé deacair air análú. Rinne na máinlianna a ndícheall ar feadh seacht n-uaire. D'éirigh leo an brú fola a chobhsú, agus bhí sé anois ag análú le cabhair ó mheaisín agus rinne an máinlia tóracsaic an artaire a chóiriú chomh maith is a tháinig leis. Bheadh le feiceáil. Thabharfadh na huaireanta beaga amach anseo a bhás nó a bheatha. I lámha na ndéithe a bhí sé.

Bhog an bhanaltra go héifeachtach thart ar a leaba. Bhí an oiread sin gléas agus sreang ceangailte leis an duine bhocht go mbeadh eagla ar dhuine eile dul róchóngarach dó, ar eagla go mbrúfadh sé in éadan an ruda chontráilte. Sheiceáil sí go raibh gach aon rud ag obair mar ba chóir, sheiceáil sí na tiúba a bhí ag seoladh cogais agus beatha isteach ina chorp agus iad siúd a bhí ag tabhairt fuíll ar shiúl. Bhí gach rud in ord. Bhí an t-othar ina chodladh agus bheadh go ceann tamaill eile. Codladh a bhí de dhíth ar a chorp, má bhí sé le cneasú. D'amharc sí ar an mhála glé a bhí ag crochadh os cionn an othair agus rinne sí cinnte de go raibh an leacht ann ag sileadh mar ba cheart. Moirfín agus drugaí eile a bhí ag seoladh go mall isteach ina chorp, leis an phian a laghdú agus leis an chodladh a chinntiú.

Nuair a bhí an bhanaltra sásta go raibh achan rud mar ba chóir dó a bheith agus go raibh an t-othar compordach, bhog sí i dtreo an dorais, mhúch an solas agus d'fhág an seomra, ag druidim an dorais go ciúin ina diaidh.

Clíodhna agus Eoghan a bhí roimpi sa phasáiste.

"Cén chaoi a bhfuil sé?" a dúirt siad as béal a chéile.

"Togha. Togha."

I ndáiríre ní fhéadfadh an bhanaltra aon cheo eile a rá. Ní daoine muinteartha de chuid an othair a bhí iontu agus bhí sé mar pholasaí ag an ospidéal gan trácht ar shláinte othair le strainséirí. Ní raibh thart inniu ach strainséirí, idir lucht nuachta agus teilifíse agus ghardaí. Ag pointe amháin bhí an méid sin daoine thart go raibh sé deacair ar fhoireann an ospidéil a gcuid oibre a dhéanamh i gceart. B'éigean iad uilig a chur amach. Bhí Eoghan seo fós ansin mar gur gortaíodh é san ionsaí sa reilig, agus d'iarr sé go mbeadh cead ag an bhean óg seo fanacht leis. Lánúin a bhí iontu de réir cosúlachta.

Bheadh Eoghan ceart go leor. Ní raibh cnámh ar bith briste. San fhíochán bhog a scaoileadh é agus chaith na dochtúirí uair go leith ag obair air. Bhí go leor fola caillte aige agus bheadh sé nimhneach go ceann i bhfad eile ach ní raibh aon damáiste mór fadtéarmach déanta. Mhol na dochtúirí go gcoinneofaí istigh thar oíche é, le go gcoinneoidís súil air agus bhí na gardaí ag iarraidh air ráiteas a dhéanamh fánar tharla sa reilig. Rud a bhí déanta.

Bhí na pictiúirí ar an teilifís feicithe ag an bhanaltra, é doiligh uirthi a chreidbheáil go dtarlódh a leithéid. Cé in ainm Dé a scaoilfeadh urchar ar shlua sochraide? Bhí cuimhne aici an dílseoir Michael Stone a fheiceáil ag scaoileadh ar an tslua ag sochraid IRA ach bhí seo go hiomlán difriúil. Ní raibh aon chúis le seo, aon chúis a bhí soiléir ar scor ar bith. Cúigear a gortaíodh, beirt a scaoileadh le hurchar, agus triúr eile ar bhain gortuithe dóibh i ndiaidh dóibh titim go talamh i rith an scliúchais. Bhí daoine eile a rabhthas ag cur comhairle mheabhrach orthu, iad scanraithe agus líonraithe fánar thit amach.

"Tá sé suaimhneach agus ina chodladh," a dúirt an bhanaltra le hEoghan agus Clíodhna. Níor chóir di an méid sin a rá ach dar léi nach ndéanfadh cúpla focal misnigh dochar ar bith d'aon duine. D'imigh sí léi agus d'fhág sí an bheirt ina seasamh ansin taobh amuigh de sheomra Mhicí. Chuaigh Clíodhna ag féachaint isteach an fhuinneog chaol ar an doras, ach bhí sé dorcha istigh agus ní raibh sí in ann Micí a dhéanamh amach.

Shiúil siad ar ais chuig an bharda ina raibh leaba ag Eoghan. Bhí triúr othar eile ann. Tharraing siad an cuirtín thart ar an leaba agus shuigh siad síos ag caint. Ó tháinig siad isteach san ospidéal, ní raibh ar a n-aird ach Micí. Scaoileadh Eoghan fosta. Bhain an t-urchar craiceann agus cúpla milliméadar feola dá sciathán, ach sin a raibh de. Bhí sé nimhneach, iontach nimhneach go deo, ach ní raibh aon chontúirt ann dó. Tairgeadh moirfín dó ach níor ghlac sé leis. Thuig sé go mbeadh a intinn agus a mheabhair de dhíth air. Chroith an bhanaltra a cloigeann agus d'ofráil sí piollairí Ponstan dó. Ghlac sé leo, ag slogadh dhá cheann siar láithreach. Laghdaigh siad an phian rud beag.

Tháinig na gardaí. Bhí go leor ceisteanna acu. Cérbh iad? Cén fáth a raibh siad ag an tórramh? Cén ceangal a bhí acu leis an mharbh? An raibh aon cheo feicthe acu sa reilig? An bhfaca siad an té a scaoil leis an tslua? Cén fáth a mbeadh éinne ag iarraidh scaoileadh leo? An raibh aon bhaint ag Micí leis an fhear a bhí marbh? Cén fáth a raibh Micí sa reilig? An raibh aon rud ag éinne ina éadan? Chuaigh siad fríd na ceisteanna sin agus céad ceist eile ach ba léir d'Eoghan nach raibh na gardaí ag déileáil leo mar amhrasáin, ní raibh uathu ach eolas. Gardaí agus bleachtairí áitiúla na Gaillimhe a bhí iontu. Tugadh le fios dóibh go raibh gardaí ar an bhealach anuas as Baile Átha Cliath, an biúró teicniúil nó rud éigin – níor chuala Eoghan i gceart é – agus gur dhócha go mbeadh tuilleadh ceisteanna acusan dóibh. An raibh pleananna acu imeacht in áit éigin? Ní raibh anocht ar scor ar bith, nár iarr an dochtúir ar Eoghan fanacht san ospidéal thar oíche.

Iad ina suí anois ar an leaba, suaimhnithe ag focail na banaltra, thoisigh an bheirt acu ag plé imeachtaí an tráthnóna i gceart. An tseancheist chéanna, cé a dhéanfadh a leithéid? Cibé duine é, is cosúil go raibh imní ag teacht air – ionsaí dána a bhí ann. I lár an lae i reilig plódaithe. An raibh Eoghan, Clíodhna agus Micí ag éirí róchóngarach, an raibh siad ag bagairt ar cibé rud a bhí ag dul ar aghaidh? Nó arbh é seo an iarracht is déanaí ar Chlíodhna a mharú?

"Tá rud amháin suimiúil," arsa Eoghan.

"Abair amach é," a d'fhreagair Clíodhna go mífhoighneach. "Níl mórán dá bhfuil i ndiaidh tarlú a mhúsclaíonn mo shuimse."

"Na gardaí."

"Céard fúthu?"

"Bheul, nuair a bhí muidne i mBaile Átha Cliath bhí muid den tuairim go raibh na gardaí páirteach sa chomhcheilg seo."

"Bhí."

"Bheul, ba léir ó na ceisteanna sin a cuireadh orainn nach bhfuil siad ag amharc orainn mar amhrasáin. Na gardaí anseo ar aon nós."

"Ní chiallaíonn sin…"

"A Chlíodhna, tá teicneolaíocht mhaith ag póilíní na laethanta seo. Má bhí muid á lorg acu, chomh luath is a rachadh ár n-ainmneacha isteach i ríomhaire dá gcuid, bheadh soilse dearga ag lasadh ar fud na háite. Níl aon dóigh go n-imeodh siad agus go bhfágadh siad anseo muid linn féin. Bheadh garda ag an doras. Bheadh diancheistiúchán ann. Bheadh cigirí agus bleachtairí in achan áit."

"Dúirt siad go raibh gardaí ar an bhealach as Baile Átha Cliath."

"Dúirt. Sin an rud a chuireann imní orm. D'aithin siad Micí ón teilifís. Bhí go leor ceisteanna acu ina thaobh, cén ceangal a bhí againn leis agus mar sin de, ach ní raibh aon cheisteanna móra acu dúinne nó fúinne. Bheadh scéal curtha amach acu go raibh sé aimsithe acu, ach bíodh geall nach bhfuil a dhath ar aon ríomhaire de chuid na ngardaí ach go bhfuil teachtaireacht phráinneach ag fanacht leis nuair a mhúsclóidh sé."

"Céard atá á mhaíomh agat, mar sin?"

"Nach bhfeiceann tú? Níl na gardaí ag gníomhniú inár n-éadan. Tá duine nó daoine taobh istigh den fhórsa ár gcuartú, ach níl an chuma air go bhfuil aon chuardach oifigiúil ar siúl."

Thost Clíodhna. D'amharc sí isteach i súile Eoghain. Na súile geala gorma sin ar thit sí i ngrá leo na blianta roimhe sin. Saol eile a bhí ann, nuair a bhí siad óg, croíúil agus ceanúil ar a chéile. Chuimhnigh sí ar an mhuinín a bhí aici as an t-am úd. Ní raibh a dhath nach rachadh sí fríd ach é bheith lena taobh. Nach uafásach mar a d'imigh sin agus a tháinig seo.

"Tá muid anseo naoi n-uaire a chloig anois agus níor tháinig aon gharda ar ár lorg ar chúiseanna nach mbaineann leis an ionsaí sa reilig."

"Rud a chiallaíonn…"

"Gur aimsigh cibé duine a bhí ar ár lorg muid. Bhí fhios aige nó aici go raibh muid i nGaillimh, bhí fhios acu go mbeadh muid sa reilig agus sin an fáth go ndearnadh ionsaí orainn ansin."

Bhain sin stad as Clíodhna ar feadh soicind.

"Ach, a Eoghain, má bhí fhios acu go raibh muid i nGaillimh, nach mbeadh sé ní b'fhusa dóibh ionsaí a dhéanamh orainn in áit chiúin, nuair nach raibh slua mór daoine thart."

"Bheadh, go deimhin bheadh. Níl fhios agam, a Chlíodhna. Dearc na hionsuithe uilig a rinneadh go dtí seo. Ní raibh aon cheann acu ciúin, amhail is go ndearnadh iad sa dóigh is go dtarraingeodh siad poiblíocht. Ní leor muid a mharú, is gá muid a mharú ar bhealach a tharraingeoidh aird an domhain."

Thost an bheirt acu arís.

"Nár chóir dúinn dul chuig na gardaí anois mar sin," arsa Clíodhna i ndiaidh bomaite "An t-iomlán a insint dóibh?"

"Ba chóir. Ba chóir dúinn go deimhin, ach breathnaigh, a Chlíodhna. Má dhéanaimid sin anois, beidh muid gafa anseo go ceann lá nó dhó ag freagairt ceisteanna. Sa deireadh thiar thall an gcreidfidh siad muid? Idir an dá linn, beidh faill ag cibé duine atá taobh thiar den rud seo ar fad breith orainn nó cibé gníomh atá beartaithe aige a chur i gcrích. 'Bhfuil dearmad déanta agat ar cén lá atá ann?"

"Lá… eh an Aoine nach ea?"

"Sea, an Aoine. Tá an tOireachtas faoi lánseol."

"An tOireachtas… i Leitir Ceanainn… níor smaoinigh mé."

"Aidhe, dá mbeadh rud agat in éadan ceoltóirí sean-nóis…" D'fhág Eoghan an abairt gan críochnú.

"Ní shíleann tú?"

"Níl a fhios agam, a chroí. Níl a fhios agam."

"Ach cad is féidir linn a dhéanamh?"

"Pé rud gur féidir a dhéanamh, ní féidir dada a dhéanamh anseo nó i stáisiún na ngardaí. Sílimse gur chóir dúinn imeacht amach as seo."

"Imeacht, cén áit?"

"Bheul… Leitir Ceanainn is dócha. D'fhéadfaimis stopadh sa Chabhán ar an bhealach. Pé rud atá ag tarlú, tá baint aige leis an pharóiste sin, Cill an Átha. Ní bheadh a fhios agat, seans go bhfuil leid éigin ann a chuideodh linn?"

"An carr," arsa Clíodhna de gheit. "Tá sé sa Spidéal go fóill."

"Breast é! Rinne mé dearmad de sin."

Ba san otharcharr a tháinig siad ar fad amach go Gaillimh.

"Níl aon rogha eile againn mar sin. Caithfimid dul ar ais go dtí an Spidéal."

"Cad fá Mhicí?"

"Níl a dhath gur féidir linn a dhéanamh dó anseo."

"A Eoghain," arsa Clíodhna de chogar. "'Bhfuil tú cinnte fá seo?"

"Níl, a thaisce, níl." Tharraing sé chuige í agus ansin tharla rud nár tharla leis na blianta, phóg sé í ar a béal.

Ní raibh ann ach póg bheag ghairid, ach dar le Clíodhna bhí fad na gcianta inti. Tógadh ar ais í go blianta a hóige, líon a corp suas le pléisiúr, le huchtach, le fuinneamh. D'amharc sí isteach sna súile gorma sin. Tearmann a bhí le feiceáil aici iontu. D'imigh an eagla agus an faitíos. Leanfadh sí Eoghan cibé áit sa domhan a dtabharfadh sé í.

"Gabh thusa amach ar dtús, a Chlíodhna. Níor mhaith an rud é an bheirt againn a bheith feicthe ag siúl amach le chéile. Fan liom ag an gheata. 'Bhfuil do ghuthán leat?"

Bhí dearmad déanta aici den ghuthán. Bhí sé múchta aici le cúpla lá nach mór. Eagla orthu go mbeadh na gardaí ábalta iad a aimsiú fríd na gutháin. D'amharc sí air ar maidin, ach mhúch sí arís é roimh an aifreann ar maidin. Níor smaoinigh sí air ó shin. Chuardaigh sí a pócaí gur aimsigh sí é.

"Tá sé agam."

"Fan liom ag an gheata. Beidh mé cúig bhomaite i do dhiaidh. Glaoigh ar thacsaí. Tabharfaidh sé amach chuig an Spidéal muid."

D'imigh sí léi. Dheifrigh sí síos na pasáistí agus na staighrí go dtí gur bhain sí an príomhdhoras amach. Ní raibh cead fóin phóca a úsáid istigh san ospidéal, póstaeir crochta ar na doirse. Briseadh an riail go fairsing ach shíl sí gan aird a tharraingt uirthi féin agus fanacht go mbeadh sí taobh amuigh. Bhrúigh sí an cnaipe lena chur ar siúl chomh luath is a bhí sí taobh amuigh. Bhí cód beag le cur isteach, stad sí leis na huimhreacha a bhrú ar an mhéarchlár. Ghlacfadh sé cúpla soicind ar an ghuthán toiseacht mar is ceart, ansin leathbhomaite eile le teacht ar chomhartha O2. Shiúil sí léi.

Bhain sí na geataí amach. Bhí an fón réidh le húsáid. Ní raibh uimhir aici do thacsaí. Chuimhnigh sí ar uimhir 11890, uimhir an eolaí fóin, nó an é 11811. Bhí sé cluinte chomh minic sin ar an raidió agus ar an teilifís aici ach anois ní raibh sí in ann cuimhneamh i gceart air. Go díreach ansin, nocht tacsaí thart an coirnéal. Shín sí a lámh amach agus tharraing an carr isteach ina treo. D'amharc sí siar thar a gualainn. Ní raibh Eoghan le feiceáil. Shuigh sí isteach ar chúl agus d'iarr sí ar fhear an tacsaí fanacht bomaite nó dhó, go raibh paisinéir eile ar a bhealach.

Bhíog an guthán ina lámh. Tháinig na focail 'missed call' aníos ar an scáileán i gcuideachta ainm Thomáis Uí Dhoinnshléibhe. Bhí a uimhir tugtha aige di. Bhí sé le scairt a chur orthu má bhí aon cheo cluinte aige ó Uachtarán an Choláiste fá Cholm Mac Giolla Dé. Dhiailigh sí 171 agus d'éist sí. Teachtaireacht fhada a bhí ann. De réir a chéile, leath na súile i logaill cheann Chlíodhna agus í ag éisteacht. D'éirigh sé geal bán san aghaidh. Chuir sí a lámh lena cliabh amháil is deacracht a bheith aici análú i gceart. Bhí sí fós ag éisteacht nuair a d'fhoscail Eoghan doras an tacsaí gur léim sé isteach ar chúl. D'amharc sí air, deora ina súile. Thuig Eoghan ansin go raibh rud an-olc go deo i ndiaidh tarlú.

CAIBIDIL 23

Rinne Tomás Ó Doinnshléibhe a bhealach amach sa charr go Ráth Eanaigh. Bhí an chuid ba mheasa de thrácht an tráthnóna thart, bhainfeadh sé ceann scríbe amach go gairid i ndiaidh a hocht. An aghaidh sin a chonaic sé sa reilig, bhí sé roimhe i gcónaí. Níos sine, cinnte, ach thabharfadh sé mionn an leabhair gurbh é Peadar Ó Ceallaigh a bhí feicthe aige sa phictiúr.

Peadar Ó Ceallaigh. É níos óige ná Tomás, deich, cúig bliana déag níos óíge, b'fhéidir, ach bhí cuimhne mhaith ag Tomás air. 'Down-and-out' a bhí ann. Leaid éirimiúil ó Longfort nó áit inteacht i lár tíre a thit chun an drabhláis i mBaile Átha Cliath sna seachtóidí. Tháinig na cuimhní ar ais chuige. É feicithe aige i gcuideachta an Mhaighistir. Chuir an Maighistir in aithne dó é uair amháin. Is dócha go raibh sé ag iarraidh ar an fhear óg pilleadh ar an choláiste agus gur shíl sé buntáistí an léinn a chur ar a shúile dó trí labhairt le Tomás. Labhair Tomás leis an ógánach ach de réir a chuimhne, ba bheag suim a léirigh sé i saol na hollscoile. Ní raibh sé cinnte cad a tharla dó ina dhiaidh sin. Lig sé i ndíchuimhne é, go dtí anois.

Na súile. Sin a tharraing a aird, is ar na súile a d'aithin sé é. Rud éigin fuar iontu. Duine deas a bhí ann, de réir a chuimhne, duine cainteach agus de réir dealraimh é suáilceach, ach d'inis na súile a scéal féin. Bhí a intinn féin ag an leaid óg sin, duine a bhí ann a chonaic go leor de chruatan agus anró an tsaoil. Tháinig sé fríd ach d'fhág sé marc air. Bhí sé le feiceáil sna súile.

Bhí scairt curtha aige ar an Mhaighistir sular fhág sé an teach. É breá cairdiúil ar an ghuthán. Cinnte, thiocfadh le Tomás cuairt a thabhairt air. Bhí sé sa bhaile agus gan a dhath práinneach ar siúl aige. Is fada ó bhí comhrá ceart acu le chéile. Cén uair? Anois díreach? 'Bhfuil a dhath cearr? Níor dhúirt Tomás ach go raibh sé buartha fá rud inteacht agus gur mhaith leis comhairle an Mhaighistir a fháil ina thaobh.

Deich i ndiaidh a hocht a bhí sé nuair a tharraing Tomás a charr aníos in aice le Teach na nUinseannach i Ráth Eanaigh. Bhí sé ó sholas le tamall maith agus soilse lasta le feiceáil ó fhuinneogaí thall is abhus sa teach. Phairceáil sé a charr agus suas leis chuig an doras. Ní raibh fanacht air ag an doras. Is cosúil go rabhthas ag súil leis. D'fhoscail sagart meánaosta an doras agus chuir sé fáilte roimhe. Mionchomhrá neamhdhíobhálach eatarthu ar an bhealach isteach, an aimsir, an trácht.

"Ní fhanfaidh tú rófhada leis?" Ceist a bhí ann. "Níl ann ach go bhfuil an tAthair Ó Ríordáin anonn in aois go maith fán am seo agus níor mhaith linn barraíocht struis a chur ar an fhear bhocht."

"Ó, 'bhfuil sé tinn?" Bhí sé deacair ar Thomás a Mhaighistir a shamhlú ar aon slí ach amháin láidir, cumasach.

"Níl. Bheul, níl sé tinn faoi láthair. Níl ann ach go bhfuil sé éirithe rud beag dearmadach. Níl an intinn mar a bhí!" a dúirt an sagart le gáire beag. Rith sé le Tomás nach raibh an sagart seo ag insint na fírinne ina hiomlán dó, go raibh níos mó i gceist ná mar a bhí sé ag ligean air. Nuair a labhair sé leis ar an ghuthán ní ba luaithe, níor thug Tomás aon mhearbhall faoi deara ann. Chuir sé as a chloigeann é. Dhéanfadh sé a bhreith féin ar shláinte an Mhaighistir.

Treoraíodh é chuig seomra an Athar Uí Ríordáin. Bhí sé ina sheasamh roimhe nuair a fosclaíodh an doras, a lámha spréite réidh le barróg a bhreith air.

"A Thomáis, a mhic. Is iontach tú a fheiceáil."

Bhog Tomás ina airicis agus rug siad barróg chiotach ar a chéile.

"A Mhaighistir..."

"Anois, a Thomáis, thig leat sin a ligean le sruth. Nach dtabharfá Séamas orm, mar a dhéanfá seanchara."

Níor dhúirt Tomás a dhath. Ródheacair nós na mblianta a bhriseadh. Ar scor ar bith, chuidigh sé leis bheith rud beag foirmiúil leis an tseanduine. Bhí rudaí le plé acu, agus seans nach mbeadh siad pléisiúrtha.

"Buail fút ansin, a chomrádaí. Beidh tae agat nó caife."

"Ní bheidh, a Mhaighistir. Níl sé i bhfad ó chaith mé mo dhinnéar."

"Maith go leor. Cad é mar atá tú ag coinneáil a mhic? Inis dom. Chuile rud."

Ní raibh aon fhonn mionchomhrá ar Thomás ach ar mhaithe le béasa chaith sé bomaite nó dhó i mbun reacaireachta ar shaol a chlainne agus ar shaol na hollscoile sular dhírigh sé an comhrá ar chúis a chuairte.

"A Mhaighistir. Tháinig mé mar gheall ar imní atá orm."

"Imní?"

"Chuala tú faoinar tharla ar an Spidéal ar maidin?"

"Chuala. Uafásach."

"Bheul, bhí cairde de mo chuid ann. Mic léinn… iarmhic léinn. Bhí siad sa reilig nuair a thosaigh an scaoileadh."

"Níl tú á rá."

"Bhí mé ag iarraidh teagmháil a dhéanamh leo, ach níl freagra ar bith ón ghuthán. Sílimse gur gortaíodh duine amháin acu."

"Mo thrua. Tá gach rian den tsibhialtacht a bhí fágtha sa domhan ag titim ina phíosaí."

"Níl ann…"

"Sea, a mhic?"

"Níl ann ach gur aithin mé duine eile sa reilig."

"Ní thuigim. An raibh tú ann?"

"Ní raibh. Ar an teilifís. Na pictiúir a bhí ar an nuacht. D'aithin mé duine eile sa reilig."

"Cé a bhí ann?"

"Táimse nach mór cinnte gur Peadar Ó Ceallaigh a bhí ann, a Mhaighistir. Bhuail mé leis roimhe … eh … i do chuideachta."

"Ó!"

"'Bhfuil cuimhne agat ar an leaid óg sin a chuir tú in aithne dom tá… níl a fhios agam… caithfidh sé go bhfuil sé tríocha bliain ó shin anois. Leaid óg. Ba ghnách leis bheith ar an choláiste agus d'fhág sé agus ba ar na sráideanna a fuair tú é. Thug tú chugamsa é féachaint an éistfeadh sé liom, an rachadh sé ar ais chun an choláiste."

"Peadar Ó Ceallaigh," a dúirt an Maighistir go ciúin, cuma air go raibh sé ag iarraidh cuimhneamh ar aghaidh a rachadh leis an ainm.

"An mbeadh cúis ar bith dó a bheith ann?"

"B'fhéidir go bhfuil dul amú ort. Tríocha bliain, a Thomáis. Is mór an méid ama é. Tá deacrachtaí agamsa cuimhneamh ar ar tharla inné."

"Eisean a bhí ann, a Mhaighistir. Táim cinnte de."

Níor dhúirt an Maighistir aon rud. D'fhan sé ag ligean do Thomás leanstan ar aghaidh le cibé rud a bhí le rá aige. Ní raibh Tomás é féin cinnte cad a ba chóir dó a rá anois.

"A Mhaighistir… chuir tú glaoch orm mí nó dhó ó shin faoi leaid óg eile. Colm. Colm Mac Giolla Dé."

Níor dhúirt an Maighistir dada, a shúile dírithe ar Thomás.

"Cérbh é féin?"

"Níl ann ach fear óg a bhí caillte, do dhálta féin, a Thomáis. Bhí mé ag cuidiú leis dul ar a bhonnaí arís."

D'airigh Tomás neirbhís agus míshuaimhneas, amhail is go raibh an Maighistir ag tabhairt a dhúsláin é a bhréagnú.

"Bhí eolas á lorg aige. Ag cuartú eolais faoi Chathal Buí Mac Giolla Gunna a bhí sé."

"An é sin an rud a bhí uaidh?" a dúirt an Maighistir mar fhreagra.

"Mo chairde, na daoine óga a bhí sa reilig inniu. Bhí siadsan ag lorg an eolais chéanna. Bhí siad den tuairim go raibh baint éigin ag… níl a fhios agam… ag Colm seo le dúnmharuithe a bhí i ndiaidh tarlú."

"Dúnmharuithe?"

"Ceoltóirí sean-nóis. Maraíodh cuid acu le cúpla seachtain anuas. Rinneadh ionsaí ar Chlíodhna, duine de mo chairde. Chreid siad go raibh baint ag na hionsaithe le Cathal Buí, le Colm seo."

"Dúnmharuithe, a deir tú."

"Sea, dúnmharuithe."

"Focal láidir, a Thomáis," a dúirt an sagart agus osna ar a bhéal. "Íobairtí, b'fhéidir, ach dúnmharuithe. Tá sin róláidir mar fhocal."

D'amharc Tomás ar an Mhaighistir, a bhéal foscailte ach balbh. Bhí cuma bhrónach thuirseach ar aghaidh an Mhaighistir.

"Gabh i leith, a Thomáis. Rachaidh muid ag siúl tamall. Tá rudaí le plé againn agus míniú le tabhairt.

Chruinnigh an Maighistir a chóta agus d'ardaigh sé glacadóir an teileafóin.

"Tá mé féin agus Tomás, mo chuairteoir, ag dul fá choinne siúlóide. Páirc Naomh Áine. Leathuair an chloig nó mar sin… sea… sin é go díreach."

Chroch sé an fón.

"Sin an tseanaois duit, a Thomáis. Ní féidir liom mo rogha rud a dhéanamh níos mó. Is gá dom insint do dhuine inteacht i gcónaí cá bhfuil mo thriall…"

Deich mbomaite ina dhiaidh sin, bhí an bheirt ag siúl fríd Pháirc Naomh Áine. Bhí an pháirc dorcha. Bhí sé ábhairín fuar fosta ach níor airigh ceachtar den bheirt fhear an fuacht, idir an siúl agus na smaointí a bhí ag gabháil fríd a gcloigne, ní dheachaigh fuacht na hoíche i gcion ar aon duine acu.

"Suímis tamall, a Thomáis. Níl na cosa seo chomh lúfar is ba ghnách leo a bheith."

Bhí tost eatarthu seal, ach shíl Tomás é a bhriseadh agus comhrá a tharraingt ar ábhar a chuairte arís.

"Cad a bhí i gceist agat, a Mhaighistir, nuair a dúirt tú gur iobairtí a bhí ann agus ní dúnmharuithe?"

Lig an seanduine osna as, ach nuair a labhair sé bhí paisean agus neart leis na focail.

"Tá tú mar a bhí tú riamh, a Thomáis. Ag ceistiú na rudaí beaga ach dall ar an rud mhór."

"An rud mór?"

"Thriail mé rudaí a thaispeáint duit, thriail mé d'intinn a fhoscailt, ach tá tú fós i do leaidín beag glas nár fhág feirm a athar ná cótaí a mháthar riamh."

Ghoill na focail seo ar Thomás. Cad iad na rudaí a bhíodh an Maighistir ag iarraidh a chur ar a shúile dó. Níor chuimhin leis aon cheachtanna den tsórt. Conas go bhféadfadh sé a maíomh nach raibh ann ach gasúr tuaithe go fóill.

"Tá dallamullóg ort, a Thomáis. Bhí dallamullóg ort riamh. Ní fhaca tú cad a bhí ag tarlú thart ort. Níor ghníomhaigh tú le hiad a athrú."

"Níl sin fíor…."

"Tá sé fíor, a Thomáis. Tá sé fíor, a mhic. Breathnaigh. 'Bhfuil cuimhne agat ar an am sin, daichead bliain ó shin anois, is dócha, nuair a d'fhág tú an chliarscoil?"

Níor thug Tomás aon fhreagra air.

"Chonaic tú cad a bhí ag tarlú san Eaglais. Níor thaitin sé leat, ach cad a rinne tú? Faic! D'fhág tú. D'fhág tú agus thiontaigh tú do dhroim mar a bheadh meatachán ann. Ní raibh sé de mhisneach agat fanacht agus troid in aghaidh na n-athruithe a scrios agus atá ag scriosadh *Sancta Mater Ecclesia*. D'imigh tú mar a bheadh coinín beag ann. Chuaigh tú i bhfolach sa tsócúlacht. Mise ba chúis leis, ar dhóigh. Níor thuig mé i gceart thú. Chuidigh mé leat post a fháil istigh i gcroílár na hEaglaise. Mar dhuine léannta, bhí sé ar do chumas tionchar nach beag a imirt ar eaglaisigh na linne, ach theip ort. Cé mhéad easpag agus ardchléireach a chuaigh fríd do lámha agus iad ina mic léinn? Cén tionchar a d'imir tú orthu? Conas a thaispeáin tú mar a bhí an Diabhal ag roiseadh na hEaglaise? D'fhan tú ciúin, a Thomáis. Níor labhair tú amach ar son ár Máthar Beannaithe agus a Macsa. D'fheall tú orthu. D'fheall tú ormsa. Agus anois, ba mhaith leat mise a cheistiú fán úsáid a bhainim as an fhocal 'íobairt'. Ní thuigeann tú cad is íobairt ann, ní thuigfidh tú go deo."

Bhain an racht cainte seo léim as Tomás agus ghortaigh sé go smior é. Níorbh é seo an fear a raibh aithne aige air óna óige. Níorbh é seo an Maighistir céanna nach raibh ar a chúram ach leas daoine eile. Fear eile a bhí ina shuí anseo in aice leis. Fear nár aithin Tomás ar chor ar bith. Chuimhnigh Tomás ar an rud a dúirt an sagart a d'fhoscail an doras roimhe sa teach ní ba luaithe. 'Tá sé dearmadach', 'Níl an intinn mar a bhí'. Thuig Tomás ag an am go raibh rud inteacht á cheilt ag sagart an dorais. An bhféadfaí go raibh galar intinne ar an Mhaighistir? Cé go raibh fonn air éirí agus imeacht uaidh díreach, shocraigh Tomás ar labhairt leis. Más rud é go raibh an Maighistir tinn, bhí sé inleithscéil.

"A Mhaighistir," arsa Tomás go stadach. "An bhfuil chuile shórt ócé… eh… le do shláinte atá i gceist agam."

"Huh!" Rinne an Maighistir draothadh beag gáire. "Sin tú, a Thomáis, tá réiteach loighciúil i gcónaí ar achan fhadhb."

"Ach…"

"Tá sé ráite agat, a Thomáis, agus níl maith é a shéanadh. Tá an bás orm."

Gheit Tomás.

"Feicim gur bhain sin siar asat, ach tá sé fíor. Tá an murdar orm. I mo chloigeann, fríd mo chorp. Is gairid go bhfeicfidh mé gnúis Dé."

"I do chloigeann?"

"An loighic arís, a mhic. Síleann tú gur sin is cúis leis an racht a scaoil mé i do threo tamall beag ó shin. B'fhéidir go bhfuil an ceart agat. Sin a deir na dochtúirí liom. Ach tá mise ag insint duit anois, mar atá Íosa na glóire gile sna flaithis, gur fíor gach rud a dúirt mé."

"Is doiligh liom sin a chreidiúint. Is geall le fear eile thú," arsa Tomás go ciúin.

"Nochtfar gach rún ar an lá dheireanach," arsa an Maighistir. "Nach é sin a deirtear, a Thomáis. Tá sé in am domsa cúpla rún a nochtadh duitse os tú a tháinig chugam ag lorg freagraí."

Bhog Tomás go neirbhíseach ar an bhinse. Chuir caint seo an Mhaighistir faitíos air. Den chéad uair, mhothaigh sé fuacht na hoíche agus sháigh sé a lámha isteach ina sheaicéad.

"D'fhéad tú bheith páirteach ann, a Thomáis. D'fhéad tú bheith sa líne thosaigh i gcath glórmar ár dTiarna. Thiocfadh leat bheith páirteach ann go fóill… ach, fan, céard atá á rá agam, ní bheifeá in ann dó. Níl an goile agat, a Thomáis, seasamh sa bhearna baoil leis an Mhaighdean Bheannaithe a chosaint. Ach táid ann. Tá laochra agus gaiscígh againn go fóill atá sásta obair Dé a dhéanamh.

"Casadh duine amháin acu ort. Colm. Is maith atá an t-ainm a thug mé dó, Mac Giolla Dé, tuillte aige. Níor thiontaigh sé aghaidh riamh ón obair. Tuigeann seisean cad is íobairt ann, a Thomáis. Bíodh geall go dtuigeann. Tá tuilleadh mar é ann, a dúirt an Maighistir go ciúin.

"Céard faoi a bhfuil tú ag caint ar chor ar bith, a Mhaighistir. Tá do chuid cainte do mo scanradh. Ní thuigim cad tá i gceist agat."

"Ní thuigeann, is ní thuigfidh tú go deo. Ach is mise a fhosclóidh do shúile anocht."

Thit an Maighistir chun ciúnais. D'amharc Tomás air go míshuaimhneach. Tháinig íomhá a mhic os comhair a shúile, an gasúr beag a chaith lá amháin ina chuideachta. 'Tá tuilleadh mar é ann', a bhí ráite ag an Mhaighistir. An ag caint faoina mhac féin a bhí sé? Bhí cuma thláith ar aghaidh an tsagairt. A shúile druidte. Ar feadh bomaite amháin shíl Tomás gur ina chodladh a bhí an seanfhear ach ansin d'fhoscail na súile liatha sin go tobann.

"Tharla sé riamh anall, a Thomáis, go raibh gá leis an lámh láidir d'fhonn an creideamh a chosaint. Níl sé faiseanta é a rá, ach ó thoisigh an Chríostaíocht, bhí sí ceangailte leis an chlaíomh. Ba mhaith leis na húdaráis sin a shéanadh inniu, leithscéal a ghabháil as foréigean an ama atá caite, ach gan é, cá mbeadh an creideamh inniu?

"Ón chéad lá riamh, bhí an creideamh faoi ionsaí ag an Diabhal. B'éigean do Chríostaithe arm a thógáil lena chosaint. Págánaigh, eiricigh, gnóisí, catáraigh, protastúnaigh, úgónaigh, asarlaíocht – bhí siad uilig ina mbagairt ar an chreideamh. Bhí gá leis na crosáidí, leis an chúistiúnacht, leis an lámh láidir. An síleann tú ar feadh bomaite go mairfeadh an creideamh go dtí an lá atá inniu ann gan an Bíobla i lámh amháin ag a cuid sagart agus an claíomh sa lámh eile?

"Tá déistin ort, a Thomáis, ach tá sé fíor. In am an ghátair, bhí Críostaithe áirithe réidh i gcónaí le troid, le bás a fháil agus, sea, le marú a dhéanamh ar son an chreidimh. Rud uasal a bhí ann, rud riachtanach, rud nach dtuigtear na laethanta seo. Ní labhraítear inniu ach ar an ghrá. Ach cá bhfuil an grá gan an fuath. Ní hann don ghrá munab ann don fhuath. Cén chiall atá le solas muna bhfuil dorchadas ann? Cén chiall atá leis an fhírinne muna bhfuil bréaga ann freisin.

"Bhí ár gcuid laochra agus mairtíreach féin againn sa tír seo. Críostaithe calma a chuir iad féin i mbaol chun obair an Tiarna a chinntiú.

Níor mhaith leis na húdaráis iad a aithint go poiblí, ní thiocfadh leo an moladh a bhí tuillte acu a thabhairt dóibh go foscailte, ach gan iad, ní bheadh maith ar bith san obair a rinne lucht na leabhar agus na síochána.

"Gach uair a bhí an creideamh faoi bhagairt in Éirinn, bhí sagairt agus Críostaithe ann a thóg arm le hí a chosaint. Ó aimsir an reifirméisin, fríd na péindlíthe go dtí an lá atá inniu ann, bhí daoine ann a bhí réidh don troid."

"CPV", a dúirt Tomás go mall. "*Congregatio Pii V*, nach ea?"

"Á, níl tú chomh dall is a shíl mé, a Thomáis. Do chairde a chuir ar an eolas thú is dócha."

"Pius V, a scríobh an bulla *Regnans in Excelsis*. An bulla a rinne eiriceach den bhanríon Eilís, a d'iarr ar a cuid géillsineach éirí amach ina héadan agus an creideamh a chosaint."

"Go maith, a Thomáis. Tá tú ag tuiscint faoi dheireadh."

"Grúpa atá ann atá ag iarraidh troid… dúnmharú a dhéanamh leis an chreideamh a chosaint?"

"Bunaíodh muid breis agus dhá chéad bhliain ó shin," arsa an Maighistir ag déanamh neamhiontais den dochreidteacht i nglór Thomáis. "Bunaíodh muid leis an chlaíomh a imirt nuair a bhí sin de dhíth. Obair chiúin a bhíonn ann den chuid is mó, tionchar a imirt ar lucht gnó, ar pholaiteoirí, ar cheannairí na sochaí, ach tig an t-am i gcónaí nuair is gá an claíomh a ardú."

"Cén bhaint atá ag an chumann seo le Cathal Buí Mac Giolla Gunna?" arsa Tomás i nglór lag.

"Huh! An scabhaitéir. Ar dhóigh, eisean ba chúis lena bhunú mar chumann."

"Cén dóigh?"

"Nach raibh tú ag éisteacht, a mhic. Bunaíodh an cumann leis an chreideamh a chosaint. Cad a bhí ar siúl ag an mhaistín sin ach dul glan in éadan aitheanta Dé go poiblí. Tá mórán daoine a dteipeann orthu ar bhóthar na Críostaíochta, ach de ghnáth ní chluintear mórán fúthu. Freagair an cheist seo dom, a Thomáis. Bhí eiricigh ann i gcónaí, cén fáth a raibh an oiread sin gleo faoi Mhartán Liútar? An clóphreas, an phoiblíocht!

Sin a bhí ag Cathal Buí. Duine a mhaslaigh an chléir, duine a thug droim láimhe leis an Eaglais, duine a chuir daoine eile ina héadan. Ba chuma faoi ach amháin an phoiblíocht a bhí aige. Na hamhráin a chum sé! Bhí siad i mbéal achan duine. Bhí sé ag déanamh ceap magaidh den Eaglais agus de Dhia i measc na ndaoine. Dearc an t-am a bhí ann. Péindlíthe i bhfeidhm. Misinéirí Protastúnacha ar fud na háite ag iarraidh ar na daoine a ndroim a thabhairt leis an Mhaighdean agus leis an Eochairist agus an leithscéal sin de dhuine ag baint na mbonnaí den chreideamh i measc na cosmhuintire."

Bhí an Maighistir mar a bheadh fáidh de chuid an tseantiomna ann agus an racht seo á chur de. Bhí spréacha ina shúile agus chreidfeá dá mbeifeá cóngarach dó go raibh bladhairí tine ó phollairí a ghaosáin. Chúlaigh Tomás uaidh. Cé gur seanduine a bhí ann agus nárbh aon bhaol dó é, chuir a chuid cainte eagla ar Thomás. Istigh i bpóca an tseaicéid d'aimsigh sé a ghuthán agus lena mhéar d'aimsigh sé an cnaipe le scairt a chur. Ba í Clíodhna an duine deireanach ar ar chuir sé scairt. B'fhiú di féin agus d'Eoghan an méid seo a chluinstin, fiú muna mbeadh aon fhreagra uaithi, rachadh an comhrá seo ar ghlórphost an fhóin.

"Ach… nach ndearna Cathal Buí aithreachas ag deireadh a shaoil? Nár umhlaigh sé roimh Dhia agus an Eaglais ag an deireadh."

"Humph! D'umhlaigh cinnte!" ach níor dhúirt an Maighistir aon cheo eile ina thaobh sin.

Rinne Tomás iarracht eile an t-eolas a mhealladh uaidh.

"Ach fós, ní thuigim, a Mhaighistir. Cén bhaint atá ag sin uilig leis an lá inniu?"

"Cén bhaint atá aige leis an lá inniu, a deir tú. A Thomáis, ní raibh tú ag éisteacht lena raibh le rá agam. Tá an Eaglais faoi ionsaí anois mar nach raibh sí riamh roimhe. Eiricigh, reifirméisean, Cromail, péindlíthe, ní dhearna siad ach an creideamh a láidriú sa tír seo. Thóg Sasana agus ionsaithe ar an chreideamh na daoine le chéile. Nuair a bhí bagairt ann ba é an creideamh a choinnigh daoine agus pobail le chéile. Fuair na daoine sólás ón chreideamh, mar is dual do Chríostaí a fháil. Níos láidre, níos tiomanta do Chríost a bhí na daoine dá bharr.

"Tá an t-ionsaí is fíochmaire ar fad faoi lánseol anois. Ceap magaidh déanta de shagairt agus de theagasc na hEaglaise, drochmheas ar Chríostaithe agus ar ár dTiarna. Tá sé feicthe agat, a Thomáis, nó an bhfuil tú chomh dall sin nach bhfeiceann tú an slad atá déanta ar Bhrídeog Chríost."

"Ar an Eaglais féin a bhí cuid mhór den locht…" arsa Tomás, é scanraithe ag an phaisean agus an nimh i bhfocail an Mhaighsitir.

"Áá, tá tú dallta ag Sátan. Seo an cleas is fearr a d'imir sé riamh orainn. Ní fheiceann ach fíorbheagán é. Nuair a dhéantar ionsaí fíochmhar fisiciúil, tuilltear bá an phobail, mar a tharla riamh anall sa tír seo, ach nuair is ionsaí sleamhain, slítheánta é, ní thugann ach an corrdhuine aireach faoi deara é.

"Tá Críostaithe na hÉireann anois ag ceistiú a gcuid easpag, ag ceistiú theagasc Chríost agus na n-aspal, ag tiontú ó na sacraimintí agus ó ghrásta Dé. Tá Sátan i ndiaidh seilbh a ghlacadh ar intinn agus ar mheon an phobail. Ní fheiceann siad an difear idir ceart agus mícheart a thuilleadh. Ceadaítear gach aon pheaca agus drúis. Tá oileán na naomh is na n-ollamh, mar a bhí, damnaithe!"

"Seans go bhfuil an ceart agat," a dúirt Tomás go drogallach, "ach cén bhaint atá ag ceoltóirí sean-nóis le sin?"

"Sean-nós? Níl baint ar bith ag sean-nós leis, a leibide. Cathal Buí is cúis le seo."

Bhí Tomás cinnte fán am seo nach raibh an Maighistir ceart sa chloigeann. Ní raibh aon dabht ina intinn ach go raibh galar meabhrach nó rud éigin den tsórt air. An ailse a bhí sa chloigeann aige, caithfidh sé go raibh sé ag cur isteach ar a réasún, ar a intleacht. Níorbh é seo an fear séimh carthanach a raibh aithne aige air ina óige. Ansin smaoinigh sé ar rud eile. An Maighistir, bhí cairde aige i ngach aon réimse den tsaol. An charthanacht agus an tséimhe sin a bhí go smior ann, cheangail siad daoine leis. Chonaic sé féin é, bhraith sé féin é. Bhí dílseacht dochreidte ag daoine dó. Bhí na céadta a dhéanfadh rud ar bith ar domhan dó, a leanfadh é go bás. Is maith a thuig Tomás sin, nach a bhuí leis an Mhaighistir a bhí a phost agus a shaol féin aige. Cé mhéad eile a bhí cosúil leis?

Chonaic Tomás ansin an chontúirt mhillteanach. Bhí na daoine sin ag leanstan fear a bhí glan as a mheabhair, fear a raibh tinneas intinne air, fainaiceach carasmach ar chuma leis bheith beo nó marbh, a raibh an bás roimhe ar scor ar bith. Fiú muna raibh ann ach deichniúr, cúigear, triúr a bhí chomh tiomanta is a bhí sé féin agus dílseacht neamhcheisteach acu, d'fhéadfadh siad scrios mór a dhéanamh.

"Doiminic Ó Míocháin, go ndéana an Tiarna A mhaith air. Eisean a thuig seo go maith. Eisean a chuir an ruaig ar Chathal Buí Mac Giolla Gunna, eisean a chosain an creideamh go tréan. A chomharba, Séamas Mac Aogáin, a chuir tús lenár gcumann, eisean a thuig gur ghá troid go leanúnach in éadan fhórsaí an oilc. Ba eisean an chéad Mhaighistir."

Bhí súile an Mhaighistir ag spréacharnach, a ghlór ag ardú amhail is go raibh sé ag iarraidh an chaint seo a chur de le fada, amhail is go raibh sé ag iarraidh míniú a thabhairt don domhan agus do na flaithis ar an obair ghlórmhar a bhí curtha i gcrích. Ní fhaca Tomás ach mire. D'amharc an Maighistir ar Thomás arís, díreach isteach ina shúile.

"Síleann tú go bhfuil mé ar mire, go bhfuil mo chiall caillte agam, a Thomáis. Feicim i do shúile é. Bhí do mhacasamháil againn roimhe, nach raibh sé de mhisneach acu an cath a chur. Tá an lá sin thart. Tá lá an bhreithiúnais ag teacht, lá an áir."

Stad an Maighistir de bheith ag caint. Chrom sé a cheann beagáinín agus chuimil sé a uisinn amhail is go raibh tinneas cinn air.

"A Mhaighistir," arsa Tomás. "Caith uait an amaidí seo. Tá tú tinn…"

"Amaidí… Tinneas! Ní ormsa atá an amaidí, a mhic ó. Tá sé ródheireanach pé scéal é. Is gairid go bhfeicfidh an tír, an domhan, mallacht chóir Dé ar mhuintir na hÉireann. Thoisigh sé le Cathal Buí agus críochnóidh sé le Cathal Buí fosta agus le gach mac máthar a thugann ómós dó. I Leitir Ceanainn a thiocfaidh an crú ar an tairne. Mo thrua gan mé ann le breithiúnas an Tiarna a fheiceáil."

"Leitir Ceanainn… cén fáth Leitir Ceanainn?"

"Nach ann a bheas lucht an drabhláis agus na hainíde cruinnithe, nach ann atá altóir mhac an Diabhail acu."

"Níl tú ag caint faoi Oireachtas na Gaeilge, 'bhfuil?"

"Oireachtas na n-amhlán is na striapach. Cruinniú na bpótairí is na n-ainchríostaithe. Blaisfidh siad díoltas Dé go fóill."

Bhí sé deacair ar Thomás éisteacht leis an rámhaille seo. Ba léir go raibh a chiall agus a mheabhair go hiomlán caillte ag an Mhaighistir. Ar bhealach ba chuma fá rámhaille seanduine, ach ba é an rud a chur imní ar Thomás ná cad a bhí déanta ag an Mhaighistir? Cén plean a bhí beartaithe aige? Bhí barúil mhaith aige go mbeadh ról ag Colm Mac Giolla Dé i gcibé rud a bhí pleanáilte, ach cad a bhí ann? Cén sórt díoltais a bhí le baint amach ar lucht an Oireachtais i Leitir Ceanainn?

"A Mhaighistir, impím ort, as ucht Dé. Pé rud atá beartaithe agat, cuir stop leis. Níl ciall ar bith leis."

"Nár inis mé duit go bhfuil sé rómhall. Tá searbhónta dílis Dé tar éis a chuid oibre a dhéanamh go maith. Níl aon dul siar."

"Mac Giolla Dé, Colm Mac Giolla Dé?"

"Is é an colúr i measc na bpréachán é!"

"Ach cén fáth an taighde? Cén bhaint a bhí ag an choláiste leis?"

"Áá. Tá tú ag teacht ar chroí na faidhbe anois, a mhic. Ní dhéanann sé difear ar bith insint duit anois, is dócha. Is gairid ár gcuid laethanta beirt. Filíocht de chuid mhac buí na bitsí Giolla Gunna atá ann. Scríofa ina lámh féin. Sailm don Diabhal. Na maighistrí a chuaigh romhamsa, ní raibh sé de mhisneach acu iad a scriosadh. Níor thuig siad go bhfuil gá an domhan a shaoradh ó rudaí den chineál. Eagla a bhí orthu, iad ag maíomh, amhail na máisiún, nárbh é a ngnoithesean eolas a scriosadh, gur leor é a choinneáil ceilte. Tá sé i bhfolach le breis agus céad bliain. Níor éirigh le Colm é a aimsiú go fóill, ach éireoidh agus cuirfear críoch mar is ceart le hobair Dé."

"Rún atá i bhfolach le céad bliain?"

"An Maighistir deireanach, Ó Brádaigh. Níor thuig sé. Ní raibh aon tuigbheáil aige ar an tábhacht a bhain leis an CPV agus leis an rún a bhí ina lámha aige. Lig sé don chumann titim as a chéile, níor earcaigh sé éinne le leanstan ar aghaidh leis an obair, chuir sé an rún i bhfolach agus tá sé ceilte orainn go dtí an lá atá inniu ann."

"Tá seo dochreidte."

Lean an Maighistir ar aghaidh amhail is nár fhoscail Tomás a bhéal ar chor ar bith.

"Bhí deireadh leis an CVP nach mór go dtí gur thoisigh mise arís é. Obair ghlórmhar an Tiarna, ligthe i ndearmad ag falsóirí ach tugtha chun críche agamsa. Tuigeann tú anois cén fáth a raibh Colm i mbun taighde. Tá sé an-ghar dó, mothaím é i mo chnámha. Tuigeann sé gur phill Cathal Buí ar a cheantar dúchais roimh a bhás. Na chéad mhaighistirí bhí baint acu uilig leis an cheantar sin. Tá an rún i bhfolach ann, áit inteacht sa cheantar sin. Níl le déanamh ach an eochair a fháil agus é a aimsiú."

"Na leathanaigh atá ar iarraidh ón lámhscríbhinn…"

"Maith thú, a Thomáis, bhí tú i gcónaí gasta," arsa an Maighistir le gáire. "Lena chead a thabhairt dó – ba dhuine cliste é Ó Brádaigh. Theip air obair an CVP a bhrú chun tosaigh ach d'éirigh leis an t-eolas a choinneáil ceilte sa dógh is go mbeadh sé ar fáil dúinn inniu. Ba rud cliste é an lámhscríbhinn a úsáid, cód a chur ann nach dtuigfeá ach an duine a bhí á lorg."

"Na leathanaigh?"

"Scéal beag a bhí ann, ní fheicfeadh an gnáthdhuine a bhreathnódh air ach comhrá idir Dia agus ag Diabhal, ach don eolach d'fheicfeadh sé gur cur síos a bhí ann ar ghníomhartha Chathail Bhuí, cur síos ar a raibh scríofa aige agus leid a chuideodh le duine na hamhráin iad féin a aimsiú."

"Leid?"

"Sin an t-aon rud atá idir muid agus aimsiú na n-amhrán. Is tusa fear an léinn, a Thomáis, inis tusa domsa cén chiall atá leis:

Ar thulach na naomh faoi bhlátha tig éan,
an trodaí mór ag portaíocht i mbos a ainnire.

Ní raibh Tomás in ann bun nó barr a dhéanamh den rann. Bhí rian an aineolais sin ar a aghaidh.

"Huh!" arsa an Maighistir. "Ní thagann sé chugat!"

D'éirigh Tomás ina sheasamh agus thoisigh sé ag argóint in aghaidh chaint an Mhaighistir.

"Ach, a Mhaighistir. Tá na dánta – más ann dóibh ceilte leis na blianta. Is ionann sin is a rá go bhfuil siad caillte. Ní haon baol d'éinne iad…"

"A fhad is a mhaireann siad, tá baol ann. Is gá iad a scriosadh."

"Ach…"

"Suigh síos, maith an fear. D'iarr tú an fhírinne agus anois ba mhaith leat é a bhréagnú."

D'ísligh Tomás arís ach lean sé ar aghaidh ag cur in éadan phlean an Mhaighistir.

"Níl aon chiall le seo, a Mhaighistir."

"Tá an Eaglais faoi ionsaí!"

"Ach ní ag ceoltóirí sean-nóis?"

"Ag Gaeil na hÉireann. Ní féidir liom iad ar fad a chur os comhair chathaoir an bhreithiúnais, ach is féidir liom cuid díobh a chur ann, an chuid is drabhlásaí ar fad díobh. Beidh siad ina sampla don chuid eile a gcuid nósanna a athrú."

"Ach…"

"Arú, a Thomáis," bhí rud beag de chineáltas i nglór an tsagairt arís. "Nach bhfeiceann tú an fhilíocht a bhaineann leis an phlean. Thoisigh seo uilig leis an fhilíocht agus críochnóidh sé léi fosta. Níor cumadh a shárú de dhán eipiciúil riamh."

Thuig Tomás nach raibh maith dó bheith ag caint leis an tseansagart.

"Tá mé buartha, a Shéamais," ní fhéadfadh sé 'Maighistir' a thabhairt air níos mó. "Ní thig liom ligean duit é seo a dhéanamh. Gabhfaidh mé chuig na gardaí."

D'amharc an sagart air go brónach. "Caithfidh tú cibé rud a shílfeas tú a bheith ceart a dhéanamh, a Thomáis, ach níl sé rómhall. Thiocfadh leat bheith linn go fóill. Thiocfadh leat do chuid de ghlóir Dé a bheith agat."

"Ní féidir liom. Ní féidir liom."

Tháinig athrú ar ghnúis an Mhaighistir. Shíl Tomás go bhfaca sé deora ag cruinniú ina shúile, bhí cuma fhíorbhuartha air. Leag é a lámh ar ghualainn Thomáis.

"Más sin atá uait, a mhic."

A mhic!

"Mo mhacsa, an gasúr a thóg tú uaim. Cá bhfuil sé? Bhfuil baint aigesean leis an amaidí seo?"

"Gheobhaidh sé féin a chuidsean de ghlóir Dé!"

Thóg an Maighistir a lámh de ghualainn Thomáis agus ba leor é sin mar chomhartha don fhear a bhí ina sheasamh taobh thiar dóibh sna crainn ag fanacht. Thóg sé trí choiscéim chun tosaigh, dhírigh sé an gunna ar chúl chloigeann Thomáis agus scaoil sé. Cheil an gléas ciúnaithe a bhí ceangailte leis an ghunna an torann uaidh. Thit Tomás ar an talamh, fuil a choirp ag sileadh amach roimhe go fras.

CAIBIDIL 24

Bhí Clíodhna agus Eoghan sa tacsaí ar an bhealach siar go dtí an Spidéal. Bhí Clíodhna ag caoineadh, Eoghan i ndiaidh éisteacht leis an taifead a bhí fágtha ar ghuthán Chlíodhna den dara huair. Cé nach raibh deoir lena shúil, chuir an teachtaireacht samhnas air.

Ní raibh gá do cheachtar acu aon rud a rá. Bhí a fhios acu beirt go raibh Tomás ina luí marbh, áit éigin. Ó na fuaimeanna a bhí le cluinstin ar an taifead, áit inteacht taobh amuigh a bhí ann. Chuir Eoghan a lámh thart ar Chlíodhna agus rug siad barróg ar a chéile i rith an bhealaigh siar. Rinne Clíodhna iarracht labhairt ach níor tháinig na focail chuici. Níorbh é seo an t-am le bheith ag caint fá dtaobh de ar scor ar bith, os comhair tiománaí tacsaí. D'fhan siad ciúin. Smeacharnach Chlíodhna an t-aon chomhrá eatarthu.

D'amharc an tiománaí orthu.

"Drochscéal?"

"A dhath ar bith," a dúirt Eoghan mar fhreagra. Ba léir don tiománaí nach raibh aon fhonn labhartha orthu agus d'fhág sé an scéal mar sin.

D'íoc Eoghan táille an tacsaí sa charrchlós ina raibh carr Mhicí. Ba ansin a bhris an tocht uilig a bhí ar Chlíodhna amach ina rabharta caointe. Sheas siad ansin ar feadh tamall eile a lámha fáiscthe thart ar a chéile.

"Ormsa atá an locht. Níor chóir dom dul dá chóir. Gach duine a thagann sa bhealach orm... cailltear iad."

"Fuist, fuist, a Chlíodhna, a stór, fuist. Ní ortsa atá an locht."

Rinne sí iarracht labhairt arís ach níor tháinig na focail chuici.

"Seo seo. Isteach sa charr linn. Tá sé fuar."

Shuigh siad tamall ansin ag fanacht go ruaigfeadh teasaire an chairr an fuacht. Thoisigh Eoghan ag smaoineamh ar a raibh le cluinstin ar an chuid eile den taifead. Bhí trí rud suntasacha ann. Ní raibh rún an bhonnáin aimsithe go fóill, bhí ionsaí éigin pleanáilte ar Oireachtas na Gaeilge i Leitir Ceanainn agus an rann aisteach sin. D'aimsigh Eoghan peann agus páipéar sa charr. D'éist sé leis an taifead arís agus scríobh sé focail an Mhaighistir amach lena lámh mhaith. *"Ar thulach na naomh faoi bhlátha tig éan, an trodaí mór ag portaíocht i mbos a ainnire."* Tomhais de shaghas éigin a bhí ann, ach níor tháinig sé leis aon chiall a bhaint as.

"Sílim go bhfuil sé in am glaoch a chur ar na gardaí, a Chlíodhna. Is trua nach raibh sé déanta i bhfad roimhe seo," arsa Eoghan fá dheireadh. "Ní déarfaimid a dhath leo fá Chathal Buí, shílfeadh siad ár gciall a bheith tréigthe againn, ach caithfimid insint dóibh fá Thomás agus fán bhagairt ar an Oireachtas."

"Níl uaim ach seo uilig a bheith thart. Eoghain, tá mé chomh tuirseach sin."

Bhí fón Chlíodhna fós ina lámh ag Eoghan. Chuardaigh sé uimhir an bhangharda i mBaile Átha Cliath, tháinig sé ar uimhir fón póca di ar liosta na "missed calls" agus bhrúigh sé é. Freagraíodh é ar an tríú buille.

"Clíodhna?" arsa guth an bhangharda.

"Ní hí, a gharda, mise Eoghan Ó Laighin. Tá Clíodhna anseo ag mo thaobh."

"Bhí mé imníoch fúibh. Tá sibh i nGaillimh?"

"Tá!"

"Níl mé ach i ndiaidh teacht ar obair tamall gairid ó shin agus chonaic mé an tuairisc faoinar thit amach sa Spidéal. Bhí sibh ann."

"Bhí. Éist, a gharda, níl mórán ama againn. Maraíodh fear anocht. Tomás Ó Doinnshléibhe. Timpeall uair an chloig nó uair go leith ó shin. Cara dár gcuid a bhí ann. Ollamh ollscoile i Maigh Nuad a bhí ann. Níl mé cinnte go díreach cén áit a raibh cónaí air agus níl a fhios againn cén áit ar maraíodh é. An duine a rinne an feall, seanduine a bhí ann is cosúil, Séamas rud éigin. Thug Tomás leasainm air… an Maighistir. Sin a bhfuil ar eolas agam."

"Ach conas…"

"An dara rud. Creidimid go bhfuil fear darbh ainm Colm Mac Giolla Dé – Mac Giolla Dé – le hionsaí a dhéanamh ar fhéile Oireachtas na Gaeilge atá ar siúl faoi láthair i Leitir Ceanainn. Níl a fhios agam conas nó cén uair ach seo an Aoine, beidh an fhéile ag críochnú oíche amárach."

Bhí ciúnas ar an taobh eile den líne.

"An bhfuil tú ansin, a gharda?"

"A Eoghain," arsa Úna Ní Raghallaigh. "Tá eagla orm go bhfuil sibh, go bhfuil Clíodhna i gcontúirt. An Shelbourne, anois an Spidéal. Tá mé chun iarraidh ar ghardaí na Gaillimhe garda a chur san ospidéal. Glacaim leis nár mhínigh sibh an scéal dóibh. Caithfidh sibh gach rud a insint do na bleachtairí. An bhféadfainn labhairt le Clíodhna?"

"An bhfuil na hainmneacha sin agus an t-eolas eile sin agat?"

"Tá, tá sé scríofa anseo agam. Tá sibh san oispidéal go fóill nach bhfuil? Níl sibh ag imeacht in áit éigin?"

Smaoinigh Eoghan, seal bomaite, ar insint di agus ligean do na gardaí an obair a chríochnú. Cinnte, níorbh aon bhagairt dóibh an bhangharda seo ach bhí daoine eile ag obair ina n-éadan taobh istigh den fhórsa. I ndiaidh imeachtaí na maidine, ní thiocfadh leis dul sa tseans. Chroch sé an fón, thiontaigh sé bunoscionn é agus tharraing sé an ceallra amach as.

D'amharc Eoghan ar Chlíodhna, sméid sé a cheann ina treo, chas sé eochair an chairr agus thug an bheirt acu aghaidh ó thuaidh.

Leitir Ceanainn

Bhí an cruinniú in Óstán an Mount Errigal críochnaithe. Cruinniú gairid a bhí ann, nár ghlac níos mó ná fiche bomaite, tuairisc ghairid ar imeachtaí an lae agus plean don lá amárach a réiteach. Dhá mhí roimhe sin, chuir an printíseach ainm, ní a fhíorainm ach ainm, chun tosaigh mar dhuine a bheadh sásta cuidiú le himeachtaí a reáchtáil ag Oireachtas na Samhna. 'Criú an Oireachtais' a tugadh ar an bhuíon daoine. Idir óg agus aosta a bhí ann, óglaigh áitiúla agus daoine ó áiteanna eile timpeall na tíre a bhí sásta cúpla uair a thabhairt suas le maoirseacht a dhéanamh ar na comórtais agus ar na himeachtaí eile.

Níor fhan sé i bhfad i ndiaidh an chruinnithe. Tugadh liosta dualgaisí dó. Níos mó oibre ná mar a bhí i gceist aige a dhéanamh ach bheadh sé deacair air mar strainséir dul isteach agus iarraidh orthu é a chur ag obair ag imeacht áirithe amháin. B'fhearr bheith mar chuid d'fhoireann, aithne a chur ar na daoine eile a bheadh ag obair leis agus ansin nuair ba ghá, bheadh cead a chinn aige cibé rud a ba mhaith leis a dhéanamh.

Bhí slua mór cruinnithe san óstán agus taobh amuigh de, iad ag ól is ag caitheamh tobac. Cé go raibh sé luath go leor san oíche go fóill, bhí cuid mhór daoine ólta sa tslua, agus tuilleadh acu meidhreach. Bhí scaifte daoine óga ina measc, mic léinn ollscoile, seans. Cé go raibh fuacht na Samhna ag bagairt, bhí sciortaí gairide á gcaitheamh ag mórán de na mná agus gan ach seálta éadroma fána ngualainneacha, má bhí sin féin acu. Iad ag iarraidh súile na bhfear a mhealladh is dócha, a shíl sé. Striapacha a bhí iontu dar leis, iad ar maos i ngach cineál oilc. Níorbh fhearr na fir ná iad, mionnaí móra ag titim dá mbéal, drúis ar a n-intinn agus iad báite sa mheisce. Ní raibh aon fhonn ar an phrintíseach fanacht ina measc. Chuir siad déistin air.

Bhí a charr i gclós an óstáin. Ní raibh aon áit pháirceála in aice leis an teach lóistín. Shocraigh sé ar é a fhágáil taobh amuigh den óstán don oíche. Ní raibh sé de dhíth air. Bhí an oíche fuar ach tirim, rinne fuacht maith don chorp agus don anam.Bhog sé leis. Amach an geata agus ar dheis. Chuaigh fuacht na hoíche go smior ann, bhog sé níos gasta. Chaoch na réaltaí anuas air amhail is go raibh neacha neimhe uilig ag coinneáil súil ar a raibh ar siúl aige, iad á mholadh agus á bhroideadh chun gnímh. Bhí timpeallán roimhe agus carn spreota ann iad tógtha in airde ina ndealbh ollmhór. Timpeallán Polaris a bhí scríofa ar an chomhartha faoina bhun, na tamhain socraithe sa dóigh is go raibh cuma líne traenach orthu. Bhí sé suimiúil mar phíosa ealaíne.

Thiontaigh sé ar dheis arís. Leathmhíle siúil a bhí roimhe isteach go dtí an baile mór. Bhí an bóthar ciúin, gan ach corrthacsaí ag déanamh a bhealaigh i dtreo an óstáin. Istigh ar dheis bhí campas na hInstitiúide Teicneolaíochta. An léann ar thaobh amháin díobh agus an ealaín ar an taobh eile, ar seisean ina intinn, agus cad ar a mbíonn siad ag díriú mar aos óg, an drúis, an t-ólachán, an drabhlás.

Bhain an printíseach bun an bhaile mhóir amach. Bhí seomra i dteach loistín aige suas lána beag taobh thiar de bhialann Mr Chippy. Bhí ocras air, ach bhí an Aoine fós ann. Bhí móid tugtha aige do Dhia nach mblaisfeadh sé bia nó deoch ar an Aoine. Rinne sé a bhealach suas an cabhsa caol agus isteach sa teach. Chomh luath is a bhain sé a sheomra amach, bhain sé de a chuid éadaigh agus sheas sé tarnocht i lár an tseomra. Bhí fuip bheag aige a thóg sé óna mhála, dealga beaga miotail fuaite isteach ann. Thoisigh sé a sciúrsáil féin leis, bog ar dtús ach ansin níos crua, ar a dhroim, ar phluca a thóna, ar a leasracha. An fheoil bhog is fearr don phian, agus an phian is fearr don ghlanadh anama agus don aithrí.

I ndiaidh fiche bomaite den bhualadh, thit sé ar a ghlúine traochta. A anáil i mbarr a ghoib aige, dhírigh sé a dhroim arís, tharraing a lámha le chéile agus thoisigh ar an Choróin Mhuire a rá os ard.

Chodail sé ar an urlár an oíche sin, ní raibh de bhrionglóid aige ach aghaidh an ghasúir chiúin úd ar chaith sé oíche suirí agus craicinn leis na blianta fada roimhe sin sa dílleachtlann. Níor mhair an tromluí i bhfad áfach, bhí slánú i ndán don phrintíseach gan mhoill.

CAIBIDIL 25

Dé Sathairn

Bhí tuirseach ar an Gharda Ní Raghallaigh. Bhí an chuid is mó den oíche caite aici i mbun plé le hoifigigh shinsearacha fán scairt ghutháin a bhí faighte aici ó Eoghan. Chuaigh sé caoldíreach chuig an tsáirsint a bhí ar dualgas agus roimh i bhfad bhí an scéal ar dheasc an cheannfoirt. Chuaigh sí fríd an scéal arís agus arís eile.

"Ach cén fáth nach dtagann siad isteach chugainn agus an scéal a mhíniú i gceart," a dúirt bleachtaire. "Tá iompar s'acu amhrasach. Cá bhfios nach *prank call* a bhí ann?"

"Ní shílim é. Ní dóigh liom gur sin an cineál duine atá in Iníon Uí Mhaoltuile. Bhí sí iontach fríd a chéile fá bhás a páirtí. Tá a fhios agam go bhfuil sé aisteach, ach tá tuairim agam go síleann siad go bhfuil na gardaí ar a dtóir."

"Agus an bhfuil muid?"

"Níl. Bheul, bheadh cúpla rud eile le plé le hIníon Uí Mhaoltuile maidir le bás a páirtí, ach thug sí ráiteas iomlán an oíche a bhí sí istigh anseo sa stáisiún. Bhí sí féin agus an Eoghan seo ag fanacht sa Shelbourne an oíche faoi dheireadh. Is cosúil gur thosaigh an tine sa tseomra a bhí faoina hainm, cé nach bhfuil aon fhianaise ann go raibh sí sa tseomra ag an am. D'imigh siad beirt nuair a bhris an tine amach agus tá muid ag iarraidh teagmháil a dhéanamh leo ó shin. Rinne mé iarracht glaoch a chur uirthi cúpla uair i rith na seachtaine ach ní raibh mé an guthán á fhreagairt aici. Ansin tháinig an scairt aisteach seo óna comrádaí."

"Cé hé an comrádaí seo arís?"

"Eoghan Ó Laighin atá air. Léachtóir Ceoil in Ollscoil Harvard atá ann."

200

"*Yank?*"

"Ní hea, Éireannach atá ann. Ag obair sna Stáit atá sé."

"Agus cén bhaint atá aige leis an scéal?"

"Níl a fhios agam. D'iarr Clíodhna… Iníon Uí Mhaoltuile, orainn dul i dteagmháil leis i ndiaidh an tragóid a bhain di. I mBaile Átha Cliath ag tabhairt léachta a bhí sé, is cosúil."

"Cad a thugann orthu a cheapadh go bhfuil muid ar a dtóir mar sin?"

Lig an Garda Ní Raghallaigh osna aisti. Bhí an scéal seo mínithe aici trí huaire cheana féin. Leis an fhírinne a dhéanamh, ní raibh sí féin cinnte cén fáth a mbeadh eagla orthu dul chuig na gardaí.

"An t-ionsaí a rinneadh i reilig an Spidéil ar maidin."

"Céard faoi?"

"An fear a bhí á chur. Páirtí Chlíodhna a bhí ann, Caoimhín Ó Cadhla. Rinne mé seiceáil leis an ospidéal i nGaillimh agus leis na gardaí áitiúla. Is cosúil gur gortaíodh Eoghan seo agus fear eile a bhí leis."

"Fear eile?"

"Mícheál Ó Gailín an t-ainm atá air. Bhí sé i gcuideachta Iníon Uí Raghallaigh agus Eoghain Uí Laighin."

"Lig dom é seo a thuiscint i gceart," arsa an ceannfort. "Rinneadh ionsaí ar a páirtí, rinneadh ionsaí ar a seomra agus rinneadh ionsaí uirthi arís ar an Spidéal. In ainm Dé, cén fáth nach bhfuil an bhean seo sa staisiún againn? Cá bhfuil sí anois?"

"Níl fhios agam. Is cosúil gur fhág sí féin agus an tUasal Ó Laighin Oispidéal na Gaillimhe timpeall leathuair tar éis a naoi."

"Gardaí na Gaillimhe?"

"Cheistigh siad iad ach ní raibh aon chúis acu iad a choinneáil. Mar a dúirt mé ní raibh fógra curtha amach go raibh muid ar a lorg."

"Agus cén fáth in ainm Dé nach raibh?" Bhí frustrachas le brath i nglór an cheannfoirt.

"Bhí muid á lorg ach go díreach le haghaidh ráiteas finné a fháil. Ní raibh aon amhras orthu i dtaobh coir a bheith déanta aici. Bhí socrú déanta go mbualfadh Iníon Uí Mhaoltuile isteach sa staisiún Dé Céadaoin. Níor tháinig sí agus ní raibh mé in ann teagmháil a dhéanamh léi ó shin. Níor shíl muid riamh go mbeadh sí, siad ag dul ar a seachaint uainn." "Tá rud inteacht i ndiaidh dul contráilte go mór leis an chás seo. Deir tú go gcreideann siad go bhfuil baint ag na gardaí leis na hionsaithe seo?"

Bhog Úna go míshuaimhneach.

"Níl a fhios agam, a cheannfoirt, ach tá rud amháin cinnte. Cuireadh fógra gardaí amach ar nuacht RTÉ dhá lá ó shin ag lorg Mícheál Ó Gailín."

"Céard? Bhí muidne á lorg?"

"Sin an rud, a cheannfoirt, ní raibh."

"Íosa Críost! Cén dóigh ar cuireadh…" Chuimil an ceannfort a chloigeann agus d'amharc sé ar chuid de na gardaí eile a bhí sa tseomra leis.

"Bhí mé i dteagmháil le preasoifig na ngardaí. Chinntigh siad liom gur cuireadh an fógra amach."

"Ach cén dóigh? Cé a cheadaigh é?"

"Eh… an Bleachtaire-Sháirsint Ó Ceallaigh… is cosúil." Bhí tost sa tseomra.

"'Bhfuil tú cinnte fá sin, a gharda."

"Sin a dúradh liom."

"Ach tá an Bleachtaire-Sháirsint ar saoire san am i láthair. Chuaigh sé go Nua-Eabhrac lena bhean chéile Dé Máirt seo chuaigh thart."

D'éirigh an Maighistir agus casacht air. Le mí anuas bhí an chasacht úd ag éirí níos measa agus níos nimhní ar a chliabhrach. Is in olcas a bhí sé ag dul agus thuig sé gur beag am a bhí fágtha aige. Chuala sé a raibh le rá ag na dochtúirí, cé gur labhair gach duine faoi i gcogar. Eagla a bhí ar mhuintir an tí seo labhairt faoi go foscailte ina láthair. Scitsifréine a dúirt siad nuair a shíl siad nach raibh sé ag éisteacht, galar meabhrach dé-pholach cúisithe ag an ailse a bhí á ithe beo beathach a dúirt an dochtúir. Ní raibh fiú an scéal céanna ag an dá dhream. Ba chuma leis. Ní a cheann a thabharfadh a bhás ach a scamháin agus a chroí. D'airigh sé laigeacht iontu, preaba mar a bheadh inneall ann a bhí ar an dé deiridh.

Níor scanraigh an bás é. Shantaigh sé é. Chuirfeadh sé fáilte roimhe nuair a thiocfadh sé fána choinne. Ní raibh sa bhás ach casadh eochrach.

Bhí doras na flaitheas roimhe agus ba ghairid go bhfeicfeadh sé gnúis Dé. Ní raibh ach aon jab amháin eile le déanamh. Jab nach raibh sé de mhisneach ag na Maighistrí a chuaigh roimhe a chríochnú, jab a dhéanfadh sé féin le dúthracht agus le croí maith mór. Smaoinigh sé arís ar an rann a bhí ceilte sa lámhscríbhinn. Ní raibh mórán eile ar a intinn le tamall anuas. Ní dúirt sé le Tomás aréir é ach bhí an teachtaireacht a bhí folaithe sa rann aimsithe aige. An tsimplíocht a bhain leis a rinne doiléir é. Cé nach raibh mórán measa aige air mar Mhaighistir, ní thiocfadh leis intinn Phádraig Uí Bhrádaigh a lochtú. Lig an Maighistir osna sásaimh as. Turas gairid amháin agus bheadh sé aige. Bhí sé an-chóngarach go deo anois

Smaoinigh sé ar Thomás agus é ina shuí ag an fhuinneog bheag ag tosach an tí. An oíche roimhe sin, ba thrua é. Bhí dúil aige i dTomás. Duine críostúil a bhí ann, ach ní Críostaí, dar leis. Bhí difear ann. Is dual don Chríostaí bheith láidir,cróga. Bhí Tomás lag. Fós féin ghoill modh a bháis air. Aithne na mblianta a bhí acu ar a chéile. Duine déirceach a bhí ann. Nach trua gur tharla sa bhealach ar obair an Tiarna é. Bhí barraíocht ar eolas aige. Bhí barraíocht ar eolas ag na daoine óga sin fosta, ach d'amharcfadh Colm i ndiaidh na faidhbe sin. Colm – ainmnithe as an Spiorad Naomh. An printíseach is fearr a bhí aige riamh. Ní fada anois go mbeadh a shárshaothar i gcrích aige. Eisean a bheadh ina Mhaighistir feasta. Eisean a leanfadh ar aghaidh leis an obair nuair a bheadh sé féin imithe. Eisean a chosnódh agus a chaomhnódh an creideamh. Ba mhaith an dhalta é.

Chonaic sé an carr ag tarraingt aníos an cabhsa. Ní raibh an ghrian ina suí go fóill ach bhí na soilse soiléir sa bhreacsholas. Ní raibh mórán seans ag Peadar codladh a fháil le lá nó dhó anuas agus bhí sé gnoitheach an oíche uilig ag socrú chorp Thomáis. Thuig an Maighistir sin, ach níorbh é seo an t-am don chodladh. Dá mbéarfadh an Tiarna ar a chuid searbhóntaí ina chodladh cad é a dhéanfadh sé ach iad a cháineadh. Nach iad sin focail Íosa é féin. Bígí ag fáire óir ní fios duit am teachta an Tiarna. Bhí obair mhór le déanamh agus ní fhéadfadh am a chur amú le codladh.

D'éirigh sé den chathaoir. Tharraing sé a chóta thart air agus amach leis in airicis an Bhleachtaire-Sháirsint Uí Cheallaigh. Shuigh sé isteach sa charr agus bhog siad leo ó thuaidh.

Bhí an Garda Ní Raghallaigh ar a bealach go Leitir Ceanainn. I ndiaidh tamaill fhada ag plé na ceiste i Stáisiún an Phiarsaigh socraíodh ar ghardaí Dhún na nGall a chur ar an eolas fán bhagairt.

Níor chodail an bangharda óg ach ar feadh cúig huaire an oíche roimhe. Bhí sí ina suí arís ar leath i ndiaidh a sé agus ar a bealach go Tír Chonaill. Bhí bleachtaire ina cuideachta. Níor thuig sí go hiomlán cén fáth a raibh uirthi dul ó thuaidh ach ba é an ceannfort é féin a d'iarr uithi bheith ann. Bhí aithne, bíodh gur aithne fhánach a bhí ann, aici ar Chlíodhna Ní Mhaoltuile. Muna raibh muinín ag an bheirt a bhí ar a seachaint ó na gardaí, ba léir go raibh muinín de chineál inteacht acu as an Gharda Ní Raghallaigh nuair is uirthi a scairt siad leis an scéal fán bhagairt. Bhí níos mó eolais aici ar an chás ná mar a bhí ag aon duine eile agus d'fhéadfadh sí bheith an-úsáideach ar an láthair.

I ngnáthéadaí a bhí siad gléasta, agus carr neamhmharcáilte de chuid na ngardaí a bhí acu óir bhí sé socraithe acu tiomáint fríd an Tuaisceart. Bhí Úna Ní Raghallaigh buíoch as an chinneadh sin a bheith déanta. Ar an laghad ní bheadh turas fadálach acu trasna na tíre go Sligeach agus ó thuaidh. Ní bheadh i gceist ach turas trí huaire go leith a mheas sí. Shroichfeadh siad Leitir Ceanainn i dtrátha a deich.

Mhúscail an printíseach ar a sé a chlog ar maidin. D'éirigh sé den urlár agus rinne sé ar an chithfholcadh. Sheas sé ar feadh cúig bhomaite faoi, an t-uisce fuar ag scairdeadh anuas air, a shaighdeadh mar a bheadh snáthaidí ann. Amach leis agus chuimil sé a chorp le tuáille. Nuair a bhí a chorp tirim chrom sé lena chuid cleachtaí aclaíochta a dhéanamh. Chaith sé leathuair ansin ar a ghlúine ag urnaí sular éirigh sé le bricfeasta de chnónna, úll agus uisce a chaitheamh.

Bhí sé ullamh. Ina chorp agus ina spiorad, bhí sé réidh le aghaidh a thabhairt ar lá seo na cinniúna. Ní raibh aon dul siar. Inniu an lá a bhí beartaithe ag an Tiarna dá shlánú. Thabharfadh sé faoi le misneach agus le croí mór.

CAIBIDIL 26

D'éirigh an ghrian go mall thar Shliabh Chill Chóigean ag caitheamh méara geala solais anuas ar Bhoirinn agus ar an cheantar fúithi. Bodhranacht gheal sheaca a bhí inti nár bhain an chealg den fhuacht sa ghleann. Spréigh an ghile go gasta ar fud na dúiche ag leathadh amach thar Loch Mac nÉan ag caitheamh scáilí crann ar an uisce fhuar. Bhí bád beag ar feistiú ag an ché bheag adhmaid a bhí ag síneadh amach sa loch. Sa charrchlós ag taobh na cé bhí Eoghan agus Clíodhna ina gcodladh sa charr, cótaí tarraingthe thart orthu agus inneall an ghluaisteáin ag crónán go bog, fágtha ar siúl acu le teas a choinneáil leo.

De réir mar a bhí an ghrian thláith ag éirí agus ag toiseacht ag soilsiú isteach fríd fhuinneogaí an chairr, thoisigh Eoghan ag bogadh chun múscailte. Bhí Clíodhna ina codladh taobh leis, í ag srannfach go ciúin, a cuid gruaige in aimhréidh ach cuma shuaimhneach uirthi. Ba leasc leis í a mhúscailt. Leis an tubaiste agus an tragóid uilig a bhí fulaingthe aici le cúpla lá anuas b'fhearr dó í a fhágáil ag a suan. Ní dhéanfadh cúpla bomaite eile dochar ar bith, a shíl sé.

D'fhoscail sé doras an chairr agus amach leis sa charrchlós. Shín sé a ghéaga agus a mhuineál ag iarraidh an tuirse agus an righneas matán a chaitheamh de. Bhí pian ghéar fós ina sciathán deas. Bhog sé i dtreo scata crann agus scaoil sé a mhún. D'amharc sé thart. Bhí sé dorcha agus mall aréir nuair a bhain siad an Blaic amach. Bhí tithe an bhaile le feiceáil aige anois, iad buailte le tithe Bhéal Cú ar an teorainn idir an Cabhán agus Fear Manach. Dhá shráidbhaile chiúine chodlatacha a bhí iontu, gan duine ná deoraí ina suí iontu an oíche roimhe sin a d'fhág lóistín na hoíche sa charrchlós ag Clíodhna agus Eoghan.

Chonaic Eoghan go raibh áit bheag súgartha do pháistí taobh leis an charrchlós. Shiúil sé ionsair. Bhí comhartha do thurasóirí in aice leis agus leacht beag cré-umha a bhí sáite isteach i gcarraig mhór aolchloiche. Pictiúr d'éan beag marbh ina luí ar a dhroim a bhí greanta ar an leacht. Chuir Eoghan sonrú i gcosa agus i muineál an éin, a bhí an-fhada agus a thug cuma ghreannmhar air. Ní raibh pictiúr de bhonnán feicthe ag Eoghan riamh agus cé go raibh íomhá de ina intinn bunaithe ar an eolas a bhí aige ar an amhrán, níorbh ionann an íomhá ina intinn is an pictiúr a bhí greanta os a chomhair.

Bhí focail greanta sa ché-umha faoi bhun an éin, focail a d'aithin Eoghan go maith:

Ní hé bhur n-éanlaith atáimse ag éagaoin
An lon, an smólach ná an chorr ghlas
Ach mo bhonnán buí a bhí lán den chroí
Is gur chosúil liom féin é ina ghné is a dhath.

Bhí ainm Chathail Bhuí Mhic Giolla Gunna agus blianta a bheatha scríofa faoi sin agus ainm Uachtarán na hÉireann, Cearbhall Ó Dálaigh, a nocht an leacht sa bhliain 1973. Léigh Eoghan an rann arís. Chuir sé suim sna dathanna a bhí léirithe sa rann. Cén sórt duine a bhí i gCathal Buí seo? Bródúil ar bhealach as dath a chraicinn. Tháinig sé trasna sa rann sin mar dhuine a bhí scoite amach ón ghnáthshaol. Na dathanna sin arís, an lon – dubh, an smólach – donn, an chorr ghlas, thuig Eoghan gur úsáideadh an focal glas go minic san am a chuaigh thart le 'liath' a chur in iúl. Dubh, donn, liath. Sin an phéint leamh dhorcha ar bhain Cathal úsáid aisti le cur síos ar chúraimí a chomhdhaoine, curtha i gcodarsnacht aige le buí, dath geal bríomhar.

Ar ndóigh bhí ciall eile leis an fhocal 'buí'. Thiocfadh le duine é a úsáid le cur síos ar dhuine a bhí dána, drabhlásach, salach, míofar. Sin mar a bhí ag an Duinníneach, arsa Eoghan leis féin. Sagart! Cad é an rud fá Chathal go raibh gach gné dá shaol agus de cibé rún a bhí aige chomh ceangailte sin leis an Eaglais. An é go raibh an chiall sin i gcónaí ag an fhocal 'buí' nó an ciall é a chum an Duinníneach bunaithe ar phearsantacht agus bheatha Mhic Giolla Gunna? Síleadh riamh anall gur ó na buíocháin a fuair Cathal a leasainm, an é gur 'Cathal salach drabhlásach' a bhí á rá ag daoine nuair a chuir siad 'buí' lena ainm? Más ea, cén fáth a mbeadh Cathal chomh bródúil as? Is léir nár amharc sé féin air mar chomhartha náire, bhí sé bródúil as an ainm, é in úsáid aige go minic fríd a chuid filíochta… más é a scríobh, ar ndóigh. Ní thiocfadh le hEoghan an smaoineamh sin a chur amach as a chloigeann, nárbh é Cathal 'Buí' údar a chuid filíochta féin, go raibh lámh ag duine inteacht eile ina chumadh nó ar a laghad ina athscríobh.

Thug sé aghaidh ar ais ar an charr. Bhí Clíodhna múscailte agus ag amharc thart á chuartú. D'amharc sé ar a uaireadóir. A hocht a chlog. Bhí sé chomh maith acu tabhairt faoin lá. Bhí tuairim láidir ag Eoghan go raibh an rún seo le nochtadh bealach amháin nó bealach eile inniu.

Chaith siad bricféasta i gcaife beag i mBéal Cú. Ní raibh airgead na Breataine acu ach ghlac an bhean óg a rinne freastal orthu le nóta fiche euro, ag tabhairt briseadh dóibh i steirling. D'fhág Eoghan ina dhiaidh aici é agus d'iarr sé cead na leithris a úsáid. Nigh an bheirt acu a n-aghaidheanna agus chóirigh siad iad féin chomh maith is a tháinig leo. Amach leo ansin arís.

Ní raibh mórán cuma ar Bhéal Cú nó ar an Bhlaic go rabhthas ag baint úsáide as Cathal Buí mar uirlis turasóireachta. Ní raibh aon rian de le feiceáil sa chomhartahíocht áitiúil ar na siopaí nó ar na tithe tábhairne. Chuir sin iontas ar Eoghan. Bhí cleachtadh aige ar an mheaisín margaíochta mar a bhí i Meiriceá agus i gcuid mhór áiteanna in Éirinn, buntáiste tráchtála a bhaint as ceangal le himeachtaí stairiúla nó le pearsana suimiúla sa stair.

Chuaigh siad isteach i siopa nuachtán fá choinne léarscáile nó aon rud a thabharfadh eolas áitiúil dóibh. Bhí léarscáileanna de chuid na Suirbhéireachta Ordanáis ar díol ann agus cheannaigh Eoghan ceann. Chuir sé ceist ar an leaid óg a bhí taobh thiar den chuntar an raibh eolas ar bith aige ar Chathal Buí Mac Giolla Gunna.

"Who?" a fuair sé mar fhreagra. Cuma ar aghaidh an ghasúir go raibh ainm imigéiniúil á lua ag Eoghan.

"File, file cáiliúil ón ochtó haois déag. Ba as an cheantar seo é."

Thuig Eoghan ó aghaidh an fhir óig nach raibh tuairim aige cé air a raibh sé ag caint. Ghabh sé buíochas leis agus bhog leis amach agus ar ais go dtí an carr.

Scrúdaigh siad an léarscáil. Bhí go leor iarsmaí agus láithreán stairiúil sa cheantar. Bhain Eoghan a chóip de leabhar Bhreandáin Uí Bhuachalla amach agus rinne sé iarracht na háiteanna a bhí luaite le Cathal a aimsiú ar an mhapa. An deacracht is mó a bhain leis an obair seo ar ndóigh nó nach raibh aon aontacht idir na scoláirí maidir le háit bhreithe an fhile. Cinnte, bhí Loch na nÉan luaite i leagan amháin de 'An Bonnán Buí' ach bhí 'Hallaí Choinn' luaite i leagan eile, a bhí de réir an eolais a bhí os a chomhair i gContae Liatroma.

Ar bhealach ba chuma dóibh cén áit ar rugadh Cathal Buí. Ní raibh uathu ach an áit a raibh an rún folaithe. Páipéir a bhí á lorg acu is cosúil. D'éist sé leis an taifead den chomhrá a bhí idir an fear ar tugadh 'Maighistir' air agus Tomás bocht ar ghuthán Chlíodhna. Tulach na Naomh! Ní raibh a leithéid de logainm sa cheantar. *An trodaí mór ag portaíocht i mbos a ainnire.* Trodaí mór? Cérbh é nó cad é an trodaí mór? Chaith sé cuid mhaith den am sa charr aréir ag smaoineamh ar an rann aisteach. Níor tháinig sé leis é a thuigbheáil. 'Sailm don Diabhal' a bhí ráite ag an 'Maighistir'. Amhráin? Dar leis, bhí amhráin eile cumtha ag Cathal Buí a coinníodh faoi cheilt, nach bhfaca aon duine beo riamh. Arbh é sin an rún?

Cén áit a gcoinneofaí páipéir? Bhí Ó Brádaigh luaite aige. Arbh é sin an trodaí mór? Caithfidh sé gurbh é an Pádraig Ó Brádaigh céanna a thug an lámhscríbhinn do Choláiste Mhaigh Nuad a bhí i gceist. Ina shagart paróiste sa cheantar seo a bhí seisean. An séipéal, mar sin. Sin an áit ar chóir dóibh toiseacht ar an chuartú.

Ní raibh sé ródheacair teacht ar Theach an Phobail. Amach leo arís i dtreo Loch Mac nÉan agus ar chlé. Thiomáin siad timpeall leathmhíle. Bhí coláiste de chinéal inteacht ar thaobh na láimhe deise. Meánscoil chónaithe nó clochar, de réir cosúlachta, suite ar thulach bheag. Tulach? Tulach na Naomh? Níor thuig siad go dtí go raibh siad ag na geataí agus go bhfaca siad comharthaí na Seirbhíse Príosúntachta gur príosún a bhí ann. Príosún Theach Lochán! Cé go raibh cuma aosta go maith air mar fhoirgneamh, bhí barúil mhaith ag Eoghan nach raibh sé ann in aimsir Uí Bhrádaigh. Stíl ailtireachta na gcaogaidí a bhí ann. Beag an seans a bhfaigheadh siad cuartú a dhéanamh ansin cé bith!

Chonaic Eoghan túr an tséipéil agus é ag amharc amach ar an fhuinneog chlé. Thiontaigh Clíodhna an carr thart agus thóg sí an bóthar beag a chuaigh suas i dtreo an fhoirgnimh.

Bhí an séipéal agus teach an tsagairt tógtha ar bharr cnoic. Bhí áit pháirceála thíos ag an bhun agus cabhsa ag dul suas go dtí an doras tosaigh. D'fhág siad beirt an carr agus rinne a mbealach suas. Bhí isteach is amach ar deich n-uaigh i gclós an tséipéil. Sagairt pharóiste a fuair bás agus iad i mbun oibre sa pharóiste, cuireadh iad mar ba nós ann i gcomharsanacht an tséipéil. Chaith siad súil orthu. Gheit croí Eoghain. Arbh é seo *Tulach na Naomh*? Na sagairt a rinne freastal ar an phobal seo, iad curtha ar an chnoc bheag seo. Luigh sé le ciall. Lig Clíodhna gíog aisti a thug air tiontú go gasta.

"A Eoghain. Amharc. Anseo."

Uaigh Phádraig Uí Bhrádaigh a bhí ann, agus neamhchosúil leis na huaigheanna eile, buailte suas in éadan bhalla an tséipéil a bhí sí. Bhí gach uaigh eile giota beag ar shiúl ón fhoirgneamh sa gharraí bheag. De réir gach píosa fianaise a bhí acu, eisean an duine a chuir an rún i bhfolach.

Scrúdaigh siad an uaigh. Leacht beag a bhí leis agus é simplí go leor ina dhearadh. Focail Bhéarla a bhí greanta air: *"Of your charity pray for the soul of Revd Patrick Brady, P.P. of Killinagh who died 17th August 1902, aged 65 years."*

Os cionn na hinscríbhinne, bhí cailís greanta isteach sa mharmar agus diosca na comaoineach ardaithe taobh istigh di. Bhí réalta le feiceáil taobh thiar den chomaoineach. Os a cionn sin bhí fíonchaora druidte isteach ag dearadh a bhí mar shórt meascán de stíl chlasaiceach rómhánach agus stíl cheilteach. Chuir Eoghan suim sa réalta. Bhí rud aisteach fúithi, as áit ar bhealach.

Sé chos a bhí ar an réalta agus déarfá gur Réalta Dháiví a bhí ann da thairbhe sin ach ní raibh sí cosúil le siombail Rí ársa na nGiúdach ar bhealach ar bith eile. Níor chuimhin le hEoghan réalta dá leithéid a fheiceáil roimhe sin. Í istigh sa chailís leis an chomaoineach. Bhí cuma phágánach air ar shlí, ach arís seans nach raibh ann ach droch-dhealbhóireacht. Bhí Eoghan ag feiceáil rudaí aisteacha timpeall gach aon choirnéal na laethanta seo.

Bhog siad i dtreo an dorais. Doras mór adhmaid a bhí ann. An mbeadh an séipéal foscailte ag an am seo den mhaidin. Ní raibh sé a naoi a chlog go fóill. Chas Eoghan murlán agus bhrúigh sé an doras trom. Bhog sé. Isteach leo sa phóirse dhorcha. Bhí dealbh den Mhaighdean ansin rompu, tábla ar a raibh bileoga, clár fógraí agus leacht eile a thug eolas fá athchóiriú a rinneadh ar an tséipéal sa bhliain 1932. Chuaigh siad ar aghaidh agus isteach go dtí an séipéal féin.

Stíl ailtireachta an naoú haois déag a fuair siad rompu. Halla mór, na binsí uilig ag amharc chun tosaigh agus sanctóir ag barr an tséipéil. Bhí trí fhuinneog dhaite taobh thiar den altóir ard agus dath geal bándearg ar na ballaí a mheall solas isteach sa teach. Ní raibh aon ní suntasach fán teach pobail é féin; bhí sé cosúil leis na céadta séipéal eile fud fad na tíre. Dhearc Eoghan in airde ar an bhalla cúil. Bhí gailearaí ann ach ní fhaca sé aon rian d'orgán. Seans go raibh méarchlár leictreach i bhfolach áit éigin thuas ansin. Iadsan a bhí níos coitianta i séipéil na laethanta seo ná an t-orgán traidisiúnta.

Chaith an bheirt acu deich mbomaite ag siúl thart ag lorg aon rud a thabharfadh cuidiú dóibh. Bhí an dóchas ag trá ar Eoghan. Seans nach raibh a dhath sa tséipéal seo ar chor ar bith. Fiú má bhí, bhí céad bliain imithe ó cuireadh na páipéir i bhfolach. Gach aon seans gur cailleadh iad in imeacht na mblianta sin. Cinnte gur caitheadh amach cuid mhór rudaí nuair a rinneadh athchóiriú ar an áit i 1932.

Shuigh sé síos. Cén áit a bhféadfadh duine rud a chur i bhfolach i dteach pobail. Bheadh glantóirí istigh go minic, bheadh siad isteach is amach as chuile chúinne, daoine agus sagairt ag teacht is ag imeacht go rialta. Cén áit a bheadh sábháilte? Rinne Eoghan iarracht é féin a chur isteach i mbróga Uí Bhrádaigh. Cé go bhfuair seisean bás i 1902, caithfidh sé gur thuig sé na deacrachtaí a bhain le rud a chur i bhfolach i séipéal, caithfidh sé go mbeadh sé ag cuimhneamh go mbeadh rudaí á gcaitheamh amach de réir mar a d'éiríodh siad caite, go mbeadh athnuachan rialta ag dul ar aghaidh.

Cad iad na rudaí nach gcaithfí amach choíche? An raibh rud ar bith sa teach seo a bhí ann i 1902 agus a fhios maith ag Pádraig Ó Brádaigh nach gcaithfí amach é go deo. An altóir is dócha, dealbha b'fhéidir, fuinneogaí daite má bhí siad luachmhar agus galánta. Scrúdaigh sé na ballaí agus an sanctóir. Chuaigh sé féin agus Clíodhna suas go dtí an altóir ard féin agus chuardaigh siad ar chúl, chuardaigh siad an marmar maisithe ach ní raibh siad in ann aon cheo a aimsiú. Bhí altóir nua os comhair na haltóra airde sa tsanctóir, í tógtha isteach is dócha i ndiaidh na n-athruithe a tháinig le Comhairle na Vatacáine caoga bliain roimhe sin. Ní raibh a dhath aisteach faoin umar baiste, faoi na fuinneogaí faoi phictiúirí Thuras na Croise ná na dealbha.

Shuigh siad tamall. Rinne Eoghan a dhianmhachnamh ar an rann a bhí cluinte aige an oíche roimhe. Thóg sé amach an píosa páipéir ar a raibh sé scríofa. *An trodaí mór ag portaíocht... An trodaí mór!* Rith smaoineamh leis. Cath... Cathal!

"A Chlíodhna, tabhair domh do ghuthán."

D'aimsigh Eoghan an t-idirlíon ar *iPhone* Chlíodhna agus suíomh a thug míniú ar ainmneacha. Chuir sé an t-ainm 'Cathal' isteach san inneall cuardaigh.

'Trodaí fíochmhar i gcath' a tháinig ar ais mar mhíniú ar an ainm. Líon an croí in ucht Eoghain. Bhí sé ag éirí cóngarach. Mhothaigh sé ina chnámha é. Cathal a bhí sa trodaí mór. Cathal ag portaíocht i mbos a ainnire. Hmm!

Ansin, tharraing rud ar an urlár a shúil. Urlár tíleanna a bhí ann. Patrún rialta diamaintí a bhí leagtha síos iontu, ag rith ina líne dhíreach ón doras cúil go dtí an sanctóir, amach go dtí na taobhanna agus síos in aice na bhfuinneog. Bhí rud inteacht as áit i gceann de na tíleanna, rud nár luigh isteach leis an bpatrún. Chrom sé síos le scrúdú a dhéanamh air. Diosca beag práis leathorlach ar trastomhas a bhí ann, é greamaithe isteach san urlár. Réalta cúig chos greanta air ach í tarraingthe i gcruth Réalta Dháiví ach amháin go raibh cos amháin ar iarraidh. Bhí sé an-aisteach. Mar a ghearrfadh duine inteacht ceann de na cosa den réalta d'aon ghnó, rud a d'fhág easpa foirfeachta agus siméadrachta uirthi.

Thaispeáin sé do Chlíodhna é.

"Tá sin cosúil le..."

Ach thuig Eoghan láithreach. An réalta a bhí ar uaigh Phádraig Uí Bhrádaigh. Thiontaigh sé agus chuaigh sé amach arís. Conas nach bhfaca sé roimhe é? Ní Réalta Dáiví a bhí ann ar chor ar bith. Sheiceáil sé an uaigh agus ceart go leor, ní raibh ach cúig chos ar an réalta a bhí greanta ar an mharmar. Bhí an séú ceann, an ceann in íochtar folaithe istigh sa chailís. Réalta chúigchosach a bhí ann, díreach cosúil leis an cheann a bhí curtha isteach san urlár. Caithfidh sé gur chuir Ó Brádaigh féin ann í.

Thoisigh croí Eoghain ag preabadh. Bhí leid chinnte acu faoi dheireadh. Isteach leo arís, é ag míniú an scéil do Chlíodhna ar an bhealach isteach. Chrom sé arís agus bhain sé scian phóca amach. Rinne sé iarracht an réalta a scaoileadh. Bhí sí faiscthe go daingean. Choinnigh sé leis, ag tochailt isteach sa tsuimint a bhí thart ar an réalta go dtí gur éirigh leis barr na scine a bhrúigh fúithi. Cúpla tarraingt eile agus tháinig an diosca leis. Ní raibh aon rud faoi ach stroighin. Thit croí Eoghain.

Scrúdaigh sé an píosa miotail, é ag súil le scríbhneoireacht nó teachtaireacht uaidh. Ní raibh a dhath ann. Ní raibh ann ach píosa práis, gan dearadh ná scríob ar bith a thabharfadh leid d'éinne. Thug sé an réalta do Chlíodhna agus shuigh sé siar ag smaoineamh.

"Caithfidh sé go bhfuil cúis ann gur cuireadh an réalta san áit seo?" ar seisean.

Bhreathnaigh Clíodhna air. Ba mhaith léi bheith ábalta rud éigin a rá a chuideodh ach ní raibh a fhios aici cad ba chóir a dhéanamh nó cén chiall a bhí leis an réalta. Shuigh sí síos ar cheann de na binsí agus bhreathnaigh sí thart uirthi, an réalta á méarú ina lámh aici. Ansin, bhuail smaoineamh í.

"A Eoghain, níl a fhios agam, ach bheul, nach siombail í an réalta?"

"Shíl mise gur siombail Ghiúdach a bhí sa réalta sin?"

"Tá an réalta mar shiombail i gcuid mhór cultúr éagsúil, a Eoghain. Tá an ceart agat go mbaintear úsáid as réalta den chineál seo sa Ghiúdachas ach bíonn sí in úsáid freisin san Ioslam agus sa Chríostaíocht. Réalta an Chruthaitheora a thugtar ar réalta den tsaghas seo, na sé phointe mar chuimneachán ar na sé lá a thóg sé ar Dhia an domhan a chruthú. Is siombail ársa é a théann siar i bhfad roimh an Ghiúdachas ach ar ghlac Giúdaigh, Moslamaigh agus Críostaithe chucu féin ina ndiaidh sin í."

"Cá bhfuair tusa eolas den chineál seo?"

"Ní saineolaí mé, a Eoghain, ach bhí suim agam riamh san astralaíocht agus i rudaí den tsórt sin. Bhí an Chríostaíocht an-tógtha leis na réaltaí agus an astralaíocht san am a chuaigh thart. Smaoinigh ar na dátaí a socraíodh d'fhéilte móra na hEaglaise. An Nollaig ag grianstad an gheimhridh, Oíche Fhéile Eoin ag grianstad an tsamhraidh, an Cháisc – braitheann an dáta sin go huile is go hiomlán ar an ghealach agus ar na réaltaí. Ní haon comhtharlúint é go raibh ceann de na réaltlanna ba mhó ar domhan ag an Vatacáin sna meánaoiseanna."

D'amharc Eoghan le hionadh ar Chlíodhna. "Éist, smaoinigh ar Réalta Bheithil. An réalta a thaispeáin an bealach do na Magi chuig Íosa. Tuigimid nach fíor-réalta a bhí ann. Siombail a bhí ann. Thug Dia nó an instinn dhiaga nó cibé focal a thugtar air treoir do na Magi, agus baintear úsáid as siombail na réalta leis an treoir sin a chur in iúl."

"Á, 'Chlíodhna, ní chreideann tú sa raiméis sin. Instinn dhiaga?"

"Is cinnte nach gcreideann, a Eoghain, ach nach bhfeiceann tú, is cuma muna gcreidimidne ann, chreid duine éigin eile ann."

Thuig Eoghan láithreach ansin cad a bhí in intinn Chlíodhna.

"Tá tú ag rá gur leag duine inteacht an réalta seo san urlár mar threoir?"

"Sea, díreach mar a bhí Réalta Bheithil ina treoir do na Magi, tá seo ina treoir d'éinne a bhíonn ag cuartú anseo."

D'amharc an bheirt acu ar an réalta arís. Bhí cúig chos uirthi agus ceann amháin a bhí gearrtha. Cén treo? Leag siad an réalta ar ais san urlár.

"Tá fadhb againn, a Chlíodhna. Tá cúig phointe ann ach is diosca é an píosa práis seo. Ag brath ar an bhealach a leagann tú síos é, beidh pointí an réalta ag síneadh amach i dtreonna difriúla."

Bhí fadhb ansin cinnte. Bhí pointe cinnte de dhíth orthu ar dtús, sula mbeadh siad in ann aon treo a aimsiú. Rith smaoineamh le hEoghan.

"Tá sé agam," a dúirt sé go corraitheach ag amharc ar an tsanctóir agus ar an tsolas dearg a bhí lasta istigh in aice leis an taibearnacal. "An uaigh, uaigh Uí Bhrádaigh. Bhí cúig chos ar an réalta sin fosta, ní raibh ceann amháin acu le feiceáil mar bhí sé istigh sa chailís taobh thiar den chomaoineach. Nach bhfeiceann tú? Sin an pointe cinnte atá againn. Má shocraímid an chos ghearrtha seo sa dóigh is go bhfuil sé ag tabhairt aghaidh ar an taibearnacal… an Eochairist, beidh a fhios againn go cinnte cén treo ba chóir a leanstan."

Thuig Clíodhna ansin go raibh an ceart aige. Shocraigh siad an diocsa miotail ar ais san urlár agus rothlaigh siad é sa dóigh go raibh cos ghearrtha na réalta ag féachaint i dtreo an tsanctóra agus na haltóra airde. D'amharc siad in airde. Bhí cos amháin den réalta ag síneadh amach i dtreo an dorais agus na ceithre chos eile ag síneadh i dtreo na bhfuinneog ar an dhá bhalla. Dheifrigh Eoghan go dtí an chéad fhuinneog ar thaobh na láimhe deise. Ní raibh aon rud iontach faoi go dtí go bhfaca sé litreacha beaga bídeacha déanta i ngloine dhaite ag bun na fuinneoige. OP DM PP RIP. Léim a chroí. Sheiceáil sé na fuinneogaí eile agus thuig sé ansin nach raibh aon dabht ann ach go raibh an ceart aige. Ar na fuinneogaí eile bhí litreacha beaga eile, deartha i ngloine dhaite sa dóigh chéanna. OP JH PP RIP; OP HL PP RIP; OP PB PP RIP.

"Cad dó a seasann na litreacha, a Eoghain?" a d'fhiafraigh Clíodhna.

"Níl mo chuid Laidine thar mholadh beirte ach déarfainn gur rud inteacht cosúil le *Ora Pro Doiminic Meehan Sagart Paróiste Requiescat in Pace* atá i gceist leis an cheann sin," a dúirt sé ag síneadh méire ar an chéad fhuinneog. "Bí ag guí ar Dhoimnic Ó Míocháin!"

Tharraing Clíodhna a hanáil isteach de gheit. Bhí an ceart aige. Agus na fuinneogaí eile, bhí an teachtaireacht chéanna orthu. JH, HL, PB… bhí an ceann deireanach éasca go leor, Pádraig Ó Brádaigh nó Patrick Brady nó cibé ainm a bhí air i Laidin.

214

"HL… sin Hugh de Lacy. Sin an sagart a thóg an séipéal seo in aimsir an ghorta mhóir. Tá leacht dó ar an bhalla sa phóirse. An bhfaca tú é? JH? Jacobus a bhí sa lámhscríbhinn. Ar luadh ainm eile ar an taifead sin aréir. Séamas rud éigin, Séamas Mac Aogáin. J.H.? James Hughes, b'fhéidir? Tá mé ag déanamh, a Chlíodhna go bhfuil muid ag breathnú ar na daoine uilig a raibh cúram an rúin seo orthu fríd na blianta. Caidé a thug mo dhuine ar an ghuthán orthu… na 'maighistrí'?"

Ní raibh sé furasta ar Chlíodhna dul in éadan loighic Eoghain. Luigh sé le ciall agus réasún, ach fós ní raibh an rún aimsithe acu. Céard faoi chos eile na réalta, an ceann a bhí ag síneadh amach an doras. Céard a bhí amuigh ansin?

Bhog an bheirt acu amach. D'fhoscail siad an doras arís. Ní raibh aon rud rompu. D'amharc siad síos an cnocán ar an charr a bhí páirceáilte thíos fúthu agus ó sin ar aghaidh chuig coill bheag dhocha a bhí buailte le bun an tsléibhe. Cá raibh an chos dheireanach ag pointeáil? Tharraing Eoghan an léarscáil OS amach as a phóca agus scrúdaigh sé é. Rinne sé iarracht doras an tséipéil an aimsiú agus líne dhíreach a leanstan lena mhéar. Bhí sé garbh mar mhodh oibre ach ba chosúil go raibh an réalta ag síneadh amach i dtreo Bhoirne, an áit a raibh cuid mhór mhór iarsmaí seanda.

"Boirinn?" a d'fhiafraigh Clíodhna. "Tá an rún folaithe amuigh ansin?"

"Áit phágánach. D'fhéadfadh sé gur shíl Ó Brádaigh go mbeadh sé fóirsteanach mar áit chumhdaigh d'ábhar a measadh a bheith contúirteach don chreideamh."

"Níl a fhios agam, a Eoghain. Más páipéar a bhí ann agus más iarracht a bhí ar siúl ag daoine é a choinneáil ceilte ach gan é a scriosadh, cén fáth a bhfágfadh siad taobh amuigh é ar feadh céad bliain?"

Bhí ciall leis an méid a bhí le rá ag Clíodhna. Fiú san áit fholaithe is fearr a bhí ann, más taobh amuigh a bhí sé, dhéanfaí damáiste do na páipéir. Cén fáth a gcuirfeadh éinne de thrioblóid air féin na leideanna seo a leagan amach má bhí sé le bheith chomh míchúramach leis an rún é féin.

Chaith an bheirt acu deich mbomaite ag cuartú gach coirnéal de chúl an tséipéil. Bhí Eoghan réidh le héirí as an chuartú agus aghaidh a thabhairt ar an tsliabh nuair a chonaic sé rud éigin as ruball a shúile. An dealbh sa phóirse, bhí rud éigin fá dtaobh di nach raibh ceart. Dealbh den Mhaighdean a bhí ann. Stán sé uirthi. Scrúdaigh sé an dealbh ó bhun go barr. Dealbh thraidisiúnta, dealbh a bhí feicthe aige na céadta uair roimhe seo i séipéil ar fud na tíre agus ar ndóigh ar fud an domhain. Bhí rud difriúil faoin dealbh seo, áfach.

Nuair a chonaic sé é, ní raibh sé in ann a chreidbheáil nach raibh sé feicthe aige an chéad bhomaite a shiúil sé isteach sa teach pobail. Díreach ansin os a chomhair amach i lámha na Maighdine ... *i mbos a ainnire* ... Cad a deir siad, is minic an áit is fearr le rud a chur i bhfolach ná díreach os comhair shúile na ndaoine. Bhí bláthanna ina lámh ag an Mhaighdean ach bhí rud eile ann, rud beag nach dtabharfá faoi deara ar an chéad amharc. Taobh thiar de na bláthanna bhí éan i lámha na Maighdine. Éan a d'aithin sé as a mhuineál agus as a chosa fada. Bhí bonnán á iompar aici.

Scrúdaigh Eoghan an t-éan go cúramach. Bhuail sé a mhéara air. Chuala sé an fhuaim tholl. Ní cuid soladach de chuid na deilbhe a bhí ann. Ansin chonaic Eoghan nach cuid den dealbh ar chor ar bith a bhí ann. Thart faoi bhun chosa an éin, chonaic sé rian an phláistéir, an áit ar greamaíodh an t-éan taobh thiar de na bláthanna. Go han-chúramach, rinne sé iarracht an t-éan a thógáil. Tharraing sé. Níor bhog an t-éan. Tharraing sé arís níos láidre agus bhris an t-éan ar shiúl ón chuid eile den dealbh de phlab. Bhreathnaigh sé isteach ar bun san áit ar briseadh é. Bhí rud inteacht sáite istigh ann. Bhí béal Chlíodhna ar leathadh nuair a d'amharc sé uirthi. Níor labhair ceachtar acu. Bhuail Eoghan an t-éan ar thaobh an umair bhaiste leis an phláistéir a bhriseadh agus thit paicéad beag leathair amach ar an urlár.

Chrom Clíodhna lena thógáil. Bhí leathanaigh a bhí donn leis an aois istigh sa sparán bheag leathair. An é seo rún an bhonnáin a bhí aimsithe acu faoi dheireadh? Thoisigh Clíodhna ar an strapa leathair a bhaint den sparán ach chuir glór ard garbh taobh thiar di stop léi.

"Béarfaidh mise sin liom anois, a chailín."

Thiontaigh an bheirt acu. D'aithin siad an guth. Bhí sé cluinte acu an oíche roimhe sin ar an ghuthán, an guth a bhí ag caint agus ag argóint le

Tomás Ó Doinnshléibhe díreach sular maraíodh é. Chonaic siad cruth an Mhaighistir sa doras, a aghaidh dorcha i ngeall ar an tsolas taobh thiar de. Bhí fear mór lena thaobh.

"Tabharfaidh tú domsa anois díreach é, nó ní fheicfidh sibh solas na lae arís go brách."

Ba ansin a thug siad faoi deara an gunna a bhí i lámha an fhir eile, é aimsithe ar chroí Chlíodhna!

CAIBIDIL 27

Bhí an Garda Úna Ní Raghallaigh agus an Bleachtaire Deiric Ó Dúill i ndiaidh teagmháil a dhéanamh le gardaí Leitir Ceanainn. Bhí stáisiún na ngardaí, foirgneamh mór déanta de bhrící dearga, suite ar mhullach os cionn iarsmalann an bhaile, tógtha ar shuíomh Theach na mBocht mar a bhí. Stáisiún gnoitheach a bhí ann, go leor gardaí ag teacht agus ag imeacht. Baile gnoitheach a bhí i Leitir Ceanainn ar an tSatharn, na sluaite ag tarraingt ar thithe leanna agus chlubanna an bhaile ón cheantar máguaird. Thagadh busanna isteach ó Dhoire agus ón Ómaigh fiú, agus iad lán daoine óga a bhí ag iarraidh freastal ar chlubanna oíche an bhaile. Bhí an deireadh seachtaine seo le bheith níos gnoithí arís de thairbhe cúig mhíle dhéag sa bhreis a bhí ag freastal ar fhéile an Oireachtais. Buntáiste mór do lucht ghnó an bhaile ach tinneas cinn do na gardaí a bhí ag iarraidh smacht agus ord a choinneáil ar na sluaite.

Níorbh iad lucht an Oireachtais ba mheasa. Reachtáladh an fhéile sa bhaile dhá uair roimhe sin agus bhí cur amach ag na gardaí ar an chineál duine a rinne freastal uirthi. Cinnte bhí dúil acu san ól, ach bhí an chuid ba mhó de na daoine a tháinig don fhéile cruinnithe le chéile in óstáin an bhaile agus taobh amuigh de chúpla amhlán óg a raibh barraíocht ólta acu agus iad amuigh ar na sráideanna ní raibh mórán trioblóide leo.

Bhí coinne ag Úna agus Deiric leis an cheannfort áitiúil. Eisean a bhí ag caint le ceannfort Shráid an Phiarsaigh an oíche roimhe sin. Bhí cnámha an scéil aige ach bhí níos mó eolais de dhíth air. Thaispeáin Úna grianghraf de Chlíodhna dó a tógadh óna hárasán agus pictiúr d'Eoghan a íoslódáladh ó shuíomh idirlín Ollscoil Harvard.

"Seo na daoine a scairt orainn le heolas fán bhagairt ar an fhéile seo.

I ndiaidh dúinn an scéal a fhiosrú, tá muid den bharúil go bhfuil baint ag an bhagairt seo leis an ionsaí a rinneadh ar Óstán an Shelbourne cúpla lá ó shin agus leis an lámhach i reilig an Spidéil."

"Agus fiú is nach bhfuil an bheirt seo sásta teacht isteach agus eolas cinnte a thabhairt dúinn, tá sibh sásta glacadh leis an tuairisc seo uathu faoi bhagairt."

"Tá muid tar éis an scéal a phlé go mion. Ní thuigimid an t-iomlán go fóill agus sea, níl muid ábalta teagmháil a dhéanamh leo. Tá rabhadh curtha thart chuig stáisiúin uile na tíre ag iarraidh ar ghardaí bheith ag faire amach dóibh, ach go fóill, níl aon tásc orthu. Le do cheist a fhreagairt. Tá muid den bharúil láidir go bhfuil bunús leis an bhagairt."

"Tá sé deacair a chreidbheáil go mbeadh bagairt ann in éadan lucht féile is lucht Gaeilge. Níl mórán dochair iontu."

"Aontaím leat, a cheannfoirt," a dúirt an Bleachtaire Ó Dúill. "Tá rud eile ba chóir dúinn a insint duit freisin. Tá amhras caite ar bhall den fhórsa as páirt a bheith aige sa chomhcheilg seo."

"Bheul, bheul. Sin scéal!"

"Tá a fhios agam go bhfuil sé deacair glacadh le seo uilig, go háirithe nuair nach bhfuil againn le gabháil air ach scairt ghairid ar an ghuthán ó dhuine nach bhfuil sásta dul i muinín na ngardaí, ach creidimid gur chóir aird a thabhairt ar an bhagairt seo ar eagla na heagla."

Bhí taithí mhaith ag ceannfort Leitir Ceanainn ar bhagairtí. I dTír Chonaill a bhí seisean mar gharda óg nuair a bhí na trioblóidí sa Tuaiscirt i mbarr a réime. Bhí cuimhne mhaith aige ar an am a bhí siad ag brath ar scéalta fánacha ó dhaoine nach raibh sásta dul ar an taifead le dul i ngleic le gníomhaíochtaí na bparaimíleatach. Shíl sé, áfach, go raibh na laethanta sin imithe. Lig sé osna as agus dhírigh sé a aird ar ais ar an bhangharda agus ar an bhleachtaire.

"Maith go leor. Cad is féidir liom a dhéanamh daoibh?"

Bhí cruinniú ag na gardaí le lucht eagraithe an Oireachtais. Ionadh an domhain a bhí orthu go mbeadh bagairt ar bith ann ar an fhéile. Cheistigh na gardaí iad fá aon rud a tharla nó a thug siad faoi deara a bhí neamhghnách. Ní raibh siad ábalta smaoineamh ar aon cheo. Chuaigh gach aon rud de réir an phlean a bhí leagtha amach acu, bhí na comórtais ag dul ar aghaidh mar ba ghnách agus ní raibh aon trioblóid nó ábhar imní acu.

Chuimhnigh Peigí, a d'oibrigh in Ardoifig Chonradh na Gaeilge, agus a bhí ag freastal ar an chruinniú leis na gardaí, ar an bhriseadh isteach i Sráid Fhearchair an deireadh seachtaine roimhe sin. Chuir na gardaí suim sa scéal.

"Tháinig gardaí Shráid Fhearchair leis an scéal a fhiosrú, ach ní raibh aon toradh air. Níor tógadh aon ní. Tharla sé roimhe go raibh briseadh isteach ann, ach cé go raibh damáiste beag déanta do dhoras dín agus do bhalla ní raibh aon cheo eile ann."

"Níor tógadh aon rud – tá sibh cinnte de sin."

"Tá. Bhí liosta, fardal déanta amach ag lucht an Oireachtais. Déanann siad é chuile bhliain nuair atá siad ag imeacht ón chathair agus ag tabhairt aghaidh ar an tuath. Bhí gach aon rud acu ar fhágáil dóibh. Ní raibh aon rud ar iarraidh."

"Ar cuireadh isteach ar aon oifig eile."

"Ní go bhfios dúinn. Bhí an doras dín in aice le hoifig an Oireachtais, seans gur leaids óga a tháinig isteach go ndeachaigh siad fríd an fhoirgneamh agus nuair nach bhfaca siad aon ní luachmhar gur imigh siad leo arís."

"Seans go bhfuil an ceart agat. Ach mar sin féin, b'fhearr dúinn dul i dteagmháil le Sráid Fhearchair," arsa an bleachtaire. "Inis dom cad a bheidh ar siúl tráthnóna agus anocht."

"Tá na comórtais scéalaíochta ar siúl fá láthair. Beidh damhsa ar an tsean-nós ann tráthnóna agus Corn Uí Riada anocht ag toiseacht ag a seacht."

"An mbeidh siad ar siúl anseo san óstán?"

"Ní bheidh. Tá Ionad Siamsaíochta an Aura in úsáid againn. Craolfar na himeachtaí sin ar an teilifís agus ar an raidió agus sin an áit is fóirsteanaí dóibh."

"Cá bhfuil an Aura seo?"

"Tá sé ar an taobh eile den bhaile. Níl sé i bhfad ar shiúl sa charr. Cúig, deich mbomaite."

"Beidh orainn é sin a sheiceáil fosta," arsa an Bleachtaire Ó Dúill. "Cé hiad na daoine atá ag obair libh anseo? Caithfidh sé go mbíonn foireann measartha mór ag teastáil le gach rud a choinneáil ag obair mar is ceart."

"Tá ceathrar dínne ann agus tugann lucht oifige an Chonartha cúnamh freisin. Fostaíonn muid moltóirí agus daoine leis na comórtais a chur i láthair. De ghnáth is iar-bhuaiteoirí na gcomórtas féin a dhéanann an obair sin. Lucht na n-óstán agus daoine a bhíonn fostaithe sna hionaid iad féin a réitíonn na hionaid comórtais. Tá a gcuid fostaithe féin ag RTÉ agus TG4. Fostaíonn muidne grianghrafadóir, lucht fuaime agus mar sin de agus ansin bíonn Criú an Oireachtais ann."

"Criú an Oireachtais?"

"An coiste áitiúil agus óglaigh eile a chuidíonn linn le reáchtáil na gcomórtas. Maoirsiú, eolas a thabhairt amach, jabanna beaga eile den chineál sin."

"'Bhfuil liosta agat de na fostaithe uile atá agat?"

"D'fhéadfainn ceann a fháil duit. A Emer, an bhféadfá…"

Chuaigh Emer chuig ceann de na ríomhairí ag iarraidh an doiciméad a aimsiú.

"Ní raibh amhras ar bith oraibh faoi aon cheann de na fostaithe?"

"Ní raibh, a bhleachtaire, le fírinne, ní raibh!"

D'fhág na gardaí uimhreacha lena dtiocfadh le lucht eagraithe an Oireachtais dul i dteagmháil leo dá dtarlódh aon ní amhrasach nó dá gcuimhneodh siad ar aon rud.

"Colm Mac Giolla Dé," a d'fhiafraigh Úna. "Bhfuil duine ar bith den ainm sin ag obair libh?"

"Go bhfios dom, níl."

Thug Emer liosta ainmneacha Chriú an Oireachtais don bhleachtaire móide cúpla bileog eile, liosta na moltóirí agus daoine a bhí ag cur comórtas i láthair agus fostaithe eile de chuid an Oireachtais. D'amharc Úna fríd na liostaí go gasta. Ní raibh ainm Mhic Giolla Dé ar aon cheann acu.

"Beidh muid i dteagmháil libh go rialta i rith an lae ar scor ar bith," a dúirt an bleachtaire.

D'fhág an bheirt ghardaí an t-óstán agus phill siad ar stáisiún na ngardaí.

Bhí seomra beag curtha ar fáil ag ceannfort Leitir Ceanainn don fhiosrúchán. Bhí ríomhaire, teileafón agus inneall faics ann agus cibé cuidiú a bhí de dhíth orthu ón fhórsa áitiúil geallta ag an cheannfort dóibh. Bhí sé socraithe go mbeadh gardaí ar dualgas sna hóstáin agus ag Ionad an Aura i rith an lae. Go dtí go mbeadh eolas níos cruinne acu ní raibh mórán eile thiocfadh leo a dhéanamh.

Thriail Úna Ní Raghallaigh uimhir Chlíodhna arís. Freagra ar bith. Bhí iarratas curtha isteach aici ar thraiceáil GPS a dhéanamh ar an ghuthán. Rinneadh iarracht, ach tháinig an scéal ar ais go raibh an chosúlacht ann go raibh an guthán casta as agus go raibh an ceallra bainte as. Ní fhéadfadh siad é a aimsiú. Ba scéal eile é, áfach, an cuartú a rinneadh ar ghuthán Pheadair Uí Cheallaigh. B'éigean don phríomhcheannfort i Sráid an Phiarsaigh an cuartú ar ghuthán an Bhleachtaire-Sháirsint a cheadú. Aimsíodh rian an ghutháin ag leathuair tar éis a naoi an mhaidin sin agus é ag gluaiseacht fríd Chontae an Chabháin. Bhí sé deacair é a aimsiú go beacht mar bhí droch-chomhartha ón ghuthán ach bhí an fón i ndiaidh stopadh gar don teorainn le Fear Manach in aice leis an Bhlaic tamall gairid roimhe sin. Cuireadh an scéal chuig an Bhleachtaire Ó Dúill agus Úna Ní Raghallaigh. Tugadh le fios go raibh carr gardaí ar an bhealach amach ionsair.

Chuaigh an bleachtaire agus an bangharda fríd an liosta a bhí tugtha ag lucht an Oireachtais dóibh. Chuir siad na hainmneacha fríd bhunachar sonraí na ngardaí go bhfeicfeadh siad an raibh a dhath ar bith acu ar aon duine a bhí liostáilte ann. Ghlacfadh sé tamall beag sula dtiocfadh aon eolas cinnte ar ais chucu, má bhí aon eolas ann.

I dtrátha ceathrú go dtí a haon déag, d'fhág siad an stáisiún arís eile le breathnú ar ionaid na gcomórtas, scéal fágtha acu ag lucht na hoifige i Leitir Ceanainn teagmháil a dhéanamh leo láithreach dá dtiocfadh scéal ar bith a bhain leis an fhiosrúchán isteach. Ní raibh le déanamh i ndáiríre ach fanacht.

CAIBIDIL 28

Níor bhog Eoghan ná Clíodhna. Bhí siad sioctha mar a bheadh dhá oighreog ann, na súile sáite acu sa ghunna a bhí dírithe orthu ansin i bpóirse an tséipéil.

"Ní fhéadfadh sibh an scéal a fhágáil mar a bhí," a dúirt an Maighistir de ghuth gairgeach. "Dá bhfágfadh, cá bhfios ach go mbeadh saol fada sona agaibh beirt le chéile."

Bhog sé i dtreo Chlíodhna agus shnap sé an sparán leathair as a lámh.

"Ní thuigeann sibh a raibh ar siúl agaibh, an dtuigeann? Cén chaoi a dtuigfeadh?"

Tháinig a ghlór ar ais chuig Eoghan.

"Ó, tuigimid go maith. Mharaigh tusa Tomás Ó Doinnshléibhe, rinne tú iarracht muidne a mharú sa Spidéal."

Baineadh geit bheag as an Mhaighistir. Cén dóigh a mbeadh eolas acu faoi Thomás? Maraíodh é ar an toirt agus cuireadh in uaigh farraige é. Níl aon slí a bhféadfadh fios a bheith ag an bheirt seo ar ar thit amach an oíche roimhe. D'fhéach an Maighistir ar Pheadar Ó Ceallaigh ach ní fhaca sé ach ceistiú ina aghaidhsean. Cá bhfuair siad an t-eolas sin? Bheadh air bheith cúramach. Bomaite roimhe sin, ní raibh i gceist aige ach iad a mharú agus imeacht leis, ach d'athraigh an t-eolas seo an plean. An raibh an t-eolas sin curtha ar aghaidh acu chuig aon duine eile, an dtiocfadh lena phlean mór bheith i mbaol? Cad go díreach a bhí ar eolas acu? B'fhearr dó bheith cinnte de sin sula bhfaigheadh sé réitithe leo.

Thug Eoghan an mhíchinnteacht faoi deara, agus thuig sé go bhféadfadh seans beag éalaithe a bheith acu dá mbeadh siad ábalta an bheirt seo a choinneáil in amhras. D'amharc sé ar an fhear bheag a bhí ag déanamh na cainte uilig. Sagart a bhí ann, ar a fheisteas. Bhí cuma thinn air, é aosta agus rud beag craplaithe, cé go raibh tine le sonrú ina shúile. Shíl Eoghan nach mbeadh mórán deacrachta aige an seanduine a chloí dá dtiocfadh sé chuig achrann ach ba rud eile ar fad é fear an ghunna. Fiú dá bhfaigheadh sé réidh leis an ghunna, ní raibh Eoghan cinnte ar chor ar bith go dtiocfadh leis é a bhualadh i gcomhraic aonair. Cé go raibh Eoghan níos óige ná é, bhí sé ar leathlámh, agus bhí fear an ghunna téagartha, cuma an halla gleacaíochta ar a mhatáin.

"Níl dada ar eolas agat, a mhaistín," arsa an Maighistir.

Thuig Eoghan go raibh an sagart seo ag iarraidh a fháil amach cad a bhí ar eolas acu, cad ab fhéidir a bheith inste acu do na gardaí. Dá mbeadh Eoghan ábalta é a choinneáil ag caint, b'fhéidir fós go mbeadh siad in ann éalú uathu.

"Tá a fhios againn gur mharaigh tú Tomás, tá a fhios againn faoi na pleananna atá agaibh do Leitir Ceanainn, tá a fhios againn faoi Cholm Mac Giolla Dé!"

Fíorbheagán a bhí ar eolas ag Eoghan i ndáiríre, ach b'fhiú imní a chur ar an tsagart a bhí os a chomhair. Ba léir gur éirigh leis mar bhain a chaint stad as an Mhaighistir.

"By Dad, bhí sibh cruógach!" a dúirt sé faoi dheireadh. "Botún a bhí ann ar ndóigh bhur mbeatha a ligean libh. Ba chóir don bheirt agaibh bheith marbh i bhfad roimhe seo. Bhí an t-ádh oraibh."

D'amharc Eoghan thart air ag iarraidh rud inteacht a aimsiú a d'fhéadfadh sé a úsáid mar uirlis troda.

"Ní thiocfaidh a dhath maith as bhur gcuid pleananna. Tá an t-iomlán ar eolas ag na gardaí. Beidh siad anseo am ar bith feasta."

Bhí a fhios ag Eoghan chomh luath is a bhí na focail sin ráite aige go raibh barraíocht ráite aige. Bhí sé soiléir ar aghaidh an tsagairt nár chreid sé ar dhúirt Eoghan fá na gardaí a bheith ar an bhealach. Leath meangadh beag gránna ar aghaidh an Mhaighistir.

"Bréagach thú, a mhic. Is furasta do shearbhóntaí an Tiarna bréaga a aithint. Nach bhfuil na gardaí anseo cheana féin. Ha ha!"

Rinne an fear an ghunna gáire beag i gcuideachta an Mhaighistir.

"Tá bhur rás rite, a chuilceacha, bígí amuigh!"

Tharraing Eoghan Clíodhna isteach chuige ag iarraidh é féin a chur idir í agus fear an ghunna. Chúlaigh sé giota beag i dtreo dhealbh na Maighdine.

"Bígí amuigh, a deirim. Ní thruailleoimid Teach Dé le bhur gcuid fola suaraí."

Chúlaigh Eoghan arís, agus Clíodhna taobh thiar de. Taobh leis an dealbh a bhí sé, an gunna dírithe ar a bhrollach. Chaill an Maighistir foighne leo.

"Cuir amach iad."

Shiúil fear an ghunna ionsorthu go mall. Chuir Eoghan cos taobh thiar de agus bhog sé a chorp sa dóigh is nach raibh ach gualainn os comhair an ghunnadóra. D'ardaigh sé a lámh dheas, an lámh chéanna a gortaíodh an oíche roimhe sin, os a chomhair go mall le nach ngeitfeadh fear an ghunna ach ard go leor le seachrán beag a chur air. Go huathoibreach agus gan smaoineamh coinsiasach uaidh lean lámh an ghunnadóra lámh Eoghain, ní raibh an gunna dírithe ar a chorp níos mó. Ansin go gasta sula raibh a fhios ag éinne cad a bhí ag tarlú, bhí lámh mhaith Eoghan taobh thiar den dealbh agus le fórsa iomlán a choirp tharraing sé an dealbh den tseastán ar a raibh sí ag seasamh, siar os a chomhair agus anuas ar fhear an ghunna. Ag an tsoicind chéanna gheit an gunnadóir agus scaoil sé urchar. Líon an póirse le tormán bodhrach an ghunna. Thit Eoghan siar ar Chlíodhna. Thit Peadar Ó Ceallaigh faoi ualach na deilbhe. Bhí Eoghan ar a chosa go gasta. Bhí an Bleachtaire-Sháirsint ar a ghlúine, a anáil bainte de. Léim Eoghan ar lámh an ghunnadóra agus mhothaigh sé cnámha ag briseadh faoina chos. Ansin thug sé cic fhíochmhar dó faoi bhun a ghéill. Thit Ó Ceallaigh siar gan aithne gan urlabhra.

Chonaic Eoghan an gunna ina luí ar an urlár. Níor leag sé lámh air ach chiceáil sé isteach taobh thiar de fríd dhoirse an tséipéil agus faoi na binsí. Bhí Clíodhna ag screadaíl. Chrom sé chuici. Ní raibh sí gortaithe.

"Fuist, a thaisce, fuist. Beidh chuile shórt i gceart."

Ní raibh an sagart le feiceáil.

"Damnú air! Caithfimid na páipéir sin a fháil. 'Bhfuil tú ábalta seasamh?"

Sméid Clíodhna a ceann. Ní raibh sí in ann labhairt leis na smeacharnach, ach rug sí ar lámh Eoghain agus lean sí amach é.

Bhí an sagart sa charrchlós thíos faoi bhun an tséipéil, é ag casadh eochair i ndoras a chairr.

"Scread mhaidine air. Tá sé ag fáil ar shiúl. Gabh i leith! Gasta!"

Rith an bheirt acu síos an cosán agus isteach sa charrchlós. Bhí an sagart sa charr. An t-inneall ar siúl aige. Chúlaigh an carr go gasta. Chonaic Eoghan an mhire in aghaidh an Mhaighistir. Bhí sé mar a bheadh ainmhí fiáin ann. Ghluais an carr ina threo faoi lánluas. Bhí sé i gceist ag an Mhaighistir é féin agus Clíodhna a leagan sula n-imeodh sé. Bhrúigh Eoghan Clíodhna as an bhealach ar chlé agus rith sé féin ar dheis. Lean an sagart é. Bhí an carr nach mór air nuair a léim Eoghan go gasta ar chlé arís, á chaitheamh féin thuas ar bhun an gharraí faoin tséipéal. Bhí an carr ag gluaiseacht róthapa. D'imigh sé ó smacht. Chonaic Eoghan an sceoin ar aghaidh an tsagairt, díreach sular rith sé isteach i dtamhan crainn.

Más olc a bhí torann an ghunna taobh istigh den tséipéal, is measa i bhfad a bhí tuaim bhoinéad an chairr agus é ag déanamh clupaidí de féin in éadan an chrainn. Rith Eoghan chuig an charr ach thuig sé nach raibh aon bhealach a dtiocfadh leis an tsagart bheith beo. Ba bheag nár gearradh corp aosta an tsagairt ina dhá leath ag an timpiste, a chloigeann caite ar uillinn aisteach thar an roth stiúrtha. D'amharc Eoghan isteach sna súile liatha sin a bhí fós foscailte. Chonaic sé imrisc a shúl ag leathadh de réir mar a bhí rian deiridh na beatha ag éalú as a chorp.

Ní raibh trua ag Eoghan dó. Rinne an seanfhear seo a sheacht ndícheall é féin agus Clíodhna a mharú. Eisean ba chúis le bás Thomáis agus ag Dia é féin a bhí a fhios cé mhéad bás eile. Níor mhothaigh Eoghan ach sástacht go raibh sé marbh. Chuardaigh sé smionagar an chairr ag lorg an sparáin leathair. Beag an seans gur tháinig sé slán. Ansin, ar a raibh fágtha d'urlár thaobh an phaisinéara chonaic sé é. Shín sé a lámh isteach an fhuinneog bhriste agus tharraing sé amach é.

Thiontaigh sé chuig Clíodhna. Bhí sí ina rith chuige. Chaith sí a lámha timpeall air agus phóg sí é.

Ba bhreá le hEoghan bheith ábalta fanacht ansin go deo faiscithe i mbarróg Chlíodhna, ach thuig sé nárbh é seo an t-am dó. Bhí daoine ag cruinniú. Cé nach raibh aon teach róchóngarach don tséipéal, bhí trup na taisme ard go maith. Bheadh an áit plódaithe roimh i bhfad, bheadh na gardaí ar an bhealach, ní bheadh éalú ar bith ann dóibh. Tharraing sé Clíodhna leis i dtreo an ghluaisteáin agus thiomáin sé leis, a chár ag greadadh in éadan a chéile leis an phian damánta ina sciathán. Bhí fonn air dusta a bhaint as an bhóthar ach thuig sé go dtarraingeodh sin aird. Rinne sé a bhealach amach ar an phríomhbhóthar arís, isteach go dtí an Blaic agus trasna na habhann go Contae Fhear Manach.

Míle taobh amuigh den bhaile, tharraing sé isteach ag leataobh a d'amharc amach ar Loch na nÉan Íochtarach. Bhí an t-aidréanailín a bhí ag cúrsáil frid a chorp le cúig bhomaite dhéag tráite agus tháinig crith fíochmhar ann. D'fhoscail sé doras an chairr agus amach leis gur chaith sé iomlán dá raibh ina bholg aníos ansin ar thaobh na sráide. Cúig bhomaite iomlán a chaith sé ag tarraint orla go dtí gur shíothlaigh an fásbhrúcht ann.

CAIBIDIL 29

Bhí ceann de na sluaite ba mhó dá bhfaca éinne riamh i láthair ag an Oireachtas i Leitir Ceanainn. Mheas lucht a eagraithe go raibh isteach is amach ar fhiche míle duine ag freastal ar an fhéile. Bhí Óstán an Mount Errigal dubh le daoine ó mhaidin, bhí na hóstáin eile an-ghnoitheach fosta, bhí scaiftí móra i láthair ag na comórtais san Institiúid Teicneolaíochta, in Amharclann an Ghrianáin agus sna hionaid eile. Bhí lucht seimineáir, comhdhála agus cruinnithe i láthair, foirne nuachta, léiritheoirí teilifíse agus raidió, feachtasóirí, ceoltóirí agus damhsóirí in achan choirnéal.

D'fhan na gardaí as radharc, cuid mhaith, san óstán agus ag na mórimeachtaí. Níor theastaigh uathu cur isteach ar an fhéile ná eagla rómhór a chur ar dhaoine. Scrúdaíodh na hionaid uilig go cúramach roimh gach imeacht, chuidigh Criú an Oireachtais agus lucht na n-óstán leo ach go dtí seo níor aimsíodh aon ní amhrasach. Thoisigh cuid de na gardaí ag ceistiú an raibh gá leis an tslándáil bhreise seo, cuid de na gardaí sinsearacha ina measc. An fhadhb a bhí ann go raibh an t-eolas a bhí faighte acu ró-éiginnte. Bagairt bunaithe ar fhianaise beirte nach raibh sásta teacht isteach agus tuairisc mar is ceart a thabhairt do na bleachtairí. Go leor de na gardaí a bhí ar an eolas fán chás, chaith siad níos mó amhrais ar Eoghan agus ar Chlíodhna ná mar a chaith siad ar an scéal a bhí acu faoi bhagairt.

Ní raibh ag éirí go rómhaith le hÚna Ní Raghallaigh nó le Deiric Ó Dúill ach an oiread. Bhí ainmneacha na bhfostaithe agus na ndaoine uilig a bhí ag obair go deonach don Oireachtas seiceáilte acu agus níor tháinig aon ní amhrasach chun solais. Ar ndóigh, bheadh sé furasta go leor ag duine de na fostaithe sin ainm bréige a úsáid. Go háirithe iad siúd a bhí ag obair go deonach.

Bhí rud amháin, áfach, a tháinig amach as an fhiosrúchán agus as an phróiseas crostagartha. Garda óg darbh ainm Míchéal Ó Giobúin a chonaic ceangal fánach.

"B'fhéidir nach bhfuil a dhath ann," a dúirt sé go leithscéalach, "ach bhí cás againne anseo de cheoltóir a fuair bás go tragóideach."

"Abair leat," arsa an Bleachtaire Ó Dúill, a chluasa in airde.

"Tionóisc buille is teitheadh a bhí ann, an tseachtain seo caite, sílim. Ceoltóir as Gaoth Dobhair. Bhí gardaí na nGleanntach ag déileáil leis."

"Buille is teitheadh? Fánach go leor, ach is fiú é a sheiceáil. Níl mórán eile againn. Ceoltóir a deir tú?"

"Bheul, ní déarfainn gur ceoltóir proifisiúnta a bhí ann, ach ba ghnách leis bheith ag ceol ó am go chéile. Dónall Mac Giolla Easpaig an t-ainm a bhí air."

"Raibh aithne agat air?"

"Ní raibh mórán. D'aithneoinn é dá bhfeicfinn é. Chaith mé bliain mar gharda sa cheantar."

Bhí Úna Ní Raghallaigh gnoitheach ag cuartú sonraí an cháis i mbunachar sonraí na ngardaí. Tháinig sí ar an tuairisc gan mórán moille.

"Níl rud ar bith anseo faoi é bheith ina cheoltóir."

"Cén fáth a mbeadh? Ní raibh sé ábharach don chás. Ach ceoltóir a bhí ann. Chuala mé féin é uair nó dhó. Dúirt mé nach raibh ann ach tuairim fhánach, ach ós rud é go mbaineann bhur ngnoithe le bagairt ar fhéile cheoil, shíl mé…"

"Agus ní bhfuarthas tiománaí an chairr riamh?"

"Ní shílim go bhfuair."

"Caidé do bharúil, a Úna?" arsa an bleachtaire.

"Ní fheicim cén dóigh a dtig leis cuidiú linn muna bhfuil…"

Thost Úna. Tháinig cuma staidéarach uirthi.

"Cad é?"

"Níl a fhios agam, bheul, níl ann ach gur rith smaoineamh aisteach liom."

"Céard é féin?"

"Tá muidne ag amharc ar an chás seo amhail is gur bagairt ar fhéile a bhí ann, ach b'fhéidir nach é. Céard faoi… más bagairt in éadan ceoltóirí atá ann."

"Ní thuigim!"

"Seans nach bhfuil aon ní pleanáilte in éadan na féile féin, ach in éadan ceoltóirí atá ag freastal ar an fhéile."

"Ach nach ionann an dá rud? Ionsaí ar rannpháirtithe na féile, nach ionsaí ar an fhéile féin é sin."

"Cinnte, a bhleachtaire, ach tugann sé leid níos fearr dúinn cén áit ar chóir dúinn bheith ag díriú ár bhfiosrúcháin."

Thuig an bleachtaire ansin cad a bhí á rá aici. Smaoinigh sé bomaite sular lig sé osna as. Bhí fadhb aige fós leis an léim mhór seo sa dorchadas.

"Ach, a Úna, ní thig linn bheith cinnte. Tá an ceangal seo an-fhánach go deo."

"Bheul, d'fhéadfaimis seiceáil an raibh aon eachtra eile den tsórt ann, ceoltóir a fuair bás go hamhrasach. Má tá sé i ndiaidh tarlú roimhe seo…"

"D'fhéadfadh sé go mbeadh patrún ann. B'fhiú é a thriail."

Chrom siad beirt ansin os comhair an ríomhaire ag lorg eolais fá bhásanna amhrasacha le sé mhí anuas. Tháinig seasca a dó de chásanna aníos ar an scáileán. Rinne siad iarracht an cuartú a theorannú. Chaith siad amach cásanna a raibh amhrasán gafa nó ceistithe ag na gardaí. Seacht gcás. Scrúdaigh siad na seacht gcás seo. Ní raibh aon tagairt d'aon cheann de na híospartaigh bheith ina cheoltóir.

"Ach arís, cén fáth a mbeadh aon tagairt ann don cheol?" a dúirt Úna. "Ní bheadh sé ábharach don fhiosrúchán, nó ar an laghad is beag duine a shamhlódh go dtiocfadh leis bheith ábharach."

"Cuir na hainmneacha sin isteach in *Google*," a dúirt an bleachtaire.

Níor tháinig aon tagairt don cheol aníos don chéad triúr, ach ansin leis an cheathrú ceann, bhí tagairtí go leor ann don cheol, agus níos spéisiúla arís don bheirt ghardaí, ceol sean-nóis a bhí i gceist.

"Rosanne Uí Mhaolchatha as na Déise," a dúirt an bleachtaire de chogar. "Go leor comórtas sean-nóis buaite aici thar na blianta. Nimhíodh í i mbialann coicís ó shin. Chuir na gardaí áitiúla fiosrúchán dúnmharaithe ar bun ach níor tháinig a dhath as go fóill, gan oiread is amhrasán amháin acu."

"Coinnigh ort, seiceáil na hainmneacha eile."

Ní raibh aon cheangal leis an cheol ag an chúigiú nó ag an tséú hainm ach arís, ní thiocfadh leat gan a thabhairt faoi deara go raibh baint nach beag ag ainm a seacht leis an cheol sean-nóis, Mícheál Ó Murchú, nó Maidhc Séainín mar ab fhearr aithne air. Dála Rosanne, bhí ar an laghad céad leathanach idirlín fána shaol mar cheoltóir sean-nóis.

"Dónall Mac Giolla Easpaig, Rosanne Ní Mhaolchatha, Mícheál Ó Murchú agus an leaid óg seo Caoimhín Ó Cadhla, iad uilig marbh le cúpla seachtain anuas. A Úna, sílim go bhfuil patrún againn."

Thiontaigh an bleachtaire chuig an Gharda Ó Giobúin a bhí ina sheasamh go fóill sa tseomra.

"Faigh amach cad iad na comórtais amhránaíochta atá fós le bheith ann."

Bhí an t-eolas ina luí ar an deasc sa tseomra. Thóg an garda óg bróisiúr Oireachtas na Gaeilge ina lámh agus d'amharc sé fríd. Bhreathnaigh sé ar a uaireadóir.

"Tá roinnt comórtas do pháistí ar siúl san am i láthair nó díreach réidh le toiseacht, ach níl ach ceann amháin fágtha do dhaoine fásta."

"Cad é?"

"Príomhchomórtas an Oireachtais," ar sé ag léamh amach as an bhróisiúr. "Corn Uí Riada!"

Ón bhomaite sin ar aghaidh, bhí fócas le gníomhaíochtaí na ngardaí. Cuireadh breis gardaí amach go hionad siamsaíochta an Aura, áit a mbeadh an comórtas ar siúl. Bhí an comórtas seo le craoladh beo ar an raidió agus bheadh fothú beo ar an idirlíon. Bhí criú teilifíse i láthair leis an chomórtas a thaifeadadh agus bheadh na buaicphointí ar an teilifís. Má bhí ionsaí pleanáilte ar an chomórtas seo, gheobhadh sé sárphoiblíocht. Chluinfeadh agus d'fheicfeadh pobal na Gaeilge, pobal na hÉireann agus na cruinne, an t-ionsaí ag tarlú beo beathach.

Cé nach raibh fianaise chinnte acu go fóill – taobh amuigh den ghlaoch ó Eoghan Ó Laighin agus an patrún aisteach maruithe – thuig an Bleachtaire Ó Dúill agus an Garda Ní Raghallaigh go mbeadh ionsaí ar an chomórtas seo loighiiúil don duine a bhí ag iarraidh cibé pointe nó teachtaireacht a bhí aige a dhéanamh. *Spectacular* a bheadh ann, mar a deir lucht an Bhéarla. Bhí tuilleadh eolais de dhíth ar na gardaí agus sin go gasta.

Thoisigh rudaí ag tarlú iontach gasta ina dhiaidh sin. Tháinig scéal ó na gardaí i gContae an Chabháin go raibh siad i ndiaidh teacht ar an Bhleachtaire-Sháirsint Ó Ceallaigh. Thángthas air taobh amuigh de shéipéal Naomh Pádraig ar an Bhlaic. Bhain comhtholgadh dó. Thit dealbh anuas ar a chloigeann de réir dealraimh, ach bheadh sé ceart go leor. Bhíothas ag cur cóir leighis air san am i láthair. Cheistigh gardaí an Chabháin é ach bhí sé ag diúltú aon eolas a thabhairt uaidh. Fuarthas corp sagairt fosta i ngluaisteán i gcarrchlós an tséipéil. Bhí an chuma ar an scéal go raibh sé ag iarraidh tiomáint ar shiúl ach gur bhuail an carr isteach i dtamhan crainn. Ní raibh dul acu é a aithint go fóill.

"Damnú air!" a scairt an Bleachtaire Ó Dúill. "Abair leo sa Chabhán an garda is fearr atá acu a chur á cheistiú. Tá ainm uaim. Coinnigh leis. Abair leo gan stad go bhfaighe siad ainm dom."

Bhí rud eile a dúirt an garda a thug an scéal don bhleachtaire. Bhí finnéithe ann. Bhí scéal ag duine acu go bhfaca siad carr ag fágáil chlós an tséipéil díreach i ndiaidh na tionóisce. Ní raibh an bhean cinnte, ach bhí sí den bharúil go ndeachaigh an carr ar ais i dtreo an bhaile.

"Cén baile?"

"An Blaic."

"Agus cá bhfuil sin?"

"Tá sé díreach ar an teorann idir Co. an Chabháin agus Fear Manach."

"Clíodhna agus Eoghan?" a dúirt an Garda Ní Raghallaigh.

"Agus iad anois sa Tuaisceart! Faigh uimhir dom don PSNI in Inis Ceithleann."

Rith garda leis an eolas sin a fháil dó.

"Cá fhad ó shin a tharla sé?" arsa an bleachtaire.

"Uair, uair go leith ó shin."

"Uair go leith," arsa an bleachtaire de spréach. "Thiocfadh leo bheith in áit ar bith. 'Bhfuil cur síos againn ar an ghluaisteán?"

Go díreach ag an bhomaite sin, thoisigh guthán Úna Ní Raghallaigh ag bualadh. D'amharc sí air agus d'aithin sí an t-ainm a tháinig aníos ar an scáileán láithreach. D'fhreagair sí é.

"Clíodhna?"

Thost a raibh sa tseomra.

"Clíodhna, cá bhfuil tú. Caithfimid labhairt libh. Tá sé práinneach."

"Éist, a gharda," arsa Clíodhna ag cur isteach ar chaint an bhangharda. "Colm Mac Giolla Dé. Colm Mac Giolla Dé, sin an fear atá taobh thiar de seo. Caithfidh sibh é a stopadh…"

CAIBIDIL 30

Dheifrigh Eoghan agus Clíodhna ar an A46 a rith le taobh Loch Éirne i dtreo Bhéal Leice agus Bhéal Átha Seanaidh, iad fós croite ag a raibh léite acu sa sparán leathair a d'aimsigh siad sa tséipéal. Rinne gach rud ciall faoi dheireadh. Thuig siad cén fáth a mbeadh daoine áirithe ag iarraidh na doiciméid áirithe a choinneáil ceilte nó fiú a scriosadh. Thuig siad cén fáth a raibh bagairt ann ar cheoltóirí sean-nóis, bhí an t-iomlán soiléir. Ní raibh ach rud amháin nár thuig siad, cén sórt ionsaí a bhí le bheith ann agus cén uair a tharlódh sé.

Bhí sé in am dóibh muinín a chur sna gardaí arís. Níor chuir focail aisteacha an tsagairt sa tséipéal, 'nach bhfuil na gardaí anseo cheana féin?' iontas ar bith ar Eoghan. Thuig sé ón tús go raibh baint ag daoine áirithe san fhórsa leis an chomhcheilg a bhí ar bun. Ní raibh ach ciall amháin le baint as caint an tsagairt, gur garda a bhí san fhear mhór a bhí lena thaobh.

Clíodhna a chuir scairt ar an Gharda Ní Raghallaigh.

"A Chlíodhna, an raibh sibhse sa Chabhán ar maidin?"

"Bhí, ach a gharda, níl am do sin anois. Inseoidh mé an t-iomlán duit ar ball. Déanfar ionsaí ar an Oireachtas inniu. Caithfidh sibh é a stopadh. An bhfuair sibh Colm Mac Giolla Dé go fóill?"

"Chuardaigh muid, a Chlíodhna. Níl tásc ná tuairisc air."

"Tá sé ann. Tá muid cinnte de. Caithfidh sé go bhfuil ainm bréige in úsáid aige."

"Fan bomaite," arsa Úna ag breith ar liosta na bhfostaithe. "Rachaidh mé fríd liosta. Abair liom má aithníonn tú aon ainm."

Léigh an Garda Ní Raghallaigh amach liosta na n-ainmneacha a bhí aici. Criú an Oireachtais, coiste náisiúnta, coiste áitiúil. Níor aithin Clíodhna aon cheann acu. Ansin, chuala sí ainm a mhúscail rud inteacht inti.

"Cad é an t-ainm deireanach sin arís?"

"Míchéal Ó Míocháin!"

Ó Míocháin … Míchéal … An tArdaingeal Míchéal … cosantóir an chreidimh … ceannaire fhórsaí Dé in éadan an oilc …

"Sin é, a gharda," arsa Clíodhna a hanáil i mbarr a goib aici.

"Bhfuil tú cinnte?"

"Níl fhios agam go cinnte, ach déarfainn é. Má tá duine den ainm sin i Leitir Ceanainn agus é bainteach leis an fhéile, déarfainn gurb é atá ann. Caithfidh sibh deifriú.

D'impigh Úna arís ar Chlíodhna teacht isteach agus labhairt leo.

"Tá sé i gceist againn é sin a dhéanamh. Tá muid ar an bhealach go Leitir Ceanainn anois. Uair go leith, dhá uair ar a mhéad."

"An gcoinneofá do ghuthán ar siúl, a Chlíodhna? Ar eagla go mbeidh orm teagmháil a dhéanamh leat arís."

"Coinneoidh! Níl muid craiceáilte nó lag san intinn, a gharda. Geallaim duit. Beidh muid libh roimh i bhfad ach caithfidh sibh deifriú agus an fear seo a aimsiú. Colm Mac Giolla Dé… Míchéal Ó Míocháin … cibé ainm atá air…"

Bhí a fhios ag Eoghan go mbeadh ceisteanna go leor le freagairt acu sula mbeadh deireadh leis an lá seo, ach bhí scéal amháin a bhí sé ag iarraidh a choinneáil ceilte go fóill. Bhí am agus dianmhacnamh de dhíth sula mbeadh gach píosa den scéal ag aon duine. D'fhanfadh rún an bhonnáin ina rún go fóillín.

San Institiúid Teicneolaíochta a bhí Colm Mac Giolla Dé. Bhí comórtais scéalaíochta agus amhránaíochta ar siúl do pháistí. Ag treorú daoine chuig na hionaid chearta, ag cinntiú go raibh na foirmeacha agus na coirn chuí sna háiteanna cearta, ag coinneáil na ndoirse druidte i rith na gcomórtas agus jabanna beaga eile den chineál a bhí ar siúl aige. Is beag aird i ndáiríre a bhí aige ar a raibh ar siúl, bhí a intinn ar an obair a bhí roimhe anocht.

Le bheith fírinneach, ní raibh aon ghá dó bheith i Leitir Ceanainn leis an obair a chur i gcrích. D'fhéadfadh sé imeacht leis anois, cúpla míle a chur idir é agus an fhéile cháidheach seo. Ní sin an modh oibre a bhí aige, áfach. Níorbh é an sórt a rachadh sa tseans, ba mhaith leis bheith cinnte go rachadh gach rud i gceart. Fós féin, bhí sé idir dhá chomhairle cé acu an bhfanfadh sé thart nó an imeodh sé.

Fuair sé seans ar maidin seiceáil a dhéanamh ar na coirn. Bhí sé ann go luath le cuidiú leis an fhoireann an páipéarachas agus na coirn chearta a leagan amach don lá. Bhí Corn Uí Riada ina measc, é lonrach snasta. Lig sé air go raibh spéis aige ann. "Nach breá trom atá sé?" a dúirt sé, á iompar rud beag. D'aontaigh duine de na hóglaigh eile a bhí sa tseomra leis.

"Ceann úr atá ann," a dúirt an ghirseach, bean óg as Teileann a bhí mar dhuine de fhostaithe an Oireachtais. "Traidhfil blianta ó shin, fuair buaiteoir chomórtas Chorn Uí Riada bás i rith na bliana céanna, agus bronnadh an corn ar an teaghlach. Seo corn úr."

"Ní raibh a fhios agam sin," a d'fhreagair Colm á leagan ar ais ar an tábla bheag i measc na gcorn eile.

Bhí go leor ama agus an corn ina lámha aige le bonn an choirn a sheiceáil. Chonaic sé go raibh gach rud i gceart, díreach mar a bhí sé nuair a d'fhág sé é níos luaithe sa tseachtain san oifig i Sráid Fhearchair.

Chuaigh sé ar ais i mbun a ghnoithe ag smaoineamh ar an Domhnach roimhe sin nuair a bhris sé isteach i bhfoirgneamh Chonradh na Gaeilge. Bhí a fhios aige go maith gur corn nua a bhí faighte don chomórtas. An seodóir a rinne é, an siopa inar ceannaíodh é, an dearadh a bhí air. Ní raibh mórán nach raibh ar eolas aige fán chorn áirithe seo. Bhí mionstaidéar déanta aige air le sé mhí anuas. Bhí a fhios aige go díreach cén meáchan a bhí ann, cén sórt snas a úsáideadh lena ghlanadh. Cérbh iad buaiteoirí an choirn siar go 1972. Bhí taighde leitheadach déanta aige air.

Jab simplí a bhí ann, an bonn adhmaid a bhaint de agus an bonn úrnua a bhí ullmhaithe go speisialta aige a cheangal leis. Bhí sé tomhaiste go cúramach aige go mbeadh an meáchan ceannann céanna sa dá bhonn. Ní raibh sé chomh tábhachtach sin go mbeadh siad go díreach mar an gcéanna, mar le meáchan trom an choirn é féin, gach seans nach dtabharfaí aon difear beag meáchain faoi deara. Níorbh é sin an sórt duine a bhí i gColm, áfach;

ba mhaith leis-sean go mbeadh gach aon rud i geart, nach bhfágfaí an leid is lú ina dhiaidh go raibh aon ní contráilte.

Guthán póca, cuid de ar aon nós – an chuid a chritheann nuair a thagann scairt fríd a bhí socraithe isteach sa bhonn nua, é ceangailte le caidhp phléasctha bheag. Nuair a bhuailfeadh an guthán chuirfeadh sé an chaidhp ag obair agus bheadh pléasc bheag bhídeach ann, rud nach dtabharfaí faoi deara le fírinne; cinnte, ní bheadh sé láidir go leor leis an chorn a leagan, ach bheadh sé láidir go leor le dhá fhleascán gloine a bhí istigh sa bhonn a bhriseadh. Aigéad sulfarach a bhí i gceann amháin de na fleascáin, agus potaisiam ciainíde, púdar a raibh cuma shiúcra air, a bhí sa cheann eile. Nuair a mheascfadh an dá rud seo le chéile chruthófaí gás nimhneach – hidrigin chiainíde.

D'éalódh an gás sin amach trí phoill bheaga a bhí folaithe go cúramach sa bhonn. Ní bheadh daoine ábalta an gás seo a bholú, ní bheadh siad in ann é a fheiceáil sa leathsholas ach bheadh gach duine a bhí fá dheich slata den chorn marbh taobh istigh de chúpla bomaite, na daoine eile sa halla taobh istigh de dheich mbomaite, muna gcuirfí cóir leighis orthu iontach iontach gasta. Ní dóigh nua a bhí ann le daoine a mharú. Bhí ainm eile ar hidrigin chiainíde. Zyklon B a thug na Naitsithe air agus iad i mbun gásuithe dá gcuid féin.

Rinne an printíseach gáire beag leis féin. Bhí sé simplí agus éifeachtach mar phlean. An chéad phlean a bhí ann ná pléascán ar nós semtex a úsáid, ach bhí sin barbarach, gan caolchúis ar bith ag baint leis. Caolchúis a bhí de dhíobháil anseo. Bhí sé tábhachtach go leanfadh an raidió agus na ceamaraí ar aghaidh ag taifeadadh, ag craoladh cheartas agus dhíoltas Dé ar fud na tíre, ar fud an domhain.

Rinne Colm Mac Giolla Dé cinneadh ansin. D'fhanfadh sé i Leitir Ceanainn. Bhí a ainm thíos le bheith ag obair ag Corn Uí Riada an oíche sin. Thabharfadh sin an seans dó bheith cinnte de go raibh an corn slán agus go raibh chuile shórt eile i gceart. Nuair a thosódh an comórtas, d'imeodh sé leis. Déarfadh sé le lucht an eagraithe go raibh scairt phráinneach le déanamh aige. Chuir an smaoineamh sin ag gáire os ard é.

Rith an Garda Ó Giobúin isteach san oifig agus grianghraf ina lámh.

"Seo é. Bíonn cártaí aitheantais ag Criú an Oireachtais. Tarraingítear pictiúr díobh le cur ar na cártaí. Bhí sé acu ar an ríomhaire. Sheol siad chugainn díreach anois é."

D'fhéach Úna Ní Raghallaigh agus an Bleachtaire Deiric Ó Dúill ar an phictiúr. Dubh agus bán a bhí sé ach bhí sé soiléir go maith. Aghaidh chaol ghruama, súile dhorcha agus gruaig bhán a bhí gearrtha go gairid, aghaidh an phrintísigh!

"Tá mé ag iarraidh cóipeanna den phictiúr seo," arsa an bleachtaire. "Tabhair amach iad do na gardaí ar fad atá ar dualgas inniu. Tá sé iontach tábhachtach go labharfaimid leis an fhear seo. 'Bhfuil barúil ar bith againn cá bhfuil sé?"

"Bhí sé le bheith san Institiúid Teicneolaíochta ag cuidiú le reáchtáil na gcomórtas ansin," arsa an garda óg, a anáil i mbarr a ghoib aige.

"Gach éinne is féidir leat a fháil, cuir síos ansin iad. Caithfimid an maistín seo a fháil. Bain na bonnaí as!"

Rith an garda óg amach go beo. D'amharc an bleachtaire ar a uaireadóir. Bhí sé ag tarraingt ar a trí. Ceithre huaire roimh thús an chomórtais.

"An bheirt seo, Eoghan agus Clíodhna, cén uair a bheidh siad anseo?"

"I dtrátha a ceathair, mheasfainn," a dúirt Úna.

"Má thagann siad ar chor ar bith. Do bharúil ar chóir dúinn garda a chur chuig an teorainn le hiad a thabhairt anseo?"

"Níl a fhios againn cén cineál cairr atá acu?"

"Breast é!" arsa an bleachtaire. "Nach bhfuil rud ar bith furasta? Abair le gardaí Bhéal Átha Seanaidh agus bhaile Dhún na nGall bheith san airdeall pé scéal é. Tá sé in am dúinn rud beag áidh bheith orainn."

"Tiocfaidh siad," arsa Úna go ciúin.

Stad Eoghan an carr i mBéal Leice. Ní fhéadfadh sé dul sa tseans. Bhí a fhios aige go mbeadh na gardaí á gceistiú luath nó mall agus ní raibh sé ag iarraidh go bhfaigheadh siad greim ar sparán leathair Chathail Bhuí. Isteach leis go hoifig an phoist agus cheannaigh sé trí chlúdach litreach stuáilte ar méideanna difriúla. Chuir sé an sparán go cúramach isteach sa chéad cheann. Chuir sé séala ar an chlúdach sin agus sháigh isteach sa dara clúdach é. Dhruid sé sin go cúramach agus chuir sé é ansin isteach sa tríú clúdach.

Chuir sé a ainm féin agus a sheoladh in Ollscoil Harvard ar an tríú clúdach. Dhruid sé go cúramach é le téip ghreamaitheach agus thug don bhean taobh thiar den chuntar é. Chláraigh sé an pacáiste agus d'íoc sé an bhean. Ní raibh steirling go leor aige, ach bhí an bhean sásta glacadh le euro. Do bhaile ar an teorainn, mar a bhí Béal Leice, bhí an dá airgeadra in úsáid go coitianta.

Ghabh sé buíochas le bean an phoist agus amach leis arís go dtí an carr. Thiomáin sé trasna na teorann agus isteach i gContae Dhún na nGall.

Ag siúl suas i dtreo Óstán an Mount Errigal a bhí Colm Mac Giolla Dé nuair a chuala sé an raic taobh thiar de. Thiontaigh sé thart. Bhí trí charr gardaí, faoi lánsoilse agus bonnáin ag scairdeadh aníos Bóthar an Phoirt. Thiontaigh siad isteach geata na hInstitiúide Teicneolaíochta agus suas i dtreo an phríomhfhoirgnimh, áit a raibh na comórtais ar siúl tamall gairid roimhe sin.

An bhféadfadh sé bheith fíor? An raibh scéal faighte ag na gardaí fána raibh ar bun aige? Bhí sé chomh cúramach sin, ní fhéadfadh aon eolas bheith acu fána raibh pleanáilte. Gach aon seans nach raibh aon bhaint ag deifir seo na ngardaí leis-sean ná lena ghnoithe, ach ní duine a bhí i gColm a ghlacfadh seans. Má bhí seans dá laghad ann go raibh an plean nochta, ní fhéadfadh sé dul ar ais chuig an óstán. Chaith sé na cáipéisí a bhí leis isteach ar thaobh an bhealaigh mhóir. Thrasnaigh sé an bóthar agus síos leis Bóthar Néill T Uí Bhléine. Thógfadh an bóthar seo isteach go dtí an baile é arís gar don tseanbhaile, gar d'Ionad an Aura, ach níos tábhachtaí ná ceachtar acu – ar feadh tamaillín cé bith – ar shiúl ón Institiúid Teicneolaíochta agus ó Óstán an Mount Errigal.

Taobh amuigh de bhaile Dhún na nGall go díreach roimh an Bhearnas Mhór, bhí beirt ghardaí ar dualgas i gcarr neamhmharcáilte. Bhí gunna luais ag fear amháin acu, é dírithe amach an fhuinneog ar an bhóthar roimhe. Bhí an fear eile ina shuí ar shuíochán an tiománaí, cuma dhúdhóite ar a aghaidh.

Chonaic garda an ghunna luais an carr dearg ag teacht chuige ar an bhóthar. Bóthar caol díreach a bhí ann agus é de nós ag tiománaithe a bheith ag luasú air. Bhí sé rófhada ar shiúl go fóill leis an luas a bhí faoin fheithicil a thomhas ach dhírigh sé an gunna air. Lean sé ar aghaidh ag teacht ina threo. Lig an meaisín a bhí i lámha an gharda gíog as. Bhreathnaigh an garda air. Céad is a deich ciliméadar san uair a bhí faoin charr. Bhroid sé a chomrádaí. Lasadh na soilse gorma a bhí ar dheais an chairr agus cuireadh an bonnán ar siúl. Níor mhoilligh an carr dearg.

Amach ar an bhóthar le carr na ngardaí agus chuaigh siad ar thóir an chairr dheirg, agus an bonnán ag screadaíl. Thoisigh an carr rompu ag moilliú agus i ndiaidh cúpla soicind tharraing sé isteach ar thaobh an bhealaigh. Thiomáin na gardaí suas ar chúl an chairr agus amach le fear an ghunna luais. Fosclaíodh fuinneog an tiománaí roimhe.

"Gabh mo leithscéal, a gharda. Bhí mé ag dul róghasta?" arsa Eoghan go leithscéalach.

"Bhí. Nach bhfaca tú na soilse ar mo charrsa?"

"Ní fhaca go raibh mé imithe thairis. Tá mé buartha."

"Agus cén deifir mór atá ort?" arsa an garda ag tarraingt amach a leabhair nótaí agus ag glacadh nóta den uimhir chláraithe.

"Tá muid ar an bhealach go Leitir Ceanainn… mar a tharlaíonn chuig stáisiún na ngardaí."

"Stáisiún na ngardaí? Cén fáth sin? 'Bhfuil ceadúnas tiomána agat?"

Chuardaigh Eoghan ina phóca fá choinne ceadúnas tiomána. Ceann Meiriceánach a bhí ann. Shín sé amach an fhuinneog chuig an gharda é.

"Tá na gardaí i Leitir Ceanainn ag fanacht linn."

"Cad é seo? *Yankee* atá ionat an é? Ní caint na *Yankees* atá agat cé bith?"

"Éireannach mé, a gharda. Oibrím thall."

"Agus an bhfuil barúil agat cén luas a bhí fút?"

"Gabh mo leithscéal arís, a gharda, ach mar a deirim tá deabhadh millteanach orm. Tá gardaí Leitir Ceanainn ag fanacht liom."

D'amharc an garda go fiosrach air.

"Fan anseo bomaite, le do thoil."

Chuaigh an garda ar ais chuig a charr agus d'ardaigh sé an gléas raidió. Labhair sé le stáisiún Leitir Ceanainn agus rinne sé cur síos ar an bheirt agus an scéal a bhí acu go raibh gardaí Leitir Ceanainn ag dréim leo. Deimhníodh ar an toirt go raibh sin amhlaidh agus iarradh ar an gharda gan iad a ligean as a radharc ach iad a threorú isteach go dtí an baile.

Chuir sin ionadh ar an gharda, ach níor mhoilligh sé leis na horduithe a cheistiú. Chuaigh sé ar ais chuig Eoghan agus d'iarr sé air é a leanstan, go raibh siad le hé féin agus Clíodhna a threorú isteach go dtí an baile.

Maith an rud, a smaoinigh Eoghan, mar ní raibh a fhios aige cá raibh stáisiún na ngardaí sa bhaile agus de réir cosúlachta ní raibh bomaite le cur amú acu.

Lean siad carr na ngardaí. Nuair a tháinig siad chomh fada le Bealach Féich agus Srath an Urláir, chuir na gardaí na bonnáin agus na soilse ag obair arís agus tharraing an trácht isteach le ligean dóibh dul fríd na bailte níos gasta. Roimh i bhfad, nocht Leitir Ceanainn rompu, baile fairsing a bhí lonnaithe i log ar feadh abhainn na Súilí ach a shín amach suas ar na cnoic thart air. Cé nach raibh aon chur amach ag ceachtar acu ar an bhaile, d'éirigh corraí iontu. Is sa bhaile seo, roimh dheireadh an lae, a thiocfadh críoch leis an scéal seo, bealach amháin nó bealach eile.

An chéad rud a rinne Colm Mac Giolla Dé nuair a bhí sé ar shiúl ón bhealach mór, an t-léine a bhaint de. T-léine bhán de chuid Chriú an Oireachtais a bhí ann. Bhí sé so-aitheanta agus é á chaitheamh aige. Ní raibh air faoi ach veist. Bhí mála a chuid éadaigh ina charr a bhí páirceáilte i gcarrchlós an Mount Errigal. Róchontúirteach dul ar ais anois á chuartú. Ba chuma leis fán fhuacht, níor chuir sé isteach nó amach air, ach duine ag siúl thart ag tús mhí na Samhna gan air ach veist, tharraingeodh sin aird.

Thoisigh sé ag rith. Ní sheasfadh reathaí agus veist air amach chomh mór is a sheasfadh siúlóir. Bristí dubha reatha a bhí á chaitheamh aige a chuir leis an íomhá. Níorbh fhada gur tháinig sé chuig siopa de chuid Dunnes Stores. Isteach leis agus cheannaigh sé geansaí, seaicéad agus hata olla. Bhí bialann bheag istigh sa tsiopa. Cheannaigh sé páipéar nuachta agus cupa caife. Shocraigh sé é féin isteach i gcoirnéal agus d'ardaigh sé an páipéar os comhair a aghaidhe. Dhéanfadh sin cúis ar feadh tamaill, leathuair b'fhéidir, sula dtosódh lucht na bialainne ag cur suime ann. Thabharfadh sé seans dó na chéad chéimeanna eile a phleanáil. Bhí áit amháin sa bhaile a bheadh sábháilte dó, bhí sé cinnte de sin!

Tógadh Clíodhna agus Eoghan isteach go dtí an seomra beag a bhí curtha ar leataobh don fhiosrúchán i stáisiún gardaí Leitir Ceanainn. D'aithin Clíodhna an Garda Ní Raghallaigh ar an toirt. Rinne siad mionchomhrá ar feadh leathbhomaite go dtí gur chuir garda borb isteach ar a gcuid cainte.

"Is mise an Bleachtaire Ó Dúill. Tá roinnt míniúcháin le tabhairt agaibh."

De ghnáth, ní bhíodh sé de nós ag gardaí an bheirt acu a cheistiú le chéile, ach ba chás eisceachtúil é seo. Ní raibh siad mar amhrasáin in aon choir, ní raibh rud ar bith curtha ina leith, ní raibh siad ach ag cuidiú leis na gardaí ina gcuid fiosrúchán.

Bhí an scéal cleachta go maith ag Eoghan agus Clíodhna sa charr. Ní raibh aon bhréag ann agus mar sin de ba bheag an seans go mbeadh siad ag teacht trasna ar a chéile san insint. Shocraigh siad ar iomlán na fírinne a insint do na gardaí, an taifead a bhí fágtha ar ghuthán Chlíodhna, na cáipéisí a bhí faighte acu sna leabharlanna, gach píosa fianaise a bhí acu a chur os comhair na ngardaí. An t-aon rud nach ndéarfadh siad go raibh an sparán leathair aimsithe acu. Déarfadh siad go ndeachaigh siad á chuartú sa tséipéal ach nár tháinig siad air.

"Ach cén fáth," arsa an bleachtaire nuair an bhí an scéal inste acu.

"Cén fáth ceoltóirí sean-nóis? Cad a bhí ag an 'mhaighistir' seo ina n-éadan? Ní dhéanann sé aon chiall.

"Tá a fhios agam nach ndéanann. Ach a gharda, labhair mise leis an tsagart, an 'maighistir' seo. Bhí sé as a mheabhair. An gá go mbeadh cúis loighciúil ag gealt lena chuid gníomhartha?"

Smaoinigh an bleachtaire ar a raibh ráite ag Eoghan ach níor dhúirt sé aon rud.

"Má tá ionsaí le bheith ann," arsa Úna Ní Raghallaigh. "Measann muid go dtarlóidh sé anocht ag comórtas Chorn Uí Riada."

"Luífeadh sin le ciall," a dúirt Eoghan.

"Ach ní raibh muid in ann teacht ar Cholm Mac Giolla Dé nó Mícheál Ó Míocháin go fóill. Tá sé anseo sa bhaile," ar sí ag síneadh pictiúir chuig Eoghan agus Clíodhna, "ach ní bhfuair muid go fóill é. D'éirigh linn teacht ar an teach inar fhan sé aréir. Ní raibh bean an tí ábalta mórán eolais a thabhairt dúinn ina thaobh. D'íoc sé í roimh ré le hairgead tirim, agus d'fhág sé an teach roimh am bricfeasta. Tá muid ag leathnú an chuartaithe agus tá gardaí ag cur pictiúir de thart ar na siopaí agus na gnólachtaí sa bhaile anois díreach. Gheobhaimid é."

"Abair leo bheith cúramach. Tá an fear sin an-chliste agus dainséarach."

"Sin an scéal atá á chur amach againn. Ar an drochuair, is cosúil go bhfuil a fhios aige go bhfuilimid ar a thóir. Níor phill sé ar oifig an Oireachtais in Óstán an Mount Errigal mar a bhí súil leis, agus aimsíodh cáipéisí de chuid an Oireachtais a bhí ina sheilbh aige ar thaobh an bhealaigh idir an Institiúid Teicneolaíochta agus an t-óstán. Tá seans ann go raibh sé ar a bhealach ar ais nuair a chonaic sé na gardaí ag déanamh ar an Institiúid agus gur theith sé."

Lig an bleachtaire osna as. Nuair a tugadh an scéal sin dó, bhí sé le ceangal. Chaith sé gach cineál mallachta ar na gardaí áitiúla a chuaigh isteach chomh feiceálach torannach sin gur scanraigh siad chun reatha é. Mí-ádh. Ní raibh a dhath aige ó mhaidin ach mí-ádh!

"An dtig libh cuidiú linn? Tá gardaí achan áit san Aura, tá an halla seiceáilte ó bhun go barr againn cúpla uair. Níl muid ábalta teacht ar aon rud ann. Tá na hoibrithe ceistithe againn, gach gluaisteán, veain agus leoraí

243

a tháinig ó bhí roimh am lóin ann cuardaithe, agus dada! Tá mé idir dhá chomhairle ar cheart an comórtas a chur ar ceal."

"Ach, mar a dúirt mé roimhe," arsa Úna. "Is dócha nach ar an fhoirgneamh féin atá an t-ionsaí pleanáilte, ach ar na ceoltóirí. Má chuireann tú an comórtas ar ceal, nó má reáchtáiltear in ionad eile é, ní réiteoidh sin an bhunfhadhb. Conas na ceoltóirí a chosaint."

"Tá ciall le sin," arsa Clíodhna. "Dírithe ar cheoltóirí a bhí gach ionsaí roimhe seo."

"É a aimsiú, sin an príomhchuspóir. Ní bheidh aon ghá le cosaint a thabhairt do cheoltóirí nó d'fhoirgneamh má fhaighimid greim air. Cá rachadh sé? Tá a phictiúr ar fud an bhaile. Tá leath na ngardaí i dTír Chonaill ag siúl na sráideanna á chuartú."

Smaoinigh Eoghan ar seo. Cén cuidiú a thiocfadh leis-sean a thabhairt? Ní raibh aon chur amach aige ar an bhaile seo. Uair amháin ina shaol roimhe seo a bhí sé i Leitir Ceanainn, é ar a bhealach go Rann na Feirste. Stad sé anseo le peitreal a chur sa charr. Sin an méid, ní raibh aon…

Tháinig sé chuige mar splanc.

"An séipéal!"

"Céard?"

"'Bhfuil séipéal nó ardeaglais ar an bhaile seo?"

"Tá, cúpla ceann."

"Abair leis na gardaí iad a chuartú. Rachaidh sé ag lorg tearmainn i séipéal Caitliceach."

Teampall taibhseach nua-ghotach atá in Ardeaglais Naomh Adhamhnáin agus Cholm Cille. Cé nach bhfuil sé mórán thar chéad bliain d'aois, shílfeadh an duine a shiúlfadh isteach ann go raibh sé ag siúl siar in am ar an bhealach isteach dó. An chéad rud a thugann duine faoi deara ná an boladh. Meascán de thúis, céir agus snas a líonann na polláirí le boladh allúrach. Tá cuma na haoise ar na binsí adhmaid a shíneann ón chúl go dtí an sanctóir ina gceithre shraith. Ní séipéal ciúin é. Baineann tuaim na mbróg macallaí as na ballaí agus na cuaillí aolchloiche a shíneann chun na spéire.

Meascán den Laidin agus den Ghaeilge scríofa nó greanta ar na ballaí

244

faoi phictiúir ollmhóra. Dealbha agus greanadóireachtaí ag maisiú na gcolún a thugann ómós do dhá naomhphátrún na deoise ach fosta do Dhálaigh, do Niallaigh, do na Ceithre Máistrí agus do laochra eile de chuid an chontae. Chuirfeadh lucht staire agus lucht ailtireachta dúil mhór san áit. Tá dealbha ann a chruthaigh Liam Mac Piarais, deartháir le Pádraig, *Amici* ón Róimh a chruthaigh an tsíleáil, gloine dhaite de chuid *Mayer* na Gearmáine, a mhaisigh na fuinneogaí, obair Harry Clarke le feiceáil thall is abhus. Ba leacht grástúil suaithinseach é do chreideamh agus stair Thír Chonaill.

Níor chuir an fear a bhí ina shuí ar bhinse ar dheis in aice an bhalla suim ar bith sna rudaí seo. Bhí a chloigeann crom amhail is go raibh sé i mbun tréanurnaí. Bhí daoine eile ag teacht is ag imeacht. D'fhanfadh siad tamall le paidir nó dhó a rá nó le coinneal a lasadh agus d'imeodh siad leo arís. Thug an printíseach faoi deara nach raibh aon duine ina shuí chun tosaigh sa tséipéal. Thiocfadh siad chomh fada leis an tséú nó an tseachtú binse ach ní rachadh aon duine a shuí sna binsí tosaigh. Aisteach, a shíl an printíseach! Tá mé anseo leathuair anois. Tá fiche, tríocha duine i ndiaidh teacht isteach. Níor shuigh oiread is duine amháin acu sna suíocháin sin!

Chuir sé iontas sna rudaí a bhí ag dul fríd a intinn. Ba chóir dó bheith dírithe go huile is go hiomlán ar an jab a bhí roimhe, ach ar seachrán a bhí a intinn. Bhí sé ag éirí deacair focás a choinneáil ar an phráinn ina raibh sé agus ar an obair a bhí roimhe. Ba léir anois go raibh na gardaí ina dhiaidh. Sa bhialann i Dunnes Stores a bhí sé nuair a tháinig garda óg isteach ar lorg an bhainisteora. Páipéar, póstaer de chineál inteacht ina lámh aige. Bhí droim an phrintísigh leis ach chuala sé ainm á lua, Mac Giolla Dé… dainséarach…

Ar a chosa agus amach an doras a bhí Colm sular fhág an garda an bhialann. Ní raibh na siopaí sábháilte dó níos mó. Ó chlós Dunnes Stores chonaic sé spuaic na hardeaglaise agus rinne sé uirthi.

Bhí sé róchontúirteach dó fanacht sa bhaile anois agus róluath leis an ghlaoch gutháin a chur. Dá ngabhfadh na gardaí é, chuirfeadh sé an oibríocht ar fad i mbaol. Rinne sé iarracht glao a chur ar an Mhaighistir. Thiocfadh leis-sean an scairt fóin a dhéanamh dá mba ghá. Ní raibh freagra ar bith ó ghuthán s'aige, rud a chur imní ar an phrintíseach. Shocraigh sé a intinn mar sin ar imeacht. D'amharc sé ar chlog a ghutháin phóca. Leath i ndiaidh a ceathair. Bheadh sé ag éirí dorcha amuigh. Rachadh sé amach agus dhéanfadh sé a bhealach ar ais go dtí an t-óstán. Bheadh na sluaite thart mar chumhdach dó. Ní rachadh sé isteach ann, gheobhadh sé an carr agus d'imeodh sé leis.

Choisric sé é féin agus d'éirigh sé den bhinse. D'amharc sé thart. Cúpla duine ina seasamh anseo is ansiúd. Scrúdaigh sé iad ach níor thug éinne acu cúis amhrais dó. Fós féin, ní raibh sé róthógtha le bheith ag siúl amach an doras poiblí. Shiúil sé i dtreo an tsanctóra. Bhí bealach thart ar an altóir ard, áit a raibh cúpla aireagal beag ann. Shiúil sé leis go gasta, thart ar chúl na haltóra airde i dtreo an tsacraistí. Bhí taobhdhoras ansin. Rinne sé ar an doras ag breathnú amach go cúramach sular shiúil sé fríd. Bhí sé ciúin amuigh.

Bhí uaigheanna agus tuamaí easpag ar an taobh seo den ardeaglais, ráille ard iarainn thart ar an chlós agus páirc mhór ghlas thíos faoi. Clochar de réir cosúlachta a bhí thíos ansin, a ghairdín buailte le talamh na hardeaglaise. Shiúil sé go mall go dtí an coirnéal. Ba ansin a chonaic sé rud a chuir preab ina chroí. Bhí duine inteacht i ndiaidh rith amach as an ardeaglais ionsar thriúr a bhí ina seasamh taobh amuigh den phríomhdhoras.

"Níl sé ansin. Ní fheicim é!"

Thiontaigh Colm Mac Giolla Dé láithreach, rinne sé ar chúl na hardeaglaise. Ní raibh aon bhealach amach ansin. Chuaigh sé chuig na ráillí agus thoisigh sé ag dreapadh. Le sin, chuala sé scairt taobh thiar de. Bhí duine éigin tar éis teacht amach as an taobhdhoras ina dhiaidh. Chonaic sé é ag iarraidh an ráille a dhreapadh. Bhí sé ina rith anois ina threo. Tharraing an scairt aird na bhfear a bhí chun tosaigh agus rith siad thart. Thiontaigh beirt láithreach nuair ba léir dóibh cá raibh Colm ag dul. Amach ar an bhóthar leo agus isteach geataí an chlochair.

Bhí léim an ráille ag Colm. Titim seacht dtroithe a bhí ann. Thuirling sé rud beag ciotach agus spréach arraing fríd a chos. Ní raibh sí briste, áfach. Thiocfadh leis rith. Bhí coill bheag ann trasna an ghairdín, in aice le *grotto*. Rinne sé ar sin. Chuala sé na fir ina dhiaidh. Dá mbainfeadh sé an choill amach…

Thit Colm Mac Giolla Dé go trom ar an talamh. Duine de na gardaí a bhí sa tóir air a bhí i ndiaidh é féin a chaitheamh sa mhullach air agus é a tharraingt go talamh. Taobh istigh de dheich soicind, bhí cúigear eile ar an láthair agus glas lámh socraithe thart fá chaol a láimhe.

Tugadh Colm Mac Giolla Dé caol díreach chuig stáisiún na ngardaí agus isteach i seomra agallaimh. Cuireadh ina shuí ar stól é os comhair tábla adhmaid. Baineadh an glas lámh de agus toisíodh ar na ceisteanna. Bhí an Bleachtaire Ó Dúill sa tseomra in éineacht le beirt ghardaí eile.

"C'ainm atá ort?"

"Cad a bhí ar siúl agat?"

"Inis dúinn fán ionsaí atá pleanáilte agat?"

Cuireadh na céadta ceist den chineál sin air. Rinneadh bagairt air. Ní fhosclódh Colm a bhéal. Níor dhúirt sé rud ar bith. Níor amharc sé sna súile ar na gardaí. Dhiúltaigh sé glan aon rud a rá. Rinne sé neamhiontas iomlán de na gardaí, fiú nuair a d'éirigh duine acu rud beag garbh leis. Níorbh ann dóibh, dar leis. Ina intinn ní raibh sé ach ag smaoineamh ar rud amháin. Dhírigh sé a intinn go huile is go hiomlán ar uimhir amháin, a rá arís agus arís eile go ciúin. 0853952322, 0853952322, 0853952322…

I gceann leathuaire, tháinig Deiric Ó Dúill ar ais sa tseomra ina raibh Úna Ní Raghallaigh, Eoghan Ó Laighin agus Clíodhna Ní Mhaoltuile. Bhí an triúr acu ag ithe pizza. Bhí Eoghan agus Clíodhna á ithe go cíocrach, gan aon rud ceart ite acu le beagnach ceithre huaire fichead.

"Níl sé ag caint linn," arsa an bleachtaire go mífhoighneach. "Tá sé ag diúltú aon rud a rá, a ainm fiú. Chuir muid scairt ar dhlíodóir. Tá sé ar an bhealach isteach. B'fhéidir go bhfaighidh seisean focal nó dhó as."

"Cá bhfágann sin muid?" arsa Úna.

"Tá a ghuthán póca againn. Níl oiread is uimhir amháin cláraithe aige air. Is cosúil gur chuir sé glaoch ar uimhir éigin thart ar fiche bomaite sular gabhadh é. Tá muid ag fiosrú na huimhreach sin anois, ach níl a dhath ar bith eile air. Fón saor atá ann, an chuma air gur ceannaíodh ar na mallaibh é."

"An comórtas? Ar chóir ligean dó dul ar aghaidh?"

"Tá sé féin gafa againn anois. Ní fheicim go mbeidh sé in ann aon trioblóid a chothú ag an fhéile. Caidé bhur mbarúil?" arsa an

Bleachtaire Ó Dúinn ag amharc ar na gardaí a bhí sa tseomra.

"Is dócha go bhfuil sé sábháilte go leor," arsa Úna

"Maith go leor, ach tá mé ag iarraidh gardaí a bheith ann ó thús go deireadh an chomórtais, ar eagla na heagla. Cén t-am é?"

"Tá sé ag tarraingt ar a sé a chlog."

"Uair a chloig mar sin!"

Bhí ráitis iomlána tugtha ag Eoghan agus Clíodhna. D'oibrigh Úna Ní Raghallaigh leo ag scríobh amach na ráiteas agus á dtabhairt dóibh le síniú.

"'Bhfuil sibh cinnte, anois, nach bhfuil aon rud eile?"

"D'amharc Eoghan ar Chlíodhna ar feadh leathsoicind agus d'fhreagair sé nach raibh. Shínigh an bheirt acu na ráitis i bhfianaise an gharda.

"Beidh sibh ag súil le leaba na hoíche a fháil."

"D'fhéadfá a rá go mbeidh."

Sin fadhb úr dóibh, rud nár smaoinigh siad air ar chor ar bith i rith an lae. Cá bhfaigheadh siad lóistín sa bhaile anocht?

"Caidé mar atá rudaí ag gabháil istigh ansin?" arsa Clíodhna ag sméideadh a cinn i dtreo an bhalla.

"Níl sé ag caint go fóill. Tháinig dlíodóir tamall beag ó shin ach dhiúltaigh sé glan focal a rá leis."

"Aisteach."

"Níl, i ndáiríre. Tarlaíonn sé go minic go mbíonn daoine againn a dhiúltaíonn aon rud beo a rá nuair atá siad faoi cheistiú. Níl sé chomh neamhchoitianta sin."

"Ó!"

"Tá rud amháin faoi, áfach. Níl cuma bhuartha air. Níl a fhios agam, níl mé ábalta mo mhéar a leagan air, ach shílfeá ó bheith ag amharc air go raibh sé sásta ar bhealach, gur éirigh leis."

"Tá sin aisteach ceart go leor."

"Agus ina chúis imní."

Bhí tost sa tseomra tamall. An triúr acu ag smaoineamh ar gach a bhí i ndiaidh titim amach agus ar an fhear shaoithiúil a bhí suite sa tseomra in aice leo. Ní thiocfadh le Clíodhna an smaoineamh a chur as a cloigeann gur dúnmharfóir Chaoimhín a bhí ann. Thug sí fuath don fhear a bhí istigh.

I ndiaidh tamaill labhair Clíodhna.

"D'éirigh leat féin cuid de na píosaí a chur le chéile, a Úna."

"Bhí an t-ádh orainn. De thimpiste, i ndáiríre. Bhí garda óg sa teach seo a chuimhnigh ar cheoltóir sean-nóis a maraíodh i dtionóisc 'buille agus teitheadh' seachtain nó dhó ó shin. D'éirigh linn ceangal a dhéanamh leis na ceoltóirí eile agus thuig muid go raibh patrún ann."

"Ach cad a bhí pleanáilte aige? Sin rud nach dtuigim fós?"

"Níl a fhios agam," a dúirt Úna. "Tá ionad an Aura cuardaithe ó bhun go barr. Tá gach duine a shiúil isteach san ionad ó bhí maidin ann ceistithe go mion. Níl rud ar bith ann."

"Agus ní raibh a dhath aige féin, buama nó gunna, rud ar bith?"

"Dada. Dada beo!"

"Cad a bhí pleanáilte aige mar sin?" a d'fhiafraigh Clíodhna arís.

"Is dócha nach mbeidh a fhios sin againn go dtí go labhraíonn sé, má labhraíonn choíche."

Shuigh Clíodhna siar ina cathaoir ag smaoineamh. Cén dóigh a raibh an maistín istigh ag dul a dhéanamh ionsaí ar an chomórtas? Ní ionsaí ar an ionad, ba chosúil, ach ionsaí ar na ceoltóirí. Conas? Conas?

Chuir Eoghan raidió beag a bhí sa tseomra ar siúl.

"Seacht a chlog, beidh an comórtas ag toiseacht."

Dia bhur mbeatha agus bhur gcéad fáilte isteach go hIonad an Aura anseo i Leitir Ceanainn do chomórtas Chorn Uí Riada 2012…

Corn Uí Riada! D'fhan na focail i gcloigeann Chlíodhna ar chúis éigin. Gach rud a bhí i ndiaidh tarlú le seachtain anuas, bhí sé uilig ag díriú ar an áit seo agus ar an chomórtas seo. Corn Uí Riada…

Mar splanc, bhuail smaoineamh uafásach í. An corn! Ní raibh an corn féin san Aura i rith an lae. Ní bheadh sé tugtha go láthair an chomórtais go dtí díreach roimh an chomórtas. Ar seiceáladh an corn?

"A Úna, an corn féin. An ndearnadh seiceáil ar an chorn?"

Stán Úna uirthi, a súile ag leathadh. Ba léir nach ndearnadh.

"Cad a dúirt tú? Tá an maistín sin istigh ansin agus cuma air gur éirigh leis, cuma shásta a dúirt tú?"

"Bheul…"

"Nach bhfeiceann tú, cibé rud atá ann, buama nó pé rud é. Sa chorn féin a bheidh sé."

Bhí Eoghan ar a bhonnaí. Bhí an ceart ag Clíodhna. Cén fáth nach bhfaca sé roimhe é? Chomh simplí. Róshimplí. Na rudaí is simplí, is amhlaidh gurb iad is éifeachtaí i gcónaí.

Rith an triúr acu amach ag cuartú cairr. Scairt Úna ar an gharda Ó Giobúin.

"Mícheál. Cá bhful an Bleachtaire Ó Dúill?"

"Chuaigh sé amach tamall beag ó shin."

"Abair leis go bhfuil muid ar an bhealach amach go dtí an Aura. Abair leis go bhfuil rud éigin sa chorn, sa chorn féin. Cuir scairt ar na gardaí atá amuigh ansin cheana féin. Inis dóibh. Caithfidh siad an corn sin a fháil…"

Ceithre bhomaite a thóg sé ar an Gharda Ní Raghallaigh a bealach a dhéanamh amach go dtí an Aura. Rith garda amach ina hairicis.

"An bhfuair sibh an corn?"

"Tá bean ag canadh san am i láthair. Nuair a bheidh sí críochnaithe rachaidh riarthóir an chomórtais amach go ciúin agus tógfaidh sé isteach é."

"Cén fáth, cá bhfuil sé?"

"Tá an corn ar an ardán féin."

"Breast é!"

"Má ritheann garda amach beo ar an teilifís lena fháil, chuirfeadh sé eagla ar na daoine. Cúpla nóiméad eile agus beidh muid ábalta é a fháil."

D'amharc Úna ar a huaireadóir. 7.20 pm.

Ag 7.17 pm go díreach, labhair Colm Mac Giolla Dé den chéad uair. Chuir a ghlór ard iontas ar an gharda a bhí istigh sa tseomra leis.

"Ba mhaith liom glao a chur ar mo dhlíodóir."

"Bhí dlíodóir anseo tamall beag ó shin, níor labhair tú leis."

"Ba mhaith liom glao a chur ar mo dhlíodóir."

D'fhág an garda an seomra agus labhair sé leis an tsáirsint.

"Tá mo dhuine istigh ag iarraidh labhairt lena dhlíodóir."

"'Bhfuil an Bleachtaire Ó Dúill thart? B'fhearr duit labhairt leis-sean."

"Níl sé anseo. D'fhág sé an stáisiún timpeall cúig bhomaite dhéag ó shin."

Bhí an sáirsint i sáinn. Bhí an ceart ag an amhrasán comhairle dlíodóra a fháil. Bhí sé gafa acu anois le breis agus trí huaire agus ní bhfuair sé comhairle dlí go fóill. D'fhéadfadh na gardaí argóint a dhéanamh gur cuireadh comhairle ar fáil dó agus gur dhiúltaigh sé í, ach anois seo é ag iarraidh a dhlíodóra féin, rud a bhí sé i dteideal a fháil. Dá gceilfí sin air, thiocfadh leis an chás bheith i mbaol. Thit cásanna ar níos lú d'ábhar roimhe seo. Rinne an sáirsint cinneadh.

"Tabhair fón isteach chuige. Ach cuir an Bleachtaire Ó Dúill ar an eolas láithreach. Cuir scairt air thú féin."

Shíl Úna Ní Raghallaigh nach dtiocfadh deireadh leis an amhrán a choíche. 'Eileanóir na Rún' a bhí á ceol agus cé go raibh an t-amhránaí go hanmhaith, ní raibh foighne ag Úna bheith ag éisteacht léi.

Taobh thiar d'ardán mór a bhí tógtha go speisialta i halla an Aura a bhí siad. Bhí breis agus míle de lucht éisteachta sna suíocháin ardaithe ar an taobh eile den ardán, na ceoltóirí agus lucht eagraithe an chomórtais taobh thiar. Bhí na ceoltóirí cruinnithe i gcoirnéal le taobh an ardáin gar don phasáiste suas. Branda, uisce beatha, uisce agus mianraí leagtha amach ar bhord dóibh. Bhí a gcloigne cromtha ag an chuid is mó dóibh, iad dírithe go hiomlán ar an cheol a bhí le cluinstin acu nó iad ag dul fríd a gcuid amhrán féin ina intinn.

Bhí sé dorcha taobh thiar den ardán, gan ach soilse beaga gorma a bhí leagtha amach ar an urlár a thaispeánfadh bealach siúil do dhaoine a bheadh ag teacht agus ag imeacht. Bhí doras ar chúl an halla foscailte, rud a lig solas beag isteach fosta. Bhí cáblaí tiubha ag rith isteach an doras ó leoraithe a bhí páirceáilte taobh amuigh. Gineadóirí leitreachais a bhí sna leoraithe, a chuir an chumhacht bhreise a bhí de dhíth ar fáil do lucht ceamara, soilse, craolta agus fuaime.

D'ardaigh cuid acu a gceann nuair a tháinig na gardaí ar an láthair, múscáilte ón mhachnamh leis an fhuadar a bhí thart orthu. D'fhéach duine nó beirt thart orthu féin go himníoch. Bhí callán beag ó na gardaí, rud a chuir fearg ar chuid de na ceoltóirí.

Faoi dheireadh tháinig deireadh leis an amhrán. Chuaigh fear an tí suas ar an ardán agus ina dhiaidh duine d'fheidhmeannaigh an Oireachtais. Í ag iarraidh a bheith chomh ciúin neamhfheiceálach is a thiocfadh léi a bheith, shiúil sí go mall i dtreo an choirn, thóg é agus thiontaigh ar ais chuig cúl an ardáin.

I stáisiún gardaí Leitir Ceanainn, bhí fón i lámha Choilm Mhic Giolla Dé. 0853952322, 0853952322, 0853952322... ní raibh a dhath eile ina intinn aige ach an uimhir úd, uimhir an tslánaithe, an uimhir a dhéanfadh Maighistir den phrintíseach. Thóg sé a am leis ag méarú na n-uimhreacha isteach go cúramach ar chlár an fhóin... 0-8-5-3-9-5-2-3-2-2.

D'éist sé gur chuala sé an guthán ag bualadh. Leath gáire ar a aghaidh. Choinnigh sé an guthán ar a chluas ar mhaithe leis an gharda a bhí sa tseomra á choimhéad. Ní bheadh aon fhreagra ón uimhir áirithe sin, ní bheadh aon fhreagra ó éinne choíche arís a bhí i ngiorracht 20 slat den ghuthán chéanna.

I ndiaidh bomaite amháin, leag sé an guthán ar an tábla.

"Freagra ar bith," a dúirt sé go ciúin.

Bhí Corn Uí Riada i lámha garda nuair a bhuail an fón. Soicind ina dhiaidh sin, chuala sé fuaim bheag mar a bheadh gloiní ag briseadh ann. Trí soicind ina dhiaidh sin, lig sé don chorn titim, a lámh lena sceadamán, deacrachtaí aige anáil a tharraingt.

Eoghan is túisce a d'aithin a raibh ag tarlú.

"Nimh. Caithfidh sé go bhfuil nimh ann. Bogaigí ar shiúl, amach as seo."

Chúlaigh gach duine go huathoibríoch. Scairt Úna ar na ceoltóirí agus ar lucht an Oireachtais bailiú leo amach os comhair an ardáin agus amach as an halla. Rith gardaí suas ar an ardán le fógra a thabhairt don tslua. Chuaigh scaoll sa tslua ach thoisigh siad ag bogadh go gasta i dtreo na ndoirse.

Tharraing Eoghan anáil fhada agus rith sé chuig an chorn a bhí ina luí ar an urlár. Rug sé greim air agus rinne sé ar an doras foscailte ar chúl an halla. Chonaic sé an crith san aer a rinne an gás a bhí ag éalú amach ó bharr an bhoinn. Shroich sé an doras agus le fórsa iomlán a choirp, chaith sé an corn amach sa pháirc taobh thiar den ionad.

D'fhéach sé thart. Bhí an garda a thit leis an chorn á tharraingt amach chun tosaigh. Gan anáil ar bith a tharraingt, chuaigh Eoghan amach an doras cúil é féin agus thoisigh ag rith ar chlé, ar shiúl ón áit a raibh an corn. Rith sé chomh fada le cóirnéal an fhoirgnimh san áit a raibh páirc spraoi do pháistí, raon reatha agus páirc imeartha. Bhí a scamháin ar tí pléascadh. Ní raibh sé ábalta í a choinneáil istigh níos faide, mar anáil. D'fhoscail sé a bhéal agus lig sé d'aer fuar an gheimhridh gluaiseacht isteach inaa chliabh.

EIPEALÓG

Mí i ndiaidh imeachtaí an Oireachtais, bhí Eoghan Ó Laighin ina sheasamh ag geata sa halla teachta in Aerfort Idirnáisiúnta Logan, i mBostún. Bhí eitilt Chlíodhna rud beag mall, ach ba chuma leis. Cé nach raibh ann ach trí seachtainí ó scar sé léi ag aerfort Bhaile Átha Cliath, mhothaigh sé go raibh na cianta i ndiaidh sleamhnú thart ó chonaic sé í go deireanach. Ba chosúil le saol eile in aois eile iad na laethanta sin roimh Oireachtas na Samhna.

An oiread ceisteanna, an oiread agallamh, an oiread uair a bhí air an scéal a insint, tháinig tuirse air ag smaoineamh air. Faoi dheireadh scaoileadh é féin agus Clíodhna saor. Bhíothas le cúiseanna troma dlí a chur in éadan Choilm Mhic Giolla Dé agus an Iar-Bhleachtaire-Sháirsint Pheadair Uí Cheallaigh. Bhí an scéal ar fud na nuachta. Ar feadh cúpla lá bhí an sean-nós agus féile an Oireachtais ina scéal náisiúnta agus idirnáisiúnta. Rinne iriseoirí a seacht ndícheall teacht air, sheachain sé gach ceann acu. Ní raibh uaidh ach Clíodhna bheith lena thaobh slán.

An lá a scaoileadh saor iad, chuaigh an bheirt acu caol díreach go Gaillimh le cuairt a thabhairt ar Mhicí Ó Gailín san ospidéal. Bhí sé ag teacht chuige féin go maith. Bhí an nuacht feicthe aige.

"Jeez, a Eoghain, a chailleach, seans go bhfuil beocht sa *diddily aye* go fóill," na chéad fhocail uaidh nuair a chuaigh siad isteach chuige. "Caithfidh mé toiseacht ag *gargleáil*."

Bhain sin gáire astu go léir, rud nach raibh déanta acu le tamall fada. D'fhan siad lá nó dhó i gcuideachta Mhicí go dtí gur tháinig an t-am go raibh ar Eoghan agus Clíodhna bheith ag bailiú leo.

Ba bhrónach an scaradh é. Bhí an saol athraithe don triúr acu, Eoghan agus Clíodhna ach go háirithe. Ag smaoineamh dó ar a shaol i Harvard, mheas Eoghan nach raibh ann ach saol folamh, bhí Clíodhna uaidh. Thuig sé sin anois. Maidir le Clíodhna, ní raibh aon rud fágtha aici ach cuimhní dorcha. Ní fhéadfadh sí imeacht, áfach. Bhí rudaí le sórtáil amach aici sa bhaile. Bhí a teaghlach féin fríd a chéile fánar thit amach agus ní raibh am ceart aici le caoineadh i ndiaidh Chaoimhín. Bhí am de dhíth uirthi.

Chuir sí slán deorach leis ag an aerfort ach gheall sí dó go dtabharfadh sí cuairt air roimh an Nollaig, ar feadh seachtaine, b'fhéidir níos faide. Cé nach raibh mórán ráite acu le chéile faoi, bhí doiciméid Chathail Bhuí fós ann ag fanacht le hEoghan ina oifig in Ollscoil Harvard. Bhí cinneadh le déanamh acu ina dtaobh.

Deich lá i ndiaidh dó Baile Átha Cliath a fhágáil, tháinig Eoghan ar thuairisc agus é ag brabhsáil ar an idirlíon ina oifig i Harvard. Tuairisc faoi Shéamas Ó Ríordáin CM, nó mar a thug a chairde air, an Maighistir. Alt ómóis a bhí ann a rinne cur síos ar a shaol, an dúthracht a chaith sé leis na boicht agus le páistí a bhí faoi mhíchumas. Moladh a dhíograis agus a chráifeacht san alt agus tugadh liosta mór fada dá chuid suáilcí. Níor luadh in áit ar bith na himeachtaí a thug a bhás, níor luadh an mhire agus an ghráin a bhí go smior ann. Chuir an t-alt samhnas ar Eoghan. Moladh na marbh a bhí ann agus gan aon tagairt don scrios agus olc a tharraing sé ina dhiaidh mar dhuine.

Bhí rud amháin a tharraing a aird. Údar an ailt. Tomás Gildea CPV. Gildea … Mac Giolla Dé. An t-ainm sin arís. Rinne sé cuardach ar *Google*. Ní raibh a dhath ann fá dtaobh de. D'amharc sé ar *Google Images* agus tháinig 734 íomhá aníos ar an scáileán roimhe. Bhí sé deacair air an fear ceart a aimsiú. Mar sin féin bhí pictiúr amháin a tharraing a shúil. Stócach óg, thart fá tríocha bliana d'aois, cuma phléisiúrtha chairdiúil ar a aghaidh. Chuir sé a sheanchara Tomás Ó Doinnshléibhe i gcuimhne dó, rud inteacht fá na súile. Tomás bocht. Ní bhfuarthas a chorp go fóill.

Chonaic Eoghan í ag tarraingt mála beag ina diaidh. Chroith sé a lámh os a chionn agus d'aithin sí é. Dheifrigh sí chuige. Rug sé barróg mhór uirthi agus phóg sé í go bog ar a leiceann.

Chaith siad béile an oíche sin i mbialann an Asgard i gCambridge. Bhí teach tábhairne Éireannach buailte leis. D'ól siad a sáith ag comhrá go pléisiúrtha, ag ríomh scéalta fán Oireachtas, fá Mhicí, fá bhlianta an choláiste agus míle rud eile. An oíche sin roinn siad an leaba chéanna agus tháinig siad le chéile ar dhóigh níos doimhne ná mar a cheap ceachtar acu go bhféadfadh beirt ar bith teacht. Níor dúradh rud ar bith, ach bhí tuiscint eatarthu go mbeadh Clíodhna ag fanacht níos faide ná seachtain.

An mhaidin ina dhiaidh sin, tar éis dóibh luí istigh go mall agus bricfeasta mall a chaitheamh, tharraing Eoghan an sparán beag leathair amach.

"Cad a shíl tú dóibh?" arsa Clíodhna go fiosrach.

"Níor fhéach mé orthu ó tháinig mé anseo."

"Níor fhéach…"

"Bhí mé ag iarraidh fanacht go mbeifeá anseo le mo thaobh. Is leatsa iad chomh maith liomsa."

Chaith siad beirt breis agus uair an chloig ansin ag léamh agus ag athléamh na litreacha agus na doiciméad a bhí scríofa i bpeannaireacht Chathail Bhuí é féin. Meascán de phrós agus filíocht a bhí ann.

"Ní aithreachas atá anseo ar chor ar bith," a dúirt Clíodhna, "ach *apologia*. Cosaint ar a shaol."

"Tá an ceart agat."

"Cad a tharla mar sin, cad fán 'Aithreachas' a rinne sé, an 'Marbhna'."

"Dúirt mé roimhe. Shíl mé i gcónaí go raibh rud inteacht fá na dánta sin nach raibh i gceart, nach raibh Cathal Buí an 'Bhonnáin' ag teacht fríd iontu. Déarfainn gurbh é rud a tharla gur athraíodh iad d'aon ghnó le híomhá bhréige de Chathal a fhágáil ag na daoine. Cleas coitianta é sin a bhí ag eaglaisigh riamh anall. Peacaí aithritheach a dhéanamh de laoch ag deireadh a shaoil, le go dtuigfeadh na daoine a bhí fágtha ina dhiaidh go raibh slánú i ndán do chách ach aithreachas a dhéanamh. Breathnaigh ar an rann seo:

Anois is tráth liom parlaí a dhéanamh feasta le Dia
Más ceadmhach damh ullmhú roimh Chéardaí na nDúl

Táid ann a deir: Cathal an driopáis is an óil,
Gnúis Dé a fheiceáil go brách, dó ní dual.

"An bhfeiceann tú? An chéad líne, díreach mar atá sa dán 'Aithreachas Chathail Bhuí' ach an chuid eile go hiomlán difriúil. Tá duine inteacht i ndiaidh an dán a athrú d'aon ghnó."

"Ó Míocháin?"

"Chuirfinn airgead air."

Lean siad orthu ag léamh.

A Rí na nGrást nach dána dhamh amharc ort suas
Ach is mise an máistir ar ghealach is grian
Bheirim dásacht chugam féin do dhúshlán a thabhairt
Óir is tusa an tiarna ar phiolóid is pian.

"Do bharúil an aindiachaí a bhí ann?" arsa Clíodhna, "Cá bhfios?" arsa Eoghan. "Is cinnte, áfach, nach mbeadh an chléir sásta go bhfeicfeadh na tuairimí seo solas an lae." Bhí thart fá fhiche leathanach san iomlán. Iontu rinne Cathal cur síos ar shagairt éagsúla nach raibh ag leanstan theagasc na hEaglaise. Iad ina gcónaí le mná, páistí acu ach sásta Cathal a cháineadh as an drochbheatha a bhí á caitheamh aige féin. Chuir sé gadaíocht, meisce agus uabhar i leith na cléire. Mhol sé do dhaoine gan géilleadh dá n-údarás ach sult, pléisiúir agus spraoi a bhaint as an tsaol. D'fhág sé na focail ba bhinibí ar fad do Dhoiminic Ó Míocháin é féin:

A Dhoiminic na mbréag is na mbratóg
tú a shantódh anáil an linbh
cluinfear do bhréaga is do bhladar
in ifreann te tinteach na gcruiteach.

Tig boladh bog bréan ó do bhéal
mantach is cáidheach mar atá
go dtachtar do sceadamán caol
is go dtite gach ribe ded' cheann.

Ag an luchóg go raibh do chuid putóg
maidin fhuar fhliuch sa gheimhreadh
is tú caite leat féin i lár bealaigh
gan íocshláinte do mheisce ar fáil.

Níl laethanta ifrinn ró-fhada duit
ná tinte na mbolcán ró-the
ag na cuiteoga blas do chuid feola
is ag na héin do chnámha caola.

Go ndalla an Diabhal do shúile
go ndúntar do ghaosán mór gránna
go dtite do bhoidín beag bréan díot
is go gcrapa do chadairne caol.

A dhúramáin na cainte cúinge
is tú a mhaslaigh mé
ní bheidh tú féin i bhfad sa chré
go siúlaim ar leac d'uaighe.

"Wow, ní raibh dúil ar bith aige ann," arsa Clíodhna.

"Is cosúil nach raibh. Meas tú arbh é an sagart céanna é a bhí i gceist aige sa véarsa sin a bhí aige:

D'fhág tú seacht mallacht, a shagairt a chroí
Ar an té bhéarfadh ceathrú do Chathal Bhuí;
Tú féin a thug ceathrú do Chathal Bhuí
Agus thit na seacht mallacht anuas ar do thigh."

"Ach cén fáth a dtabharfá Doiminic Ó Míocháin ceathrú do Chathal?"

"Nach é sin go díreach atá déanta aige. Níor scriosadh na véarsaí seo. Cén fáth, ní thuigim. Seans go raibh Ó Míocháin cosúil le sagairt riamh anall, an t-eolas a choinneáil acu féin, gan é a scaipeadh i measc an phobail ach é a chaomhnú go rúnda. Cad atá déanta aige i ndáiríre ach ceathrú a thabhairt dóibh. Nach íorónach!"

"An rud ait faoi, a Eoghain, thiocfadh leis na véarsaí seo a bheith scríofa ag file inniu. Bhí na gearáin chéanna ag Cathal Buí is atá ag daoine inniu." Thuig an bheirt acu sin. Thuig siad go mbainfeadh an t-eolas preab mhaith as an Eaglais, fiú sa lá atá inniu ann. Dá n-inseofaí an fhírinne ina hiomlán, chaithfeadh sé droch-chuma amach is amach ar Eaglais a bhí thíos go mór mar a bhí. Ceist eile a bhí rompu anois. An raibh sé de dhualgas orthu an t-eolas a chur amach nó an gcruthódh sé a thuilleadh anró agus péine?

Ceist fá choinne lá inteacht eile a bhí ansin, áfach. Seans go bhfanfadh siad tamall, scrúdú mar is ceart a dhéanamh ar an ábhar agus nuair a bhí an t-am ceart ann, alt acadúil a scríobh ar iris éigin. Níorbh iad an cineál daoine iad a raibh dúil acu sa chéadfaíochas. Bhí an saol róghalánta fána choinne sin.

Thóg Eoghan an loicéad beag airgid a bhí istigh le páipéir Chathail Bhuí. D'oscail sé é agus d'amharc siad beirt ar an phictiúr den ainnir óg aoibhiúil a bhí greamaithe istigh.

"Meas tú, cérbh í?" arsa Clíodhna.

"Níl fhios agam. Caitlín Tirial, Ceataí Bhán, Mollaí Mhómhar... bíodh do rogha agat."

"Bhí sí dóighiúil."

"Bhí," arsa Eoghan ag socrú an loicéad thart ar mhuineál Chlíodhna. "Tagann sé leat."

Cé go raibh sé fuar, ní raibh aon sneachta ann go fóill agus bhí an ghrian ag soilsiú. Rachadh siad le haghaidh siúlóide, thart ar Concord Avenue, síos fá Strawberry Hill agus Kingsley Park. Thabharfadh sin iad chuig loch beag ar a dtugtar Fresh Pond. Shuífeadh siad ansin tamall ag baint sult as cuideachta a chéile, na mílte míle ar shiúl ó Loch Mac nÉan!

Gluais de na príomhfhoirmeacha neamhchaighdeánacha

achan = gach aon
bocsa = bosca
bomaite = nóiméad
bonnaí = bonna
ceannógaí = ceannóga
chuile = gach uile
cupa = cupán
dálta = dála
domh = dom
drud = druidim
éanacha = éin
fá = faoi
fá dtaobh de = ina thaobh
-fadh siad = -faidís
-feadh siad = -fidís
foscail = oscail
fríd = trí, tríd
fuinneogaí = fuinneoga
gasúraí = gasúir (iol)
gnoithe, gnoitheach = gnóthaí, gnóitheach
goitse = gabh anseo
inteacht = éigin
leanstan = leanúint
le thine = trí thine
madadh = madra
muid (le foirm scartha den bhriathar) = -(e)amar, -(a)imid
muineál = muiníl (gin)
muna = mura
pictiúirí = pictiúir (iol)
pislín = prislín
reaite = rite
scaifte = scata
spéarthaí = spéartha
toisigh = tosaigh